Elizabeth von Arnim, geboren am 31. August 1866 in Sydney, ist am 9. Februar 1941 in Charleston/South Carolina gestorben.

Welch eine Bürde ist eine hübsche Tochter! Und so ist Pinner, der mittellose Kaufmann, heilfroh, als seine Tochter Sally glücklich unter der Haube – und er die Verantwortung für sie los ist. Doch nun hat der junge Ehemann Jocelyn, Sproß einer verarmten, doch standesbewußten Adelsfamilie, schlaflose Nächte. Nicht nur plagt ihn entsetzlich die Eifersucht, denn wo immer seine engelsgleiche Ehefrau auftaucht, ist sie der strahlende Mittelpunkt, besonders die Männer sind verzaubert von ihr ... Auch sein Bemühen, aus ihr eine Dame, eine ›standesgemäße Partnerin‹ zu machen, scheint erfolglos. In ihrer Naivität und Unerfahrenheit macht Sally stets die falsche Bemerkung am falschen Ort, sie plappert »wie ihr der Schnabel gewachsen ist« und beherrscht nicht einmal die Grammatik ...

Ein erfrischender und amüsanter Roman um eine unschuldige junge Frau, die das Herz am rechten Fleck hat und, nichts Böses ahnend, in eine versnobte Gesellschaft gerät ...

Elizabeth von Arnim hat mittlerweile auch ihre deutschen Leser verzaubert: Der verfilmte Roman ›Verzauberter April‹ sowie ihre Romane ›Elizabeth und ihr Garten‹, ›Elizabeth auf Rügen‹, ›Alle meine Hunde‹, ›Einsamer Sommer‹, ›Liebe‹, ›Die Reisegesellschaft‹, ›Vera‹, ›Jasminhof‹ und ›April, May und June‹ zählen in den gebundenen wie auch in den Taschenbuchausgaben zu den Bestsellern des Insel Verlages. Und in der Bibliothek Suhrkamp ist erschienen: ›Der Garten der Kindheit‹.

insel taschenbuch 1764
Elizabeth von Arnim
Sallys Glück

Elizabeth von Arnim
Sallys Glück

Roman

Aus dem Englischen
von Schamma Schahadat

Insel Verlag

insel taschenbuch 1764
Erste Auflage 1995

Hinweise zu dieser Ausgabe am Schluß des Bandes
Vertrieb durch den Suhrkamp Taschenbuch Verlag
Umschlag nach Entwürfen von Willy Fleckhaus
Satz: Fotosatz Otto Gutfreund GmbH, Darmstadt
Druck: Ebner Ulm
Printed in Germany

1 2 3 4 5 6 – 00 99 98 97 96 95

Sallys Glück

I

Mr. Pinner war ein gottesfürchtiger Mann. Er war überhaupt sehr furchtsam und legte großen Wert auf Rechtschaffenheit. Er heiratete Mrs. Pinner, als sie beide zwanzig waren, und als sie beide dreißig waren, hätte er es nicht noch einmal getan. Denn Mrs. Pinner hatte einige Nachteile. Einer davon war, daß sie gerne stritt. Und Mr. Pinner, der Frieden hochschätzte, war dadurch gezwungen, ebenfalls zu streiten. Ein anderer Nachteil war, daß sie scheinbar keine Kinder bekommen konnte. Und Mr. Pinner, der Kinder mochte, mußte dementsprechend auch darauf verzichten. Und ein weiterer, in gewisser Weise der schlimmste Nachteil von allen bestand darin, daß Mrs. Pinner außerordentlich hübsch war.

Für Mr. Pinners Geschäft war Mrs. Pinners Schönheit eine sehr mißliche Angelegenheit. Sie brachte Mr. Pinner fortwährend in unangenehme Situationen. Und ihre Schönheit schien unendlich lange anzudauern. Die Jahre von Mrs. Pinners Schönheit schienen kein Ende zu nehmen. Aber schließlich gingen sie doch vorüber, denn als sie fünfunddreißig war, verzehrt durch ihren eigenen unruhigen Geist und durch die Arbeit in Mr. Pinners Geschäft sowie durch das Haushalten für ihn, das ihr ganz allein oblag, begann sie durch Gottes Gnaden endlich zu verblassen.

Mr. Pinner war davon sehr angetan. Denn obwohl ihr Verhalten keinen Tadel verdiente und sie sich durch äußerste Zurückhaltung und Unnahbarkeit jegliche Vertraulichkeit männlicher Kunden verbeten hatte, so waren diese

Kunden doch zweifelsohne in der Überzahl gewesen. Mr. Pinner gefiel das nicht. Er wußte, daß es sehr verdächtig war, wenn Herren auf ihrem Heimweg vom Büro zum Beispiel Reis kaufen wollten, waren doch früher am Tag schon ihre Ehefrauen oder Mütter dagewesen und hatten Reis gekauft. Das hatte etwas Anrüchiges an sich, und da er furchtsam war, war er auch ehrlich, so daß er nicht glücklich sein konnte, wenn auch nur der Schatten eines Zweifels an der Ehrlichkeit seiner Arbeit aufkam. Er konnte sich nie an diese Einkäufe gewöhnen, und er war froh, als das allmähliche Verblühen seiner Frau zu einem allmählichen Rückgang der Kunden führte. Zwar ging damit auch sein Verdienst zurück, doch er zog es vor, Geld einzubüßen, anstatt es auf eine Weise zu verdienen, die ihm zweifelhaft erschien.

Als Mrs. Pinner allmählich verblühte und das Geschäft nachließ, hatten sie beide mehr Zeit zur Verfügung, und sie gingen früher zu Bett. Denn Mrs. Pinner, die im wachen Zustand eine unermüdliche Zunge hatte und ihren Mann in viele Streitereien verstrickte, mußte zwangsläufig still sein, wenn sie schlief, und so überredete er sie, immer früher zu Bett zu gehen. Als Grund gab er die Gasrechnungen an. Zudem wünschte er sich noch sehnsüchtiger als früher ein Kind, und sei es nur zu dem Zweck, um ihre Aufmerksamkeit von sich abzulenken. Doch sehnte er sich überhaupt nach einem Kind, denn er war zärtlich, aber nicht leidenschaftlich, und insgeheim war er der Meinung – er hielt alle seine Meinungen geheim, denn wenn er sie kundtat, begann Mrs. Pinner zu streiten –, daß Männer seiner Art die geborenen Väter waren. Doch war ein Kind erforderlich, damit sie ihre Fähigkeiten beweisen konnten. Mrs. Pinner jedoch, die leidenschaftlich, aber nicht zärtlich war – was

Mr. Pinner sehr schockierte, denn manchmal erschreckte sie ihn sehr im Bett, und er war sicher, daß sich so etwas für eine Ehefrau nicht ziemte, besonders, da sie ihn am nächsten Tag nicht mehr zu lieben schien als zuvor –, Mrs. Pinner konnte ihm nicht das geben, was er brauchte.

Eines war gewiß, ohne sie konnte er nicht Vater werden. Darin hing er vollständig von ihr ab, während er in allen anderen Dingen sehr gut allein zurecht kam, obwohl seine Frau glaubte, daß sie ihn vollkommen beherrschte. Doch in dieser Sache war er hilflos. Wenn sie nicht wollte, konnte er nicht. Ohne Mrs. Pinner war nichts zu machen.

Und so gingen sie also jeden Abend nach zu viel Nichtstun um neun Uhr zu Bett, anstatt um elf oder zwölf, wie es in den geschäftigen, ermüdenden Tagen ihre Gewohnheit gewesen war. Dort wälzten sie sich hin und her, da es noch so früh war, oder vielmehr wälzte Mrs. Pinner sich hin und her, während er still dalag, wie es seiner Natur entsprach. Mögen es nun diese regelmäßigen Stunden gewesen sein oder Gott, der Familien begünstigt und deshalb schließlich Mitleid mit den Pinners hatte – gerade als Mr. Pinner den Beschluß faßte, daß er es jetzt besser dabei belassen sollte, da er und seine Frau sich den vierzig näherten, gerade da begann Mrs. Pinner das zu tun, was sie zwanzig Jahre früher hätte tun sollen. Sie machte alle körperlichen Veränderungen durch, eine nach der anderen, genau nach Vorschrift, die ihr Ende mit der Geburt eines Jungen oder eines Mädchens nehmen würden, auch wenn Mr. Pinner es viele Monate lang nicht glauben wollte. Oder vielleicht, so wünschte Mr. Pinner es sich insgeheim, eines Jungen und eines Mädchens.

Ihnen wurde ein Mädchen geboren.

»Ich will verflixt sein«, sagte Mr. Pinner zu sich selbst, als er sah, wie hingebungsvoll seine Frau sich dem Kind widmete, »wenn dieses Kind nich' meine Rettung is'.«

Deshalb wollte er es Salvation nennen, aber Mrs. Pinner war dagegen, denn sie meinte, das sei ganz und gar kein Mädchenname. Doch da sie gerade in dem Augenblick kein Bedürfnis nach einem Streit verspürte, einigten sie sich auf Salvatia.

So kam Salvatia zur Welt, die später zu Sally wurde. Ihre Eltern wehrten sich dagegen, daß sie Sally genannt wurde, da sie den Namen gewöhnlich fanden. Doch ihr Widerstand war erfolglos. Die Leute ließen sich nicht belehren. Und sobald das Kind sprechen konnte, bestand es auch selbst darauf, daß es Sally sei.

Als Sally größer wurde, entwickelte sie sich zu einer so außerordentlichen Schönheit, daß die Hauptsorge der Pinners bald darin lag, sie zu verbergen. Sallys Schönheit, die zu Beginn ihr ganzer Stolz war, wurde bald zu ihrer einzigen Sorge. Als Sally zwölf war, hielten sie sie die ganze Zeit über verborgen. Es war ganz einfach, sie zu verbergen, denn sie ging brav überall dort hin, wo man sie hinschickte, und blieb dort. Sally hatte nicht nur die Sanftheit ihres Vaters geerbt, sondern auch seinen ausgeprägten Wunsch, alle zufriedenzustellen und das zu tun, was man von ihr verlangte. Diese Eigenschaft kam nur zum Teil von Mr. Pinner und ging wohl auch auf unbekannte Vorfahren zurück, denn Sally war viel gefälliger als Mr. Pinner. Dabei war ihre Gefälligkeit nie so gekünstelt, wie es bei schwachen Menschen der Fall ist, zum Beispiel bei Mr. Pinner. Sallys Gedanken standen immer im Einklang mit dem Verhalten, das sie an den Tag legte. Noch hatte das Leben sie nicht, wie Mr. Pinner, zu Heimlichtuereien gezwungen, dazu hatte es noch keine Zeit gefunden. Und außerdem, sagte Mr. Pinner zu sich selbst, war sie nicht verheiratet.

Von ihrer Mutter hatte sie nichts geerbt als ihr Aussehen, wobei jedoch deren dunkle Erscheinung blond wurde und deren hübsches Aussehen sich in Schönheit verwandelte – in authentische, unwiderlegbare Schönheit, die selbst den Unaufmerksamsten ins Auge fiel. Mr. Pinner war hin- und hergerissen zwischen Stolz und Furcht. Mrs. Pinner konzentrierte sich ausschließlich auf ihr Kind und war die umsichtigste aller Mütter. Die Pinners hüteten ihren Augapfel hinten im Wohnzimmer, und wie alle anderen Kostbarkeiten erzeugte ihr Besitz sowohl Sorge als auch Freude. Bis Sally etwa zwölf war, unterschied sich ihr Leben in nichts von dem der anderen Kinder, sie ging jeden Tag allein zur Schule und erhellte Islington auf ihrem Schulweg wie eine Flamme. Dann bekamen die Pinners einen Schreck: Jemand folgte ihr. Nicht ein- oder zweimal, sondern mehrmals. Eines Tages kam sie glücklich nach Hause, die Hände voller Schokolade, und sagte, ein Herr hätte sie ihr geschenkt.

Die Pinners begannen, sie zu verstecken. Mrs. Pinner brachte sie zur Schule und holte sie jeden Tag wieder ab, und in der Zwischenzeit verbargen sie sie im Hinterzimmer. Während Mrs. Pinner Sally abholte, erledigte Mr. Pinner neben seiner eigenen auch Mrs. Pinners Arbeit, was er nur schaffte, weil seine Frau flinkfüßig war und den Großteil des Weges rannte. Ansonsten hätte das alles sein Genick gebrochen, denn er hatte nicht genug Geld, um einen Verkäufer einzustellen, und ihm selbst fehlte die Ausdauer. Nachts, wenn das teure Objekt ihrer Liebe und Furcht schlief, diskutierten sie mit ernster Miene im Bett, was am besten zu tun sei, um ihr das größte Glück und zugleich die größte Sicherheit zu ermöglichen. Ihre gemeinsame Sorge und Liebe hatte Harmonie zwischen ihnen gestiftet. In dem Kind waren sie vollständig eins. Mrs. Pinner schimpfte nicht mehr, und Mr. Pinner mußte nicht mehr darauf antworten; er wurde nicht mehr, wie es gegen seine Natur war, zum Streit gezwungen. Zwischen ihnen herrschten Friede und Zuneigung, wie sie aus einem gemeinsamen, ausschließlichen Interesse heraus erwachsen.

»Alles wegen Sally«, sagte Mr. Pinner, der endlich glücklich in seinem Eheleben war und seine Empfindungen nicht leuchtender ausdrücken konnte, denn er hatte nur wenige Worte zur Verfügung.

Doch als Sally sechzehn war, starb Mrs. Pinner. Sie starb innerhalb von ein paar Tagen an einer Erkältung, die nicht schlimmer war als ein Dutzend von Erkältungen, die sie in ihrem Leben schon gehabt hatte und an denen sie nicht gestorben war.

Mr. Pinner blieb allein, ohne Hilfe im Geschäft oder für Sally. Es war ein tragisches Unglück. Er wußte nicht, wie er sich drehen und wenden sollte. Nur ein Schritt trennte ihn vom Elend, denn in Islington gab es viele Lebensmittelhändler, und sein Geschäft war eines der kleineren, da sein Ehrgeiz ihn nie weiter trieb als bis zu dem Wunsch nach Frieden und ausreichend zu essen.

Es war ihm unmöglich, den Laden ohne Hilfe zu führen, doch ohne den Laden würden er und Sally verhungern. Und so gab es keine andere Lösung, als daß sie den Platz ihrer Mutter einnahm. Innerhalb von einer Woche hatte sich seine Kundschaft verdoppelt, und sie verdoppelte und verdoppelte sich immer weiter, bis der örtliche Bestand an Männern erschöpft war.

Es wiederholte sich all das, was schon vor zwanzig Jahren geschehen war, nur war es diesmal viel schlimmer. Mr. Pinner war äußerst unglücklich. Jedesmal, wenn jemand sie anlächelte, lächelte Sally zurück. Sie konnte nichts dagegen tun, es lag einfach in ihrer Natur. Und da jeder, sobald er sie erblickte, lächelte, befand sie sich in einem ständigen strahlenden Zustand, so daß auch der Laden zu strahlen schien. Mr. Pinner war verzweifelt. Er stellte einen Verkäufer an, da er jetzt höhere Einnahmen hatte, verkündete, er habe seine Tochter auf ein Internat geschickt, und verbarg sie im Hinterzimmer. Die Kundschaft ließ nach, und der Verkäufer mußte gehen. Sally kam wieder hervor, und die Kundschaft tauchte wieder auf. Welch eine Situation, dachte Mr. Pinner schwitzend und gereizt. Es erschöpfte ihn, auf Sally aufzupassen und gleichzeitig Kaffee und Schinken abzuwiegen. Seine Verantwortungen erdrückten ihn. Die einzige Lösung für seine Schwierigkeiten sähe so aus, daß er das Mädchen an irgendeinen zuverlässigen Burschen verheiratete, der für es sorgen würde. Doch in der Meute in seinem Laden schien es keine zuverlässigen Burschen zu geben, bis auf diejenigen, die schon verheiratet waren. Und die waren wohl nicht wirklich zuverlässig, ansonsten wären sie nicht hier. Denn wie konnte man einen verheirateten Mann für zuverlässig halten, der begierig darauf wartete, daß Sally ihm Lebensmittel verkaufte, die er dann vor seiner Frau verstecken mußte? Und was den Rest seiner Kunden betraf, so war es ein schmächtiger Haufen überarbeiteter, unterbezahlter junger Angestellter, die sich eine Ehe unmöglich leisten konnten. Sally lächelte sie alle an. Sie hatte nichts von dem Beleidigtsein und dem würden-Sie-bitte-Distanz-halten-wenn-es-Ihnen-nichts-ausmacht-Getue ihrer Mutter an sich.

»Um Himmels willen«, zischte Mr. Pinner ihr ins Ohr, während er sie beim Vorbeigehen am Ellbogen zog, »mach doch nicht so ein freundliches Gesicht.«

Doch was für ein Gesicht sollte sie denn machen? Alle Gesichter, die Sally machen konnte, waren vom Standpunkt des Betrachters gesehen angenehm. Wenn sie jemanden, ganz im Gegensatz zu ihrer Natur und nur unter äußerster Anstrengung, finster anblickte, so starrte dieser jemand meist noch faszinierter zurück und fragte, ob sie das nicht noch einmal machen könnte.

Mr. Pinner war verzweifelt. Selbst die Geistlichkeit fand sich in seinem Laden ein – mit windigen Geschichten darüber, wie sie unter dem Pantoffel standen und von ihren tyrannischen Ehefrauen ausgeschickt wurden, um Korinthen zu kaufen. Sogar der Doktor kam. Er sollte sich schämen, dachte Mr. Pinner, in seinem Alter einem Mädchen hinterherzulaufen, das er selbst zur Welt gebracht hat, und dabei so zu tun, als käme er wegen einer Packung Kekse.

Er kam ganz offensichtlich nicht wegen der Kekse, und ebensowenig kamen die Geistlichen wegen der Korinthen. Der eine wie die anderen kamen wegen Sally. Mr. Pinner, der sonntags in der Kirche den Opferpfennig einsammelte, war zutiefst erschüttert darüber, daß sein Kind, das so gut und bescheiden war, die unschuldige Ursache dafür war, die Herzen ihrer Mitmenschen in Sünde zu entflammen. Denn daß sie sündigen wollten, war für Mr. Pinner nur allzu offensichtlich, den die Furcht zu den niedrigsten Verdächtigungen trieb. Diese verheirateten Herren – was anderes als Sünde konnte in ihren Köpfen vorgehen? Sie wollten mit Sally sündigen, die Sünde aller Sünden begehen, mit seiner Sally, seinem unbefleckten Lämmchen, einem Kind Gottes, einer Erbin des himmlischen Königreiches.

Ein Jahr lang ertrug Mr. Pinner diesen Zustand, im ständigen Kampf mit seinen Verantwortungen und seinen düsteren Ahnungen. Seine natürliche Freundlichkeit und sein Respekt vor den Höhergestellten nahm allmählich ab. Er begann, die Honoratioren zu hassen. Sein Gesicht verzerrte sich vor Angst, ohne sich wieder einzurenken. Die anderen Kaufleute waren sehr erbost und beschuldigten ihn im geheimen, daß er seine Tochter als Lockvogel benutze. Dieses Getratsch, das natürlich zu ihm durchdrang, konnte er nicht ertragen. Zudem war er völlig ausgelaugt durch die ständige Furcht, daß es noch schlimmer kommen würde, daß eines schönen Tages ein junger Taugenichts von einem Lord in Islington spazieren gehen würde, daß er zufällig in seinen Laden geraten und Sally erblicken würde – dann auf Wiedersehen, Tugend, denn konnte überhaupt ein Mädchen gut und bescheiden genug sein, um den Verführungen eines Lords zu widerstehen? Das fragte Mr. Pinner sich selbst, obwohl er niemals bewußt irgendeinem Lord begegnet war und deshalb eine hohe Meinung von ihnen hatte. Mr. Pinner beschloß, umzuziehen.

Er zog um. Nach mehreren Sonntagen, die er mit fruchtlosen und schlecht organisierten Ausflügen in verschiedene Vororte verschwendete, hörte er zufällig von einem Dorf, das tief verborgen in einem wilden und unbewohnten Bezirk in Cambridgeshire lag. Oder so schien es ihm zumindest, denn England bestand für ihn aus Hampstead Heath, Hampton Court und Southend. Der Mann, der den einzigen Laden in diesem Dorf besaß, war die Einsamkeit leid und wollte in die Nähe von London ziehen. Mr. Pinner eilte nach Woodles, während er Sally die strengsten Gelübde auferlegte, keinesfalls ihre alles so furchtbar komplizierende Nase zur Tür herauszustecken.

Mr. Pinner hatte solch einen Ort noch nie gesehen. Da er an Straßen und Menschenmengen gewohnt war, hätte er nicht geglaubt, daß es Dörfer in der Welt gab, die so leer waren. Es regnete, und keine Menschenseele war zu sehen. Ein paar Häuser, das Geschäft, eine Kirche mit Pfarrhaus und ein trauriges, nasses Schwein, das grunzend einen Graben entlanglief – das war alles. Fünf Kilometer von einem Bahnhof der Nebenlinie entfernt, eingebettet in ein Netzwerk schlammiger Straßen, mit einem achtundsiebzigjährigen Vikar – der, wie Mr. Pinner erfragte, keine Söhne hatte, war Woodles sicher der ideale Ort für ihn und Sally. Über einer Flasche Ingwerbier schloß er mit dem Kaufmann Freundschaft, und sie legten fest, daß dieser sich Islington mit Aussicht auf einen Tausch ansehen sollte. Er kam, und nach einigen sehr bedauernswerten Ereignissen im Zusammenhang mit Sally, die die ganze Sache fast zum Scheitern brachten, fand der Tausch statt. An Weihnachten waren die Pinners aus Islington verschwunden.

In den ersten paar Wochen verlief in Woodles alles ausgezeichnet. Woodles war ein Weiler, der, wie Mr. Pinner freudig entdeckte, fast ausschließlich von Damen bewohnt wurde. Diese Damen, angezogen von der Baufälligkeit der Häuschen, durch die der Ort malerisch und billig zugleich war, hatten entweder niemals Ehemänner gehabt, oder sie hatten sie verloren. Und wie so oft unter solchen Umständen waren sie arm. Nun, das machte Mr. Pinner nichts aus. Er wollte einfach nur überleben. Er hatte kein Bedürfnis danach, mehr zu verdienen, als er brauchte, um Sally zu ernähren. Mehr zu verdienen bedeutete nur Verantwortung und Ärger, und davon hatte er durch Sally schon mehr als genug gehabt. Er ließ sich nieder, war sehr zufrieden und

und fühlte sich unter seinen verwitweten oder jungfräulichen Kundinnen sicher. Er verbrachte ein dankbares Weihnachtsfest und begann das neue Jahr voller Hoffnungen.

Dann, eines Tages Ende Januar, zerstörten zwei junge Männer den Frieden des sonnigen Nachmittags durch den unangenehmen Lärm von Motorrädern, den diese, so dachte Mr. Pinner noch immer freundlich, bei hohen Geschwindigkeiten wohl zwangsläufig erzeugten. Eine Kundin, die sich gerade bei ihm im Laden befand, bemerkte: »Jetzt geht es los.«

Mr. Pinner fragte höflich nach, was denn los ginge. Das Semester, antwortete die Dame, und Mr. Pinner, der nicht wußte, wovon sie sprach, seine Unwissenheit aber nicht bloßlegen wollte, sagte, »Is' auch höchste Zeit.«

Danach verging kaum ein Nachmittag, an dem keine jungen Männer durch Woodles rasten. Manchmal kamen sie auf Motorrädern, manchmal auf Pferden, manchmal in Autos, aber sie hatten es immer eilig. Wo kamen sie alle her? Mr. Pinner war sehr erstaunt und fragte sich unbehaglich, ob nicht Sally der Grund für diese Bewegung war. Doch das war unmöglich, denn diese jungen Männer warfen nicht einmal einen Blick in sein Schaufenster, hinter dessen aufgetürmten Hügeln aus Dosen mit Pfefferminzkugeln und Toffee er und Sally standen und sie heimlich beobachteten.

Dann, allmählich, begriff er, daß Cambridge in der Nähe lag. Er hatte überhaupt nicht daran gedacht, als er nach Woodles kam. Es lag sechzehn Kilometer entfernt – Cambridge war ein Ort, das wußte er, wo junge Männer studierten, doch ein Ort, der sechzehn Kilometer entfernt lag, machte ihm keine Sorgen. In Cambridge war er bei seinem ersten Besuch in die Bahn umgestiegen, die ihn fünf Kilometer von Woodles entfernt abgesetzt hatte. Das Dorf, das unter der Regendecke schlief, war damals vollkommen verlassen gewesen, eine feuchte, nebelige Einöde. Und als er hierhin zog, schlief es noch immer – diesmal war es der Schlaf der Weihnachtsferien, der nur dann und wann durch die schwachen Bewegungen der alleinstehenden Frauen etwas aufgerüttelt wurde. Woodles lag so weit abseits, daß es wohl ewig weitergeschlafen hätte, wäre Cambridge nicht gewesen. Aber junge Männer sind unruhig, es treibt sie überall hin. Berstend vor Energie rasten sie durch Woodles, wie sie durch alle Orte in näherer Umgebung rasten. Daß sie rasten, ohne anzuhalten, war Mr. Pinners einziger Trost. Auch tröstete er sich mit dem Wissen, das er sich sofort aneignete, daß dieser Zustand nur ein paar Monate, ja fast Wochen im Jahr anhielt.

Er gebot Sally, in den Nachmittagsstunden drinnen zu bleiben, und hoffte das Beste.

Dann, an einem windigen Nachmittag Anfang März, als der Schlamm in den Straßen schon zu Staub geworden war und in ganzen Wolken die Straßen hinunterzog, wurde die Tür gewaltsam geöffnet, und ein junger Mann wurde hineingeweht. Er mußte seine ganze Kraft aufwenden, um die Tür wieder zu schließen.

Kein Motorlärm war ihm vorausgegangen, sein Eintreten war genauso geräuschlos wie das der Damen, die gewöhnlich kamen. Sally befand sich im Geschäft.

Sie stand auf einer Leiter und suchte etwas zwischen den Dosen von Huntley & Palmer, so daß er sie nicht sofort erspähte und sich an Mr. Pinner wandte.

»Haben Sie Benzin?« fragte er.

»Nein, Sir«, sagte Mr. Pinner schnell, in der Hoffnung,

er würde sofort gehen, ohne Sally zu bemerken. »Wir führn kein Benzin.«

»Wissen Sie, wo ich ...«

Der junge Mann stockte und starrte nach oben. »Himmel ...«, flüsterte er atemlos. »Himmel ...«

»Nun, nun«, sagte Mr. Pinner äußerst gereizt, denn er wußte nur zu gut, was geschehen war. Vor Furcht schlug er seine knöchrige kleinen Hand auf die Theke, »bitte keine Gotteslästerung hier, Sir, wenn Se gestattn ...«

Doch er hätte nicht so böse und ängstlich sein müssen, hätte er es nur gewußt, denn hier stand sein zukünftiger Schwiegersohn, der Mensch, der all seine Probleme lösen würde, indem er die Verantwortung für Sally übernahm. Mit einem Wort, es war, wie Mr. Pinner ihn von da an beschreiben würde, Mr. Luke.

II

An dem Tag, an dem der junge Luke, mit Vornamen Jocelyn, in den Laden in Woodles eintrat, war er ein begabter junger Mann, mit originellem und begierigem Verstand und einem Wissensdurst, der einigen seiner Freunde im Ananias College unbegreiflich war. Seine Neigungen galten der Chemie. Er wollte wiegen und vergleichen, experimentieren und beweisen. Das erforderte ein ruhiges, ungestörtes Leben, wo er Tag für Tag, gleichmäßig und ohne Unterbrechung, arbeiten konnte. Wonach er strebte, war ein Stipendium in Ananias. Was er bekam, war Sally.

Als Jocelyn die Sache später überdachte, sah er den Grund dafür eindeutig in seiner Jugend. Die Natur bemächtigte sich seiner. Wie sehr er sich auch wünschte, seinen

Verstand zu benutzen und sich der Suche nach wissenschaftlicher Wahrheit zu verschreiben, so wollte die Natur den Rest seines Daseins beherrschen, und das tat sie auch. Er hatte jeder anderen Versuchung, die sich ihm bot, widerstanden, doch gegen Sally konnte er sich nicht wehren. Und so erschien ihm alles, was er je gedacht oder worauf er je gehofft hatte, was ihn bis dahin interessiert hatte, in dem Augenblick, als er Sally sah, wertlos. Ein fieberhaftes Begehren, dieses Wunder für sich zu gewinnen, bevor irgend jemand anderes es entdecken würde, brachte ihn fast um den Verstand. Er brannte vor Leidenschaft, war von Furcht besessen. Er wußte, daß er aus der Perspektive einer Eheschließung nicht viel taugte, da er kaum Geld hatte, und er war sicher, daß man ihn ablehnen würde – und was dann?

Er hätte sich nicht zu fürchten brauchen. Bei dem Wort Ehe fiel Mr. Pinner, der ihn bei seinen Besuchen wie ein verletzter und mißtrauischer alter Hund anknurrte, vor Erstaunen fast tot um. Sally war gerade im Hinterzimmer. Jedesmal, wenn der junge Luke im Laden auftauchte, hatte Mr. Pinner sie dorthin geschickt und war dem jungen Mann trotzig entgegengetreten, beide Hände auf die Ladentheke gestützt, all seine schwachen Borsten aufgestellt. Wütend fragte er ihn jedesmal: »Womit kann ich Se *heute* dien', Sir?«

Nach einer Woche hielt Jocelyn bei Mr. Pinner um Sallys Hand an, denn er hatte panische Angst, daß die anderen Bewohner von Cambridge, das durch Autos und Motorräder so gefährlich nahe lag, das Mädchen entdecken und entführen würden, bevor er es tat.

»Ich möchte Ihre Tochter heiraten«, stammelte er mit trockener Zunge und brennenden Augen. »Ich muß sie sehen. Ich muß mit ihr reden . . . nur, um herauszufinden, ob sie nichts dagegen hätte. Es ist absurd, einfach absurd, daß ich nie ein Wort zu ihr sagen kann ...«

Woraufhin Mr. Pinner, anstatt ihn aus dem Laden zu werfen, wie Jocelyn es aufgrund seiner Armut erwartet hatte, fast tot umfiel.

»Se heiratn? Se ham heiratn gesacht, nich' wahr, Sir?« sagte er mit zitternder Stimme, wobei er bis in seine besorgten, freundlichen blauen Augen errötete.

Er konnte kaum glauben, daß er richtig gehört hatte. Dieser junge Mann ... mit Auto und allem ... gegen den nichts sprach, bis auf seine Jugend ... zumindest, soweit er es sehen konnte, und er sah auch nicht weniger als andere Menschen ... Doch wenn er nicht so jung wäre, so hätte er Sally vielleicht nicht so unbedingt heiraten wollen, sagte Mr. Pinner zu sich selbst. Er heftete seine Augen, die jetzt voller Respekt und Ehrfurcht waren, auf das eifrige Gesicht des Verehrers, denn aus Erfahrung wußte er, daß bisher jeder das dringende Bedürfnis gehabt hatte, etwas mit Sally zu tun. Doch das war wohl kaum je eine Eheschließung gewesen.

»Wenn Ihre Absichtn ehrnvoll sind ...«, begann Mr. Pinner.

»Ehrenvoll! Lieber Gott. Als ob ...«

»Nu, nu, Sir«, unterbrach Mr. Pinner ihn sanft mit tadelnder Handbewegung, »das is' kein Grund zum Fluchen. Überhaupt kein Grund.«

»Nein, nein ... natürlich nicht. Ich bitte um Verzeihung. Aber ich muß sie sehen ... ich muß mit ihr reden dürfen ...«

»Richtich, Sir. Treten Se ein«, sagte Mr. Pinner und öffnete die Tür zum Hinterzimmer.

Dort saß Sally unter der Lampe und stopfte.

»Wir ham 'n Besucher«, sagte Mr. Pinner stolz und aufgeregt. »Aber verflixt, Sir«, fügte er hinzu, während er sich zu Jocelyn umdrehte, »ich weiß nich', wie man Se nennt.«

»Luke ... Jocelyn Luke«, murmelte der junge Mann wie in einem Traum, die Augen auf Sally geheftet.

»Mr. Luke«, stellte Mr. Pinner ihn erfreut vor, denn der Name erinnerte ihn auf angenehme Weise an den Apostel Lukas. »Und das is' Salvatia, nich', Salvatia? So is' auf jed'n Fall ihr Taufname«, fügte er hinzu, weil Sally ihn verblüfft anschaute. »Manchmal nenn' die Leute se Sally, aber das muß nich' sein, Mr. Luke, muß überhaupt nich' sein. Hol' noch 'ne Tasse, Salvatia, ja? Damit wir Tee trinken könn'.«

Während sie die Tasse aus der Spülküche holte und sich darüber wunderte, warum sie so plötzlich Salvatia war, flüsterte ihr Vater ihrem Verehrer zu: »Tun Se nur, Sir, wenn se wiederkommt, als wenn ich gar nich' da bin.«

Jocelyn schien es tatsächlich, als wäre er gar nicht da, denn er vergaß Mr. Pinner in dem Augenblick, als Sally wiederkam. Doch tun konnte er gar nichts. Er saß stumm da und starrte sie an. Das Mädchen war zu schön. Sie war die personifizierte Schönheit. Angefangen bei dem zarten Kopf mit dem flammenden Haar, bei den breiten, niedrigen Augenbrauen und den trüben Augen in der Farbe von braunem Bernstein über die schlanke Linie ihres delikaten Körpers bis dahin, wo ihre kleinen Füße in schäbigen Schuhen steckten, war sie eindeutig perfekt. Er konnte keinen Fehler entdecken. Sie schien das Zimmer zu erhellen. Dem jungen Luke, der das erste Mal echte Schönheit aus der Nähe sah, schien es, als würde ihm plötzlich die Gnade Gottes geschenkt. Sein Mund, der ansonsten immer fest geschlossen war, zitterte. Er saß stumm da. Und so führte Mr. Pinner das

Gespräch, denn Sally, die zu der Art Frauen gehörte, die nicht sprechen, wenn der Vater einen Freund nach Hause bringt, sagte gar nichts.

Ihre Aufgabe lag darin, den Tee einzuschenken, was sie auch mit ernster Miene ausführte. Ihre Wimpern, die man beim bloßen Anblick küssen wollte, lagen dunkel auf ihrem ernsten Gesicht. Sie war ernst, weil der Besucher sie noch nicht angelächelt hatte, so daß sie nicht zurücklächeln konnte, und dementsprechend kannte Jocelyn ihr Lächeln noch nicht. Mr. Pinner war voller Aufregung, hatte Angst, daß das alles nicht wahr sein könnte, und zugleich wußte er, daß es wahr war. Er unterhielt den Verehrer, so gut er es vermochte, machte kleine Witze, damit dieser sich etwas entspannen konnte und sich ermutigt fühlen würde, weiterzumachen. Gleichzeitig versuchte er, Sally anhand von Stirnrunzeln und Nicken zu übermitteln, daß sie, falls sie diesen einen jungen Mann freundlich anschauen wollte, hierzu die Erlaubnis hätte.

Der Verehrer blieb jedoch still, und Sally merkte nichts. Ihr Vater hatte sich noch nie zuvor so verhalten, und sie hatte keine Ahnung, was das alles heißen sollte. Diese Situation bedeutete harte Arbeit für jemanden wie Mr. Pinner, der nicht an soziale Gelegenheiten gewöhnt war, die Takt und Erfahrung erforderten, und er begann zu schwitzen. Er empfand Erleichterung, als seine Tochter endlich das Teegeschirr abräumte, zum Abwaschen in die Spülküche ging und ihn mit dem jungen Gast allein ließ. Dieser saß mit gesenktem Kopf da und folgte dem Mädchen mit den Augen, bis sie die Tür hinter sich schloß. Dann wandte er sich dem Vater zu und überschüttete ihn mit der ganzen Geschichte seiner furchtbaren Wertlosigkeit und Nutzlosigkeit.

»Also«, sagte Mr. Pinner, der seinem aufgebrachten Besucher eine Dose des besten Tabaks aus seinem Bestand zuschob, »Kopf hoch, Sir.«

Der junge Mann schenkte dem Tabak keine Aufmerksamkeit, und Mr. Pinner, der dem Redeschwall angestrengt lauschte, konnte beim besten Willen nicht erkennen, warum dieser Herr wertlos und nutzlos sein sollte.

»Sie is' 'n gutes Mädchen«, sagte Mr. Pinner, der seine Pfeife aus Höflichkeit ebenfalls ungefüllt ließ. »Das beste, das man auf dieser Welt find'n kann. Und was ich sagen will, is', daß 'n guter Mann das beste Mädchen verdient. Stimmt doch, oder nich'? Er muß natürlich gut sein. 'tschuldigung, Sir, aber darf ich fragen ...« Er senkte seine Stimme zu einem Flüstern, während er zur Küchentür schielte, »ob Sie 'n guter Mann sind, Sir? Will sagen, 'n Herr. Es is' 'ne heikle Frage zum Fragen, ich weiß, Sir, aber ihre Mutter hätte sich gewünscht ...«

»Ich trinke nicht, ich wette nicht, und ich bin nicht in irgendwelche Frauengeschichten verstrickt«, sagte Jocelyn. »Ich nehme an, das ist es, was Sie meinen?«

»Warum solln Se dann nutzlos sein?« fragte Mr. Pinner etwas verwirrt.

»Ich bin arm«, sagte der Verehrer kurz.

»Arm. Das is' schlecht«, stimmte Mr. Pinner zu, schüttelte den Kopf und verzog den Mund. Er wußte, was es bedeutete, wenn man arm war. Er hatte seine Portion davon abbekommen.

Doch als er ihn ausfragte, wie er es für seine Pflicht hielt, stellte sich heraus, daß der junge Herr recht begütert war. 500 Pfund im Jahr waren ihm sicher, egal, was er tat oder auch nicht tat, und Mr. Pinner, der daran gewöhnt war, seine Pennies zu zählen, erschien das ausreichend, um eine

Frau und eine Familie nicht nur sorglos, sondern auch stilvoll zu unterhalten.

Als Sally zurückkam, hatte Mr. Pinner einen Geistesblitz. Er hielt einen Finger hoch, sagte »Horcht«, um zu verstehen zu geben, daß er einen Kunden gehört hatte, ohne es jedoch zu sagen – denn das wäre eine Lüge gewesen –, und ging in den Laden.

Sally stand da und fühlte sich sehr unbehaglich. Jocelyn war sofort aufgesprungen, als sie ins Zimmer kam, und sie nahm an, er würde ihr einen schönen Abend wünschen und dann gehen. Aber er ging nicht. Deshalb stand sie erst auf dem einen Bein, dann auf dem anderen und fühlte sich dabei sehr unbehaglich.

»Möchten Sie sich«, atmete Jocelyn mit flehentlich ausgestreckter Hand, denn er fürchtete, sie würde wieder verschwinden, »möchten Sie sich nicht setzen?«

»Also«, antwortete Sally schüchtern, »hab nix dagegen . . .« Hier hörte Jocelyn zum ersten Mal den Satz, den er noch so oft hören sollte. Sally sprach ihn in einem Dialekt aus, den er angestrengt zu bereinigen versuchen würde.

Sie setzte sich auf die Kante eines Stuhls an der anderen Seite des Tisches. Sie war nicht daran gewöhnt, tatenlos herumzusitzen, und wußte nicht, wohin mit ihren Händen. Doch sie war sicher, daß es kein gutes Benehmen war, Socken zu stopfen, während sich ein fremder Herr im Zimmer befand.

Auch Jocelyn setzte sich. Zwischen ihnen stand der Tisch. Das Licht von der Öllampe, die an der Decke hing, fiel auf Sallys Kopf.

»Und die Schönheit wurde zu Fleisch und weilte unter uns«, murmelte er mit brennenden Augen.

»'tschuldigung?« fragte Sally höflich und wünschte sich, daß ihr Vater wiederkommen würde.

»Sie hübsches Ding ... Sie hübsches, hübsches Ding«, flüsterte Jocelyn mit heiserer Stimme. Seine Augen glühten wie Kohlen.

Woraufhin Sally sich äußerst unbehaglich fühlte und ihn ernstlich beunruhigt ansah.

»Haben Sie keine Angst. Ihr Vater weiß Bescheid. Er sagt, ich darf ...«

»Vater?« wiederholte sie äußerst überrascht.

»Ja, ja ... ich habe ihn gefragt. Er sagt, ich darf. Er sagt, ich darf ... darf mit Ihnen reden, Ihr Freund sein. Das heißt«, stammelte Jocelyn, überwältigt von ihrer Schönheit, »wenn Sie es mir erlauben ... oh, wenn Sie es mir erlauben ...«

Sally war sehr überrascht über ihren Vater. »Also, das is' mich noch nie passiert«, murmelte sie höflich. »So was von Vater.«

»Warum? Warum? Wollen Sie nicht? Werden Sie ... wollen Sie nicht?«

»So isses nich'«, sagte Sally, rutschte in ihrem Stuhl hin und her und suchte nach höflichen Worten. »Es is' nich' so, daß ich nich' wolln mag.«

»Dann ... dann gehen Sie mit mir aus? Lassen es zu, daß ich Sie zum Tee ausführe? Ich darf Sie mit dem Auto abholen ... Sie erlauben es mir, nicht wahr? Morgen?« fragte Jocelyn, der sich weit über den Tisch lehnte, die Hände flehend nach ihr ausgestreckt.

»Vater ...«

»Aber er hat es gestattet. Es ist mit seiner Erlaubnis ...«

»Tee auch?« fragte Sally, die sich immer mehr wunderte. »So isser sonst nich'«, sagte sie voller Zweifel.

Woraufhin Jocelyn ungestüm aufsprang und zu ihr lief in der Absicht, sich ihr vor die Füße zu werfen, sie auf Knien darum anzuflehen, mit ihm auszugehen – er, der noch nie im Leben vor jemandem gekniet hatte.

»Oh, Salvatia!« rief er, lief zu ihr, beide Hände ausgestreckt.

Sie stieß ihren Stuhl eilig zurück und begab sich in Sicherheit, denn sie war sicher, daß das nicht schicklich war. Kein Herr hatte das Recht, ein Mädchen bei seinem Vornamen zu nennen, ohne um Erlaubnis zu bitten. Darin war sie sehr bestimmt. Salvatia, in der Tat. Eine solche Familiarität mußte eine so sanfte Person wie Sally beleidigen und verletzen.

»Mit wem sprech'n Se, Sir?« fragte sie, wie die Pflicht es verlangte, wenn sie von Vertraulichkeit bedrängt wurde.

»Mit Ihnen, mit Ihnen!« stöhnte Jocelyn, folgte ihr in die Ecke, in die sie geflüchtet war, und fiel ihr zu Füßen.

Mr. Pinner war der Meinung, daß, je früher die Hochzeit stattfand, desto besser. Er sagte zu sich selbst, daß in Mr. Lukes Augen etwas zu sehen war, dessen man sich nur durch eine Hochzeit entledigen konnte. Nur die Kirche konnte die Gefühle, die der junge Herr für Sally zu verspüren schien, gestatten.

Von Furcht getrieben, hatte er es ebenso eilig wie auch Jocelyn selbst. Man stelle sich vor, es würde etwas geschehen, bevor man sie verheiraten würde, und Mr. Luke würde abkühlen, wie es mit Herren unter solchen Umständen leicht geschah! Nach dem Ausflug mit dem Auto, auf dem Jocelyn Sally gefragt hatte, ob sie ihn heiraten würde, ließ er sie nicht einen Augenblick allein. Sally, die gehorsam war und allen Menschen gern gefällig sein wollte und die zudem am Abend vorher von ihrem Vater instruiert worden war, daß sie seine volle Zustimmung und seinen Segen hatte und daß es überhaupt ihre Pflicht sei, denn der Himmel habe ihnen Mr. Luke geschickt, Sally bemerkte freundlich, daß sie nichts dagegen hätte.

Danach lag Mr. Pinners einziges Streben darin, sie von zweisamen Zusammenkünften fernzuhalten, bis sie sicher Mann und Frau waren. Er beobachtete sie mit ständiger fiebriger Unruhe. Er war von Panik besessen, was Sallys Jungfernschaft anbetraf. Seine Tage waren unendlich anstrengender als die schlimmste Zeit in Islington. Er vermißte und betrauerte Mrs. Pinner voller Verzweiflung. Die Eile, die Sorge, die ständig an ihm knabbernde Furcht und die Heimlichtuerei, auf der sein zukünftiger Schwiegersohn bestand, brachten ihn bald um.

»Warum wolln Se, daß es so geheim is', Mr. Luke?« fragte er mißtrauisch. Er war immer sehr wachsam, wenn es um Sally ging, und seine von Natur aus milden und vertrauensvollen Augen verfinsterten sich.

»Sie wollen doch keine heulende Meute von Studenten hier haben, oder?« konterte Jocelyn.

»Du lieber Himmel, ich glaube, das will ich nich', Mr. Luke«, sagte Mr. Pinner, seine beiden kleinen Hände erschreckt zum Himmel erhoben. »Sie hat 'ne rechte Begabung, die Sally, Menschenmassn anzuziehn.«

»Na also«, sagte Jocelyn nervös, denn seine Nerven waren aufs äußerst gespannt. Und er fügte hinzu: »Haben wir nicht die Aufgabe, Sally vor ihnen zu beschützen?«

»Das is' Ihre Aufgabe, Sir ... das heißt, sie wird es bald sein«, sagte Mr. Pinner, der kaum an sich halten konnte vor Freude, daß er diese Verantwortung bald los sein würde.

»Ich wünschte, Sie würden mich nicht immer Sir nennen«, fuhr Jocelyn ihn an. »Ich habe Sie darum *gebeten*, es nicht zu tun. Ich bitte Sie *weiterhin*, es nicht zu tun.«

Durch die Anspannung und Erschöpfung war er den Tränen nahe. Es war unglaublich, aber es hatte sich ihm noch nicht einmal die Gelegenheit geboten, Sally zu küssen – nicht richtig, wie ein Liebhaber es tun sollte. Immer war dieser verdammte Pinner dabei – so nannte er seinen zukünftigen Schwiegervater –, was konnte er also tun? Er konnte noch nicht einmal mit ihr reden, zumindest nicht richtig. Er konnte den Schwall von anbetenden Worten, die ihn fast verglühen ließen, nicht aus sich herauslassen, während dieses Musterbeispiel an Wachsamkeit erbarmungslos dabei saß. Wovor hatte der Mann denn Angst? Jocelyn hatte ihn am Anfang geradeheraus gebeten, sie allein zu lassen, als er merkte, wie er an ihnen klebte. Die Antwort war, daß die Brautzeit über jeden Zweifel erhaben sein sollte, und daß er dem armen Mädchen Mutter und Vater zugleich sein mußte.

»Über jeden Zweifel erhaben! Du meine Güte!« dachte Jocelyn, der in einem rasenden Tempo nach Cambridge zurückfuhr und dabei seinen Kopf mit einem nervösen, wilden Lachen nach hinten warf. Sein Schwiegervater – dieser kleine Mann mit der Hose, die so lang war, daß sie sich um seine Beine wickelte. Sein Schwiegervater ...

Doch um wieviel grotesker war es, daß er ihr Vater war! Es schien in der Tat unbegreiflich, wie diese Schönheit jenseits aller Träume aus Mr. Pinners kleinen Lenden entsprungen war.

Die Witwen und Jungfern von Woodles beobachteten Jocelyns tägliche Besuche voller Neugierde, und sie versuchten herauszufinden, wie er hieß und welchem College er angehörte. Sie hatten keine Zweifel hinsichtlich des Objekts seiner Besuche, da sie alle mittlerweile Sally gesehen hatten. Sie wollten Mr. Pinner warnen, daß er vorsichtig sein müsse. Sie gingen in seinen Laden und warnten ihn.

Mr. Pinner, der noch kleiner und noch mehr in seine Hose versunken schien, dankte ihnen ausführlich und sagte, er sei vorsichtig.

»Man muß aufpassen bei einer Tochter ohne Mutter«, sagten sie.

Mr. Pinner sagte, er passe auf.

»Und da ihre Tochter verspricht, eines Tages zu einem recht gutaussehenden Mädchen heranzuwachsen ...«

»Sally verspricht nich' viel, Madam ... is' alles nur Getue, Getue, und nix als Getue, seit se so groß war.«

»Nun gut, jetzt übertreiben Sie aber«, sagte die Dame, mit der er sprach, und lächelte nachsichtig. »Dennoch denke ich, sie kann zu einem recht gutaussehenden Mädchen heranwachsen, und so nah an Cambridge müssen Sie vorsichtig sein. Ihr Besucher ist natürlich ein Student?«

Und Mr. Pinner, der Angst hatte vor Jocelyn, Angst vor seinen Drohungen, daß Horden junger Männer seinen Laden bevölkern würden, wenn die Verlobung bekannt würde, Mr. Pinner hätte beinahe gelogen, doch konnte er diese Sünde gerade noch vermeiden und sagte: »Weiß nich', Madam.«

Doch sie zwang ihn – die Dame zwang ihn zu lügen. »Was?« rief sie aus. »Sie wissen es nicht? Sie wissen es nicht?«

Daraufhin log er, ohne mit der Wimper zu zucken. »Nein, Madam«, sagte er, seine gequälten blauen Augen auf sie gerichtet. »Ich glaube nich', daß der junge Mann sein' Nam' genannt hat.«

Und sein Herz schrie auf, rechtfertigte sich vor seinem Gewissen. »Wenn se mir zum Lügen zwingen, was soll ich dagegen tun?«

Zwischen diesen beiden Männern, die sich beide in einem Zustand extremster Nervenanspannung befanden, verbrachte Sally ihre letzten Tage unter dem Dach ihres Vaters. Sie war liebenswürdig und still, ein gutes Mädchen. Sie tat, was man ihr sagte; sie hatte immer getan, was man ihr gesagt hatte, so daß es ihr zu einer Gewohnheit geworden war. Sie mochte das Aussehen des jungen Mannes, der nun so unerwartet ihr Ehemann werden sollte; und sie war erfreut, daß er ein vornehmer Herr war. Sie wußte nichts über vornehme Herren, aber sie mochte die Art, wie sie sprachen. In Islington waren ihr die Besuche der Geistlichen aus gerade diesem Grunde am liebsten gewesen – wegen der Art, wie sie sprachen. Sie wäre die vierzehn Tage, die zwischen dem ersten Zusammentreffen und ihrer Hochzeit vergingen, vollständig glücklich gewesen, wenn ein wenig mehr gelächelt worden wäre.

Es wurde nicht gelächelt. Ihr Vater packte sie in zitternder Hast zusammen, ganz so, als wäre sie ein Paket, das man eiligst loswerden müßte. Das Gesicht ihres Verehrers war hager und drückte genau das Gegenteil eines Lächelns aus. Stumpf sah er sie unter den überhängenden Augenbrauen an, und von Zeit zu Zeit brach ein kurzer Redeschwall aus ihm hervor, den sie nicht verstand und von dem sie nicht wußte, wie sie damit umgehen sollte. Oder er schob ihr verstohlen seine zitternde Hand zu, den Rand des Tischtuches entlang, unbemerkt von ihrem Vater, und berührte ihr Kleid. Er sieht aus wie jemand auf einem Bild, dachte Sally, mit seinem schmalen, dunklen Gesicht, den tief nach hinten versetzten Augen, die ganz blau waren, trotz seiner dunklen Haut und seines dunklen Haars. Sie mochte ihn sehr. Sie mochte jedermann sehr. Wenn doch nur ab und zu jemand lächeln würde, wie nett könnte dann alles sein. Denn dann hätte sie sicher gewußt, daß sie glücklich waren und das bekamen, was sie sich wünschten. Sally wollte, daß die Menschen glücklich waren und bekamen, was sie sich wünschten. Doch in dem Zustand, in dem sie sich befanden, konnte niemand an ihren Gesichtern ablesen, daß diese beiden zufrieden waren. Manchmal, am Abend, nachdem ihr Verehrer gegangen war und die Tür hinter ihm verschlossen und verriegelt und die Fenster genau untersucht und fest zugemacht waren, wurde ihr Vater etwas ruhiger und auch etwas fröhlicher. Doch ihr Verehrer wurde nie ruhiger oder fröhlicher.

Sally hatte kaum das, was man Gedanken nennen konnte, es waren eher Empfindungen. Sie war sich der Situation bewußt, ohne daß sie sie in Worte fassen konnte. Vielleicht würde er sich ändern, wenn er das bekäme, was er wollte, und das war, so weit war sie sich der Sache bewußt, sie selbst. Sie hatte nicht die geringsten Zweifel darüber, was er wollte. Sie war zu sehr daran gewöhnt. Zwar nicht in einer so heftigen Weise, aber dann war auch noch nie einem ihrer anderen Bewunderer – das heißt jedem einzelnen Mann, dem sie begegnet war –, gestattet gewesen, ihr Bräutigam zu sein, wie ihr Vater es nannte. Sally verstand, daß das der Name für die Person war, die man heiraten würde und die daher Dinge sagen und sich auf eine Weise betragen durfte, wie es niemand anderem zustand. Im Unterschied zu jemandem, mit dem man ins Kino ging und den man nicht heiratete und der der Liebste war. Sie wußte das, denn obwohl sie selbst nur eingezwängt zwischen ihrer Mutter und ihrem Vater ins Kino gegangen war, so hatte sie doch die Mädchen in ihrer Schule darüber reden hören, wie sie mit ihren Liebsten aus waren. Das waren die Mädchen, die ihre Freundinnen waren, bis sie erwachsen wurden, und die dann anfingen, schreckliche Dinge zu ihr zu sagen, heftig zu weinen und ihr aus dem Weg zu gehen.

Als ob sie etwas dafür konnte, daß ihr Gesicht sie verärgerte.

»Ich habe mein dummes Gesicht nich' gemacht«, sagte sie, in Tränen aufgelöst – ihr zarter Mund sprach es »Gösicht« aus –, zu ihrer letzten Freundin, die sie am liebsten mochte, die am längsten ausgehalten hatte, die aber zum Schluß dennoch den Blick nicht ertragen hat, mit dem derjenige, den sie ihren Liebsten nannte, Sally ansah, wenn er ihr begegnete.

»Nein. Hast du nich', Sally Pinner«, antwortete ihre Freundin voller Wut. »Aber du hättest es gemacht, wenn du's gekonnt hättest, so daß du nix andres bist als 'ne Heuchlerin – siehste?«

Die Freundin vergaß sich noch mehr und fügte hinzu, daß Sally eine verfluchte Heuchlerin war – was Mr. Pinner, hätte er es gehört, als Fluchen bezeichnet hätte.

Und so hat Sally in ihrem kurzen Leben schon viel Ärger und Unbehagen hervorgerufen, obwohl sie so sorgsam behütet worden war.

Wo immer es Menschen gab, starrten diese Menschen Sally an und begannen, sie zu verfolgen. Wenn sie ihr nicht mit den Füßen folgen konnten, so folgten sie ihr mit erstaunten, eifrigen Augen, solange sie in Sichtweite war. Das Abendmahl war der einzige Sonntagsgottesdienst, zu dem Mr. Pinner sie in Woodles gehen ließ, denn er war kärglich besucht, und die wenigen Gläubigen waren Frauen. Doch selbst bei dieser feierlichen Veranstaltung fiel es dem Vikar, der achtundsiebzig Jahre alt war, nicht ganz leicht, diese wunderschöne Gnadensfigur, die wie Morgenlicht im Schatten seiner kleinen, dunklen Kirche strahlte, nicht zur Kenntnis zu nehmen. Als Sally den ersten Sonntag zum Gottesdienst kam, bemerkte er sie sofort, wie auch alle anderen sie immer sofort bemerkten, wenn sie irgendwo auftauchte. Sie hatte auf den alten Mann dieselbe Wirkung wie auf Jocelyn, als dieser sie zum ersten Mal sah – er hielt die Luft an und war einen Augenblick lang den Tränen nahe. Denn dem alten Mann schien es, als erfahre er jetzt, am Ende seines Lebens, endlich die Schönheit – direkt von Gott gesandt, noch voller Tau durch die himmlische Geburt. Der Vikar, der lange Zeit Einsiedler gewesen war und ausschließlich in seinen Erinnerungen lebte, die allesamt sentimental und poetisch waren, verneigte sich im Geist vor der jungen Erleuchtung, die in seine Kirche gekommen war, als sei sie ein Geschenk Gottes.

Das war Sally, als der junge Jocelyn sie heiratete – innen mild, nur darauf bedacht, zu erfreuen, und außen ein Körper, der aus Licht gemacht zu sein schien. So, wie Mr. Pinner wollte auch Jocelyn sie verbergen. Deshalb wollte er in London heiraten, dem unauffälligsten Ort der Welt, doch da er schnell heiraten wollte, vereitelten technische Schwierigkeiten seine Absicht. Er zog den Vikar ins Vertrauen, bekam eine Sondererlaubnis, umging so das Aufgebot und öffentliche Ankündigungen und wurde an einem hellen Märzmorgen verheiratet, während man in Woodles, in Unkenntnis des Ereignisses, noch mit dem Abwasch des Frühstücksgeschirrs beschäftigt war.

Jocelyn kannte inzwischen Sallys Unfähigkeit, eine Frage einfach zu beantworten und erwartete fast, daß sie sagen würde »Hab nix dagegen«, als der Vikar sie fragte, ob sie ihn, Jocelyn, zum Ehemann nehmen würde. Sie sagte es nicht, aber selbst wenn sie es gesagt hätte, so wäre es ihm egal gewesen, und auch dem Vikar wäre es egal gewesen. Was immer sie auch tat oder sagte, schien diesen beiden verblendeten Männern die perfekte Geste, das perfekte Wort zu sein.

Doch Sally, die jung und schüchtern war, sagte sehr wenig. Sie hatte in der Zeit ihrer kurzen Verlobung selten etwas gesagt. Voller Ehrfurcht vor dem Amt und dem Alter des Vikars erhob sie kaum die Augen, und noch weniger erhob sie die Stimme. Trotzdem war der alte Mann wie verzaubert. Anstatt Jocelyns Entschluß, seinen Namen aus dem College zu streichen, seine vielversprechende Karriere an den Nagel zu hängen und Sally zu heiraten, nach London zu gehen und Journalist zu werden – ein Beruf, zu dem er nicht die geringste Neigung hatte –, zu verurteilen, verstand der Vikar ihn vollkommen. Die Verwaltung des Colleges hingegen war verblüfft über einen so bewußten Selbstmord. Sie hatten Sally nicht gesehen. Der Vikar, der sie gesehen hatte, war überzeugt, daß der junge Mann das Einzige tat, was es sich zu tun lohnte – alles aufzugeben, um der Wahrheit zu folgen.

»Denn ist nicht Wahrheit Schönheit, und Schönheit Wahrheit?« fragte der Vikar, der zu alt war, um noch an der Materie zu hängen.

Jocelyn und er waren einer Meinung, daß dem so war.

Der Vikar war in der Tat ein immenser Trost für Jocelyn in der zweiten und letzten Woche seiner Verlobung, denn Mr. Pinner war überhaupt kein Trost. Nicht, daß Jocelyn in diesem wunderbaren Moment Trost nötig hatte, doch er brauchte Verständnis, brauchte jemanden, mit dem er reden konnte, der intelligent zuhören konnte und wollte. Mr. Pinner hörte nicht intelligent zu, er hörte überhaupt nicht zu. Alles was er sagte, war ein kräftiges »Stimmt« zu allem, was Jocelyn sagte. Eine solche Wahllosigkeit war ärgerlich. Es war äußerst erfrischend, von ihm wegzukommen und zum Pfarrhaus zu gehen, dort langsam mit dem alten Mann auf dem Sommerpfad auf und ab zu gehen, wo die ersten Narzissen hervorkamen, und mit jemandem zu reden, der einen vollkommen verstand.

Aus der Häufigkeit, mit der sein junger Freund zu ihm kam, um ihn um Rat zu fragen, schloß der Vikar, daß Jocelyn Waise war, doch stellte er keine Fragen, hatte er doch das Alter, in dem man Fragen stellte, schon lange hinter sich gebracht. Er hatte das Alter der Stille erreicht, in dem man sich auf seinen Lorbeeren ausruhen konnte, sich zum letzten Mal im Sonnenlicht erwärmte, bevor man von hier schied und nicht mehr gesehen ward. Sein Geist war schon leicht umnebelt, so daß er Sally mit der *Nunc Dimittis* verband und Gott laut dafür dankte, sehr zu Sallys Verwirrung. Denn sie verstand nicht, wovon der alte Mann redete, daß er Gott dankte, die perfekte Schönheit zu sehen, die er Gottes Salvatia, Erlösung, nannte, bevor er in Frieden schied. Passend und richtig war in den Augen des Vikars der Entschluß des jungen Mannes, alles zurückzulassen und diesem Kind von Gottes Gnaden zu folgen.

Des Vikars unpraktische Einstellung kam Jocelyn sehr gelegen, der wußte, daß eines der Dinge, die er zurückließ, seine Mutter war, wenngleich er es während dieser seltsamen vierzehn Tage des verhinderten Turtelns und der Verlobung auf Abstand vergaß.

Er hatte es nicht erwähnt, doch er hatte eine Mutter.

III

Er hatte keinen Vater, denn dieser war schon lange tot, aber eine Mutter, deren einzige Freude und Stolz er war. Am Abend seiner Hochzeit saß sie zu Hause am Kamin und dachte an ihn. Keine halbe Stunde am Tag verging, ohne daß der Gedanke an Jocelyn aufkam. Ihr einziges Kind, so begabt, so wißbegierig, so fleißig, so gut. Sie liebte kluge Menschen. Sie liebte fleißige Menschen. Sie liebte es, wenn der Mann des Hauses in seiner Arbeit aufging. Welch ein Heiligenschein war er für ihren Kopf! Jeder in ihrer Umgebung wußte von ihm. Jeder hatte von seinen Erfolgen gehört: »Mein Sohn, der am Ananias College studiert... Mein Sohn, der ein Preisträger seiner Universität ist... Mein Sohn, der dieses Jahr den Rutherford-Preis gewonnen hat...« Er hatte sie reich dafür entlohnt, daß sie ihr Leben für ihn und seine Erziehung geopfert hatte und all ihren potentiellen Verehrern kein Gehör geschenkt hatte, als sie eine junge Witwe war. Selbst jetzt, zwanzig Jahre später, war sie noch keine alte Witwe, doch sie war eine weniger junge Witwe.

Sie wohnte in einem dieser Vororte, wo man ein kultiviertes Leben führte. Sie war beliebt und man achtete sie. Genau gesagt war sie eine der tonangebenden Frauen der dortigen Gesellschaft – kultiviert, eine richtige Dame, belesen, künstlerisch, interessiert an jeder neuen Bewegung, die es gab. Zudem war sie eine äußerst erfreuliche Erscheinung, schlank in einem Alter, in dem die Mütter von erwachsenen Kindern es meist nicht mehr sind, dunkelhaarig unter den Grauhaarigen, faltenlos unter den Faltigen, ohne Krähenfüße um die ruhigen und wunderbar klaren Augen.

Sie war glücklich und zufrieden. Das Milieu traf genau

ihren Geschmack. Vor zwanzig Jahren war sie von Kensington nach South Winch gezogen – aus dem richtigen Kensington, nicht West oder Nord Kensington, sondern aus dem Teil, der um Albert Hall angesiedelt ist –, nachdem ihr Mann gestorben war, denn sie mußte sparsam sein. Doch bald entdeckte sie, daß South Winch genau der richtige Ort für sie war. Sie war klug genug zu begreifen, daß es viel besser war, tonangebend in einem Vorort zu sein, jeden zu kennen und von jedem gekannt zu werden, anstatt anonym und unsichtbar in London zu leben. Außerdem kam der Frühling in die Vororte, wie er nie nach London kam, und es war eine Angewohnheit von South Winch, wo die Menschen unbedingt von allem eine hohe Meinung haben wollten, eine besonders hohe Meinung vom Frühling zu haben. Nur ein schmiedeeisernes Gitter trennte Mrs. Lukes halben Morgen Land von einer richtigen Wiese, die zur großen Villa eines wohlhabenden Stadtmenschen gehörte. Der Frühling, so erzählte sie dem Pfarrer, der zugleich Stiftsherr war, verschönte die Wiese, wie er die Gegend um Albert Hall niemals verschönte.

»Schauen Sie sich diesen Löwenzahn an«, sagte Mrs. Luke. »Ich bin sicher, daß die gemeinste Blume in ihrer natürlichen Umgebung schöner ist als die ganzen künstlichen Arrangements in Kensington Gardens.«

Und der Pfarrer – der Stiftsherr – sagte: »Wie wahr«, und bemerkte, daß sie wie eine Anhängerin von Wordsworth klänge. Mrs. Luke lächelte, sagte »Tatsächlich?«, war jedoch wenig erfreut über diese Bemerkung, denn Wordsworth war nach der neuesten Meinung nicht mehr das, was er einst war.

Während Jocelyn also Sally quer über einen Eßtisch in dem privaten Speisezimmer eines Hotels in Exeter anhimmelte, wo sie ihre Reise nach Cornwall unterbrachen – denn dort würde er sie auf ihrer Hochzeitsreise verbergen –, und Sally weder Hand noch Fuß aus seinen Reden oder seinem Benehmen machen konnte und sich jede Minute unbehaglicher fühlte, saß seine Mutter, in der ruhigen Sicherheit der Unkenntnis, an ihrem Kamin im Almond Tree Cottage, das vor ihrem sorgsamen Eingreifen den dummen Namen Beulah getragen hatte.

»Ein Cottage«, so sagte sie zu ihren mitfühlenden Freunden, »ist das Haus, das sich für mich ziemt. Ich bin eine arme Frau. Fünfhundert im Jahr« – warum sollte sie es verheimlichen? – »bringen einen heutzutage nicht weit, wenn die Einkommenssteuer abgezogen ist. Jocelyn hat seine eigenen Fünfhundert, ansonsten wäre es uns übel ergangen. Doch so komme ich gerade zurecht.«

Und sie kam zurecht; in ihren klugen Händen verwandelte Sparsamkeit sich in einen Luxus, doch nur soweit, daß niemand sie gerne um Wohltätigkeitsspenden bat.

Das Haus war klein und sehr weiß, es hatte einen kleinen und sehr grünen Garten mit einer Zeder hinter dem Haus und einem Mandelbaum im Vorgarten. Zwei Pforten, die in ihren Angeln schaukelten, und eine halbmondförmige Einfahrt. Das Gitter. Sträucher. Einen gelben Schotterweg. Häuser gegenüber, vor denen ebenfalls Mandelbäume standen, oder, was weniger schön war, Araukarien in den Vorgärten der weniger Geschmackvollen. Die Haustür war blau. Die Vorhänge, die nicht weit von der Tür im Fenster hingen, waren ebenfalls blau. Es gab keine Jahreszeit, in der nicht wenigstens eine frische Blume in einem schmalen Gefäß im Wohnzimmerfenster zu sehen war. Im Wohnzimmer selbst befand sich an den ansonsten leeren Wänden nur ein Bild, eine wirklich sehr gut gearbeitete Kopie von einer fröhlichen, bezaubernden Deckenbemalung von Tiepolo – Mrs. Luke war die erste in South Winch, die Tiepolo entdeckte. In diesem Gemälde schienen alle ein maßvolles Glück zu empfinden, trotz einer Kreuzigung, die in der einen Ecke stattfand, und gutgelaunte, fette kleine Engel warfen Rosen über diesen offensichtlich perfekten Sommernachmittag. Es gab auch Bücher, zwar nicht viele, dafür aber die richtigen. Man konnte Blake finden, Donne, Sir Thomas Browne und Proust auf Französisch. Auf dem kleinen Tisch neben dem Kamin lag immer ein Roman, meist von Galsworthy, und durch eine Absprache mit dem Freundeskreis zirkulierten auch die besseren Wochenzeitungen pünktlich durch das Haus.

An diesem Abend von Jocelyns Hochzeit saß seine Mutter auf dem bequemen Stuhl am Kamintisch, hatte ihren dunklen Schopf gegen das helle Kissen gelehnt, das der Schlichtheit des Zimmers den notwendigen Farbtupfer verlieh, und hatte den Schoß voller Besprechungen der neuesten Bücher und Theaterstücke, damit sie in der Lage sein würde, diese intelligent mit ihm zu diskutieren, wenn er Ostern nach Hause kam – sie mußte sich nur noch wenige Tage bis dahin gedulden. Es gelang ihr nicht, sich auf die Zeitschriften zu konzentrieren, denn ihre Augen wanderten zu dem kleinen, leuchtenden Kaminfeuer aus Holzscheiten und Torfstücken, und ihre Gedanken flogen davon. Sie waren wie Vögel, die immer wieder in ihr Nest zurückkehrten, um sich aufzuwärmen. Mrs. Lukes Nest war Jocelyn, was er war und was aus ihm werden würde.

Andere Mütter machten sich Sorgen um ihre Kinder, sie brauchte sich nie zu sorgen. Andere mußten Enttäuschungen ertragen, sie erlebte nichts als glückliche Erfolgsmomente. Es stimmte, er zog sich oft in sein kleines Studierzimmer unter dem Dach zurück, wenn er zu Hause war, und ging dann nirgendwohin außer zu einem Beethoven-Konzert. Gemeinsam hatten sie alles gelesen, was es über Beethoven gab, und sie wollte diese Studien weiterführen und alles lesen, was es über Bach gab. Oder er kam herunter, um lange Spaziergänge mit ihr zu machen. Dann aßen sie in einem kleinen Gasthaus am Wegesrand Brot und Käse, und zwischen den Bissen lasen sie einander laut vor. Wieviel reicher war sie doch durch Jocelyn. Und der Trost, einen so *guten* Sohn zu haben, einen Sohn, dem nicht einmal an sogenannten harmlosen Zerstreuungen gelegen war! Wenn sie sich die Söhne anderer Leute ansah und die Furchen in den Stirnen der Väter sah – sie lächelte über ihre poetische Metapher –, wenn sie sie das Schreckenswort Schulden flüstern hörte und wußte, woher die Schulden stammten – aus einem grausigen Crescendo von Wetten, Spielen, Trinken, Frauen –, dann konnte sie kaum ausreichend Dankbarkeit empfinden, daß Jocelyn so gut war. Nicht ein einziges Mal hat er gewettet, gespielt, getrunken oder – auch hier lächelte sie über ihren Ausdruck – Frauengeschichten gehabt. Das würde sie beschwören. Kannte sie denn nicht sein innerstes Wesen? Er verbarg nichts vor ihr, er hätte es nicht gekonnt, selbst wenn er gewollt hätte, Gott segne ihn. Denn wie lange schon lagen ihre Augen auf ihm, beobachteten ihn, schon damals, als er selbst noch kein Bewußtsein hatte, und so kannte sie ihn viel, viel besser, als er sich selbst kennen konnte.

O ja, sie war mit vielem gesegnet. Sie war zufrieden und war sich ihres Glücks bewußt. Ihr dunkler Kopf auf dem farbigen Kissen war voll der glücklichen – warum soll man es verbergen? – Selbstgratulation, was nur ein anderes Wort für Dankbarkeit ist. Und wie konnte sie sich nicht zum Besitz des geliebten, begabten Jungen gratulieren? Zusätzlich zu allem anderen setzte auch noch ihr Nachbar, dessen Wiese mit den Butterblumen sie an bunten Maivormittagen so frei und preiswert über das Gitter genießen konnte, unverkennbare Zeichen, daß er sie gerne heiraten würde. Das Trauerjahr seiner Witwerzeit war kürzlich zu Ende gegangen, und in der darauffolgenden Woche hat er unversehens mit Aktivitäten angefangen, die sich nur als Werben bezeichen lassen. Was ihrem ohnehin schon vollen Glückskelch ein weiteres Tröpfchen hinzufügte. Arm? Ja, sie war arm. Aber was hieß das schon, arm zu sein? Überhaupt nichts, wenn man sich weigerte, es als Makel zu empfinden.

Sie lächelte ein drittes Mal und schüttelte den Kopf mit einem Blick auf die sorgfältig angeordneten Torfstücke, als seien sie ihr Nachbar. »Nun, nun, mein Freund – in unserem Alter«, konnte sie sich selbst in sanftem und schmeichelhaft spottendem Ton sagen hören – er mußte mindestens zwanzig Jahre älter sein als sie –, wenn der Moment kommen würde. Aber dennoch war es angenehm, hier in ihrem hübsch beleuchteten Wohnzimmer zu sitzen (sie war sehr geschickt im Herstellen von Lampenschirmen) und zu wissen, daß nebenan ein Mann saß, der trotz seiner über sechzig Jahre noch rüstig war und der sie begehrenswert fand. Es war angenehm, sich vorzustellen, daß sie nur die Hand auszustrecken brauchte, um seinen Reichtum zu ergreifen.

Ja vielleicht, so überlegte sie, war es gar für Jocelyn das Beste, wenn er einen gediegenen Stiefvater wie diesen im Hintergrund hatte, der ihn finanziell unterstützen konnte? Sie hatte viele glückliche Jahre in dem kleinen weißen Haus verbracht, und bisher hat es sie selten gestört, daß sie sich so sorgsam darum kümmern mußte, die Anzeichen ihrer Sparsamkeit dezent zu verbergen. Doch sie wurde älter, und vielleicht würde sie ermüden, und vielleicht würde Jocelyn später heiraten und einen eigenen Hausstand gründen wollen, was doch nur natürlich wäre. Dann wäre sie einsam und zehn Jahre (denn sie dachte, daß Jocelyn vielleicht in zehn Jahren bereit sein würde, zu heiraten) weniger attraktiv als jetzt. Mit jedem Jahr würde sie nicht nur einsamer, sondern auch weniger attraktiv werden, wobei das doch eigentlich nicht geschehen sollte, wenn sie geistig rege bliebe . . . ?

Hingegen, wenn sie ihren Nachbarn heiratete . . . ?

Da kam er auch schon, unter dem Vorwand, ein Buch zurückzubringen, daß sie ihm geliehen hatte, obwohl er es nicht gelesen hatte und auch nie vorgehabt hatte, es zu lesen, denn es war das, was er, ein einfacher Mann, hochtrabend nannte. Er sagte ihr das aber nicht, denn wenn ein Mann auf Freiersfüßen geht, dann kann er nicht ehrlich sein. Er war sich dessen bewußt, daß er auf Freiersfüßen ging. Was ihm nicht bewußt war, war, ob sie es wußte. Bei Frauen konnte man sich nie so sicher sein, denn selbst die Besten unter ihnen waren verschlagen.

An diesem Abend kam er, um die Angelegenheit endlich klarzustellen. Sie war eine charmante Frau. Er hielt sie für viel jünger, als sie wirklich war, denn mit einem Sohn von zweiundzwanzig mußte sie so ungefähr zweiundvierzig sein, rechnete er sich aus. Er hatte immer den Mut bewundert, mit dem sie, wie ihm schien, der bloßen Not ins Gesicht blickte. Auch war sie genau die richtige Frau, die er an seinem Tisch haben wollte, wenn Freunde zum Essen kamen – gutaussehend, geschmackvoll gekleidet, wortgewandt zu jedem nur möglichen Thema und eine perfekte Dame. Wenn die Freunde dann gehen wollen und es an der Zeit ist, sich zu verabschieden – in diese Worte kleideten sich seine Phantasien –, dann wäre sie noch immer eine begehrenswerte Gefährtin, selbst wenn sie – wieder seine Worte – etwas zu wenig Speck auf den Rippen hatte. Doch das würde sich bald ändern, wenn er sie mit dem ganzen guten Essen aufpäppelte, das sie sich nie hatte leisten können. Und außerdem war sie viele Jahre jünger als die arme Annie, die in seinem Alter gewesen war, wogegen anfangs nichts einzuwenden war, die sich mit den Jahren aber nicht zum Vorzeigen eignete. Außerdem war Annie sehr gewöhnlich geblieben.

Der Nachbar, dessen Name Mr. Thorpe war, kam also am Abend von Jocelyns Hochzeit gegen neun Uhr in das schlichte Wohnzimmer von Almond Tree Cottage mit dem Vorhaben, seine Absichten klarzumachen. Daß er abgewiesen werden könnte, kam ihm nicht in den Sinn, denn er hatte viel zu bieten. Er war bei weitem der reichste Mann in der Gemeinde, seine beiden Töchter waren verheiratet und aus dem Weg, sein Haus und seine Automobile waren größer als die aller anderen Bewohner, und er baute Ananas an. Er konnte keine Zweifel daran haben, daß er für eine Frau über vierzig ein guter Fang war. Und so ging er an dem Hausmädchen vorbei, das ihn ehrfurchtsvoll ansah und ihm die Tür aufhielt, und trat mit gestreckter Brust ins Zimmer. Ein armseliges Zimmer, so meinte er, in dem nichts von Wert vorhanden war, bis auf die Dame des Hauses.

Ja, bis auf die Dame des Hauses. Aber was für eine Dame. Kein einziges graues Haar auf dem Kopf, den er aufmerksam studierte, wenn sie es nicht bemerkte, und er würde wetten, daß sie auch noch alle Zähne hatte. Eine schmale Ferse, ein hübsches Handgelenk mit kleinen Fältchen. Er mochte es, wenn eine Dame kleine Fältchen am Handgelenk hatte.

Und wortgewandt zu jedem nur möglichen Thema. Annie, das arme Ding, hatte ihn wie einen Narr erscheinen lassen, wenn er seine Freunde zum Abendessen eingeladen hatte. Diese hier würde das Prunkstück seines Hauses sein, das, wie er dankbar zugab, schon voller feiner Stücke war.

»Ganz allein, eh?« sagte er munter. »Das ist schlecht.«

»Ich bin daran gewöhnt«, erwiderte Mrs. Luke, ihre schlanke Hand lächelnd ausgestreckt, auf der ein einzelner Rubin – oder war es ein Granat? wahrscheinlich eher ein Granat – das Licht auffing. Sie trug ein weinrotes, weiches Wollkleid, das Jocelyn besonders mochte, und der Ring und das Kleid paßten sehr gut zusammen.

Ein hübsches Bild, eine perfekte Dame. Mr. Thorpe, der keine Zeit verschwenden wollte, was seine Absichten betraf, senkte den Kopf und küßte ihre Hand.

»Wenn man an etwas Schlechtes gewohnt ist, so wird es dadurch nicht besser, sondern schlechter«, sagte er, und zog den einzigen anderen bequemen Stuhl – er gehörte Jocelyn – zu sich heran und setzte sich dicht neben sie.

Hier und jetzt wollte er seinen Antrag machen, denn er haßte es, etwas zu verschwenden, einschließlich Zeit. Mrs. Luke zog schon instinktiv die Schultern hoch, um sich zu verteidigen, denn sie würde sich die ganze Sache gerne noch etwas überlegen und herausfinden, ob seine so offenkundige Unbildung – die immens, ja geradezu riesig schien – für sie eher eine Quelle der Freude oder des Leids sein würde, und ob die Freude, ein leeres Hirn zu füllen, größer sein würde als die Schmerzen einer solchen Anstrengung, ob sie ihn nicht, kurz gesagt, besser abweisen sollte. Doch da kam das kleine Hausmädchen mit dem Silbertablett herein, auf dem es die Briefe präsentieren sollte, und hielt es Mrs. Luke hin.

»Briefe, eh?« sagte Mr. Thorpe, verärgert über die Unterbrechung. »Ich würde die Anweisung geben, daß sie in der, eh, man kann es wohl kaum Korridor nennen, also daß man sie in der Eingangskammer liegen läßt.«

Das kleine Hausmädchen schlich verschreckt aus dem Zimmer.

»Auch ich würde das tun, wäre es nicht so, daß ich nicht eine Minute warten kann, wenn ein Brief von Jocelyn kommt«, sagte Mrs. Luke und hielt den Brief fest, denn sie sah, daß er von ihm war. »Sie würden sicher auch nicht warten können, nicht wahr«, sagte sie und lächelte noch strahlender als sonst, denn schon die Berührung eines Briefs von Jocelyn ließ sie erstrahlen, »wenn Ihnen etwas am Herzen liegt.«

»Nein«, sagte Mr. Thorpe mutig, und griff diese Eröffnung auf. »Nein. Und deshalb bin ich auch gekommen ...«

Doch sie hörte ihn nicht. »Sie werden mir verzeihen, nicht wahr, lieber Freund«, murmelte sie, während sie den Umschlag mit einem emaillierten Brieföffner aufschlitzte, vorsichtig, so daß sie den Inhalt nicht beschädigte, »aber ich habe seit über vierzehn Tagen nichts von dem Jungen gehört und habe schon angefangen, mich zu fragen ...«

»Oh, natürlich, natürlich. Kümmern Sie sich nicht um mich«, sagte Mr. Thorpe gekränkt. »Doch Sie sollten auf mich hören«, fügte er hinzu und setzte sich sehr gerade und breit in seinem Stuhl auf, wobei er seine Hosenbeine an den Knien hochzog, »Sie sollten es mit Ihrem Sohn nicht übertreiben.«

Sie hörte ihn nicht. Ihre Augen überflogen die Zeilen des Briefes. Dabei murmelte sie, daß sie nur sehen wollte, ob es ihm gut gehe.

»Eingebildeter Schnösel«, wollte Mr. Thorpe gerade zu

sich selbst sagen, als er diese Versunkenheit beobachtete, doch wurde er plötzlich einer vollständigen und auffälligen Veränderung in der Dame gewahr.

Sie fing heftig an zu zittern, ließ den Brief auf den Boden fallen, gerade so, als ob ihre zitternden Hände ihn nicht mehr halten konnten. Dann schaute sie ihn mit ihren großen grauen Augen an, öffnete den Mund und stöhnte.

Er starrte sie an. Er konnte nicht verstehen, was mit ihr los war.

»Er ist krank, eh?« fragte er und starrte weiter.

»Oh, *oh* . . .« war alles, was sie sagte. Sie drehte ihr Gesicht weg und verbarg es in dem Kissen.

Nun, was macht man mit einer Frau, die ihr Gesicht in einem Kissen verbirgt? Man tröstet sie natürlich, dachte Mr. Thorpe, und ergriff diese neue Gelegenheit, die sich ihm bot. Der junge Esel konnte nicht tot sein, ansonsten hätte er nicht schreiben können. Doch vielleicht . . . Mr. Thorpe hielt bei diesem Gedanken inne und zog seine Hand zurück, mit der er gerade im Begriff war, Mrs. Luke zu streicheln. Ja, das war es. Besser noch nicht trösten. Denn der junge Narr hatte zweifellos Schulden gemacht, wurde von Verfahren bedroht und wollte seine Mutter überreden zu zahlen. Mr. Thorpe wollte seine Verlobung nicht damit beginnen, daß er für einen Taugenichts, der der Sohn eines anderen war, Geld rausrückte.

Und so zog sich seine Hand langsam zu seinem Knie zurück, wo sie bewegungslos liegenblieb, während er die Figur in dem Stuhl anstarrte. Eine hübsche Figur. Schöne Formen. Anmutig, selbst wenn sie aufgebracht war. Sie brauchte nur ein bißchen, ein ganz kleines bißchen mehr Fett auf den Rippen. Aber sie hätte ihren Sohn nicht so verwöhnen sollen. Frauen waren närrisch mit ihren Söhnen.

Dann, als er bemerkte, daß der Brief zu seinen Füßen lag und die Dame, deren Gesicht im Kissen vergraben war, nicht sehen konnte, was er tat, zog er seine Brille auf, hob den Brief vorsichtig hoch, damit er nicht raschelte, und mit der Bemerkung zu sich selbst, in der Liebe und im Krieg sei alles erlaubt, las er ihn.

Nachdem er ihn gelesen hatte, legte er ihn vorsichtig auf den Teppich zurück, setzte seine Brille ab und begann zu trösten.

Denn es waren keine Schulden, es war eine Heirat, das Beste, was von Mr. Thorpes Standpunkt aus geschehen konnte. So wurde das Feld geräumt und die Mutter war frei, ihre Aufmerksamkeit auf andere Bindungen zu richten. Der junge Esel hatte gute Arbeit geleistet, denn er hatte Hals über Kopf gehandelt. Was für ein Brief. Er sollte sich schämen, solchen krankhaften Unsinn an seine Mutter zu schreiben. Heute geheiratet. Cambridge aufgegeben. Karriere an den Nagel gehängt. Keine Ambitionen mehr. Wird seinen eigenen Unterhalt in London verdienen. Die Mutter würde das Mädchen lieben – nein, es war viel leidenschaftlicher formuliert – verehren, denn es war schöner als jeder Engel ...

Ts, ts. Ein einfältiger junger Dummkopf, hat sich vom ersten gutaussehenden Flittchen einfangen lassen.

»Erzählen Sie mir ruhig, was los ist«, sagte Mr. Thorpe, lehnte sich nach vorne und legte seine Hand ohne zu zögern freundlich auf Mrs. Lukes Schulter. »Es ist besser, wenn man sich die Dinge von der Seele redet. Sie können sich auf mich verlassen. Was immer Ihr Sohn auch getan hat, ich helfe Ihnen. Ich werde alles tun, alles, um Ihnen zu helfen.«

Und Jocelyns Mutter, erschüttert durch den unglaublich plötzlichen Zusammenbruch von allem, wofür sie gelebt hatte, hörte die freundliche, starke männliche Stimme durch ihr Elend hindurch, und sie klammerte sich an Mr. Thorpe, so wie Ertrinkende sich an einen Grashalm klammern, gab einige seltsame Laute von sich, beugte sich hinunter und versuchte, den Brief aufzuheben.

Aber ihre Hand zitterte zu sehr. Er mußte den Brief für sie aufheben.

»Lesen Sie ihn ...«, flüsterte sie schluchzend.

Und so nahm er seine Brille und las den Brief ein zweites Mal.

»Also, was Sie jetzt tun müssen«, sagte Mr. Thorpe, faltete den Brief ordentlich zusammen, nachdem er ihn gelesen hatte, und legte ihn auf das kleine Tischchen, »Sie müssen verstehen, daß, was geschehen ist, nicht rückgängig gemacht werden kann.«

Mrs. Luke, den Kopf wieder im Kissen vergraben, stöhnte.

»Das ist es«, sagte Mr. Thorpe, eine Hand auf jedem Knie und die Augen auf sie gerichtet. »Das ist die Lösung.«

»Ich weiß ... ich weiß«, stöhnte Mrs. Luke. »Aber zuerst ... der Schock ...«

»Schock, eh? Ich wußte nicht, daß eine Heirat so ein Schock ist«, sagte Mr. Thorpe. »Sollte sie zumindest nicht sein.«

»Aber so plötzlich ... so unerwartet ...«

»Die Leute heiraten, wissen Sie«, sagte Mr. Thorpe. »Besonders Männer. Wenn Sie es einmal beschlossen haben, kann sie nichts mehr aufhalten.«

»Ich weiß ... ich weiß ... – aber Jocelyn ... so ein Junge ...«

»Junge, eh? Alter hat nur wenig damit zu tun«, sagte Mr. Thorpe entschlossen. »Eigentlich überhaupt nichts.«

»Aber seine Aussichten ... seine Karriere ... alles weggeworfen ... ruiniert ...«

»Heirat hat noch keinem Mann geschadet«, sagte Mr. Thorpe noch fester, wohl wissend, daß das nicht ganz stimmte, aber wissend, daß man nicht gleichzeitig einen Antrag machen und nur Dinge sagen konnte, die stimmen. Mr. Thorpe wußte, daß man das, was stimmte, erst nach der Heirat sagte, nicht vorher.

»Hören Sie auf mich«, fuhr er fort, »Ihr kluger Sohn ist nicht weniger klug, bloß, weil er verheiratet ist. Wer wird ihm seinen Verstand rauben? Nicht eine liebende Gattin, das wette ich. Eher verdoppelt und verdreifacht eine gute, liebende Gattin die Erfolge eines Mannes.«

»Wie freundlich Sie sind«, murmelte Mrs. Luke, die seine Worte tröstlich fand. »Aber Jocelyn ... mein Junge ... daß er es vor mir verborgen hat ...«

»Irgendwas muß er doch vor seiner Mutter verbergen«, sagte Mr. Thorpe. »Mütter sind in Ordnung, und ein Mann braucht sie, um anzufangen, aber es kommt der Tag, wenn sie sich auf den Rücksitz setzen müssen. Nur was die Kinder betrifft, meine ich«, fügte er hinzu. »Eine Frau hat viele andere Dinge zu bieten und ist mehr als nur eine Mutter.«

»Oh, aber wir bedeuteten einander alles, alles«, stöhnte Mrs. Luke, die einen neuen Schlag empfand, als der Rücksitz erwähnt wurde. »Immer, immer. Nie hat er eine andere Frau auch nur angesehen ...«

»Verdammter Schnösel«, dachte Mr. Thorpe. Laut sagte er: »Dann hat er jetzt damit angefangen. Obwohl, wenn man eine Frau wie Sie hat ...«, sprach er weiter und legte seine Hand fest auf die ihre, die leblos, festgekrallt an ein

Taschentuch, herunterhing, während sie ihr Gesicht noch abgewandt hatte, »dann sollte man sich für andere nicht interessieren. Sie sind eine wunderbare Frau, wissen Sie – eine erstaunliche Frau.«

Seine Stimme veränderte sich. Sie nahm diese unverkennbare Note an, die ahnen läßt, daß ein Antrag folgt.

»Ich glaube ... ich glaube, ich muß mich hinlegen«, sagte Mrs. Luke schwach, denn sie erkannte diese Note und wußte, daß sie heute nichts Derartiges mehr ertragen würde. »Ich ... ich muß mich unbedingt hinlegen. Mein Kopf ...«

Sie versuchte aufzustehen.

Mr. Thorpe half ihr dabei. Seine Hilfe sah so aus, daß er nach ihren Händen griff und sie zu sich nach oben zog.

»Der Kopf, eh?« sagte er mit glänzenden Augen.

»Wie nett von Ihnen, wie nett ...«, murmelte sie zerstreut. Mittlerweile stand sie sehr dicht vor Mr. Thorpe, der immer noch ihre Hände festhielt.

Sie wollte ihren Brief. Sie sah sich hilflos nach dem Brief um, den Kopf soweit wie möglich von Mr. Thorpe abgewandt. Da war ihr Brief, auf dem Tisch ... sie wollte ihn ergreifen ... so schnell wie möglich entkommen ... sich in ihrem Schlafzimmer verstecken ... doch ihre Hände wurden festgehalten, und sie konnte sich nicht bewegen.

»Nett, eh? Sie nennen es nett?« sagte Mr. Thorpe durch die Zähne. »Ich kann noch netter sein.« Worauf er seine Arme um sie legte und sie heftig an seine Brust zog.

»So etwas als Ersatz für Jocelyn«, ging es Mrs. Luke durch ihren elenden und widerstrebenden Kopf.

Doch selbst durch ihr Elend und ihren Widerstand spürte sie, daß Mr. Thorpes Brust wie ein Felsen war, stabil und fest, ein Felsen, an den man sich in der momentanen Katastrophe, im Sturm der Enttäuschung, klammern konnte.

IV

Während diese Ereignisse sich im Almond Tree Cottage abspielten, benahm sich Jocelyn im privaten Salon des Hotels in Exeter höchst seltsam. Diesen Eindruck hatte zumindest Sally.

Wenn alle verheirateten Männer sich so benahmen, dann wunderte es sie, daß es in England noch verheiratete Frauen gab. Denn ein solches Verhalten mußte doch zwangsläufig zu einem plötzlichen Tod führen, dachte Sally, die sich Jocelyns zahlreichen und beängstigenden Umarmungen hilflos ergab. Dabei versuchte sie, an die Worte zu denken, die ihr Vater ihr am Abend zuvor gesagt hatte, als sie sich gerade anschickte, zu Bett zu gehen. »Sally« – ihr Vater, der sehr feierlich dreinschaute, hatte sie für einen Moment zurückgerufen –, »achte nich' drauf, was Mr. Luke tut oder was er nich' tut, sobald er dein Ehemann ist. Ehemänner sind keine Dschentelmen, das mußt du dich merken. Sie sind nich' die normaln, alltäglichn Dschentelmen, von die du meinst, du kennst se, bis du's besser weißt. Denk' dran, daß deine Mutter das alles mitgemacht hat, bevor du geborn wurdest, und 's ging se doch nich' schlecht, oder? Daran mußte denken, wenn du nervös wirst.«

Daran dachte sie, obwohl es Mr. Luke war – so nannte sie ihn noch immer –, der nervös wurde. Es schien ihm unmöglich zu sein, länger als zwei Minuten still auf seinem Stuhl zu sitzen und sein Abendessen zu genießen oder sie das ihre genießen zu lassen. Wo es doch ein so leckeres Abendessen gab – es war eine Schande, es kalt werden zu lassen. Was hatte man davon, ein leckeres Essen zu bestellen, wenn man es nicht essen konnte?

Als der Abend fortschritt, begann sie immer mehr, sich

nach dem friedlichen Wohnzimmer hinter dem Geschäft ihres Vaters zurückzusehnen; immer weniger war ihr der Gedanke, daß auch ihre Mutter all dies hatte über sich ergehen lassen, eine Stütze, denn von Minute zu Minute wurde ihr klarer, daß ihre Mutter ein solches Benehmen niemals über sich ergehen lassen mußte. Keinesfalls konnte ihr Vater sich so verhalten haben, wie Mr. Luke sich verhielt. Sally war nicht an Küsse gewöhnt, bis auf einen kurzen Guten Morgen- und Gute Nacht-Kuß auf die Wange, und so war ihr die Anzahl und die Länge von Mr. Lukes Küssen unbegreiflich. Auch war sie sehr überrascht, daß ein Gentleman sein Abendessen unterbrach – noch dazu ein so leckeres Abendessen – mit der Absicht, um den Tisch herumzulaufen, vor ihr auf die Knie zu fallen und ihre Schuhe zu küssen. Zwar waren ihre Schuhe neu, aber dennoch waren sie keineswegs ein Gegenstand, der zum Küssen gedacht war. Sie war so überrascht darüber, daß sie jedesmal erschauderte.

Sally war froh, daß die Tür abgeschlossen war, so daß der vornehme Kellner nicht hineinkommen konnte, denn dieser Kellner, der sie während des Bedienens ununterbrochen anstarrte und sie ›Madam‹ nannte, versetzte sie auf seine Weise fast ebenso in Panik, wie Mr. Luke es tat. Andererseits war der Kellner ausgeschlossen, während sie eingeschlossen war, so daß beide Wege abgeschlossen waren. Sally wünschte, sie könnte die Meringue essen, die der Kellner ihr auf den Teller gelegt hatte, bevor er ausgeschlossen wurde, doch jedesmal, wenn sie es versuchte, schien Mr. Luke sie küssen zu wollen.

Und wie Mr. Luke sie ansah, wenn er ausnahmsweise mal eine Minute lang still auf seinem Stuhl saß, er wandte die Augen nicht von ihr ab. Und die Dinge, die er ihr sagte! Dabei schien er keineswegs glücklich zu sein, obwohl er ständig vom Himmel und von den Engeln sprach. Wäre er glücklich gewesen, so hätte es Sally weniger ausgemacht, weil dann wenigstens einer von ihnen die Situation genossen hätte. Doch er wirkte völlig aufgelöst, richtig krank. Sally schloß daraus, daß er wohl eine Krankheit ausbrütete.

Eine ganze Zeitlang gelang es ihr, ihre guten Manieren zu bewahren, an die sie sich tapfer klammerte. Sie bemühte sich zu erraten, in welchem Moment sie ›ja‹ und in welchem sie ›nein‹ sagen sollte. Dies zu entscheiden war sehr schwierig, weil Mr. Luke so seltsame Dinge sagte, und sie hatte größtenteils keine Ahnung, was seine Reden bedeuteten. Lange Zeit bemühte sie sich, höflich, wenngleich etwas angespannt zu lächeln, wenn sie nach oben blickte und seine wildgewordenen, glühenden Augen sah. Doch plötzlich, ständig verhindert in ihren Versuchen, die Meringue zu essen, und zudem erhitzt und unwohl durch die vielen Küsse, – plötzlich stellte sie fest, daß sie sich nicht mehr schicklich verhalten, daß sie nicht mehr lächeln konnte, daß sie ›nein‹ sagte, wenn es eigentlich hätte ›ja‹ heißen müssen, daß sie ihre Nerven verlor und zu ihrem eigenen Erstaunen und zu ihrer Schande zu wimmern begann.

Sie wimmerte sehr leise und ganz entzückend. Sie ließ ihren Kopf elegant hängen und beugte ihren zarten Hals vor. Die Meringue, die sie die letzte Viertelstunde so sehnsüchtig hatte verspeisen wollen, gab sie schließlich auf und überließ sie ihrem Schicksal, so daß sie zusehends verfiel und die teure Sahne auf dem Teller zerlief.

Jocelyn war entsetzt.

»Oh, Sally, oh, mein Engel, oh, du himmlisches, himmlisches Wesen!« rief er, während er sich ihr ein weiteres Mal zu Füßen warf. Diese schob Sally schnell unter ihren Rock, wie sie es auch jedes Mal zuvor getan hatte.

Sie entschuldigte sich reumütig. Sie schämte sich wirklich sehr – wo er doch so gut zu ihr war und so viel Geld für so ein leckeres Abendessen ausgab.

»Ich hab nur einmal in mein' Leb'n geweint«, erklärte sie ihm. Sie suchte nach ihrem Taschentuch, während die Tränen aus ihren zauberhaften Augen flossen. »Als Mutter starb, doch, aber sonst wirklich noch nie. Ich weiß nich', was los is', Mr. Luke ...«

»Nur einmal im Leben! Als deine Mutter starb! Und jetzt, an deinem Hochzeitstag! O Sally, es ist meine Schuld, ich habe dich dazu ..., ich, der tausend Tode sterben würde, um ein einzelnes Haar von deinem göttlichen Kopf zu retten ...«

»Sagen Se das nich', Mr. Luke ... Bitte, sagen Se das nich'«, bat Sally ihn eindringlich, da sein ständiges Gerede vom Tod und von den Engeln sie beunruhigte. Als es ihr endlich gelungen war, ihr Taschentuch herauszufischen, riß er es ihr aus der Hand und küßte die Tränen weg, die ihre Wangen herunterrollten.

»Sie mögen wohl sehr gerne küssn, Mr. Luke, nich'«, murmelte Sally unglücklich und überließ ihre Tränen einem, wie ihr schien, furchtbaren Schicksal. Für sich selbst stellte sie resigniert, unglücklich und verblüfft fest: »Noch nich' mal die Augen läßt er in Ruhe.«

Drei Tage waren vergangen, als Jocelyn ihr zum ersten Mal befahl: »Sag das nicht mehr, Sally.« Es war eindeutig ein Befehl.

Er hatte ihr schon mehrfach gesagt, daß sie ihn nicht Mr. Luke nennen sollte. In flehendem, zärtlichem, verspieltem Ton hatte er ihr gesagt, daß er ihr Ehemann Jocelyn sei und daß er das »Mr. Luke« nie, nie mehr aus ihrem zarten Mund hören wollte. Jedesmal, wenn sie es vergaß – denn von Gewohnheiten ließ Sally nur sehr schwer ab –, erinnerte er sie mit einem lächelnden, anbetenden Blick daran.

Doch dieses Mal, nach drei ganzen Tagen und drei ganzen Nächten Flitterwochen, befahl er es ihr. Etwas verärgert fügte er noch hinzu: »Und um Himmels willen sieh die Leute nicht an, wenn sie vorbeigehen.«

»Ich seh' se nich' an«, protestierte Sally, die ganz rot wurde und nie den Wunsch hatte, jemanden anzusehen, ganz abgesehen davon, daß die besorgten Pinners ihr eingetrichtert hatten, daß ein bescheidenes Mädchen so etwas nicht tut. »Die sehn mir an.«

Das stimmte. Jocelyn wußte, daß es stimmte, aber dennoch war er verärgert. Er ergriff sie am Arm und führte sie in eine Seitenstraße vom Meer weg. Sie lenkten ihre Schritte in Richtung der weniger belebten Hügel auf der Rückseite des Dorfes.

Sie waren in St. Mawes, einem kleinen, abgeschiedenen Fischerdorf in Süd-Cornwall. Jocelyn hatte dieses Dorf vor zwei Jahren auf einer Radtour entdeckt, die er um die Osterzeit mit seiner Mutter gemacht hatte. Daß es ein Dorf war, bemerkten sie erst, als sie sich schon mittendrin befanden, so abgeschlossen und verborgen lag es. In seiner Erinnerung war es ein Ort, der sehr schwer zu erreichen und somit wahrscheinlich auch sehr einsam war. Er lag kilometerweit von einer Bahnstation und kilometerweit von der nächsten Stadt entfernt, so daß man nur über einen äußerst schwierigen und unbequemen Weg dort hingelangen konnte, es sei denn, man fuhr mit dem Schiff. Dieser Weg lief am Meer entlang, endete überraschend an einem Abhang, führte weiter zu einer Fähre, die einen über den Fal brachte und am Fuße eines anderen Abhanges wieder auslud. Als Abhänge nahmen zumindest Jocelyn und seine Mutter die Hügel wahr, denn sie mußten ihre Fahrräder bergauf schieben. Und so nahm er an, St. Mawes sei der Ort aller Orte, wo er seine Flitterwochen verbringen konnte, das heißt der Ort, an dem er seine wertvolle und Aufsehen erregende Sally verbergen konnte.

In seiner Erinnerung sah er nur eine Dorfstraße am Meer, ein oder zwei Gasthäuser, ein oder zwei Geschäfte, einen oder zwei Fischer und mitten am Tag eine gähnende Leere.

Genau der richtige Ort.

Zitternd vor Aufregung schrieb er an das Postamt dieses Ortes, um Zimmer für sich und seine Frau zu bestellen – seine Frau, oh, mein Gott! dachte Jocelyn.

Das Postamt besorgte ihm Zimmer – ein winziges Schlafzimmer, das fast ausschließlich aus einem Bett bestand, ein winziges Wohnzimmer, das fast ausschließlich aus einem Tisch bestand, und dann gab es noch einen Fischer und seine Frau, die den Rest des Häuschens bewohnten und sich um sie kümmern würden.

Am ersten Tag waren sie den ganzen Tag mit einem Boot unterwegs. Der Fischer zeigte ihnen Höhlen, wobei er Sally unbeweglich anstarrte, und jedesmal, wenn sie zurückfahren wollten, fuhr er statt dessen zu einer weiteren Höhle. Am zweiten Tag empfand Jocelyn es als seine Pflicht, Sally in Bewegung zu halten, denn von frühester Kindheit an war er daran gewöhnt, sich täglich zu bewegen. So machten sie in einer stillen Stunde nach dem Mittagessen einen Spaziergang am Meer.

Als er sie gefragt hatte, ob sie gerne hinausgehen würde, war ihre Antwort, sie hätte nichts dagegen. Er ignorierte diese Aussage, denn er sah sie gerade an, als sie es sagte, und niemand, der Sally ansah, wenn sie etwas sagte, konnte ihren Worten viel Aufmerksamkeit widmen. Zumindest konnte Jocelyn es nach nur drei Tagen Ehe nicht. Doch am Meer, wo sie nebeneinander gingen und er die Augen nach vorn gerichtet hatte, zunehmend erstaunter darüber, wie viele Menschen plötzlich, wie auch sie, anscheinend für einen Spaziergang hinausgegangen waren, fuhr er sie heftig an, als sie auf seine Bemerkung, der Ort sei wesentlich bevölkerter, als er gedacht hatte, sagte: »Isser, nich' wahr, Mr. Luke.«

Er fuhr sie heftig an. Seinen Engel, seine Erleuchtung, sein Wesen aus einer anderen Welt, das für alle Ewigkeit auf einem Thron aus Saphiren sitzen, mit Sternen gekrönt werden und nur in der Sprache Beethovens angeredet werden sollte (genau das hatte er zu ihr gesagt, was dazu führte, daß sie permanent hin und her rutschte, denn was im Himmel meinte er nur damit?). Doch dann waren diese verfluchten Menschen plötzlich aus dem Nichts aufgetaucht, und das reichte aus, um jeden Mann dazu zu bringen, Sally anzufahren – wie sie sie anstarrten! Woher kamen sie? Wohin gingen sie? Was wollten sie?

Jocelyn packte Sally und schubste sie einen Seitenpfad hoch, der über einen Hügel ins ruhige Hinterland führte. Er war äußerst verärgert. Diese Schweinehunde, diese gaffenden Nichtsnutze, dachte er und zerrte sie in einem solchen Tempo mit sich nach oben, daß die willige Sally, die gehorsam ihren schnellsten Schritt einsetzte und leicht und beweglich war, oben auf dem Hügel so atemlos ankam, daß sie nicht mehr sprechen konnte.

Nicht, daß sie sprechen wollte. Sie war nie sehr gut in dem gewesen, was ihre Freundinnen tratschen nannten. Zudem hatte die kurze Periode ihrer Flitterwochen sie gelehrt, wie sicher und gemütlich Stille im Vergleich zu den zugigen

Gefahren der Rede war. Die Ehe, das spürte sie schon jetzt, wo sie sich noch vorsichtig tastend darin bewegte, war ganz anders als alles, an das sie gewöhnt war. Sie schien ein sehr sumpfiges Gelände zu sein. Man ging vorwärts, und alles schien in Ordnung zu sein, doch schon fiel man hinein. Ehemänner – schwer zu sagen, woran man mit denen war, dachte Sally. Sie waren so wechselhaft. Einen Moment lagen sie auf den Knien, als sei man in einer Kirche, und im nächsten Moment rasten sie wie von Sinnen einen Hügel nach oben. Man hätte es nicht für möglich gehalten, wenn man es nicht selbst gesehen hätte. Und dabei hatte er ein ganz böses Gesicht. Böse? Warum? wunderte sich Sally, die nie böse war.

»Es sind deine Haare«, sagte Jocelyn, als sie oben waren und für einen Moment innehielten, denn auch er schnappte nach Luft.

Sie schaute ihn verständnislos an und sah in ihrer Überraschung ganz entzückend aus. Er blickte stirnrunzelnd auf das Meer und auf das Stück Straße, das unter ihnen zu sehen war und auf dem noch ein paar schwarze Flecken krabbelten.

»'tschuldigung?« Sally war so unbesonnen, etwas zu sagen. Aber schließlich war es nur ein Wort – sie war vorsichtig genug, nur ein Wort zu sagen.

Allerdings reichte ein Wort schon aus.

»Entschuldigung, Sally, Entschuldigung, *Entschuldigung*. Du mußt lernen, Entschuldigung zu sagen«, sagte Jocelyn verzweifelt.

»Ich habe 'tschuldigung gesagt«, erklärte Sally ihm sanft.

»Ja, hast du. Genau«, sagte Jocelyn.

»Isses nich' richtich, wenn ich 'tschuldigung sage?« fragte sie voller Eifer, bereit, etwas zu lernen.

»Hast du denn überhaupt kein Gehör?« war Jocelyns Antwort, der sie dabei fast ansprang.

Sally war noch überraschter. Was für eine Frage. Natürlich hatte sie ein Gehör. Sie hatte doch zwei Ohren. Genau das wollte sie ihm sagen, doch da sah er sie an, und sein Gesicht veränderte sich vollständig und nahm den Ausdruck an, den es immer hatte, wenn er vom Himmel und von den Engeln sprach.

Denn wie konnte Jocelyn jemandem wie ihr böse sein? Er mußte sich nur umdrehen und sie ansehen, und schon verschwand sein ganzer dummer Ärger. Was für ein nichtiger Wurm er mit seiner korrekten Aussprache und seiner wertlosen besseren Erziehung doch angesichts ihrer Schönheit war. Als ob so etwas wichtig war, dachte Jocelyn.

»O Sally, ich habe es nicht so gemeint«, sagte er, griff nach ihrer Hand und küßte sie. Sally fühlte sich sehr unbehaglich und schämte sich etwas, weil er ihre Hand küßte, und das auch noch im Freien.

»Du solltest versuchen, dein Haar etwas zu verbergen ... schau mal, so«, sagte er, nahm ihren Hut vorsichtig ab und steckte ihr Haar darunter, bevor er ihn ihr wieder aufsetzte. »Siehst du«, erklärte er, »sonst ist es so auffällig, nicht wahr, mein wunderschöner, flammender Seraph ... oh, mein Gott«, fügte er atemlos hinzu. »Wie schön du bist!«

»'s ändert nix«, sagte Sally resigniert.

»Was ändert nichts?«

»Ob du's reinsteckst oder nich'. Sie schaun mir immer an. Wir ham zu Hause alles versucht, Vater und Mutter ham's versucht, aber sie schaun mir immer an.« In ihrer Stimme klang Tadel und Abbitte mit. Es war besser, ihn das Schlimmste gleich am Anfang wissen zu lassen, denn sie war sich der Mühe und des nicht enden wollenden Ärgers, den sie ihren Eltern bereitet hatte, durchaus bewußt. Seit ihrem zwölften Lebensjahr hatten ihre Schelte, ihre Ermahnungen und ihre dunklen Vermutungen darüber, was mit ihr geschehen könnte, in ihren Ohren geklungen. Doch was konnte sie dagegen tun? Sie war nun einmal so. Was konnte sie dagegen tun, wo sie doch nun einmal so aussah?

Etwas anderes, wogegen sie nichts tun konnte, auch, wenn sie sich dessen nicht bewußt war, war, daß sie jedesmal, wenn sie der liebenswürdige Blick eines Fremden traf – und sie hatte bisher noch nie einen Fremden gesehen, dessen Blick nicht liebenswürdig war –, lächelte. Nur ganz wenig, nur eine unbeabsichtigte Dankesgeste für die Freundlichkeit in dem Blick, den sie gerade bemerkt hatte. Und da sie zwei Grübchen hatte, die ansonsten unsichtbar waren, ließ ihr Lächeln, das auf ihrem Gesicht ohnehin schon wunderhübsch gewesen wäre, dieses in außerordentlicher Schönheit erstrahlen. Darauf folgten Komplikationen, böse Schelte von den besorgten Pinners, Resignation und Überraschung auf seiten Sallys.

Sie versuchte, Jocelyn beizubringen, daß sie, was immer sie auch mit ihrem Haar tat, dennoch dazu verdammt war, angestarrt zu werden. Dabei schüttelte sie es nach hinten, so daß er es ordentlich zusammenbinden konnte. Ihr Haar wirkte vor dem grauen Hintergrund von Meer und Himmel einfach atemberaubend. In dem Moment bog ein junger Mann namens Carruthers, der mit seinem Hund nach einem muffigen sonntäglichen Familienmittagessen einen Spaziergang machte, pfeifend und einen Stock schwingend um die Ecke. Er blieb wie vom Blitz erstarrt stehen, als er sie sah.

Sein Hund jedoch lief weiter, bis hin zu diesem Engelswesen, roch daran, wackelte mit dem Schwanz und schien sehr zufrieden. Es war also echt, kein Gespenst, keine Halluzination, die sich aufgrund leidenschaftlicher Verse von Blake in seinem Gehirn bildete.

Er stand da und starrte. So etwas hatte er noch nie zuvor gesehen – nein, bei Jupiter, die meisten Menschen hatten so etwas noch nie gesehen. »Oh, bitte, bitte, bitte, setzen Sie ihn noch nicht auf!« hätte er fast geschrien, als er den Hut in den Händen des dunklen, spanisch aussehenden jungen Mannes sah, den dieser schnell über den Kopf des Mädchens hob, als dieser verfluchte Hund ihn störte. Er wußte, der Hut würde sich senken, und das Licht würde erlöschen.

Die Bewegungen des dunklen Jünglings waren jedoch schnell und bestimmt, und er setzte den Hut nicht nur auf, sondern er zog ihn dem Mädchen geradezu über – er zog ihn kräftig so weit über ihren Kopf, wie es ging. Dann, nach einem bösen Blick auf ihn, zog der Mann ihre Hand durch seinen Arm und ging mit ihr in die entgegengesetzte Richtung.

Carruthers blieb nichts anders übrig, als seinen Hund zu rufen – eine hübsche Hündin, die ein Sealyham-Terrier gewesen wäre, wenn seine Mutter das nicht verhindert hätte –, und es war nicht Carruthers Schuld, daß der Hund auch Sally hieß.

»Sally! Sally!« rief er deshalb so laut er konnte, und das war ziemlich laut. »Sally! Komm her! Komm sofort hierher!«

Die Hügel um St. Mawes vibrierten von seinen Rufen nach Sally.

Und sie kam gerannt, das heißt, seine Sally kam, doch ihr dicht auf den Fersen kam auch der dunkle Jüngling angeschossen. Das Mädchen war um die Ecke verschwunden und nicht mehr zu sehen. Der junge Carruthers beobachtete überrascht ihren eilig näherkommenden Begleiter, und er war noch überraschter, als er dessen Gesichtsausdruck sah.

»Wie können Sie es wagen! Wie können Sie nur!« schrie Jocelyn ihn an, als er nahe genug war. Carruthers war nicht mehr nur überrascht, sondern höchst erstaunt.

»Was gibt's?« erkundigte er sich.

»Wie können Sie es wagen, Sally zu rufen und ihr zu sagen, daß sie hierher kommen soll? Heh? Was meinen Sie damit? Sie ...«

»Moment mal ... so warten Sie doch!« rief Carruthers schnell und hob verteidigend einen Arm. »Warten Sie doch mal. Sehen Sie ... das hier ist Sally ...«, und er zeigte auf die schwanzwedelnde Sünderin.

Jocelyn ließ seine Fäuste lahm fallen. Er errötete und sah sehr tölpisch aus. »Tut mir leid«, murmelte er.

»Ist schon in Ordnung«, sagte Carruthers höflich, aber sarkastisch.

»Meine ... meine Frau heißt auch so«, stotterte Jocelyn, »und ich dachte, Sie kennen sie, und Sie waren so unglaublich frech zu ihr ...«

Carruthers starrte in das nervös zuckende Gesicht. Er lachte nicht, sondern nickte nur. Da er Sally gesehen hatte, konnte er nur nicken.

»Ist schon gut«, sagte er ernst, und aus einem Impuls heraus fügte er hinzu: »mein Freund.«

Er beobachtete, wie Jocelyns schmale Figur wieder in die andere Richtung eilte. »Eine ganz schöne Verantwortung«, dachte er. »Der arme Kerl ist schon ein reines Nervenbündel ...« Denn es war offensichtlich, daß sie noch nicht lange verheiratet sein konnten, da sie beide zu jung waren, um irgend etwas lange gemacht haben zu können.

Carruthers, der nach außen hin so hart und sachlich

wirkte, es innerlich aber nicht war, drehte sich um, damit er sie nicht noch einmal störte. Er ging durch die Felder nach Hause, wobei er traurige Töne in Moll vor sich hinpfiff. Wie unvorstellbar wunderbar mußte es sein, mit so einer Schönheit verheiratet zu sein, aber – bei Gott, unter welcher Anspannung mußte man sich dann ständig befinden, die Sorge würde kein Ende nehmen. Und er kam zu dem Schluß, daß Jocelyn ein armer Teufel war.

Er hätte noch mehr Mitleid gehabt, wäre er Jocelyn gefolgt und hätte er gesehen, was dieser sah, als er um die Ecke bog, wo er Sally für einen Moment hatte stehen lassen – für nur einen einzigen Moment, sagte Jocelyn ungehalten zu sich selbst. Er fand sie inmitten einer angeregt wirkenden Gruppe.

Sally lächelte zwei Männer und eine Frau an, die ebenfalls lächelten und sich äußerst angeregt mit ihr unterhielten. Sie war, genau genommen, höflich, eine Sitte, vor der Mr. Pinner sie wiederholt gewarnt hat. Doch da es keine Sitte war, sondern Sallys natürliche Unfähigkeit, ein Lächeln nicht mit einem Lächeln zu erwidern, hatte er sie vergeblich gewarnt.

Diese Leute waren den Hügel auf der anderen Seite hochgeklettert und trafen sie an, als sie alleine dastand. Mit einem strahlenden Lächeln und die erstaunten Augen freudig weit aufgerissen, fragten sie Sally nach dem Weg. Sally hatte ihnen nur höflich gesagt, daß sie hier fremd war, und sie stellten ihr nur ein paar freundliche Fragen, auf die sie nur geantwortet hatte: »Ich bin hier auf Hochzeitsreise, nich'«. Daraufhin drückten sie nur die Hoffnung aus, daß sie eine gute Zeit haben möge, als Jocelyn hurtig, bestimmt und rachsüchtig auf die so harmonische Gruppe zukam.

»Ja?« sagte Jocelyn und blickte sie finster an. »Ja?«

»Mein Mann.« Sally stellte ihn mit einer freundlichen Geste vor, die alle umfaßte.

Doch es nutzte nichts, daß sie freundlich war. Jocelyn war unfreundlich. Wie sollte er nicht unfreundlich sein, wo doch die beiden Männer aussahen, als würden ihnen gleich die Augen ausfallen.

»Ich hatte bisher den Eindruck«, sagte er und maß sie von oben bis unten ab, von ihren schlechten Hüten über die formlosen Körper in den dicken Mänteln bis hin zu ihren wenig attraktiven Füßen, »daß man eine Dame in England zwei Minuten lang alleine lassen kann, ohne daß sie belästigt wird.«

»Ich bin sicher . . .«, begann die Frau aus der Gruppe, die sehr rot wurde, während die beiden Männer verschreckt und einfältig aussahen.

»Beacht'n Se ihn nich'«, sagte Sally mit lieblicher Stimme, denn sie wollte die Stimmung mildern.

»Im Gegenteil, ich kann Ihnen versichern, daß Sie besser... daß Sie mich besser beachten«, erklärte Jocelyn streitsüchtig. Wieder zog er Sallys Hand durch seinen Arm, und wieder zerrte er sie fort.

»Also wirklich«, sagte er, als sie außer Sichtweite waren und nur noch grüne Felder zu sehen waren, die bis auf ein paar Kühe ganz leer waren. »Also wirklich.«

Er blieb stehen und wischte sich den Schweiß von der Stirn.

»Was is'?« wagte Sally sich vor, ängstlich, aber mitfühlend.

»Wenn ich mir vorstelle, daß ich dich keine Minute alleinlassen kann!« schrie er.

»Sie ham mir nach'm Weg gefragt«, erklärte Sally.

»Richtig«, sagte Jocelyn. »Richtig. Und was hast du gesagt, wenn ich fragen darf?«

»Daß ich nix weiß.«

»Richtig«, sagte Jocelyn. »Richtig.«

»Da ich, wie man sagt, hier fremd bin«, erklärte Sally weiter, denn Jocelyns viele »Richtigs« regten sie so auf, daß sie zu reden begann.

»Richtig«, sagte Jocelyn. »Richtig.«

»Sags nich', Mr. Luke ... bitte nich«, bat sie ihn.

»Vielleicht sagst du deinerseits nicht mehr Mr. Luke zu mir«, sagte Jocelyn. »Nicht ganz so oft. Nicht öfter als ein dutzend Mal am Tag, zum Beispiel.«

Sally war still. Sie durfte ihn nicht Mr. Luke nennen, sie konnte ihn nicht bei seinem anderen seltsamen Namen nennen, und deshalb nannte sie ihn bei sich nur »mein Mann«. »Mein Mann is' böse«, dachte sie und zog es vor, zu verstummen.

Die Geschichte endete so, daß er mit ihr durch eine Hecke krabbelte und ein Feld entlang ging, das so weit wie möglich von einem Weg entfernt war. Dann bat er sie, sich zu setzen, so daß sie allem den Rücken zu wandte, mit Ausnahme einer weiteren Hecke, die sie anstarrte. Jocelyn versuchte, ihr ein paar Dinge zu erklären, die notwendig, wenn auch unangenehm waren.

»Sally«, begann er, nachdem er sich neben sie ins Gras gelegt hatte und ihre Hand genommen hatte, »du weißt doch, nicht wahr, daß ich dich liebe?«

Sally kam für einen Moment vorsichtig aus ihrem Schweigezustand heraus, wie jemand, der einen Zeh in kaltes Wasser steckt und ihn sofort wieder zurückzieht. »Ja, Mr. ...«, sagte sie, hielt jedoch sofort inne und berichtigte sich hastig: »Was ich meine, is' ja.«

»Und du weißt, nicht wahr, daß meine Gedanken sich einzig und allein um dich drehen und darum, daß du glücklich bist?«

Ja, sie nahm an, sie wußte das, dachte Sally. Sie zappelte etwas unruhig hin und her, denn obwohl sie die Stimme von Mr. Luke hörte und die Bewegungen von Mr. Luke sah, so hatten sie einen leichten Beigeschmack, der sie an ihren Vater erinnerte, wenn dieser sie, wie es in ihrer Familie hieß, unterwies.

»Das weißt du doch?« insistierte Jocelyn, da sie nichts sagte. »Nicht wahr?«

Er sah in ihr Gesicht, um eine Antwort zu finden, und seine Stimme ließ nach. Er vergaß, was er sagen wollte, flüsterte »Oh, ich bete dich an!«, und begann, ihre Hand zu küssen, die in der seinen lag. Er bedeckte sie mit Küssen, griff nach ihrer anderen Hand, die er ebenfalls mit Küssen überhäufte, während seine Ohren, die sie gut sehen konnte, da er in ihrem Schoß lag, rot wurden.

Sally, die schon entdeckt hatte, daß Jocelyn, wenn seine Ohren rot wurden, nichts anderes tat als sie zu küssen und Worte zu murmeln, die sie zwar nicht verstand, die aber auf keinen Fall böse waren – Sally wußte, daß sie dieses Mal noch einmal davongekommen war.

V

Sally mußte den Rest des Tages im Haus bleiben, und Jocelyn beschloß, daß sie in Zukunft das Auto benutzen würden, um St. Mawes weit hinter sich zu lassen. In irgendeinem unbekannten Dorf könnte man es dann stehenlassen und den notwendigen Spaziergang ungestört machen. Sie hätten auch mit dem Boot entfliehen können, aber der Fischer gab ihnen das Boot nicht, wenn er nicht dabei war, und wenn er dabei war, dann starrte er Sally penetrant an. Er trug den lächerlichen Namen Cupp. »Geschieht ihm recht«, dachte Jocelyn, der eine extreme Abneigung gegen ihn hegte.

Diese verschiedenen Schwierigkeiten störten die Ruhe ihrer Flitterwochen in höchstem Maße. Es kam Jocelyn völlig absurd vor, Vorkehrungen treffen zu müssen und Pläne zu schmieden, bevor sie so gewöhnliche Dinge wie einen Spaziergang unternehmen konnten. Obwohl er sich dagegen wehrte, war er geneigt, Sally die Schuld dafür zu geben. Er wußte, daß es eine grobe Ungerechtigkeit war, ihr die Schuld zu geben, aber andererseits war es jenseits seiner Vorstellungskraft, daß eine anständige Frau, mochte sie auch noch so schön sein, in England nicht in der Lage sein sollte, Unternehmungen im Rahmen des Gesetzes ungestört zu vollbringen. Es mußte an Sallys Betragen liegen, dachte er, wenngleich er nicht wußte, was es sein konnte.

Am nächsten Morgen fuhren sie für den ganzen Tag mit dem Auto fort, das sie dann an einem einsamen Gasthaus stehen ließen. Von da aus gingen sie los, um die Bewegung zu bekommen, die sie beide nötig hatten. Er hatte sie auf jeden Fall nötig, das wußte er, denn er wurde schon ganz gallig im Gesicht, und das gleiche galt, wie er meinte, auch für Sally, obwohl sie so wenig von einer Galle an sich hatte wie eine frisch erblühte Blume. Auf jeden Fall brauchte sie Bewegung; und er war nun für ihre Gesundheit zuständig, sagte Jocelyn sich. Er war nun für alles, was sie betraf, zuständig. Dieses wunderschöne Kind war ihm vom Schicksal – wie er Mr. Pinner ehrfürchtig betitelte – auf wundersame Weise übergeben worden, und es hatte niemanden außer ihm, der sie beschützen, führen und unterweisen konnte. Und niemand außer ihm sollte es wagen, sagte Jocelyn zu sich selbst, wobei er beim bloßen Gedanken daran besitzergreifend die Zähne fletschte wie ein wildes Tier. Er ähnelte einem knurrenden Hund, der einen neu gefundenen Knochen schützte.

Doch es war sehr anstrengend, sie so verstecken zu müssen. Denn darauf lief es hinaus, er mußte sie verstecken, um seine Ruhe zu haben. Wenn er sie nach London brachte und sie sich dort niederließen, dann wäre er den Ärger los, denn er beabsichtigte, in einem Elendsviertel zu wohnen. Jocelyn war sicher, daß man in Elendsvierteln in Ruhe gelassen wurde. Natürlich meinte er nicht die Gegenden, wo einem die Kehle durchgeschnitten wurde, sondern diese unscheinbaren Straßen, wo jedermann zu sehr damit beschäftigt war, arm zu sein, als daß er sich für ein hübsches Mädchen interessieren würde. Um sich dafür zu interessieren, das schien Jocelyn gewiß, mußte man jeden Tag ein ordentliches, sättigendes Mahl haben und sich darauf verlassen können, daß man es jeden Tag haben würde. Keine Mahlzeit, keine Liebe. Man brauchte nur gesunden Menschenverstand, um das zu sehen. Wie friedlich würde es dort sein, er schreibend in dem einen Zimmer, Sally nicht schreibend in dem anderen Zimmer. Auch würden sie keine Probleme mit dem Personal haben, denn Sally war daran gewöhnt, Hausarbeit zu verrichten, und sie kannte es nicht anders. Sie würden ein einfaches Leben führen, erleuchtet von ihrer zauberhaften Schönheit. Und allmählich, wenn sie seine Belehrungen über eine korrekte Aussprache besser aufgreifen würde, dann wäre sie ihm auch eher eine Gefährtin, fähiger – nun, sich mit ihm zu unterhalten.

Im Moment, das konnte er nicht übersehen, war sie in

der Kunst der Konversation sehr schwach. Sie anzusehen, ihren edlen kleinen Kopf, der all das zu haben schien, was zu einem Verstand gehört – die breiten, gebogenen Augenbrauen, die wunderschön geformten Schläfen, die strahlenden Augen, das Licht, das ihr lebhaftes Gesicht mit den schnell wechselnden Ausdrücken erhellte, von denen der eine schöner war als der andere, und diese ganze erstaunliche Kreatur, die ein Gedicht aus zarten Farben zu sein schien, bis hin zu der Stelle, wo die Farbe Feuer fing und zu diesem flammenden, wundervollen Haar wurde –, all dies anzusehen und dann die mageren, die sogar äußerst mageren und fehlerhaften Bemerkungen zu hören, die aus diesem perfekten Ganzen nach außen drangen, überraschte ihn. Es war eine ständig anwachsende Überraschung. Ehrlich gesagt, war es eine ständig anwachsende schmerzhafte Überraschung. Zunächst war ihm die extreme Diskrepanz zwischen Sallys Erscheinung und ihrer Wirklichkeit nicht aufgefallen, doch jetzt nahm er sie stündlich deutlicher wahr. Oder war das, was er sah, ihre Wirklichkeit, und das, was er hörte, eine schlichte Erscheinung?

Nachts war er davon überzeugt, daß dem so war. Am nächsten Morgen befürchtete er, daß dem nicht so war. Auf jeden Fall paßte beides nicht zusammen.

Es ist seltsam, dachte Jocelyn einen oder zwei Tage später, wie vollkommen das Auseinanderklaffen von Sallys Erscheinung und ihrer Wirklichkeit war. Vielleicht wurde er krank und betrachtete sie mit gelbsüchtigen Augen. Es würde ihn nicht verwundern, wenn das der Fall wäre, denn er sah, wie sein Eheleben seine Alltagsgewohnheiten verändert hatte. Sein Leben war bis dahin von exzessiver intellektueller Aktivität und von exzessiver sexueller Inaktivität gewesen. Jetzt war es genau anders herum. Es schien ihm, als lebte er ausschließlich durch seine Emotionen und seine Nerven, als beschäftigte er sich mit nichts anderem als mit Sex und als hätte er nie auch nur einen einzigen Gedanken, den es sich zu denken lohnte. Zum Beispiel diese Obsession mit Sallys Widersprüchen – was waren die Widersprüche eines Mädchens, verglichen mit den bedeutenden und interessanten Gedanken, die er hatte, bevor er sie kennenlernte?

Wenn er morgens zum Frühstück herunterkam, in Erwartung so nüchterner Tatsachen wie Speck und graues Morgenlicht, befand er sich in einer äußerst kritischen Stimmung. Er fühlte sich sehr alt und weise und reif und Sally natürlich in allem, bis auf ihre körperliche Schönheit, weit überlegen. Darüber konnte es keine zwei Meinungen geben. Dann kam sie hinunter, sagte vorsichtigerweise nichts und lächelte ihn an, so daß er gezwungen war, sich gegen seinen Willen, immer wieder aufs neue von ihrer Schönheit überrascht, zu fragen, ob es irgend etwas auf der Welt gibt, was solcher Schönheit überlegen ist. Ich bin es jedenfalls nicht, dachte er, mit meinem kleinen, intellektuellen Ehrgeiz, meinem Bedürfnis, mich auszudrücken und zu beeindrucken, meinem Bestreben, Dinge herauszufinden und zu tun. Sally hatte keine Sehnsüchte, soweit er sah, sie war einfach nur schön und fügsam, zufrieden damit, einfach nur zu sein – und das in solcher Perfektion.

Dennoch konnte man in dieser Welt nicht nur still und gelassen und wundervoll dasitzen, und sobald die Umstände Sally dazu zwangen, etwas zu sagen, bereitete ihm ihre Widersprüchlichkeit erneut Sorgen. Es war wirklich erstaunlich: außen reine Perfektion, innen – er haßte es, so zu denken, doch er glaubte, es immer deutlicher zu erkennen – rein

Pinner. Er mußte sie unter seine Fittiche nehmen, sie belehren, ihr das Benehmen beibringen, das in ihrer neuen Umgebung von ihr erwartet wurde.

Jocelyn riß sich zusammen und begann, sie zu erziehen. In der zweiten Woche ihrer Hochzeitsreise ergab es sich so, daß er sich ausschließlich damit befaßte. Gegen Ende der Woche reichte Jocelyns Bewußtsein über seine Verantwortung und Pflicht, das anfangs gegen Abend nachgelassen hatte und nachts vollkommen verschwunden war, immer weiter in den Tag hinein, wie ein immer länger werdender Schatten, bis es zum Schluß auch in sein Bett hineinkroch. Das Bild seiner Mutter begann, immer näher zu rücken – seiner Mutter, die er im ersten Fieber der Leidenschaft vergessen hatte, der er aber zweifelsohne bald Sally zeigen müßte. Zeigen? Nichts war so einfach und so sicher in seiner Wirkung wie das Vorzeigen von Sally, doch es war das, was geschehen würde, sobald er sie gezeigt hatte, was Jocelyn Sorgen machte. Denn je länger ihre Flitterwochen andauerten, desto objektiver sah er Sally.

Es war keine Zeit zu verlieren. Er unterrichtete sie. Er begann damit, daß er die Buchstaben und Silben attackierte, deren Abwesenheit ihn schon von Anfang an äußerst irritiert hatte. Jeden Tag opferte er ihnen sofort nach dem Frühstück eine Stunde, indem er Sally zwang, mit ihm zu reden. Sehr zu ihrem Bedauern, denn inzwischen wußte sie, daß ihr Reden wenig Gutes bewirkte. Geduldig hob Jocelyn jeden Buchstaben und jede Silbe auf, die sie verlor, und gab sie ihr sozusagen zurück, mit sorgfältigen Randbemerkungen.

Er fand heraus, daß Sally sehr dumm war. Gewöhnliches Sprechen reichte nicht aus. Er mußte Sätze erfinden, spezielle Sätze für sie, die sie auswendiglernen und mit denen sie üben mußte. Die Sätze hatten kleine Fallgruben eingebaut, die sie vermeiden sollte.

Doch Sally schien nicht fähig zu sein, irgend etwas zu vermeiden. Sally fiel ohne zu Zögern auf jede seiner Fallen hinein. Jocelyn, der nicht glauben konnte, daß sie sie nicht umgehen könnte, wenn sie es wirklich versuchte, sagte ihr die Sätze immer wieder vor. Er hielt hartnäckig durch, fest entschlossen, daß sie es lernen sollte.

Wir haben heute einen schönen Tag, nicht wahr? Sally atmete zunächst tief ein, und während sie sprach, atmete sie heftig aus, in der Hoffnung, diese Atemzüge würden sich in Wortanfänge und -enden verwandeln, obwohl sie beim besten Willen keinen Unterschied zwischen Jocelyns »nicht« und ihrem »nich'« feststellen konnte.

Ehemänner genießen die schönsten Himmelsfreuden. Das war ein weiterer von Jocelyns Sätzen, aber er war schlimmer als der Satz mit dem schönen Tag, denn die Wörter waren so lang, daß Sallys Atem nicht ausreichte, um diese vielsilbigen Wörter hervorzubringen. Außerdem konnten Ehemänner Himmelsfreuden erst genießen, wenn sie tot waren, und Jocelyns Sitte, immer wieder auf dem Himmel herumzuhakken, verschreckte sie. Denn Himmel bedeutete zunächst einmal Tod, und seit dem Tod ihrer Mutter, den sie miterlebte, hatte Sally eine sehr schlechte Meinung von dieser Angelegenheit.

Während dieser Unterrichtsstunden schaute Jocelyn beharrlich aus dem Fenster und hielt seinen Blick von ihr fern. Denn das hier war ernst, es war wichtig, und ihr Gesicht durfte ihm nicht in die Quere kommen. So saß er da, geduldig, aber bestimmt, hielt ihre Hand, um sie zu beruhigen, und sagte die Sätze langsam und deutlich, während Sally, die vor Anstrengung schwitzte, sorgfältig die Buchstaben ausatmete. Warum war es so wichtig? fragte sie sich vage. Er schien sie sehr zu lieben, besonders nachts, und wenn seine Ohren rot waren, sagte er ihr immer wieder, wie glücklich er war, was wollte er also? Was hatte es für einen Sinn, sich um einzelne Buchstaben Gedanken zu machen, von denen er behauptete, sie seien da, die sie aber nicht entdecken konnte? Sie und ihr Vater hatten sich nie darum gekümmert, und sie waren auch zurechtgekommen. Aber Sally war fügsam, Sally war gehorsam und gutwillig, Sally wollte den Menschen ernsthaft das geben, was sie wollten, und wenn ihr Mann Buchstaben wollte, dann würde sie ihr Bestes tun, um sie ihm zu liefern. Wenn sie doch nur wüßte, wo sie waren! Vielleicht, wenn sie sich genug anstrengte, würde sie sie eines Tages entdecken.

Sie strengte sich an. Selten, ganz selten, wenn Jocelyn sie nach dem Frühstück ans Fenster rief, wo er zwei Stühle für die Lektion bereitgestellt und die Jalousie bis zu ihrem Kopf heruntergezogen hatte, murmelte sie so etwas wie Kritik an dieser neuen Entwicklung in ihrem Leben. »Diese verflixten e's und t's.«

Aber es waren nicht nur Wortanfänge und -endungen, die falschen Fälle, die sie verwendete, oder die Art, wie sie die wenigen Worte aussprach, über die sie verfügte. Es gab andere Dinge, die Jocelyn beunruhigten, nachdem er aus der ersten ungestümen Verehrung ihrer Schönheit erwacht war. Er schien sowohl im Haus als auch draußen von einer zunehmenden Anzahl von Schwierigkeiten umgeben zu sein. Da war die Sache, daß man das Haus nicht verlassen konnte, ohne augenblicklich zum Zentrum der gesamten Aufmerksamkeit von St. Mawes zu werden – was für Jocelyn äußerst unangenehm war. Denn schon früh war ihm in der adretten

Umgebung von Almond Tree Cottage eingetrichtert worden, daß wohlerzogene Menschen nie auffielen. Wie unangenehm es war, wie außerordentlich unangenehm, wenn ihre Morgenlektion vorüber war und die Notwendigkeit aufkam, sich unbedingt etwas Bewegung zu verschaffen. Dann ging er zur Garage, um das Auto zu holen, und mußte bei seiner Rückkehr feststellen, daß die Meerespromenade vor Schaulustigen geradezu schwarz war; wie unangenehm es war, wie außerordentlich unangenehm, daß er Sally so schnell ins Auto schubsen mußte, als wäre sie die Hauptperson in einer *cause célèbre* bei Gericht. Und manchmal sprang das Auto nicht an, denn es war alt und aus zweiter Hand gekauft – zweimal war es vorgekommen –, so daß er zusehen mußte, wie diese Schaulustigen plötzlich zum Leben erwachten und herüberströmten, um zu helfen! Jocelyn war nur an stilles Kommen und Gehen gewöhnt, daran, daß niemand auch nur im geringsten darauf achtete, was er tat. Er war an das gewöhnt, was seine Mutter als wohlerzogen bezeichnete, und er kam sich vor, als sei er plötzlich im Zirkus gelandet.

Auch im Haus stieß er auf Schwierigkeiten, die zu den Schwierigkeiten des Unterrichts hinzukamen. Denn Sally zeigte eine sanfte, aber nicht zu übersehende Neigung, sich mit den Cupps anzufreunden. Morgens wollte sie Mrs. Cupp helfen, das Bett zu machen, sie versuchte, den Frühstückstisch abzudecken, damit Mrs. Cupp ihre Füße schonen konnte, wie sie es formulierte, und einmal entwischte sie mit irgendeiner Ausrede in die Küche und ließ Jocelyn allein im Wohnzimmer sitzen. Als er sich dann auf die Suche nach ihr machte, fand er sie in der Küche vor, gerade dabei, ein dikkes und häßliches Kind zu küssen, das nur ein kleiner Cupp sein konnte.

Jocelyn versuchte, gerecht zu bleiben, denn er konnte Mrs. Cupp in keinster Weise vorwerfen, daß sie Sallys Benehmen provozierte. Im Gegenteil, sie schien eine besonders reservierte Frau zu sein, die nicht nur ihren eigenen Platz kannte, sondern auch Sallys, auf dem sie diese auch gerne gesehen hätte. Leider hatte Sally offensichtlich überhaupt kein Gespür dafür.

Jocelyn tat sein Bestes, ihr dieses zu vermitteln. »Du gehörst nun zu mir, Sally«, erklärte er, »und mein Platz und mein Bereich sind jetzt auch dein Platz und dein Bereich, und meine Freunde und Verwandten sind jetzt deine Freunde und Verwandten. Ich gehe nicht herum und setze mich in Küchen, auch bin ich kein Freund der Cupps, sondern verkehre nur insoweit mit ihnen, wie es nötig ist. Ich freunde mich nicht mit ihnen an, und deshalb darfst du es auch nicht tun.«

War er ein Snob? Er hoffte nicht, er glaubte nicht. Er verachtete Snobs. Das hatte seine Mutter ihm sorgfältig beigebracht. Sie würde bei dem bloßen Wort erschaudern, und dieses Schaudern hatte er schon als Kind verinnerlicht.

Sally gab sich die größte Mühe, ihn zu verstehen. Sie sah ihn aufmerksam an, während er mit ihr sprach, und kam zu dem Schluß, »mein Mann« wollte wohl darauf hinaus, daß sie stillsitzen müßte und nicht vergessen dürfte, daß sie jetzt eine Dame war. Sie saß still und vergaß es nicht. Sie machte keinen weiteren Versuch, sich von ihrem Platz zu rühren, selbst wenn Mrs. Cupp etwas von ihrem überladenen Tablett direkt vor Sallys Füße fallen ließ und es ihr in den Fingern zuckte, sich zu bücken. Sie schaffte es, sitzenzubleiben, sie schaffte es, Mrs. Cupp überhaupt nicht zu beachten, und senkte ihren Kopf über das Papier, auf dem Jocelyn in schöner, runder Schrift ihre Aufgaben aufgeschrieben hatte. Sie versenkte sich in dieses Papier und sagte die Sätze laut vor sich her, wie Jocelyn es ihr aufgetragen hatte. Sie studierte es sorgfältig.

Das Zimmer hallte von Sallys Sätzen und von den sorgfältigen Atmungen wider, die Buchstaben werden sollten und es doch nie wurden.

VI

Nachdem Carruthers ein Blick auf Sally gewährt worden war, war es ihm unmöglich, sich zurückzuhalten und nicht zu versuchen, noch einen zweiten zu erhaschen. Sally zog ihn an wie ein Magnet. Seit jenem Sonntag führten ihn seine Spaziergänge täglich hinunter nach St. Mawes. Nachdem er flotten Schrittes stockschwingend die Promenade entlang gegangen war, lehnte er sich eine Weile – gerade so lange, daß es nicht auffiel – gegen die Kaimauer, rauchte und dachte offensichtlich über den Horizont nach, übersah tatsächlich aber niemanden, der die Straße entlang kam. Die Sealyham-Sally blieb zu Hause, doch er brachte andere Hunde mit, da sie sich so wunderbar dazu eigneten, eine Bekanntschaft zu schließen. Carruthers wußte, daß die Wege zu guten Bekanntschaften mit schönen Hunden gepflastert sind.

Er war nicht sicher, ob er etwas davon haben würde, falls es ihm gelänge, die Flitterwöchner zu sehen und mit ihnen ein Gespräch anzufangen – wahrscheinlich eher nicht. Aber er konnte sich nicht beherrschen, er mußte es versuchen, es war wie ein innerer Zwang. Bald fand er heraus, in welchem Haus sie wohnten, da die anderen Schaulustigen, die rauchend auf das Meer hinausschauten und die zu gewöhnlichen Zeiten eher vereinzelt über etwa vierhundert Meter verteilt waren, sich jetzt bedeutend vermehrt hatten und sich an einem speziellen Punkt zu einem Knoten verdichteten. Dieser Knoten, so schloß Carruthers ohne zu zögern, bildete sich dort, wo sie wohnten.

Da er bei so etwas nicht gesehen werden wollte, hielt er sich ein Stück entfernt von dem Knoten und rauchte seine Pfeife in sicherer Entfernung. Aber dennoch entging ihm nichts, was an den Fenstern oder an der Tür des kleinen Hauses geschah. Da seine Familie schon seit vielen Jahren in dieser Gegend wohnte, wußte er, daß es das Haus vom Fischer Cupp war. Der glückliche Cupp und die noch glücklichere Mrs. Cupp, denn sie konnte unablässig in dem bestimmten Zimmer ein- und ausgehen und . . . nein, er wollte nicht sagen, Sally sehen, er konnte es nicht, nicht mit seiner eigenen vierbeinigen Sally, die diesen Namen auf so groteske Weise banalisierte.

Was die Cupps betraf, so irrte er sich jedoch. Sie waren ganz und gar nicht glücklich, zumindest Mrs. Cupp war es nicht. Und solange Mrs. Cupp nicht glücklich war, konnte Cupp es auch nicht sein, wenngleich er diese Wahrheit nur ganz dumpf ahnte und die Tatsache seiner eigenen Unbehaglichkeit mit vielen Gründen erklärte, die nicht die richtigen waren. Denn Mrs. Cupp, die Sally, als sie sie das erste Mal sah, voller Erstaunen anstarrte, denn niemals zuvor ist in St. Mawes jemand gesehen worden, der auch nur im entferntesten so aussah – Mrs. Cupp befielen bald Zweifel, daß ihre Gäste tatsächlich verheiratet waren. Jeder in St. Mawes war verheiratet, bis auf diejenigen, die noch heiraten würden oder schon verheiratet gewesen waren, und Mrs. Cupp, die ihr ganzes Leben lang ihren Kopf hochgetragen und den Menschen direkt in die Augen geschaut hatte, war der Gedanke äußerst unangenehm, daß sie vielleicht eine Person beherbergte und bekochte, die weder Jungfrau noch Ehefrau noch Witwe war.

Für eine ganz kurze Zeit, so kurz, daß man sie in Stunden zählen konnte, hatte Sallys Nachthemd sie beruhigt. Denn es war das Nachthemd einer wirklich verheirateten Frau, ein Nachthemd, das Mrs. Cupps selbst getragen hätte und über das auch die sittenstrengste Wäscherin nicht errötet wäre. Das Nachthemd war hochgeschlossen bis zum Kinn und reichte bis zu den Zehenspitzen, es war langärmelig, steif, aus festem Stoff, am Hals und an den Ärmeln mit schlichten Zacken eingefaßt, so daß es Mrs. Cupps anfänglich hoffen ließ, daß ihre Gäste in Ordnung waren. Doch ihre Zweifel kamen wieder, in noch stärkerem Maße als zuvor, als sie sah, daß auch Cupp das Aussehen der jungen Person zur Kenntnis nahm, und obwohl er nichts sagte, fing er an, sich sehr verdächtig zu benehmen. Ihre Zweifel wurden schließlich zur Gewißheit, als sie die immer dichter werdenden Mengen von Schaulustigen bemerkte, die sich ständig auf der anderen Straßenseite versammelten. Selbst der junge Mr. Carruthers. O ja, sie sah ihn ganz deutlich und wußte ganz genau, was er wollte. Denn sie war nicht umsonst in Falmouth im Kino gewesen, und da hatte sie gelernt, was für eine Sorte Mädchen es war, um das die Männer wie die Fliegen um einen Topf Honig herumsummten. Cupp jedoch durfte das nicht. Cupp durfte nicht summen. Cupp war fünfzehn Jahre lang ein treuer Ehemann gewesen, und ihm erlaubte sie nicht zu summen – oh, nein, sagte Mrs. Cupp zu sich selbst, während sie wütend ihre Küche schrubbte.

Doch sie sagte nichts zu ihm, denn bald würde sie ihm zeigen, daß auch sie sich verdächtig benehmen konnte.

Und als Jocelyn am Ende der ersten vierzehn Tage ihres Aufenthaltes sein Geld herausholte, während sie den Frühstückstisch abräumte, um wie gewöhnlich für die nächste Woche im voraus zu bezahlen, sagte sie ihm, ohne viele Worte zu verschwenden, daß die Zimmer vermietet seien.

»Vermietet?« sagte Jocelyn verblüfft.

»Alles nimmt mal 'n Ende«, sagte Mrs. Cupp rätselhaft, während sie den Tisch mit großem Schwung abräumte.

»Aber«, protestierte Jocelyn verärgert und überrascht, »wir wollten noch mindestens eine weitere Woche bleiben.«

»Ich sagte, alles nimmt mal 'n Ende«, sagte Mrs. Cupp noch deutlicher und häufte die Teller lärmend auf ein Tablett. »Und auch meine Geduld nimmt mal 'n Ende.«

Jocelyn starrte sie an. Sally hob den Kopf von ihrer täglichen Aufgabe, mit der sie im Moment beschäftigt war, und schaute sie mit dem Ausdruck eines milden, uninteressierten Engels an.

»Aber was um Himmels willen ist passiert? Was ist los?« fragte Jocelyn.

»Sie müssen nur aus dem Fenster gucken, um zu sehen, was los is'«, sagte Mrs. Cupp und zeigte mit ihrem Ellenbogen in die Richtung. »*Die* versammeln sich nich' so um anständige Leute.«

Sie ließ einige Gabeln von dem überladenen Tablett fallen und stampfte aus dem Zimmer.

Jocelyn drehte sich heftig zu Sally um. »Siehst du?« sagte er.

»Seh' ich was?« fragte Sally, die gerade aufspringen wollte, um die Gabeln aufzuheben, sich aber noch rechtzeitig daran erinnerte, es nicht zu tun.

Ja, was sollte sie sehen, in der Tat. Daß es ihre Schuld

war? Daß diese Schande ihn durch ihre Schuld getroffen hatte? War es das, fragte Jocelyn sich, bestürzt über seine Ungerechtigkeit, die ihn für einen Moment die Fassung verlieren ließ, war es das, was sie sehen sollte?

»Ich meine«, sagte er beschämt, weil er so ungerecht war, »hörst du. Du hast es gehört, nicht wahr, was diese furchtbare Frau gesagt hat?«

Sally nickte. »Die denkt, wir sind nich' verheiratet«, sagte sie. Sie schien völlig unberührt. »Na ja, 's hat wenich Sinn, zu denken, wir sind's nich', wenn wir's sind«, bemerkte sie.

»Unglücklicherweise ist sie sicher, daß wir es nicht sind, so daß sie uns hinauswirft«, sagte Jocelyn und ließ ihre Hand los, denn Sallys Friedfertigkeit schien ihm ein Zeichen dafür, daß sie eine Situation nicht erfassen konnte. Anstatt ihn zu besänftigen, rief sie einen neuen Wutanfall bei ihm hervor.

Er lief zum Fenster, griff nach der Jalousie und zog sie noch tiefer herunter. Wie außerordentlich erniedrigend war es, hinausgeworfen zu werden, wie unerträglich war es, daß die Menschen dachten, Sally sei unanständig, und daß er, ausgerechnet er, sich um eines unsittlichen Vergnügens willen mit einem Mädchen herumtreiben würde.

»'s hat wenich Sinn, sicher zu sein, wenn ich 'n Trauschein hab«, sagte Sally in derselben Ruhe. »Und noch 'n Trauring.« Nach einer Minute fügte sie versöhnend hinzu, »oben inner Kiste.« Nach einer weiteren Minute: »Ich mein' 'n Trauschein.«

Daraufhin nahm sie an, daß die Unterbrechung ihrer Unterrichtsstunde jetzt als beendet angesehen werden konnte und somit von ihr erwartet wurde, weiterzumachen. Voller Fleiß und Geduld wandte sie sich erneut ihrer Aufgabe zu.

»Wir haaam heut 'n schöööön' Tach, nich' wahr?« legte sie los, wobei sie fleißig ausatmete.

»O mein Gott«, stöhnte Jocelyn.

Sie verließen St. Mawes in den Mittagsstunden. Als Jocelyn ihr sagte, sie würden fast sofort abreisen und sie sollte besser packen gehen, sagte Sally nur »'s gut« und ging nach oben, um zu packen.

's gut, dachte Jocelyn. 's gut. Keine Frage, kein Kommentar irgendwelcher Art. Einerseits war das natürlich sehr angenehm, aber ist das eine Kameradschaft? Konnte hinter so wenig Widerstand ein Charakter verborgen sein? Doch wenn sie Fragen gestellt und Kommentare gemacht hätte, dann hätte er sie angeschrien, das wußte er. Also war er wieder ungerecht und unvernünftig. Er haßte sich dafür.

Früher war er weder ungerecht noch unvernünftig gewesen, dachte er. Er stand vor dem Kamin, in dem kein Feuer brannte, während er zornig aus den Augwinkeln die Schaulustigen beobachtete, die sich auf der anderen Straßenseite ansammelten. Wann immer er jemanden gesehen hatte, der zornig oder unausgeglichen war, so hatte er das einfach als ein Anzeichen fehlerhafter Erziehung gedeutet. Wut konnte nur die Ungebildeten beherrschen, nicht aber wahre Denker. Jetzt geschah genau das Gegenteil, die ungebildete Sally blieb gelassen, während er sich fast ständig in der einen oder anderen Gefühlswallung befand. Es mußte wohl an der Ehe liegen, dachte er finster. Die Unterwerfung des Geistes unter das Fleisch. Dabei war die ganze Sache so absurd – mein Gott, wie absurd es ihm vorkam, wenn er morgens daran dachte und sich erinnerte, wie ergeben er Sally in der Nacht verehrt hatte. Absurd, absurd, dieser allnächtliche Rückzug des Geistes, das unterwürfige Katzbuckeln des Höheren vor dem Niederen ... Das Schlimmste war, daß er es nicht verhindern konnte. Egal, wie seine Theorien tagsüber aussahen, egal, wie kritisch er abstrahierte – sobald er nachts in Sallys Nähe war ...

Und tagsüber, wenn er wenigstens tagsüber ruhig und ausgeglichen wäre. Doch ständig kroch irgendeine Verärgerung an ihm hoch. Ob wohl alle Flitterwochen so aussahen? Unmöglich. Sally war ja nicht immer dabei. Es war Sally, die ...

Die Tür ging auf, und da war sie schon wieder. Es waren noch keine zehn Minuten vergangen, seit sie nach oben gegangen war. Da Sallys Sachen von der Sorte waren, die sich schnell packen lassen, was damit zusammenhing, daß es so wenige waren, war sie fertig, bevor er überhaupt Zeit gehabt hatte, sich sicher zu sein, daß sie ihn warten lassen würde. Auch das gefiel ihm nicht, denn so hatte er keinen bestimmten und berechtigten Grund, um böse auf sie zu sein. Er wollte einen berechtigten Grund haben, um sich über sie zu ärgern, denn eigentlich war es ihre Schuld, daß sie beleidigt und aus dem Haus geworfen wurden. Natürlich war es ihre Schuld. Wäre er mit seiner Mutter hier, so wäre Mrs. Cupp die Ergebenheit in Person, und die verfluchte Promenade wäre menschenleer. Es war alles Sallys Schuld. Daß sie so aussah. Daß sie so anders aussah als alle anderen Menschen. Daß sie so vollkommen anders aussah, als man sich die Ehefrau eines anständigen Mannes vorstellte. Außerdem hätte sie einfach mehr Sachen haben müssen, die man einpackt. Diese eine kleine Blechkiste, die sie besaß, war eine Schande für ihn. Ein ekelhaftes Ding, wie er es haßte. Dann auch noch gelb. Er mußte ihr einen ordentlichen Koffer kaufen und ihn füllen, bevor er mit ihr in Almond Tree Cottage auftauchen konnte. Es hatte eindeutig seine Nachteile, wenn man eine Frau ohne Aussteuer heiratete.

Als sie jedoch ins Zimmer trat, fertig zur Abreise, da sah sie so erstaunlich richtig aus, Blechkiste hin oder her, ganz zu schweigen von ihrem Gesicht. Sie sah richtig aus, ihre Kleidung sah richtig aus. Sie könnte eine junge Gräfin sein, dachte Jocelyn, der noch nie eine Gräfin gesehen hatte. Er hatte keine Ahnung, wie dieses Wunder zustandekam. Nicht durch Schneiderinnen und ihre Tricks, das wußte er sicher, denn die armen Pinners mußten ihre Kleidung von der Stange kaufen. Vielleicht, weil sie so rank wie ein Schilfrohr war. Vielleicht durch die Art, wie sie sich bewegte. Vielleicht, weil sie so schlank war, daß kaum etwas in den Kleidern zu stecken schien, so daß diese, fast auf sich alleingestellt, nicht anders konnten, als sich in anmutige Falten zu legen. Aber er wußte ganz genau, was in ihnen steckte – eine zarte, junge Schönheit, die kurz vor der Blüte stand. Bei diesem Gedanken verschwand sein ganzer Ärger, und die Cupps oder die Promenade interessierten ihn nicht mehr. Statt dessen empfand er die Demut, die ihn jedesmal überfiel, wenn er ihre Schönheit sah. Er ging auf sie zu und nahm ihre Hände, die als einziger Teil ihres Körpers vom Leben angegriffen und verdorben waren, küßte sie und sagte: »Verzeih mir, Sally.«

»Was hast'n du gemacht?« fragte Sally überrascht.

»Dich zu wenig geliebt«, sagte Jocelyn und küßte ihre Hände ein zweites Mal.

»Bitte *nich'*«, sagte Sally voller Ernst, »*bitte* denk nich', daß ...« Denn die Vorstellung, daß sie, die auf dieser Reise schon mehr geliebt wurde, als sie es ertragen konnte, und die es nur ertrug, weil sie wußte, daß es ihre heilige Pflicht war, die Vorstellung, daß sie noch mehr geliebt werden würde, wenn Mr. Luke es sich in den Kopf setzte, daß es sein mußte, versetzte sie in äußerste Alarmbereitschaft.

Ihre Abreise blieb nicht unbemerkt. Als das Gepäck heruntergebracht werden mußte, war Cupp nirgends zu finden, und Mrs. Cupp war unansprechbar mit einer Bratpfanne beschäftigt. Jocelyn weigerte sich kurzangebunden, Sallys Hilfe anzunehmen, die nach Jahren harter Arbeit instinktiv alles ergriff, was man ergreifen konnte, und es schleppte. Er trug die Blechkiste und seinen Koffer alleine die Treppe hinunter und sagte sehr laut »Verflucht«, als er sich an der Biegung des kleinen Treppenhauses den Kopf stieß.

Sally hörte ihn und war höchst erstaunt und geschockt. Er fluchte. Ein Fluch war, das war ihr sehr sorgfältig beigebracht worden, eine wirkliche Sünde. Nichts anderes hatte sie während ihrer Flitterwochen schockiert, denn sie hatte keine Vergleichsmöglichkeiten, wenn es um Ehemänner ging, bis auf die Versicherung ihres Vaters, daß sie nur tagsüber Gentlemen waren, und ihre eigenen heiligen Gelübde aus der Kirche, ihm zu gehorchen. Aber sie wußte alles über Flüche. Es war falsch. Es war streng verboten in Gottes Heiliger Schrift. Fluchen und Trinken waren die beiden Übel, von denen bei ihr zu Hause am häufigsten und mit den meisten Verdammungen gesprochen wurde. Sie gingen Hand in Hand. Trunkenheit ruinierte die Menschen, und auf ihrem Weg zum Ruin und wenn sie dort angekommen waren, dann fluchten sie.

In diesem Glauben ist Sally erzogen worden, so daß sie, als sie an der Wohnzimmertür stand und Jocelyn beobachtete, wie er sich mit ihrer Kiste abmühte, während sie ihm so gerne helfen wollte, und hörte, wie er ein sehr lautes, klares »Verflucht« sagte, zutiefst erschüttert war. »Mein

Mann« fluchte. Ohne daß er getrunken hätte. Wie gewöhnlich hatte er Tee zum Frühstück getrunken, und seitdem hatte er sie nicht verlassen, so daß sie wußte, er konnte nicht betrunken sein. Als nächstes würde sie hören müssen, wie er den Namen Gottes mißbrauchte. Bei dem Gedanken daran stieg ihr das Blut aller Pinners zu Kopf, dieser streng gottesfürchtigen und bibelfesten Rasse.

»Mr. Luke!« schrie sie und mißachtete dabei ihre Vorsicht, ihn nicht beim Namen zu nennen.

»Bitte?« sagte Jocelyn, blieb auf den Stufen stehen und schaute über den Rand ihrer Blechkiste zu ihr hin. Ihr Ton hatte ihn erstarren lassen.

»Du darfst nich' fluchn«, sagte Sally, ihren ganzen Mut zusammennehmend, mit rotem Kopf. »Es gibt kein' Grund dafür, und du darfst nich' fluchn . . . du *weißt*, daß du's nich' tun darfst.«

»Aber ich sagte doch nur verflucht«, sagte Jocelyn. »Würdest du das etwa nicht sagen, wenn du deinen Kopf an einer vorstehenden Decke stoßen würdest?«

»Mr. *Luke*!« schrie Sally noch einmal, und ihre Augen füllten sich mit Tränen. Daß er nicht nur selbst schlechte Worte sagte, sondern auch noch dachte, daß sie dazu fähig sei . . . Das, was er sagte und tat, verwirrte sie häufig, doch jetzt sah sie ihn in völligem Unverständnis durch einen Tränenschleier hindurch an. Es war, als hätte man sie durch eine dicke Wand von ihm getrennt oder durch einen großen Fluß, so daß sie allein auf einer Insel stand, während er sich weit weg und unerreichbar am gegenüberliegenden Ufer befand, und sie mußte ihn irgendwie erreichen, bei ihm bleiben, weil er ihr Mann war. Diese Bilder gingen vage durch Sallys Kopf, vage und sehr konfus, aber dennoch reichten sie aus, daß Sally sich sehr besorgt und unbehaglich fühlte.

»Tut mir leid«, sagte Jocelyn, der vorsichtig die restlichen Stufen hinunterkam und die Kiste an der Wand des schmalen Korridors abstellte. Denn obwohl die Kiste für eine Kiste sehr klein war, war der Korridor für einen Korridor noch kleiner. Als er sie ansah, wurde er rot, denn er erinnerte sich, daß er niemals in Anwesenheit seiner Mutter oder der anderen Damen in South Winch »verflucht« gesagt hatte, denn in South Winch fluchte man nicht, egal, wie sehr und wie unerwartet man sich wehtat. War dieses *laisser aller* in Sallys Gegenwart dadurch bedingt, daß er sie nicht für eine Dame hielt, oder dadurch, daß sie seine Frau war? Jocelyn gefiel keine der beiden Erklärungen, und deshalb wurde er seinerseits rot.

»Verzeih mir, Sally«, sagte er zum zweiten Mal innerhalb von einer halben Stunde.

Dieses Mal hatte sie keine Zweifel darüber, was verziehen werden mußte.

»Versprich's mich, daß du's nie mehr tun wirst«, bettelte sie. »Versprich's mich . . . sofort.«

»O Sally, ich verspreche dir alles, alles, was du willst«, sagte Jocelyn, der sie anstarrte und wieder einmal voller Emotionen war, die ihr durch die Aufregung noch schöner aussehendes Gesicht hervorgerufen hatte.

»Vater sagt«, sagte Sally, die ihn noch immer durch einen Tränenschleier ansah, »daß einer, der flucht, auch trinkt. Und wenn einer trinkt, dann flucht er. Und das geht Hand in Hand, und es hört nie auf, wenn sie mal anfangen, bis hin zu . . .« Sie hielt hinne und sah ihn stumm an. Dieses Bild war zu furchtbar. Sie konnte nicht weiterreden.

»Bis wohin, mein Engel, mein wunderschöner Engel?« fragte Jocelyn, der sie sanft küßte und ihr nicht mehr zuhörte.

»Zur Hölle«, flüsterte Sally.

»Jetzt fluchst *du* aber«, flüsterte Jocelyn verträumt, der nicht mehr ganz bei Bewußtsein war, und überschüttete ihre Augen mit Küssen. »Deine süßen, süßen Augen«, murmelte er und küßte sie immer wieder.

Nein, Sally konnte weder Hand noch Fuß aus Mr. Luke machen. Sie sollte es besser nicht versuchen. Sie sollte es besser aufgeben. *Sie* und fluchen?

Sie sehnte sich sehr nach der Gesellschaft von Mr. Pinner.

»Vater«, dachte sie, während Jocelyn das Auto holte und sie allein im Korridor stand und das Gepäck bewachte, denn man hatte ihr sorgfältig beigebracht, Gepäck nicht einen Augenblick aus den Augen zu lassen. »Vater . . . der würde's wissn.«

Was Mr. Pinner wissen würde, war ihr nicht ganz klar, aber ihr war klar, daß er es ihr sagen würde, wenn er könnte, was Jocelyn, der es sicher konnte, nicht tat. Mr. Luke, das spürte sie, würde, falls sie den Mut aufbrächte, ihn etwas zu fragen, nur böse werden, weil sie es noch nicht wußte. Aber wie konnte sie es denn wissen, wenn es ihr niemand je gesagt hatte? Zu Hause pflegte man ihr nicht an die Kehle zu springen, wenn sie etwas fragte. »Gemütlich«, dachte Sally und ließ in sehnsüchtiger Erinnerung den Kopf hängen, während sie mit der Spitze ihres Schirms zärtlich die Seiten ihrer Blechkiste streichelte, »gemütlich zu Hause innem Geschäft . . . innem klein' Geschäft . . .« Denn was immer es bedeutete, mit einem Gentleman verheiratet zu sein, es war nicht gemütlich.

Verheiratet mit einem Gentleman – da wußte man von einer Minute auf die andere nicht, woran man war, nichts war sicher, kein Gefühl der Vertrautheit kam auf, es war ein ständiges Auf und Ab, ohne eine Mitte, entweder böse Blicke oder, ohne Warnung, rote Ohren, Küsse und oh-Sallys. Es war, als würden Worte sich verändern, sobald ein Gentleman sie benutzte. Sie schienen sich irgendwie von einem zu lösen. Seltsam, dachte Sally, die immer noch sehnsüchtig ihre Blechkiste streichelte.

Sie tastete in ihren unklaren Gedanken umher. Sie befand sich in einem fremden Land, es war Nebel, und trotzdem mußte sie irgendwohin gelangen. *Sie* und fluchen?

Das Auto bog um die Ecke, und Jocelyn kam zurück ins Haus.

»Ist Cupp immer noch nicht aufgetaucht?« fragte er.

Sally schüttelte den Kopf.

»Ich möchte, daß er mir hilft, das Gepäck festzubinden«, sagte Jocelyn, der sich zwischen sie und den Koffer quetschte.

»Ich kann helfen«, sagte Sally.

»Kannst du nicht«, fauchte Jocelyn sie an, ging auf die Küchentür zu und öffnete sie.

»Ist Mr. Cupp irgendwo in der Nähe?« fragte er hochmütig die Figur, die über die Bratpfanne gebeugt war. Er brauchte seine Hilfe, denn ansonsten hätte ihn nichts dazu gebracht, noch einmal mit Mrs. Cupp zu sprechen.

»Nein«, sagte Mrs. Cupp, ohne mit dem Rühren aufzuhören. Aber da sie eine gute Frau war, die immer versuchte, die Wahrheit zu sagen, präzisierte sie ihre Aussage etwas. »Er is' irgendwo, aber er is' nich' hier«, sagte Mrs. Cupp.

Denn sie machte kurzen Prozeß, wenn es um Ehemänner ging, und so hatte sie Cupp diesen Morgen eingeschlossen, als er noch schlief. Sie wußte, daß er sich nicht trauen würde, Alarm zu schlagen und zu schreien, denn ansonsten würden die Nachbarn erfahren, daß seine Frau ihn eingeschlossen hatte, und seine Schande würde bekannt werden. Außerdem wußte er genau, was der Grund war, und würde schon deshalb still bleiben, denn sie hatte am Abend zuvor ein ernstes Gespräch mit ihm geführt.

Cupp hatte sich völlig geschlagen gegeben.

»Glaub ja nich', du kannst mich betrügen in dein' Alter, und wo du fünfzehn Jahre lang 'n anständiger Ehemann warst«, sagte Mrs. Cupp.

»Wer hat betrogen?« grummelte Cupp, der genau wußte, daß er niemanden betrogen hatte, aber geschwächt war durch das Bewußtsein, daß er gerne betrogen hätte.

»In dein' Herzn hast du betrogen, Cupp«, sagte Mrs. Cupp, die die Bibel genau kannte. »Und die Bibel sagt, es isses gleiche.«

Woraufhin Cupp tief seufzte, denn er wußte, daß es nicht das Gleiche war.

»Die Bibel sagt«, sagte Mrs. Cupp, die sehr aufrecht im Bett saß und mit Cupps Rücken sprach, der ihr stumm zugewandt war, »daß der, der eine Frau anguckt und nach sie lüstet, Ehebruch in sein' Herzn begangen hat. Hast du nich' das Mädchen angeguckt und nach sie in dein' Herzn gelüstet, Cupp? Eh? Ich hab dich gesehn. Ich hab gesehn, wie du im Haus geguckt hast, und wie du draußn geguckt hast. Du hast überall Ehebruch begangen. Ich werd' dir zeigen, was es heißt, zu lüst'n ...« Und als sie am Morgen nach unten ging, schloß sie ihn ein.

Jocelyn mußte also das Gepäck selbst nach draußen tragen. Sally sollte dort bleiben, wo sie war, und ruhig warten, bis er sie rief. Er band das Gepäck ohne die Schaulustigen von der Promenade fest, deren Hilfe er kurzangebunden ablehnte.

Das Gepäck, das seine Mutter auf ihren kurzen Ausflügen mithatte, war so ordentlich, so einfach zu handhaben und konnte in zwei Minuten festgebunden werden. Die Blechkiste hingegen hatte eine schwierige, glatte Form und war überhaupt ein unedles Stück. Egal, von welcher Seite er sie auch betrachtete, die Kiste war ein Ärgernis. Es war, als würde man mit dem Gepäck von Dienstleuten verreisen, dachte er, während er mit dem Ding kämpfte, das zu hoch und nicht lang genug war und sich weigerte, sich neben seinem Koffer unterbringen zu lassen.

»Geht's weg?« fragte einer der Schaulustigen leutselig.

»Sieht so aus«, sagte Jocelyn und zog an der Schnur.

Was für eine Frage. Idiot. »Würde es Ihnen etwas ausmachen, einen Schritt zurückzutreten?« fragte er mit eisiger Stimme. »Sehen Sie, wenn Sie mir so nahe kommen, kann ich nicht ...«, er zog, »... einen einzigen ...«, er zog und knirschte mit den Zähnen, »... Gegenstand ...«

Niemand bewegte sich, weder der spezielle Schaulustige, mit dem er geredet hatte, noch die anderen.

»Ich gebe Ihnen mein Wort, Sir«, sagte Jocelyn und drehte sich wütend um, bereit, gegen die ganze Meute zu kämpfen.

Doch sie beachteten ihn nicht. Ihrer aller Augen waren auf das Wohnzimmerfenster geheftet, wo Sally heimlich hingegangen war, um zu sehen, wie weit er war. Sie war so bemüht, Jocelyn nicht eine Minute warten zu lassen, wenn er sie rief, daß sie das Risiko einging, ihm nicht zu gehorchen.

Da stand sie, fast in gesamter Länge sichtbar. Da sie jetzt abfuhren, waren die Jalousien hochgezogen, und die Sonne fiel genau auf sie. So eine Chance hatte St. Mawes noch nie gehabt, bisher hatten sich ihnen nur kurze Anblicke von

Sally geboten. Überhaupt war der Ort in seiner ganzen Geschichte bisher noch nie von Schönheit aufgesucht worden. Hübsche Mädchen waren durchgefahren und wieder verschwunden, oder sie blieben hier und verschwanden ebenso, weil sie alt wurden, und es gab die Legende, daß der Arzt im letzten Jahrhundert eine Frau hatte, die für kurze Zeit sehr hübsch gewesen war und die in dieser kurzen Zeit für bedeutende Aufregung gesorgt hatte. Doch niemand der Lebenden hat sie gesehen, das alles beruhte auf Hörensagen der letzten Generation. Das, was am Fenster stand, war kein Hörensagen. Das war Erleuchtung, die seltene, himmlische Erleuchtung in ihrem köstlichsten Augenblick. Selbstverständlich beachteten die Schaulustigen Jocelyn nicht, selbstverständlich hoben sie wie auf Befehl die Augen und sogen gierig den Anblick auf, der sich ihnen bot.

Jocelyn zog ein letztes Mal sehr zornig an der Kordel, verknotete sie irgendwie und rannte ins Haus.

»Warum im Himmel mußt du hierhin gehen und am Fenster stehen . . .«, rief er aus, eilte ins Zimmer und packte sie am Arm. »Ich wollte dich in einer Minute holen. Komm schon . . . laß uns wegfahren aus diesem unseligen Ort. Fertig? Hast du alles? Ich will keine Verzögerung, sobald wir draußen sind . . .«

Er blickte sich hastig im Zimmer um, doch es war nichts zu sehen. Er warf einen hastigen Blick auf Sally, sie schien fertig zu sein. Dann zerrte er sie hinaus zum Auto, den Kopf nach unten, ganz so, als würden sie sich beide in etwas sehr Unangenehmes stürzen, bevor sie in die Freiheit entfliehen konnten.

»Abscheulich, einfach abscheulich«, sagte Jocelyn zu sich selbst. »Diese ganze Sache ist unglaublich und phantastisch. Ich könnte der Impresario einer Primadonna oder eines Kinostars sein.« Er erinnerte sich daran, daß sein Schwiegervater gesagt hatte, Sally habe ein Talent dafür, Menschenmengen anzuziehen. Damals war diese Information jedoch unbemerkt an ihm vorbeigegangen, wie so viele andere Dinge, die diese groteske Gestalt gesagt hatte.

Wie schmerzlich wahr es ist, dachte Jocelyn, als er sich in die Menschenmenge stürzte, die draußen wartete. Was für ein bedauernswertes Talent. Von allen Talenten war dieses sicher dasjenige, das er bei jeder Person, mit der er zusammensein mußte, am wenigsten vermißt hätte. Denn er haßte Menschenmengen, er haßte öffentliche Aufmerksamkeit, er war verletztlich und empfindlich, sobald ihn etwas aus der glücklichen Selbstvergessenheit seiner Arbeit herausriß. In seinem bisherigen Leben, in dem er es, wie ihm schien, sehr weit gebracht hatte, war er zu dem Schluß gekommen, daß es am besten war, unauffällig zu sein. In einer undurchsichtigen Hülle zu sitzen, unsichtbar für alles und unberührt von allem, was normalerweise als die Welt bezeichnet wird. Dort konnte man nachdenken, entdecken und beweisen.

Nun, es hatte wenig Sinn, jetzt daran zu denken.

»Komm schon, los«, drängte er sie atemlos und half Sally mit soviel Kraft, daß sie noch unbeholfener war als gewöhnlich. »Kümmer dich nicht um die Decke . . . du kannst sie später richten. Hier . . . ich halte den Schirm . . .«

Sie fuhren los. Er war zwar ein ausgezeichneter Fahrer, doch der Start gelang ihm erst, nachdem das Auto mehrfach nach vorne gesprungen und der Motor ausgegangen war. Doch schließlich fuhren sie los, durch die Schaulustigen hindurch, die Fenster entlang, aus denen sie angestarrt wurden, um die scharfe Kurve, bis sie die Häuser hinter sich gelassen hatten. Sie fuhren den sehr steilen Hügel hoch.

Sally hielt die Luft an. Dieser Hügel jagte ihr panische Angst ein. Man stelle sich vor, das Auto, das ständig den Eindruck machte, als würde es stehenbleiben, würde tatsächlich anhalten und könnte nicht mehr weiterfahren. Dann würden sie rückwärts rollen, immer weiter den Berg hinunter und geradewegs ins Meer!

Doch sie kamen sicher auf dem Hügel an. Nicht das Auto rollte an diesem Tag den Berg hinunter, sondern die Blechkiste und mit ihr auch Jocelyns Koffer.

Ohne den Verlust zu bemerken, fuhren sie in Richtung Truro.

VII

Während der Fahrt schwiegen sie beide. Jocelyn mußte über einige Dinge nachdenken, und um nichts in der Welt hätte Sally den Mund geöffnet, wenn Mr. Luke den seinen fest verschlossen hielt. Er hatte sich in sein Schneckenhaus zurückgezogen, und seine Stimmung war genau das Gegenteil von der, die sie seine oh-Sally-Laune nannte. Außerdem sagte sie nie etwas, wenn sie im Auto saß, egal, wie sehr er sich darum bemühte, denn von Anfang an, schon bevor die Hügel kamen, fürchtete sie sich. Autos waren kein Bestandteil von Mr. Pinners Leben, und bis auf diesen einen Ausflug mit Jocelyn, als er um ihre Hand anhielt, hatte sie keine Erfahrung mit Autos.

Dieses hier bereitete ihr wenig Freude. Es fuhr so schnell, man kam immer nur um eine Haaresbreite um die Kurven, es hatte zweimal Hühner überfahren, was zu Wortwechseln mit anderen bösen Herren geführt hatte, und innen, wo sie sitzen mußte, war es voller wichtig und gefährlich aussehender Griffe und Pedale, vor denen sie die Decke und ihr Kleid und ihre Füße und ihren Schirm sorgfältig fernhalten mußte. Ansonsten würde das geschehen, was sie bei sich selbst, atemlos vor Angst, 'n Unfall nannte.

Jocelyn hatte einmal, als er eilige Bewegungen mit der linken Hand machte, sehr herrisch gesagt, »Um Himmels willen, laß die Decke nicht in die Gänge kommen . . .«, denn das Auto war ein Morris-Cowley, und das, was Sally voller Furcht die Griffe nannte, befand sich zwischen Jocelyn und ihr, und das war genug. Der Ton seiner Stimme bei dieser Gelegenheit hatte ihr eröffnet, daß eine Kombination von Decke und Gängen und somit auch von irgend etwas anderem und Gängen, wie zum Beispiel von einem Kleid, von Füßen oder von einem Schirm, auf der Stelle verheerende Folgen haben würde. Er mußte es ihr nie mehr sagen.

Für den Rest der Flitterwochen saß sie zusammengequetscht weitmöglichst von diesen alarmierenden Dingen entfernt. Die Decke hatte sie eng um ihre Beine gewickelt, und die Füße hatte sie in die Ecke gezwängt. Es war sehr unbequem, aber das machte Sally nichts aus. Selbst wenn sie keine Angst gehabt hätte angesichts dessen, was passieren konnte, so hätte sie doch keinen Gedanken an ihre eigene Bequemlichkeit verschwendet, wenn die Wünsche von Älteren und Besseren, als sie es war, im Spiel waren. Die Pinners waren so. Ihre Demut und ihre Geduld wären selbst für einen Heiligen ungewöhnlich gewesen, und was ihre ehrfürchtige Haltung betraf, so war diese so ausgeprägt, daß ein Land, das von vielen Pinners bevölkert war, in der Tat einfach zu regieren sein wäre.

Die verstorbene Mrs. Pinner, die natürlich selbst keine echte Pinner war, sondern einer etwas temperamentvolleren

Rasse namens Skew aus Tottenham entstammte, mochte diese Tugenden an Mr. Pinner nicht. Sie dachte, ein Geschäftsmann dürfe nicht so sein, was sie Mr. Pinner auch häufig mitteilte. Die Aufgabe eines Geschäftsmannes, so erklärte sie ihm oft, sah so aus, daß er schnellstmöglich den Stand der Armut verlassen sollte, den Mr. Pinner jedoch zu keiner Zeit verließ – was daran lag, wie Mrs. Pinner behauptete, daß er keinen Pfeffer unterm Hintern hatte. So beschrieb sie Geduld und Demut. Doch als dieselben Eigenschaften in Sally aufzutreten begannen, ermutigte sie sie darin, denn sie gewährleisteten die Sicherheit des Kindes, das gehorsam und ohne zu fragen fröhlich zu Bett ging, während andere Mädchen sich im Kino vergnügten. Durch ihren Gehorsam konnte Sally stundenlang allein im Wohnzimmer sitzen und glücklich und zufrieden einfache Aufgaben durchführen. Außerdem erschienen Sallys Geduld und Demut Mrs. Pinner in einem anderen Licht als bei Pinner, auch wenn sie nicht genau hätte beschreiben können, wieso. Sallys Eigenschaften waren irgendwie selbstsicherer, sie duckten sich nicht. Sie lagen in Sallys Natur, wenngleich Mrs. Pinner diese Tatsache nur dumpf wahrnahm und nie als einen Gedanken formulierte. Es waren keine unterwürfigen Eigenschaften, die sich in irgendwelchen Ecken verkrochen, sondern anmutige Wesen, die einem lächelnd entgegentraten.

Sally war also wie immer voll von diesen milden Tugenden, während sie versuchte, möglichst wenig Raum einzunehmen und sich, nachdem sie sicher die Spitze des Hügels erreicht hatten, wappnete, dem nächsten Horror ins Antlitz zu sehen, und zwar der kurvigen, glatten, schmalen, steilen Straße, die zur Fähre hinunter führte, und der kurvigen, glatten, schmalen, steilen Straße, die auf der anderen

Seite nach oben führte. Und dann war da noch die Furcht vor jeder Kurve, hinter der sie einen riesigen, breiten Reisebus erwartete. Auf diese Weise fuhr der Morris-Cowley in Richtung Truro. Jocelyn dachte, daß sie dort übernachten sollten, denn in Truro gab es Hotels. Dort würde er überlegen, was er als nächstes tun würde.

Er drängte das kleine Auto, so schnell zu fahren, wie es nur konnte, denn er war von dem Gefühl besessen, wenn er nur schnell genug entfliehen konnte, so würde ihm überhaupt die Flucht gelingen. Doch die Flucht vor was? Sicherlich vor St. Mawes und Mrs. Cupp und den Schaulustigen, die natürlich auch alle davon ausgingen, daß er und Sally nicht verheiratet waren. Das war das erste, Unmittelbarste, was sie tun mußten. Nicht nur hatte man sie hinausgeworfen, sondern, so sagte er zu sich selbst, man hatte sie mit Schimpf und Schande hinausgeworfen. Es hatte wenig Sinn, mit Sally darüber zu reden, denn sie würde nicht verstehen, was Schimpf und Schande war. Es kam ihm äußerst absurd vor, mit einer Person unterwegs zu sein, die noch nicht einmal von etwas so Gewöhnlichem wie Schimpf und Schande gehört hatte.

Natürlich war es nicht ihre Schuld, doch der Rausschmiß und die Sache mit der Schande lagen offensichtlich an ihr, das ließ sich nicht leugnen. Seine Mutter hätte in diesem Augenblick als hochgeschätzte und beliebte Mieterin in jenen Zimmern gesessen. Offensichtlich war die ganze Sache Sallys Schuld, obwohl er zugab, daß sie nichts dafür konnte. Doch das machte alles noch schlimmer, denn dadurch ließ sein Vertrauen in die Zukunft nach. Zudem hatte er dadurch nicht das Recht, unfreundlich zu ihr zu sein.

Da er spürte, daß, falls er etwas sagen würde, dieses durchaus unfreundlich sein könnte, hielt er seinen Mund fest geschlossen und blieb vollkommen stumm. Jedesmal, wenn die Straße einigermaßen gerade war und Sally sie für einen Augenblick aus den Augen lassen konnte, schaute sie verstohlen unter ihren Wimpern hervor und bemitleidete ihren Mann, der wieder aufgebracht zu sein schien.

»Magen«, schloß Sally daraufhin, die keine andere Erklärung für Jocelyns Stimmungsschwankungen finden konnte. Sie fragte sich, ob sie es wohl wagen sollte, ihm das einfache Medikament zu nennen, das ihr Vater immer bei sich hatte. Denn auch Mr. Pinner litt manchmal unter Magenschmerzen, wenn auch weniger zurückhaltend.

Nun, die Sache hat wenigstens ein Gutes, dachte Jocelyn, der die Augen starr und streng nach vorne gerichtet hatte, und die Straße entlang zur Fähre raste – er war jetzt wieder wach. Endlich. Höchste Zeit dafür. Denn seit dem Tag, als er Sally zum ersten Mal sah, hatte er sich trotz einiger Augenblicke extremster Verärgerung und Irritation in einer Art Fiebertraum befunden. Aus diesem Traum hatte Mrs. Cupp ihn wachgerüttelt. Jocelyn glaubte, daß er die erste Phase jetzt hinter sich hatte, in der man nur an die Gegenwart dachte und keinen Gedanken an die Zukunft verschwendete. Jetzt mußte er denken. Entscheidungen wurden erwartet. Ferien haben ein Ende, doch das Leben geht weiter; Flitterwochen hören auf, Ehefrauen jedoch nicht. Hier saß er mit einer Ehefrau, und mit herzlich wenig anderem, dachte Jocelyn. Ohne Beruf, ohne Pläne, ohne Unterkunft.

Was für eine Situation. Die Unterkunft war natürlich ein kleines Problem, doch die Tatsache, daß man sie aus ihrer letzten hinausgeworfen hatte, nagte an ihm. Sein Leben war bisher so anständig verlaufen. Er und seine Mutter waren niemals einer Person aus niederen Schichten begegnet, die unhöflich war. In South Winch war alles ordentlich und anständig. Von ihrer eigenen Klasse wurden sie geachtet und von allen anderen respektiert. Ordnung, Anstand, Achtung und Respekt hatte er auch in Ananias gefunden. Obwohl er sehr bescheiden war, so war es in Ananias dennoch unmöglich gewesen, nicht zu wissen, daß er als gegenwärtiger Stolz und als zukünftiger Schmuck betrachtet wurde. Da waren ganz oben die Professoren, die sich immer daran erinnerten, wer er war, und freundlich lächelten. Vom unteren Ende der Skala empfing er die fast zärtliche Aufmerksamkeit der herzlichen und keuchenden Hausdiener, die ihm das Bett machten. Auch war es unmöglich, nicht zu wissen, daß South Winch ihn voller Interesse betrachtete, wenngleich das überhaupt nicht von Bedeutung war, bis auf die Tatsache, daß es seiner Mutter Freude bereitete. Diese Meinungen hatten Jocelyns ernste Ausgeglichenheit keineswegs aus der Ruhe gebracht, hatten ihm nicht den Kopf verdreht, denn er war wirklich und mit ganzem Herzen in seine Arbeit vertieft. Doch sie waren da gewesen, hatten einen passenden und schicklichen Hintergrund geboten, eine sonnige, schützende Wand, vor der er in stiller Sicherheit die Blumen seines Ehrgeizes pflanzen konnte.

Und hier war er, auf die Straße gesetzt – darauf lief es ja wohl hinaus – von einer äußerst zweifelhaften Person namens Cupp. Man stelle es sich vor . . ., daß er in eine Lage geraten war, in der ihn jemand namens Cupp erniedrigen konnte.

Er schlug mit der Faust auf die elektrische Hupe, um seinen Gefühlen Luft zu machen. Sie gab ein kurzes Quaken von sich und verstummte.

»Die Hupe ist kaputt«, sagte er. Er drückte fester, doch kein Ton kam heraus.

Sallys Herz machte einen Sprung. Daß in einem solchen Moment etwas kaputtging! Denn sie befanden sich auf dieser Straße, die in den Hügel eingeschnitten war, die kurvig, glatt und steil war und auf der Seite von St. Mawes hinunter zur King Harry Fähre durch einen Wald führte, der an diesem späten Märznachmittag ganz bezaubernd aussah. Die Sonne fiel durch die blassen, graugrünen Zweige der nackten Bäume auf Teppiche von Primeln. Weit unten auf Sallys Seite hätte sie, falls sie es gewagt hätte, hinunterzusehen, das ruhige Gewässer des Fal sehen können, durch seine tiefe Lage ruhig und vor dem Wind geschützt, der oben im offenen Land wehte. Ihre besorgten Augen suchten jedoch nicht die schöne Landschaft – Sally hatte keinen Sinn für eine schöne Landschaft –, vielmehr hefteten sie sich auf jede neue Kurve, die in Sicht kam. Denn einmal war ihnen ein Reisebus entgegengekommen, als sie gerade um eine dieser Kurven bogen, ein großes, breites Ungetüm, das fast die ganze Straße in Anspruch nahm. Doch glücklicherweise waren sie an jenem Tag gerade nach oben, nicht nach unten gefahren, so daß sie sich an der Innenseite befanden, nicht an der ungeschützten, furchterregenden Außenseite. Jetzt waren sie außen, und wenn . . .

»Die Hupe ist kaputt«, sagte Jocelyn, gerade, als sie diese Gedanken hatte.

Das war doch sicher nicht so schlimm? versuchte Sally, sich zu trösten. Sie bemühte sich zu hoffen, daß es nicht schlimm war. Eine Hupe war kein Rad. Man brauchte sie nicht, um vorwärts zu kommen. Sie machte nur Lärm. Nützlich, so wie die Stimme nützlich war, aber nicht wesentlich, wie die Beine.

Nein, es macht offensichtlich nicht viel aus, denn »mein Mann« sagte, er würde sie in Ordnung bringen, sobald sie auf der Fähre waren – und dann machte ihr Herz einen noch viel größeren Sprung, es schien in ihren Mund zu kriechen und sich dort zitternd zu verstecken. Denn dort, an der allernächsten Kurve, ein paar Meter vor ihnen, tauchte tatsächlich ein Reisebus auf.

»Du liebe Güte«, dachte Sally, der die Farbe aus dem Gesicht wich, während sie steif wurde und sich fester gegen den Sitz preßte. »Du liebe Güte . . .«

Doch der Bus fuhr auch nach unten, Gott sei Dank fuhr er auch nach unten – er war, wie sie, auf dem Weg zur Fähre.

Jocelyn schlug ein weiteres Mal auf die Hupe, die wieder ein dünnes Quaken von sich gab und dann verstummte.

»Er versucht nich', ihn zu überholn? Er versucht doch nich', ihn zu überholn?« fragte Sally sich und klammerte sich an der Autotür fest.

Der Bus hatte jedoch keine Ahnung, daß irgend etwas hinter ihm den Hügel hinuntergefahren kam, und fuhr weiter in der Mitte der schmalen Straße. Zu Sallys Erleichterung fuhr Jocelyn ganz nah an den Bus heran, denn er dachte, wenn er sich ganz dicht hinter ihm hielt und keinen Lärm machte, dann würden die Leute Sally nicht bemerken. Er müßte dann nicht tatenlos zusehen, wie ihr Gesichtsausdruck sich änderte, sobald sie Sally erblickten. Den kannte er inzwischen bis zur Genüge.

Alles ging glatt, bis sie auf der Fähre waren. Der Reisebus fuhr bis ans Ende vor, und Jocelyn klemmte sich dicht dahinter. Er stieg aus und öffnete, noch immer unbemerkt, die Motorhaube, um sich die Hupe anzusehen.

Er hatte keine Seitenhupe dabei. Diese hatte ihm ein dummer Idiot in Ananias abgebaut, der mit ihm auf einer Etage wohnte und alle möglichen Dinge witzig fand, die sonst niemand witzig fand. Er fand es witzig, Jocelyns Hupe zu stehlen. Nachdem Jocelyn ihm ernsthafte Vorhaltungen gemacht hatte, gab er die Hupe zwar zurück, doch sie war nicht wieder befestigt worden. Denn bald darauf hatte Jocelyn Sally kennengelernt, und sein Verstand hatte sich vernebelt. Jetzt erinnerte er sich daran, und er verfluchte den dummen Idioten, durch dessen Schuld die Hupe am Auto jetzt fehlte. Aber er würde die elektrische Hupe sofort reparieren, viel konnte nicht kaputt sein.

Er hatte den Kopf unter der Motorhaube und machte sich an die Reparatur. Sally, die sich für einen Moment sicher fühlte, da Jocelyn außerhalb des Autos war, sah mitfühlend zu. Sie hätte ihm gern geholfen, und sei es auch nur, indem sie ihm etwas reichte. Doch sie wußte, daß sie sich nicht bewegen durfte. Die Rückseite des riesigen Busses ragte über ihren kleinen Zweisitzer hinaus wie das Heck eines Ozeanriesen über einen Schlepper. Dort oben war alles ruhig. Die Köpfe in der letzten Sitzreihe bewegten sich nicht, denn ihre Besitzer waren zweifelsohne damit beschäftigt, die Schönheit des Fal zu bewundern.

Doch plötzlich ging die Hupe durch Jocelyns Reparatur los, und die Kopfreihe, aufgeschreckt durch dieses unerwartete Quaken direkt unter ihnen, drehte sich um und lugte über den Rücken des Busses. Dann sahen sie Sally, und ihre Blicke erstarrten.

Doch Jocelyn hatte jetzt keine Zeit, sich damit zu befassen. Im Moment war es wichtiger, die Hupe zum Stillstand zu bringen. Sie gab ein stetiges Quaken von sich, und obwohl er zwischen dem Teil der Hupe, das unter der Motorhaube steckte, und dem Teil, das sich am Lenkrad befand, hin und her sprang und an beiden Teilen schnell und gewalttätig arbeitete, hörte das Quaken nicht auf.

Sehr schön, dachte er, vor allem für einen Mann, dessen

einziger Wunsch darin liegt, unbemerkt zu bleiben. Es war ein Glück, daß die Hupe alles erstickte, was er sagte, denn so blieb Sally der Schock erspart, zu hören, wie er sein gerade erst gegebenes Versprechen brach. Sie war so überrascht über das Verhalten der Hupe, daß sie aus ihrer gewöhnlichen vorsichtigen Stummheit herausgerissen wurde und Jocelyns Aufmerksamkeit auf die Hupe lenken wollte, indem sie ihm bei einem seiner Kurzbesuche am Lenkrad mitteilte, daß die Hupe hupte.

»Oh, sei still!« schrie Jocelyn aufgebracht. Wer weiß, ob er Sally oder die Hupe meinte?

Sally ging davon aus, daß er die Hupe meinte, und bemerkte mitfühlend, daß sie gerade das nicht tat.

»Hätte ich doch nur einen kleinen Schraubenzieher!« schrie Jocelyn, der hektisch den Inhalt seines Werkzeugkastens leerte, um das zu suchen, was nicht da war. »Ich habe keinen kleinen Schraubenzieher ... einen *kleinen* Schraubenzieher ... hat irgend jemand einen *kleinen* Schraubenzieher?« Der Fährmann hatte keinen Schraubenzieher, weder groß noch klein, und der Busfahrer, der seinen Platz verlassen hatte, um zu sehen, was los war, hatte keinen, der klein genug war. Was die Passagiere anbetraf, die mittlerweile auf ihren Sitzen standen und sich die Hälse verbogen, so konnte man von ihnen nichts erwarten, denn sie waren tief in Sallys Anblick versunken

»Oder eine Schere ... eine Schere ginge auch!« schrie Jocelyn, der das Gefühl hatte, verrückt zu werden, wenn die Hupe nicht gleich aufhören würde.

Niemand hatte eine Schere außer Sally, die schnell und erfreut aufsprang, da sie jetzt helfen konnte – die Köpfe verbogen sich noch mehr –, und sagte, sie habe eine Schere unten in ihrer Kiste.

»Nein, nein«, sagte Jocelyn, der selbst angesichts der Möglichkeit, die Hupe zum Schweigen zu bringen, nicht ertragen konnte, diese schreckliche Blechkiste vor der ganzen Fähre loszubinden und auszupacken. »Bleib sitzen, Sally . . .«

Und er begann, mit geballter Faust beliebig auf irgendwelche Teile zu schlagen, die dem Lärm am nächsten zu sein schienen.

»Das wird wenig nützen«, sagte der Fahrer des Reisebusses grinsend.

Das Grinsen übertrug sich auf das Gesicht des Fährmannes und weiter auf die Gesichter, die sich oben auf dem Reisebus angesammelt hatten.

Als Jocelyn das bemerkte, erstarrte er plötzlich in eisiger Teilnahmslosigkeit. Was immer die verdammte Hupe tun würde, er war nicht bereit, eine Horde verfluchter Ausflügler zu unterhalten. Außerdem – verlor er etwa die Beherrschung? Er, der jahrelang davon ausgegangen war, daß er sie nicht verlieren konnte?

Er knallte die Motorhaube zu, warf das Werkzeug in die Kiste, setzte sich ins Auto und wartete mit einem völlig leerem Gesichtsausdruck darauf, von der Fähre hinunterzufahren, ganz so, als läge nichts Besonderes an. Sally, die durch seine Ruhe dazu verleitet wurde anzunehmen, er denke, die Hupe sei wieder in Ordnung, wartete einen Moment angestrengt, stellte fest, daß er nichts weiter tat, stieß ihn sanft an und teilte ihm mit, daß die Hupe noch immer hupte.

»Tatsächlich?« fragte Jocelyn, und etwas in seinem Blick ließ sie noch sicherer werden, als sie es ohnehin schon war, daß es ein Fehler war, mit ihrem Mann zu sprechen.

Sie hupten den ganzen Weg bis Truro. Truro war der nächste Ort, wo das Ding in eine Werkstatt gebracht werden oder auch in Stücke gehauen werden konnte, wenn nichts anderes es zum Schweigen brachte. Sechzehn Kilometer lang hupten sie anhaltend. Quakend fuhren sie die Straßen entlang, bis sie zur Hauptstraße kamen. Die Fahrt war ein Alptraum, bestehend aus erstaunten Gesichtern, aus Menschen, die aus ihren Häusern liefen, aus schreienden Kindern, aus Gelächter, das aufklang und wieder verschwand, das immer stärker wurde, bis jeder einzelne Kilometer ein einziges, riesiges Geschrei zu sein schien.

Sally quetschte sich furchterstarrt in ihre Ecke. Von einer solchen Geschwindigkeit hatte sie nicht einmal träumen können, und auch der Morris-Cowley hatte nie zuvor solche Geschwindigkeiten erreicht. Sie konnte sich nur festklammern und das Beste hoffen. Der Lärm war ohrenbetäubend. Das kleine Auto machte bei jedem Loch in der Straße einen Satz. Der Reisebus, der auf dem Weg nach Falmouth war, bog an der Hauptstraße nach links ab, und seine Passagiere erhoben sich wie ein Mann aus ihren Sitzen und winkten zum Abschied mit ihren Taschentüchern. Sally, die selbst in einem solchen Augenblick nicht unhöflich sein konnte, ließ die Autotür einen Moment los, um mit zitternden Fingern nach ihrem Taschentuch zu suchen und zurückzuwinken.

In Truro hielt Jocelyn bei der ersten Werkstatt an, die er sah. Sie war klein und befand sich am Rande der Stadt, wo nur wenige Passanten vorbeikamen. Doch die wenigen, die es gab, versammelten sich sofort um das Auto, das hupend den Hügel hinunterschoß und auch dann nicht aufhörte zu hupen, als es längst stand.

Wie einfach wäre es gewesen, hätte er seine Mutter als Begleitung gehabt. Er hätte sie einfach darum gebeten, in ein Hotel oder in eine Konditorei zu gehen und dort auf ihn zu warten, bis die Hupe repariert war. Sie wäre unbemerkt und unbelästigt durch die Stadt gegangen, und das Hotel oder die Konditorei hätte sie ohne jede Neugierde empfangen und respektvoll ihre Wünsche erfüllt. Oder sie hätte im Auto gewartet, und auch hier hätte sie weder Interesse noch Kommentare provoziert. Eine Dame, wie man sieht. Eine Dame, die wie ein sittsames italienisches Haus ihre schlichte und ausdruckslose Seite der Öffentlichkeit der Straße zuwandte und ihre andere, streng private und erfreuliche Seite für Familie und Freunde vorbehielt.

Er eilte mit Sally in die Werkstatt, in die allerletzte Ecke der Werkstatt. Ruhige Spaziergänge durch die Stadt und eine problemlose Aufnahme in einem Hotel waren, das spürte er, nicht Sallys Sache. Und die Bequemlichkeit, der Trost einer Begleiterin, um die man sich in einer Krisensituation nicht zu kümmern brauchte, die automatisch in den Hintergrund trat, war nicht seine Sache. Nichts konnte Sally in den Hintergrund stellen. Ihre beklagenswerte Auffälligkeit machte es unmöglich, sie allein irgendwohin gehen zu lassen. Sie mußte begleitet und beschützt werden, als sei sie ein Kronjuwel. Oder ein Kinderwagen mit einem Baby darin, das man nie für einen Augenblick alleine lassen konnte und das ständig von jemandem umhergeschoben werden mußte. Dieser Jemand war er selbst; Jocelyn Luke, der noch vor einem Monat vor sich hin gearbeitet hatte, hoffnungsvoll und tief in äußerst interessante und wichtige Studien versunken, unabhängig, ohne daß ihn etwas hemmen oder behindern konnte – im Gegenteil, alles und alle waren ständig darum besorgt, daß er so ungehemmt und unbehindert wie möglich war. Was war er jetzt? Ein Kindermädchen, das sich um einen Kinderwagen kümmerte!

Die ganze Sache erschien Jocelyn äußerst phantastisch.

»Warte hier, ja?« sagte er, nachdem er sie in die Werkstatt gezogen und in der hintersten Ecke abgeladen hatte, als sei sie ein Paket. »Rühr dich nicht von der Stelle, bis ich dich hier abhole ...«

Und dort ließ er sie stehen, wie es ihm schien, in Sicherheit, und ging zurück zu dem hupenden Auto.

Sie setzte sich dankbar auf einen Haufen leerer Benzinkanister. Wenn er sie doch nur möglichst lange hier lassen würde, wenn sie doch nur den Rest des Tages hier verbringen könnte... »Rühr dich nicht von der Stelle«, hatte »mein Mann« gesagt, als ob sie das gewollt hätte! Außer daß sie sehr hungrig war, richtig hungrig, besonders jetzt, da ihre Ängste vorüber waren, denn sie hatte noch nicht zu Mittag gegessen, und es war schon zwei Uhr. Wie glücklich wäre sie, wenn sie den Rest des Nachmittags hier verbringen könnte, ohne sich von der Stelle zu rühren. In der stillen Ecke, weit weg von der Gefahr, weit weg davon, erraten zu müssen, was sie zu ihrem Mann sagen durfte, und weit weg von dem Blick, mit dem er sie ansah, wenn sie es gesagt hatte. Das war fast perfekt. Es wäre ganz perfekt gewesen, wenn sie etwas zu essen gehabt hätte.

Und wie eine Antwort auf ihren Wunsch öffnete sich die kleine Tür, die nach hinten zu einem Schuppen führte, und ein junger Mann spazierte hinein. Er war beschmiert und wirkte etwas blaß, wie jemand, der viel in einer Werkstatt arbeitet. In der einen Hand trug er eine Schüssel, um die ein rotes Taschentuch gewickelt war.

Es war der junge Mr. Soper, der vielversprechendste unter den Mechanikern, die in der Werkstatt angestellt waren. Jeden Tag nahm er sein Mittagessen in dieser Ecke zu sich. Hier konnte er auf dem Haufen leerer Benzinkanister sitzen, ungesehen und doch in Hörweite, falls seine Dienste plötzlich gebraucht werden sollten. An diesem speziellen Tag war er später als sonst in den Schuppen gegangen, um die Schüssel mit dem Essen zu holen, die ihm der kleine Sohn seiner Wirtin gebracht hatte, denn in der Werkstatt war den ganzen Vormittag ungewöhnlich viel zu tun gewesen. Und so war die Ecke, als Jocelyn Sally dorthin brachte, gerade leer, denn Mr. Soper, anstatt wie sonst bei seinem Mittagessen zu sitzen, war gerade damit beschäftigt, es aus dem Schuppen zu holen.

»'tschuldigung, Miss«, sagte er, während er Sally anstarrte und ihm die Kinnlade nach unten fiel. »'tschuldigung, Miss, ich bin sicher . . .«

Er schob seinen Arm schnell hinter die Tür, aus der er gerade hervorgekommen war, und zog einen Stuhl hervor. »Wäre das nich' . . . wäre das nich' bequemer für Sie, Miss?«

»Hab nix dagegen«, sagte Sally, stand auf und lächelte höflich.

Mr. Sopers blasses Gesicht wurde bei diesem Lächeln knallrot. Er wischte den Staub vom Stuhl, indem er die in das Taschentuch verpackte Schüssel auf dem Sitz hin- und herrieb. Dann stand er da und starrte die junge Dame an, während die Schüssel schief in seiner Hand hing, sorglos festgehalten durch die zusammengeknoteten Seiten des Taschentuchs, so daß folglich etwas von der Soße heraustropfte.

»Riecht gut, nich'«, bemerkte Sally, als sie sich setzte. Sie konnte nicht an sich halten, etwas zu riechen.

»Was, Miss?« fragte Mr. Soper, der mit fast unglaublicher Freude eine Sprechweise bemerkte, die ihm vertraut war.

»Was Se da inne Schüssel ham«, sagte Sally, die ebenfalls

die ihr verwandte Rede erkannte und hocherfreut war. Denn seit ihrer Eheschließung waren ihr solche Akzente sehr lieb geworden, da sie sie an zu Hause erinnerten.

Sie lächelte ihn äußerst freundlich an. Mr. Soper wagte es kaum, seinen Augen zu trauen.

»Das is' mein Mittagessn«, sagte Mr. Soper und starrte die Erscheinung an.

»Na, ich hab nich' gedacht, es is' Ihr Sonntagshut«, sagte Sally, die sehr zufrieden war, daß auch sie einmal die Gelegenheit hatte, etwas Gescheites zu sagen. »Merk' ich am Geruch, dasses kein Hut is'.«

Mr. Soper schien es auch für gescheit zu halten, denn er lachte wie doll, so dachte Sally.

»Eintopf?« fragte sie und machte mit ihrer zarten Nase kleine Halbkreise, die auf Anerkennung deuten ließen.

»Stimmt«, sagte Mr. Soper.

»Hab ich mich gedacht«, sagte Sally und fügte mit einem Seufzer hinzu: »Das is' am best'n.«

Mr. Soper, der ein kluger Kopf war, wenngleich er im Moment etwas verhindert war, da er seinen Augen kaum trauen konnte, dachte, sie hätte ihn damit ermuntert, sein Taschentuch loszubinden. Er stellte die Schüssel auf den Boden, der jungen Dame vor die Füße, und band es los. Sally starrte auf den wunderbaren Inhalt, auf die Kartoffeln, deren glatte Seite durch die überlaufende Soße schien, auf die kleinen Enden der zarten Koteletts, auf die Einblicke leuchtender Karotten, auf perlige Zwiebeln, die aus den köstlichen Tiefen schimmerten. Sie starrte mit einer solchen Sehnsucht, daß er sich ermutigt fühlte, sie zu fragen, ob sie ihm nicht den Gefallen tun würde, den Eintopf zu kosten und ihm ihre Meinung darüber zu sagen, wie er denn sei.

»Es gibt Eintöpfe und Eintöpfe, Miss, wissn Se«, sagte er und postierte es hastig auf einem leeren Karton, damit es für sie bequemer war, »aber meine alte Wirtin, die für mich sorgt, is' kaum zu schlagen . . .«

Er rannte in den kleinen Schuppen, aus dem er hervorgekommen war, und nachdem er ein paar Minuten gesucht hatte, brachte er ihr einen Löffel und einen Teller. Seinen eigenen Löffel hatte er in der Tasche. Einen Teller brauchte er nicht.

Sally kostete, und nachdem sie gekostet hatte, kostete sie weiter. Bald bestand die Gefahr, daß Mr. Sopers Mittagessen so sehr gekostet war, daß nichts mehr übrig blieb, aber ihm machte das überhaupt nichts aus. Wenn er hundert Eintöpfe gehabt hätte und selbst dem Verhungern nahe wäre, so würde er sie alle der jungen Dame geben.

Sally versuchte, nicht zuviel zu kosten, aber sie war so hungrig, und der Eintopf schmeckte so gut. Außerdem hielt der junge Mann sie dazu an, weiterzuessen. Er schien ihr Freund zu sein, mehr als jeder andere, den sie bisher kennengelernt hatte. Daß er die Augen nicht von ihr losreißen konnte, störte sie nicht im geringsten, denn daran war sie gewöhnt. Seine Sprache war auch ihre Sprache, und in seiner Anwesenheit wurde sie nicht nervös. Sie spürte instinktiv, daß sie bei ihm nichts falschmachen konnte. Und so redete sie in dieser halben Stunde, in der sie gemeinsam den Eintopf aßen – denn schließlich bestand sie darauf, daß er einen zweiten Teller holte und auch etwas aß –, mehr, als sie in der ganzen Zeit, die sie Jocelyn kannte, mit ihm geredet hatte. Eigentlich redete sie mehr mit ihm, als sie überhaupt mit irgend jemandem je geredet hatte, außer, als sie klein war und mit diesen Freundinnen geredet hatte, die sich später von ihr abwandten.

Wie überraschend es war, wie wunderbar, mit welcher Leichtigkeit sie mit Mr. Soper reden konnte, und die Dinge, die ihr zu sagen einfielen! Wie klug sie war, wie scharfsinnig und schlagfertig. Und das Lachen – dieser junge Mann brachte sie so zum Lachen, daß sie fast erstickte. In ihrem ganzen Leben hatte sie nie so gelacht wie jetzt mit Mr. Soper. Ein kluger Kopf, kein Zweifel. Was Mr. Soper betraf, der noch viel, viel klüger sein konnte, so wurde er glücklicherweise durch die Wirkung, die die Schönheit dieser fremden jungen Dame auf ihn ausübte, zurückgehalten und beschränkte sich auf seine einfacheren Witze. Und so war er, der in Truro als Seele seines Schlags, als der mutigste seines Verstandes und als der waghalsigste aller Frauenhelden galt, in seinem ersten Umgang mit Sally so sanft und furchtsam wie ein neugeborenes Lamm, das gerade zum ersten Mal die plötzlich entdeckte, wunderbare, seltsame Welt erforscht.

Dort fand Jocelyn sie, zwischen sich die leere Schüssel, in der zwei Löffel steckten.

»Mein Mann«, stellte Sally ihn vor. Sie war etwas erschrocken, denn sie hatte Jocelyn vergessen, und Mr. Soper erlebte das, was er später als den Wendepunkt in seinem Leben beschrieb.

Sie hatte einen Mann? Sie, die, wenn man ihn fragte, kaum alt genug war, um einen Vater zu haben? Hatte die ganze Zeit einen Mann und hat seinen Eintopf gegessen. Er neidete ihr den Eintopf nicht, aber er war der Meinung, sie hätte ihm sagen sollen, daß sie einen Mann hatte. Hat seinen Eintopf gegessen und wußte die ganze Zeit, daß sie einen Mann hatte. Das war ungerecht. Das war eine Vortäuschung falscher Tatsachen. Und dann noch einer dieser feinen Herren; einer von diesen Etepetete-Jüngelchen mit dem Verstand eines Kükens, dachte Mr. Soper, der Jocelyn von oben bis unten musterte. Jocelyn beachtete ihn überhaupt nicht. Das sieht man sofort, dachte Mr. Soper, der sich mit Spott zu trösten suchte, – ein Depp, der noch nicht mal seine eigene Hupe reparieren konnte. Böse, nannte er das, böse, böse, daß er das Mädchen seinen eigenen Leuten gestohlen hat, sie ihren natürlichen Gefährten entrissen hat, Kerlen, die zupacken konnten, wie zum Beispiel er selbst einer war, bevor sie wußte, wie ihr geschah. Wo es doch Tausende von Weibern in seiner eigenen Klasse gab, die wie angegossen zu ihm passen würden.

»Schuster, bleib bei deine Leist'n«, sagte Mr. Soper zu sich, obwohl er mindestens vier Gesellschaften angehörte, die leidenschaftlich für die Einklassengesellschaft kämpften, und zwar für die soziale Klasse, aus der Mr. Soper selbst kam.

Jocelyn ignorierte ihn – »Ha, ha«, dachte Mr. Soper spöttisch, der beleidigt war und sein Kinn vorstreckte, um das zu vertuschen –, Jocelyn verschloß die Augen gegenüber dem entsetzlichen Beweis der zwei Löffel in der Schüssel, von denen er, so beschloß er, später reden würde, und zerrte Sally hinaus zu dem inzwischen stillen Morris-Cowley. Das hatte er nicht vorgehabt, als er hineinging. Er hatte vorgehabt, ihr mitzuteilen, daß er gerade den Verlust des Gepäcks bemerkt hatte, daß er sofort zurückfahren würde, um es zu suchen, und daß er sie hier lassen würde, wo sie sicher und ungestört war, bis er wiederkäme.

Der Anblick der Schüssel und der Löffel zwang ihn dazu, seine Pläne zu ändern. Offensichtlich war sie weder sicher noch ungestört. Er sagte überhaupt nichts, ergriff statt dessen ihren Arm mit vielleicht unnötiger Kraft, als er sah, wie widerstrebend sie ihm folgte, drängte sie aus der Werkstatt und half ihr, wieder mit vielleicht unnötiger Kraft, ins Auto einzusteigen. Er schlug die Autotür hinter ihr zu und lief um das Auto herum zu seiner eigenen Tür.

Mr. Soper jedoch war ihnen dicht auf den Fersen. Schließlich war er flink, und er hatte nicht vor, sich das erste menschliche Wesen entgehen zu lassen, bei dem er sich vorstellen konnte, auf die Knie zu fallen, und das außerdem – und hier vermischten sich in seinem Kopf Romantik und Realität – im gegenwärtigen Moment mindestens drei Viertel seines Eintopfs im Magen hatte. Das schien ihm ein Recht auf sie zu geben. In seinem Magen befand sich das restliche Viertel, und das schien sie zu vereinigen. Mochte er auch zutiefst gekränkt sein, mochte er sich auch noch so getäuscht fühlen – er konnte es dennoch nicht lassen, in seinem Kopf einen Witz über diese Vereinigung zu machen, den er so gut fand, daß er beschloß, ihn am Abend seinen Freunden bei dem Whist-Tournier zu erzählen, zu dem er gehen würde – wir müssen ihn hier nicht wiederholen. Und Mr. Soper war ein so flinker, ein so raffinierter und entschlossener junger Mann, daß es ihm tatsächlich gelang, sich in dem kurzen Moment, den Jocelyn brauchte, um zu seiner Tür zu glangen, hinunterzubeugen und unter dem Vorschein, das Rückrad zu untersuchen, in Sallys linkes Ohr zu flüstern: »Warum ham Se denn ein' von diesn Etepetete-Jüngelchen geheiratet, wo's doch . . .«

Aber was doch war, sollte Sally nie hören, denn in diesem Augenblick machte das Auto einen Sprung nach vorn und ließ Mr. Soper allein auf dem Bürgersteig zurück.

Da stand er nun und schaute ihnen nach; offensichtlich einfach ein blasser, unauffälliger Mechaniker, voll gerechter Verachtung für einen schäbigen, kleinen, vier Jahre alten

Zweisitzer – er konnte das Auto natürlich exakt datieren –, aber eigentlich ein verblüffter, erschütterter junger Mann, der gerade mitten in dem Akt gestört worden war, sich das erste Mal in seinem Leben leidenschaftlich und ergeben zu verlieben.

Jocelyn brachte sie zur »Distel und Ziege«. Es war das erste Hotel, das er sah. Er mußte sie irgendwo abladen, denn er konnte sie nicht mitnehmen auf seine Suche nach dem Gepäck, wo sie herumstehen würde, während er es holte und wieder festband. Sie würde sich mit jedem anfreunden, der gerade des Weges kam. Ob sie ihm gehorchte und in ihrem Zimmer bleiben würde, oder ob er absurderweise gezwungen war, sie einzuschließen? Er war ernstlich aufgebracht über die verschiedenen Unglücksfälle dieses Tages, so daß er durchaus bereit war, eine absurde Tat zu begehen. So war er zum Beispiel durchaus bereit, sich mit dem schmierigen Kerl aus der Werkstatt zu schlagen. Es hatte ihn in den Fingern gejuckt, ihm eine reinzuhauen, und nur die Vorstellung von einer Menschenmenge, die sich um sie sammeln würde, hielt ihn davon ab. Denn damit würde er Sally wieder einmal ins Rampenlicht stellen. Er gab zwar zu, daß es eine gewalttätige Maßnahme war, sie in ihrem Zimmer einzusperren, und Gewalt war, wie er gelernt hatte, immer vulgär und lächerlich. Aber sie war wenigstens wirkungsvoll. Er ahnte, daß klare und äußerst einfache Maßnahmen bei Sally notwendig waren, vor allem dann, wenn man in Eile war. Er konnte Sally keineswegs alle Dinge erklären, die sie in seiner Abwesenheit nicht tun sollte, während das Gepäck irgendwo zwischen Truro und St. Mawes auf der Straße lag. Wahrscheinlich waren die Koffer aufgeplatzt, und alles war verstreut und ungehörig zur Schau gestellt. Er würde es ihr bestimmt erklären, und zwar deutlich und ausführlich, denn die Sache mit dem Löffel und der Schüssel war einfach widerlich. Er würde solchen Vorkommnissen ein für allemal ein Ende setzen, aber nicht jetzt. Nicht, bis er nicht unendlich viel Zeit hatte, so daß es ihm vielleicht gelingen könnte, zumindest den Schatten einer Vorstellung davon in ihren Kopf zu hämmern, was eine Dame einfach nicht machen konnte. Er war so wütend, daß er seinen letzten Satz verbesserte und für das Wort Dame die Frau eines Gentleman einsetzte.

Er schloß sie ein.

»Wenn jemand klopft«, sagte er, bevor er sie alleine ließ, »dann rufst du, daß du die Tür abgeschlossen hast, weil du nicht gestört werden willst. Verstehst du mich, Sally? Das wirst du sagen – und nichts anderes. Ganz genau nur das.«

»Klar«, sagte Sally etwas betrübt, denn sein Ton und sein Gesichtsausdruck entmutigten jede Fröhlichkeit. Sie schickte sich an, die Tür hinter ihm abzuschließen.

Doch sehr zu ihrer Überraschung war er es, der die Tür abschloß, indem er den Schlüssel schnell von innen abzog und von außen wieder hineinsteckte, bevor sie begreifen konnte, was er da tat. Sie hörte, wie er den Schlüssel umdrehte, ihn herauszog und wegging.

Ja, sie war tatsächlich eingeschlossen.

»Was soll . . .«, begann Sally zu denken und gab es gleich darauf auf. Sie setzte sich geduldig auf die Kante des Korbsessels, um darauf zu warten, was ihr als nächstes zustoßen würde.

»'n Glück, daß ich den Eintopf hatte«, überlegte sie.

»Meine Frau«, sagte Jocelyn zu der Frau unten im Büro, die Stirn voller Falten, die dadurch hervorgerufen waren, daß er Sally nicht erklärt hatte, warum er sie so plötzlich alleine ließ, und daß sie nicht nachgefragt hatte – war das etwa Kameradschaft? –, »meine Frau möchte nicht gestört werden, bis ich wieder da bin.«

»Ich *verstehe*«, sagte die Dame mit einer, wie ihm schien, etwas ungewöhnlichen Betonung. Sie wollte ihn gerade fragen, wo sein Gepäck war, denn die »Distel und Ziege« wußte gern, wo die Gäste ihr Gepäck hatten, als er davoneilte.

Was verstand sie denn, fragte Jocelyn sich. Niemals hat jemand zu seinen Anweisungen in diesem Ton »ich *verstehe*« gesagt, wenn er mit seiner Mutter verreiste. Der Ton war deutlich. Es klang sowohl mißtrauisch als auch schnippisch, dachte er. Er ging zum Auto hinaus, wobei er das Bedürfnis unterdrückte, zurückzugehen und sie zu fragen, was sie dachte. Dachte sie auch, daß er nicht verheiratet war? Nein, nein – was für ein Unsinn. Seine Empfindlichkeit nahm allmählich unwürdige Züge an, dachte er, während er losfuhr, um die unangenehme und schwierige Suche zu beginnen.

Doch die Dame in dem Büro hatte sich einfach ungeschickt ausgedrückt. Sie sorgte sich nicht um das, was sie verstand, sondern um das, was sie nicht verstand, nämlich wo sein Gepäck war. Wie den meisten Hotels war es der »Distel und Ziege« einfach angenehmer, wenn ihre Gäste Gepäck hatten. Sie zogen es vor, wenn Gepäck zurückgelassen wurde und nicht junge Damen. Dieser junge Herr aber ist losgegangen, ohne ein Wort darüber zu verlieren, und sie versuchte sich damit zu beruhigen, daß er es holen gegangen sei, was ja auch stimmte, und daß sie nichts unternehmen müsse, zumindest im Moment nicht. Und kaum hatte sie sich niedergelassen, um zum Abschluß ihres Mittagessens eine Tasse Tee zu trinken, als das Gepäck auch schon ankam. Es wurde von einem anderen jungen Herrn gebracht, und zwar von einem, den sie zu ihrer großen Erleichterung kannte – von dem jungen Mr. Carruthers von Trevinion Manor.

Die »Distel und Ziege« hatte großes Vertrauen zur Familie Carruthers, denn sie kannte sie schon ihr Leben lang. Die Anweisungen eines passierenden Touristen konnten kein Gewicht haben, wenn sie gegen eine Forderung der Carruthers abgewogen wurden. So war es auch, als Mr. Carruthers darum bat, Mrs. Luke zu sehen, nachdem er erfahren hatte, daß Mr. Luke vor kurzem in seinem Auto weggefahren war. Er wollte ihr das Gepäck persönlich überreichen. Deshalb bat er darum, seine Karte hochzuschicken, und ungeachtet der Anweisungen, die Mr. Luke gegeben hatte, wurde die Karte hochgeschickt und die Nachricht überbracht. Sally erhielt sowohl die Karte als auch die Nachricht, denn als das Zimmermädchen die Tür verschlossen vorfand und keine Antwort bekam – denn Sally dachte, wenn sie gar nichts sagte, dann müßte sie nicht lügen –, verwendete es den Passepartout. Nachdem Sally die Nachricht gehört und die Karte bekommen hatte, ging sie gehorsam hinaus. Natürlich, denn »mein Mann« hatte nichts davon gesagt, daß sie das Zimmer nicht verlassen sollte. Sie wollte ihre Blechkiste bekommen und auspacken. Außerdem gehorchte sie immer, wenn jemand nach ihr schickte.

Alles hatte sich so abgespielt, daß Carruthers, der wie gewöhnlich vor dem Mittagessen durch die Felder zum Meer hin spazierte, gesehen hatte, daß das Wohnzimmerfenster der Cupps sperrangelweit aufstand, während Mrs. Cupp energisch den Kaminvorleger ausschüttelte. Ihre Gäste waren offensichtlich abgereist. Er ging hinein und fragte sie aus. Bald erfuhr er, daß der schmale junge Mann Jocelyn

Luke war – Luke vom Ananias College, als welchen Carruthers, der selbst in Oxford studierte, ihn sofort identifizierte. Denn es konnte nicht zwei Jocelyn Lukes geben, deren Ruf bis nach Oxford geeilt war, und dieser war gar nicht schlecht, ja, Luke erschien den Oxfordern vielleicht sogar als nicht ganz so hoffnungslos unbegabt wie alle anderen Studenten in Cambridge. Gerade als Mrs. Cupp dabei war, ihm ihre Meinung über die angebliche Mrs. Luke mitzuteilen und daß Cupp erst jetzt aus seinem Schlafzimmer hinauskommen konnte und zu Mittag essen durfte – gerade da kam die Nachricht von dem verlorenen Gepäck auf dem Hügel.

Carruthers spürte, daß er genau der richtige Mann dafür war. Er eilte davon, schubste alle anderen beiseite, sammelte ehrfürchtig das Gepäck auf, denn die Blechkiste war tatsächlich aufgesprungen, und ihr bescheidener Inhalt, der ihm von rührender Sittsamkeit erschien, denn die Dinge fühlten sich wie Flanell an, war auf der Straße verstreut. Dann holte er sein Auto und brachte das Gepäck nach Truro.

Es war einfach für ihn, an der Kreuzung nach Falmouth herauszufinden, in welche Richtung die Lukes gefahren waren. Es war auch einfach, in Truro herauszufinden, in welchem Hotel sie waren. Er brauchte sie nur zu beschreiben. Alle Passanten hatten sie bemerkt. Jeder auf der Straße hatte ihre Hupe gehört, und jeder hatte die wunderschöne junge Dame gesehen. Und da er auf direktem Wege in die Stadt fuhr, während Jocelyn, der sicher war, daß er das Gepäck ohnehin nicht vor dem Hügel verloren hatte, einen Umweg nahm, der erst hinter der Werkstatt auf die Hauptstraße traf, denn er wollte den widerlichen Tölpel nicht noch einmal zu Gesicht bekommen und versucht sein, hineinzugehen und ihn niederzuschlagen, verpaßten sie einander genau auf dieser Strecke. Und so kam es, daß Jocelyn, nachdem er den ganzen Weg zurück nach St. Mawes gefahren war, dort gehört hatte, was geschehen war, etwa um fünf Uhr ins Hotel zurückkehrte. Er war müde, sehr hungrig und voller Sorge darüber, wie um Himmels willen er die offizielle Person finden sollte, die damit beauftragt war, ihm sein Gepäck abzuliefern. Im Hotel teilte ihm der Hausdiener mit, daß der junge Mr. Carruthers gleich, nachdem er weggefahren war, gekommen ist und oben im Salon auf ihn wartete.

»Gott sei Dank«, dachte Jocelyn und spürte den Schlüssel in seiner Tasche, »daß ich sie eingeschlossen habe.«

Er ging in den Salon. Und da, an einem Tisch in der Ecke am Kamin, mit den Überresten von dem, was ein außerordentlich guter und vielseitiger Nachmittagstee gewesen zu sein schien, saß Sally.

Carruthers – Jocelyn erkannte den Mann mit dem Hund namens Sally sofort – betete sie an. Doch auf anständige Weise, denn Carruthers war einfach ein anständiger Kerl, aber er betete sie dennoch an. Das war in jede seiner Falten und Bewegungen geschrieben, während er sich eifrig nach vorn beugte und ihr offensichtlich Geschichten erzählt, denn er redete angeregt, und sie hörte nur zu. Es waren wohl amüsante Geschichten, denn sie lächelte.

Mich lächelt sie nie an, dachte Jocelyn. Nicht so, nicht mit einem richtigen Lächeln, voller Freude. Vom ersten Tag an, von dem Tag an, als sie im Wohnzimmer der Pinners beim Tee saßen, schien sie sich vor ihm zu fürchten. Doch allzusehr konnte sie sich nicht fürchten, denn hier saß sie und mißachtete vor aller Augen seine Befehle. Irgendwie war sie aus ihrem verschlossenen Zimmer herausgekommen.

Das machte auf Jocelyn nicht den Eindruck, als ob sie sich fürchtete. Vielmehr erschien es ihm tapfer und einfallsreich. Und wie seltsam es bei ihrer offensichtlichen Schüchternheit und Zurückhaltung anmutete, daß sie zweimal an einem Tag fremden Männern erlaubte, sie zu füttern.

Blaß und grimmig ging er auf die Ecke zu. Nach diesem verdrießlichen Tag war er todmüde und sehr hungrig, denn er hatte seit dem Frühstück nichts gegessen. Carruthers hatte natürlich nur auf diese Gelegenheit gewartet – hatte irgendwo gewartet, bis er ihn wegfahren sah, hat dann das Gepäck hineingetragen und nach Sally gefragt. Und Sally, die irgendwie aus ihrem Zimmer herausgekommen war, hat seine Anweisungen mißachtet und ist hinuntergekommen. Nun, im Moment konnte er nichts dagegen tun. Er war zu müde, um aufzubrausen. Außerdem, schon wieder eine Szene – er konnte nicht ewig Szenen machen. In welch abscheuliche Situationen sie ihn brachte! Doch die Masse der Gedanken, die er ihr einhämmern müßte, damit das Leben auch nur annähernd erträglich würde, war so groß, daß er sich in seinem erschöpften Zustand weigerte, darüber nachzudenken.

Sie sah ihn zuerst, und da sie sich durch den wunderbaren Nachmittagstee, durch Mr. Carruthers' unterhaltsame Geschichten und den angenehmen Nachmittag, den sie miteinander verbracht hatten, sehr wohl fühlte, lächelte sie auch weiterhin. Diesmal jedoch lächelte sie ihn an. Zu Carruthers sagte sie, »Da is' Mr. Luke.«

Als Carruthers aufgestanden und Jocelyn am Tisch angekommen war, stellte sie sie einander vor.

»Mein Mann«, sagte Sally. Carruthers erklärte sie als »Der Dschentelmen, der unsre Klamott'n gebracht hat.«

Jocelyn konnte Carruthers nicht böse sein, denn dieser

sah ihn sehr freundlich an und schüttelte ihm mit einer Herzlichkeit die Hand, die echt schien. Und obwohl er offensichtlich hingerissen war von Sally – natürlich, dachte Jocelyn, hatte er doch nichts von der Verantwortung und nur das Vergnügen –, war er Jocelyn gegenüber voller Mitgefühl. Er schien ihn zu verstehen.

Sally, seine Frau, sagte zum Beispiel: »Haste schon Tee getrunken?« – nur das, ohne den Versuch zu machen, ihm etwas anzubieten. Carruthers hingegen ging schnell durch den Raum und drückte auf die Klingel. »Sie haben sicher noch keinen Tee getrunken. Für Sie muß das einer dieser entsetzlichen Tage gewesen sein, an denen man nichts als fluchen kann. Gleich werden Sie was bekommen. Der Nachmittagstee ist hier ganz vorzüglich, nicht wahr, Mrs. Luke?«

»Ausgezeichnet«, antwortete Sally. Zu Jocelyn gewandt, sagte sie etwas verschüchtert, »Ich mußte aus dem Zimmer rauskomm'. Das Mädchen . . .«

»Oh, ist schon in Ordnung«, unterbrach Jocelyn sie hastig, denn er wollte auf keinen Fall, daß Carruthers von Sallys Eingesperrtsein erfuhr. Manche Sachen, vor allem Familienangelegenheiten, erscheinen in den Augen einer dritten Person, die die Umstände nicht kennt, oft in einem anderen Licht, dachte Jocelyn.

Er ließ sich in einen Sessel fallen. Wie angenehm es war, nach vierzehn Tagen Einsamkeit mit Sally eine normale Stimme zu hören. Es klang wie Musik in seinen Ohren. Als er in Cambridge war, hatte er wenig Wert auf den Oxforder Akzent gelegt, aber wie wunderschön er ihm nach der Pinnersprache erschien. Er wollte die Augen schließen und nur zuhören. »Mehr, mehr«, wollte er sagen, wenn Carruthers sein angenehmes Gespräch für einen Moment unterbrach.

Er saß da, hörte zu, aß und trank schweigend, und Carruthers kümmerte sich um ihn, besorgte ihm etwas zu essen, unterhielt ihn, unterhielt auch Sally, und besorgte eigentlich die ganze Unterhaltung allein. Jocelyn hatte etwas an sich, das in Carruthers mütterliche Instinkte weckte. Er war so dünn. Seine Schultern standen hervor, und sein schmales, nervöses Gesicht zuckte. Wie beim ersten Mal dachte Carruthers »Der arme Teufel«, diesmal jedoch mit noch viel mehr Nachdruck, da er jetzt wußte, wer Jocelyn war und aus welchem sozialen Milieu Sally stammte. Aber als seine Augen auf der lieblichen Erscheinung in der Ecke ruhten – denn er hatte sie in der äußersten Ecke des Salons der »Distel und Ziege« untergebracht, da auch er instinktiv sofort damit begonnen hatte, sie zu verbergen, und sie hatte im Salon geleuchtet, wie eine weiße Blume in der Dämmerung –, da dachte er auch: »Der arme Engel.«

Ja, sie war ein Engel, und arm dazu, dessen war er sich sicher. Carruthers, der innen so romantisch war und außen so eckig und unemotional, sagte zu sich selbst, daß sie ein verlorenes Engelskind war, seiner natürlichen himmlischen Umgebung entrissen, einem Himmel, der voller unverbesserlicher Sprechfehler und ohne Logik war, dafür aber gemütlich und ohne Ansprüche. Sie war in diese Welt voller fremder Menschen geworfen worden, deren Sprache und Benehmen sie nicht verstand.

Nach einem zweistündigen *tête à tête* mit Sally, zwei Stunden, die ihm wie zehn Minuten schienen, so interessant waren sie für ihn, kam Carruthers zu diesem Schluß. Sie war nicht sehr schüchtern, zumindest nicht, nachdem er auch nicht mehr schüchtern war. Denn der bloße Schock, ihre Schönheit so nah vor sich zu sehen, hatte ihn zunächst verwirrt, doch er hatte sich schnell erholt. Er hatte ein Gespräch angefangen, dem sie leicht folgen konnte, denn sein einziger Wunsch war, ihr zu gefallen und sie glücklich zu machen.

Es war nicht schwer, Sally zu gefallen und sie glücklich zu machen, man durfte sie nur nicht verschrecken. Mr. Soper hatte sie nicht verschreckt, er hatte ihr etwas zu Essen angeboten – das ist immer ein guter Anfang für eine Frau. Carruthers wußte das und bestellte sofort den Nachmittagstee, obwohl es erst drei Uhr war. Und da die »Distel und Ziege« für ihre guten Nachmittagstees bekannt war, wurde sofort ein ganz hervorragender aufgetragen, mit vielen Kuchen aus der Gegend, die Sally nicht kannte, und mit vielen aufregenden kleinen Sandwiches. Dazu noch eine Schale mit Sahne, mit Cornish Cream, die Sally am allerliebsten von all dem mochte, was sie auf ihrer Hochzeitsreise kennengelernt hatte. Und so fühlte sie sich mit Carruthers bald so wohl, wie sie sich auch bei Mr. Soper gefühlte hatte.

Sally war noch in einem Alter, in dem man Süßigkeiten liebt. Noch reichte Sahne aus, um sie glücklich zu machen. Auch war sie nicht an solche Mengen gewöhnt. In ihrem genügsamen Leben hatte es niemals Mengen von irgend etwas gegeben, so daß sie alles sehr aufregend fand. Quantität kombiniert mit Freundlichkeit – was konnte erfreulicher sein? Sie war der Meinung, daß sie noch nie etwas so sehr genossen hat wie diesen Nachmittagstee. Dabei war es das reine Vergnügen, das überhaupt nichts mit Hunger zu tun hatte, denn den Hunger hatte schon Mr. Sopers Eintopf beseitigt. Dieses hier war eine bewußte Entscheidung, eine wunderbare Überflüssigkeit, das Gefühl von Großzügigkeit, von Freiheit und Macht, ohne daß man sich überlegen mußte, die Reste für den nächsten Tag aufzuheben.

Als Carruthers mit einer Klarheit, die seiner Mutter als der beste Zug an ihrem Gerry erschien, zu Sally sagte: »Ich habe noch nie jemanden gesehen, der so schön ist wie Sie, und ich habe nicht gewußt, daß man so schön sein kann«, war Sally, aufgelockert und entspannt durch die viele Sahne, durchaus bereit, ihr Aussehen oder etwas Beliebiges anderes mit ihm zu diskutieren, soweit sie, beschränkt in ihrer Sprache, überhaupt irgend etwas diskutieren konnte. Zu seinem tiefen Erstaunen mußte Carruthers entdecken, daß sie ihre Schönheit als eine Sache ansah, für die man sich entschuldigen mußte, als einen Grund zum Bedauern, ja, als eine Entstellung, die sie verdächtig erschienen ließ und denen, die sie liebte und die sie liebten, nur Sorgen bereitete. Als etwas, das sie nicht verhindern oder ändern oder gegen das sie überhaupt irgend etwas anderes tun konnte als es zu bedauern.

»Vater«, sagte sie, »hatte immer 'nen Zustand – Sie könn' 's sich nich' vorstelln. Wenn mich nur jemand anguckte. Und sie gucken immer.«

Carruthers nickte. Genau das hatte er sich gedacht, als er sie zum ersten Mal auf dem Hügel hinter St. Mawes gesehen hatte, als Luke versuchte, sie zu verbergen, sie schnell unter ihrem Hut verschwinden zu lassen – die Verantwortung, die Sorge ... Aber daß sie es so empfand, erstaunte ihn. Sicher würde jede Frau ...

»Und Mr. Luke – *der* hat auch Angst. Versteckt mich, wie's Mutter und Vater gemacht ham.«

»Das bedeutet, Sie sind wahrhaftig gefangen«, sagte Carruthers, der sie ununterbrochen anstarrte. »Gefangen in Ihrer Schönheit.«

Doch als er den verwirrten Ausdruck in ihren Augen sah, begann er, von anderen Dingen zu sprechen, ihr Geschichten zu erzählen, sie zu amüsieren. Denn schließlich war es Luke gegenüber nicht fair, daß sie ihm von sich und ihrem Leben erzählte, wo Luke ihr gerade den Rücken zugewandt hatte, und zwar sicher gegen seinen Willen. Sie war vollkommen hilflos. Sie war ein Kind, das mit jedem Fremden, der freundlich zu ihr war, reden würde. Er konnte ohnehin alles erraten, konnte die Gabe sehen, die sie in der Hand hielt, die höchste Gabe für eine Frau, die, solange sie andauerte, alle anderen überwog. Er sah, daß sie sich des Wertes dieser Gabe völlig unbewußt war, was man damit machen könnte, sofern sie nur eine Ahnung hätte, wie. Jedesmal, wenn sie ihren reizenden Mund mit dem schnellen Lächeln und den eifrigen Antworten öffnete, spürte er ihre unsägliche Sprache auf sich einprasseln.

Und wenn schon? Sie konnte sagen, was sie wollte, ohne daß es etwas ausmachte, mit jeder Stimme, in jedem Dialekt, und es würde niemanden stören. Nicht einmal dann, wenn sie dumme oder raffinierte Banalitäten von sich geben würde, wie er es zu Anfang fast erwartete, als sie zum ersten Mal den Mund aufmachte und ihn hinsichtlich ihrer Herkunft verblüffte, nicht einmal dann würde es jemanden stören. Denn man brauchte nicht zuzuhören. Man konnte einfach dasitzen und sie ansehen. Wen störte das schon?

Doch wie er wußte, war die Antwort darauf nicht einfach »niemanden«, sondern Jocelyn Luke. Luke würde es stören. Es störte ihn offensichtlich schon, obwohl sie nicht länger als zwei oder drei Wochen verheiratet sein konnten. Auch Sally spürte das offensichtlich, denn nachdem sie so eifrig aus ihrem beengten Schneckenhaus der Unwissenheit herausgekrochen war und sagte, was sie konnte, solange sie mit ihm allein war, zog sie sich in dem Moment, in dem Luke sich zu ihnen gesellte, zurück und war angespannt und vorsichtig. Jedesmal, bevor sie auf eine Frage antwortete, sah sie zuerst Luke an, und sie hielt sich, so gut es ging, an Ja und Nein.

»Er versucht, sie zu erziehen«, dachte Carruthers. »Er attackiert ihre Endungen. Sie geht ihm auf die Nerven, und sie weiß es – nein, sie weiß es nicht, aber sie spürt es. Sie *weiß* bisher noch überhaupt gar nichts, aber ich schwöre, daß sie eine ganze Menge spürt.«

Die Lukes waren ein äußerst interessantes Paar. Er fragte sich, wie ihr Schicksal wohl aussehen würde.

Nachdem Carruthers gegangen war und nachdenklich durch die blasse Frühlingsdämmerung zurück nach St. Mawes fuhr, fühlte Jocelyn sich wie neugeboren. Das angenehme Gespräch und die offensichtliche Freundlichkeit hatten ihn besänftigt, und im Moment wollte er Sally nicht mehr belehren. Er wollte sie noch nicht einmal fragen, warum sie ihr Zimmer verlassen hatte. Er schämte sich deshalb, schämte sich, weil er sie eingeschlossen hatte, sie auf Gott weiß was für eine Stufe der Kindlichkeit, der Sklaverei degradiert hatte, ja, zu einem Haustier, das sich verlaufen könnte – zu einem Hund. Er erschauderte ein wenig und sah sie abbittend an. Er lehnte sich über den Tisch, nahm ihre Hand und küsste sie.

»Sally«, murmelte er. Zum ersten Mal, seit er erwachsen war, fühlte er sich plötzlich sehr jung – schmerzlich jung, um verheiratet zu sein!

Die Ehe. Sie bestand nicht nur aus Turteln, dachte er, als er ihre Hand küßte. Man schmuste, war dann fertig damit und machte mit seiner Arbeit weiter. Es war eine konstante und andauernde Verantwortung, nicht nur für das andere Leben, das so seltsam und plötzlich und ewig mit einem verbunden war, sondern auch auf neue Weise für das eigene Leben, auf eine Weise, über die man bis dahin noch nie nachgedacht hatte.

Er küßte ihre Hand ein zweites Mal.

» Der Tee war gut für mein' Mann«, dachte Sally.

Doch gutgetan hatte ihm die halbe Stunde mit jemandem aus seinen eigenen Kreisen, und zwar mit jemandem, der sehr freundlich zu ihm war und Sally dennoch voller Ehrfurcht verehrte. Das hatte ihn in einen Zustand der Ruhe versetzt, und er fühlte sich normaler, glücklicher, als er sich seit den Tagen gefühlt hatte, die so seltsam weit weg schienen, bevor er Sally kennengelernt hatte. Die Augenblicke der wilden Ekstase zählte er nicht als Glücklichsein, denn eigentlich war er auch dann nicht richtig glücklich. Carruthers hatte ihn beruhigt. Sein ganzes Verhalten Sally gegenüber hatte ihn äußerst beruhigt. Schließlich war die Welt doch im großen und ganzen anständig. Sie bestand nicht nur aus Cupps, die schmutzige Gedanken hatten, und auch nicht nur aus schamlosen jungen Männern in Werkstätten. So wie mehr Menschen gesund als krank waren, gab es auch mehr Menschen, die verständnisvoll und freundlich waren, als solche, die es nicht waren. Außerdem wußte Carruthers alles über ihn. Jocelyn hatte einem Mann aus Oxford eine so intelligente Wahrnehmung nicht zugetraut. Nach vierzehn Tagen mit Sally war das ein sehr angenehmes Erlebnis. Denn Sally, wie wundervoll sie auch sein mochte, einzigartig wundervoll, das gab er gerne zu, hatte dennoch nicht die blasseste Ahnung von dem, was er gemacht hatte und was er weiter zu tun hoffte – ja, bei Gott. Warum eigentlich nicht? Warum sollte er Cambridge eigentlich aufgeben? Warum sollte er es nicht mit Sally wagen. Da sie äußerst gefügig war und man ihr einfach alles erklären mußte, könnte er ihr beibringen, sich so zu benehmen, daß niemand sich erdreisten würde, aufdringlich zu werden, wenn sie in Cambridge wohnten. Es war so sehr angenehm, nach diesen ganzen Erlebnissen auf jemanden zu treffen, der alles über ihn wußte. Natürlich war er mit seiner Arbeit noch nicht sehr weit gekommen, das wußte niemand besser als er selbst. Doch der Anfang war immerhin gut genug, so daß Oxford und Carruthers von ihm gehört hatten. Die Sehnsucht, diesen Weg des Ruhms weiter zu gehen, packte Jocelyn mit aller Kraft, als er im Salon der »Distel und Ziege« saß. Sein anderes Begehren wurde besänftigt und schien sich anzuschicken, den ihm zustehenden Platz einzunehmen.

Wenn auch Sally den ihr zustehenden Platz einnehmen würde, könnte sein Leben dann nicht doch noch ein wahrer Siegeszug werden?

An diesem Abend schrieb er einen Brief an seine Mutter, nachdem Sally zu Bett gegangen war. Er schickte sie früh nach oben in ihr Zimmer, da ihn das Verhalten der anderen Gäste zuerst im Restaurant und dann im Salon, wo sie in einer versteckten Ecke saßen, während er seinen Kaffee zu sich nahm, sehr irritierte. Es war wirklich unglaublich. Es war das erste Mal, daß er mit ihr an einem öffentlichen Ort zu Abend aß. Es nützte überhaupt nichts, wenn er zurückstarrte, denn diese Gestalten würdigten ihn ohnehin keines Blickes.

Und so schickte er sie zu Bett und schrieb dann einen Brief an seine Mutter. Sie sollten besser nach Hause fahren. Sie sollten besser sofort nach South Winch fahren, anstatt weiter durch teure Hotels zu irren, wo sich abstoßende alte Männer in Dinnerkleidung und fette, mit Glasperlen behängte Frauen die Augen ausstarrten. Hotels waren mit

Sally unmöglich, ebenso wie Privatzimmer, die das Risiko einer weiteren mißtrauischen und beleidigenden Wirtin bargen. Außerdem waren zwei Wochen Hochzeitsreise genug, um so mehr für diese spezielle Hochzeitsreise mit all ihren Schwierigkeiten. Zu Hause war der richtige Ort. Das friedliche Almond Tree Cottage. Er wollte nach Hause. Er wollte nach Hause zu seiner Mutter, wollte ihr Zusammentreffen mit Sally hinter sich bringen, in seinem kleinen Zimmer unter dem Dach sitzen, wo ihn niemand sehen konnte, und überlegen, was er als nächstes tun würde.

Seine Mutter würde ihm helfen. Sie hatte ihn immer verstanden und ihm immer geholfen. Noch nie hat sie ihn im Stich gelassen. Sie würde ihm auch helfen, auf Sally aufzupassen. Sie würde ihm die Last manchmal abnehmen und Sally vielleicht dazu zu bringen, schon bald wie eine zivilisierte Person zu sprechen.

Das war das Letzte, was er ursprünglich vorgehabt hatte, mit Sally zu seiner Mutter zu ziehen. Natürlich wollte er sie ihr vorstellen, für einen Tag mit ihr dorthin fahren, aber nicht dort bleiben. Denn er wußte sehr wohl, daß seine Hochzeit für seine Mutter ein schwerer Schlag war, sie mitten ins Herz treffen würde. Doch inzwischen hatte die Lage sich geändert. Voreilig, blind vor Leidenschaft, hatte er ihr geschrieben, daß er Cambridge aufgeben würde. Jetzt aber war er nicht mehr blind, und Cambridge würde er nicht aufgeben – nein, er wäre ein Narr, Cambridge aufzugeben. Zumindest nicht, bis er herausgefunden hatte, wie es sich dort mit Sally gestalten würde. Er wollte wenigstens eine der Wunden heilen, die sein Brief hervorgerufen hatte. Wenn sie Sally gesehen hatte, würde er sie fragen, was sie von seiner Idee hielt, in Cambridge zu leben. Vielleicht – es schoß ihm wie ein Lichtblitz durch den Kopf – würde seine Mutter auch in Cambridge wohnen wollen, sie könnte Almond Tree Cottage aufgeben und mit ihnen nach Cambridge ziehen. Das war die Lösung. Dort könnte sie auf Sally aufpassen. Das wäre ein großer Trost, ein gesegneter Trost, vor allem für ihn. Was für eine großartige, einfache Lösung.

Er warf seinen Stift hin und starrte geradeaus. Dann wären sie alle glücklich – er könnte mit seiner Arbeit weitermachen, Sally könnte von seiner Mutter belehrt werden, und seine Mutter wäre nicht von ihm getrennt.

Als er schlafen ging und Sally sich im Schlaf bewegte, als wollte sie aufwachen, nahm er sie in die Arme und fragte, ob sie gerne in Cambridge wohnen würde.

»Ja«, sagte Sally, die selbst im Halbschlaf daran dachte, sich auf einsilbige Sätze zu beschränken.

»Das wird besser als in London«, sagte Jocelyn, während er sie festhielt. »Nicht wahr, meine Liebe? Nicht wahr, meine *wunderschöne* Liebe?« fügte er flüsternd hinzu, denn Sallys Haar, das ihm ins Gesicht fiel, war so sanft, so süß . . .

»Und vielleicht kommt meine Mutter mit und wohnt bei uns. Das würde dir gefallen, nicht wahr, mein Liebling?«

Es gab eine kurze Pause. Dann murmelte Sally: »Ja.«

Er küßte ihr liebliches Haar. »Liebling«, sagte er zärtlich, zufrieden darüber, daß es keine Schwierigkeiten gab. »Du schläfst ja halb«, flüsterte er ihr ins Ohr, indem er die Haare mit dem Mund beiseite schob.

Aber schlief sie tatsächlich? Denn nach einer weiteren Pause sagte sie etwas. Ihr Kopf war noch weggedreht. Es klang wie Vater.

»Ja, mein Liebling?« sagte Jocelyn, da sie schwieg.

»Vielleicht kann er auch komm'«, murmelte Sally.

»Was?« sagte Jocelyn, der nicht sicher war, ob er richtig gehört hatte. Er beugt sich näher heran. »Dein Vater?«

»Ja«, murmelte Sally.

»Dein *Vater?*« fragte Jocelyn noch einmal.

»Ja«, murmelte Sally. »Dann . . . das is' nett . . . du hast sie, und ich hab ihn.«

»Schlaf jetzt, Sally«, sagte Jocelyn mit plötzlicher Autorität. »Weißt du, wie spät es ist? Fast elf.«

VIII

In der Zwischenzeit war Jocelyns Mutter in Almond Tree Cottage für Mr. Thorpe zu Margery geworden, und er war für sie jetzt Edgar.

Die Idee, mit der sie gespielt hatte, die Möglichkeit, die sie belächelt hatte, war nun Tatsache. Sie reagierte auf Jocelyns Hochzeit, indem sie sich sofort und gründlich auf Mr. Thorpe einließ. Ohne genau zu wissen, wie, ohne sich daran erinnern zu können, wann, hatte sie sich mit ihm verlobt. Er hatte sie in einem Augenblick erwischt, als sie, vom Schock geblendet, nach allem gegriffen hätte, das ihr Unterstützung bot.

Wie konnte sie South Winch ohne Unterstützung ins Auge blicken? Denn sie mußte nicht nur mit der inneren Erniedrigung zurechtkommen, mit den Ruinen ihrer Liebe und ihres Stolzes, mit dem Wrack ihrer strahlenden, ehrgeizigen Träume – die doch von allen ehrgeizigen Träumen die natürlichsten und verdienstvollsten waren, die Träume einer Mutter von der großen Zukunft ihres Sohnes –, sondern da war auch noch das Mitleid von South Winch. Nein, sie konnte Mitleid nicht ertragen, zudem noch Mitleid wegen Jocelyn! Ausgerechnet wegen ihm, der ihr zweites, besseres Ich war, wegen ihm, der alles sein sollte, was sie gewesen wäre, wenn sie es gekonnt hätte. Wenn sie den reichsten Mann der Gegend heiratete, konnte South Winch kein Mitleid mit ihr haben. Reichtum, sofern er in ausreichender Menge vorhanden war, brachte selbst Kultur zum Schweigen. Und jeder in South Winch kannte Mr. Thorpes Haus, sein Grundstück, seine Autos, seine Gewächshäuser. Deshalb ließ sie sich wie eine Frucht, die nicht mehr genug Leben in sich hat, in die ausgestreckten Hände von Mr. Thorpe fallen.

Jocelyn wollte sie nicht mehr, Mr. Thorpe hingegen wollte sie. Es ist doch bedauerlich, dachte sie, denn trotz ihrer Verwirrung und ihres Elends hatte sie manchmal noch Geistesblitze, daß eine Frau nicht glücklich sein konnte, wenn es nicht jemanden gab, der sie haben wollte, und zwar ausschließlich sie haben wollte. Doch so war es nun einmal. Es war in der Tat bedauerlich, denn es warf sie verfrüht in Mr. Thorpes Arme, ohne daß sie Zeit gehabt hätte, gründlich darüber nachzudenken. Zweifelsohne wäre sie schließlich ohnehin dort gelandet, aber noch nicht jetzt, erst in vielen, vielen Jahren. Jetzt stolperte sie aus purem Selbsterhaltungstrieb in Mr. Thorpes Arme. Sie fühlte sich schwindelig und taumelig von dem Schlag, den Jocelyn ihr versetzt hatte. Jocelyn, ihr wunderbarer, geliebter Junge, an dessen Karriere sie so leidenschaftlich teilgehabt hatte, indem sie alles, selbst das Allerwinzigste, nur seinetwegen machte – Jocelyn wollte sie so wenig, daß er sie beiseite warf, ohne zu zögern. Und mit ihr seine gesamte Zukunft, die Zukunft, an der sie und er mit äußerster Konzentration jahrelang gearbeitet hatten. Und das für ein Mädchen, das er nur vierzehn Tage lang kannte. Das hatte er in seinem Brief geschrieben. Er hatte geschrieben, daß es nur vierzehn Tage waren. Vierzehn kurze Tage gegen zweiundzwanzig geopferte Jahre.

Wer war dieses Mädchen, wer war diese Person, für die er von einer Minute auf die andere alles aufgab? Mrs. Luke erschauderte und verbarg sich in Mr. Thorpes Armen. Denn die Dinge, die Jocelyn in diesem Brief vom Vorabend seiner Hochzeit nicht erwähnt hat, waren fast noch furchtbarer als die, die er gesagt hatte – das verdächtige Übergehen der Familie des Mädchens, ihrer Herkunft, ihrer Umstände. Er hat kaum ihren Namen erwähnt. Am Schluß, in einem Postscriptum, ganz so, als würde er sich innerlich schämen, schrieb er, sie hieße Salvatia – Salvatia! – und ihr Familienname sei Pinner, aber das sei eigentlich unwichtig, das sei ihm egal, es würde auch allen anderen egal sein, wenn sie sie sähen, ganz gleich, wie sie hieß. Dem hatte er dann noch die seltsamen Worte hinzugefügt, die ebenso trotzig wie ungeschliffen waren, daß er, und auch jeder andere, der sie sehen würde, sie auch genommen hätte, wenn sie nur das Hemd besäße, das sie am Leibe trug. Noch seltsamer und ungeschliffener, mit zittriger Hand, ganz so, als hätte er den Brief in einem Wahnsinnsanfall der Leidenschaft noch einmal aufgerissen, schrieb er: »Mein Gott – ihr Hemd!«

Mrs. Luke verbarg sich in Mr. Thorpes Armen. Ungeschliffenheit hatte bisher noch keinen Fuß nach Almond Tree Cottage gesetzt. Anders war es mit jener Ungeschliffenheit, ja Derbheit, die durch die Epoche, der sie zustand, geweiht war. Es zeugte von Intelligenz, sich an einer Ungeschliffenheit solcherart nicht zu stören, so zum Beispiel an jener der wunderbaren Elisabethaner. Doch Jocelyn und ungeschliffen? Oh, Blindheit und Wahnsinn, Blindheit und Wahnsinn! Woher hatte ihr Junge das nur, diese Fähigkeit zu einem plötzlichen, gewalttätigen, zerstörerischen Verhalten? Sicherlich nicht von ihr. Es mußte von diesem dicken, unheilvollen Blut stammen, das die spanische Frau, die der Urgroßvater ihres Mannes gegen den Willen seiner Eltern geheiratet hatte, eingebracht hat. Mrs. Luke war bis dahin sehr zufrieden mit diesem Urgroßvater gewesen, denn ihre eigene Familie, die vier davon hätte haben müssen, besaß keinen einzigen. Sie verbarg sich in Mr. Thorpes Armen. Aber – »Das als Ersatz für Jocelyn?« Diese Frage stellte sie sich an diesem ersten Tag immer wieder, während sie versuchte, die Augen zu schließen, geistig ebenso wie physisch, um die vorehelichen Zärtlichkeiten von Mr. Thorpe nicht zu beachten. Denn selbst in dieser Krise erinnerte sie sich daran, daß Dr. Johnson in unangenehmen Umständen genau so gehandelt hat.

Mr. Thorpe war sauber und gesund, wofür sie sehr dankbar war. Dennoch litt sie an diesem ersten Tag nicht wenig. Dann, fast unmerklich, gewöhnte sie sich an ihn. Erstaunlich, dachte sie, wie schnell man sich an einen Mann gewöhnt, dessen stattliche Formen in der ersten Woche einen so auffällig unangenehmen Eindruck hinterlassen haben. Doch gegen Ende der Woche bemerkte sie die seltsame, elastische Stattlichkeit von Mr. Thorpes Figur gar nicht mehr, die ihr bei der ersten Umarmung so unangenehm mächtig erschienen war, war sie doch an die zarte Schlankheit ihres verstorbenen Mannes gewöhnt. Außerdem begann die Flut seiner Reichtümer sich alsbald über sie zu ergießen, was zu ihrem Wohlbefinden beitrug. Sie hatte nicht gewußt, wie angenehm eine solche Flut sein konnte. Sie hatte keine Vorstellung davon gehabt, wieviel Trost Reichtum in jeden Winkel ihres Daseins bringen konnte – ja, selbst für den Geist, wenn dieser sich wund und unglücklich fühlte. Reichtum, so hatte sie immer gedacht, war vulgär, doch jetzt erkannte sie dumpf, daß er nur dann vulgär war, wenn er jemand anderem gehörte. Denn in den Händen jener, die sich weigerten, vulgär damit umzugehen, konnte Reichtum durchaus nobel sein. Wenn sie mit Mr. Thorpe verheiratet war, dann würde sie Reichtum ebenso schön und anmutig erscheinen lassen, wie sie es mit ihrer Armut getan hatte. Diese Vorstellung besänftigte Mrs. Luke, und in jenen Tagen des Zusammenbruchs half es ihr sehr, daß ihr Leben, das so frugal und mager gewesen war, jetzt stündlich auf jede erdenkliche angenehme Weise durch etwas Fett weicher und üppiger wurde.

Denn wenn sie auch für Jocelyn nicht mehr von Wert war, so war sie es doch für Mr. Thorpe. Er empfand einen besonderen Stolz darin, ihre magere Umgebung auszustopfen, und wenngleich sie sich jede Nacht wegen Jocelyn in den Schlaf weinte, so erwachte sie jeden Morgen getröstet wegen Mr. Thorpe. Wenn sie Mr. Thorpe zwölf Stunden lang nicht gesehen hatte, konnte sie klar sehen, was nach einem langen Abend mit ihm weniger offensichtlich war: Welch ein unglaubliches Glück es war, daß sie ihn bekommen hatte. Ein anständiger, ehrlicher Mann. Nicht jede Frau in den Vierzigern findet genau im richtigen Augenblick einen anständigen, ehrlichen Mann, der dazu auch noch reich ist. Wo wäre sie jetzt ohne Mr. Thorpe? Er war ihr Felsen, ihr Zufluchtsort, er war Balsam für ihren verletzten Stolz, er stellte ihre Selbstachtung wieder her.

»Auf *ihn* kann ich mich verlassen«, sagte sie zu sich selbst, wenn sie morgens vor ihrem Spiegel saß und ihr dikkes schwarzes Haar kämmte – wenn sie es abends kämmte, sagte sie gar nichts zu sich. »Ich kann ihm *vollkommen* vertrauen. Was nützt schließlich eine gute Ausbildung? Was hat Jocelyn von seiner Ausbildung? Das, was wirklich zählt, ist der Charakter.«

Wenn sie dann hinunterging, fand sie ihren Frühstückstisch überhäuft mit den frischen Beweisen aus Mr. Thorpes Gewächshäusern und von seiner Liebe.

Kein Wort von Jocelyn in all der Zeit, kein Zeichen. Er könnte tot sein, dachte sie, und es hätte weniger geschmerzt, wenn er es wäre. Denn als Toter wäre er auf ewig der Ihre gewesen, keiner könnte ihn anrühren, ihn ihr wegnehmen. Geschlagen und voller Bitterkeit kroch sie noch näher an Mr. Thorpe heran. Er mochte es, wenn sie an ihn herankroch. Er war äußerst zufrieden mit dem, was er in seiner geschäftstüchtigen Denkweise als einen guten Abschluß bezeichnete.

Sie erwähnte Jocelyn nie in seiner Gegenwart, und auch das gefiel ihm. »So ein Dummkopf«, sagte er, als er eines Abends früher als gewöhnlich kam und sie in Tränen aufgelöst vorfand. »Hat keinen Sinn, sich über einen Dummkopf zu grämen.«

Mrs. Luke, die ihre Last noch schwerer empfand, wenn man Jocelyn als Dummkopf bezeichnete, da sie dann zu dem Schluß gezwungen war, sie habe einen Dummkopf hervorgebracht – ja, es stimmte sogar, trotz seiner Intelligenz –, konnte sich nur noch stärker an Mr. Thorpe klammern und schweigen.

Ihm gefiel das. Er mochte es, wenn man sich an ihn klammerte, und er hatte auch nichts gegen eine im gewissen Rahmen schweigende Frau. Hätte ihr verstorbener Ehemann sie, die einst seine Frau war, jetzt sehen können, so wäre er sehr überrascht, denn zu seiner Zeit hatte sie sich nie an ihn geklammert, zudem hatte sie ein besonderes Talent für Konversation besessen. Doch Mr. Thorpe hatte etwas an sich, das jede Konversation erstickte. Selbst vor ihrer Verlobung, in den Tagen seiner vortastenden Beharrlichkeit nach dem Tod seiner Frau, hatte sie es als schwierig empfunden, ein Gespräch in Gang zu halten, wenngleich das noch die Zeit gewesen war, als sie sich völlig unter Kontrolle hatte, da sie sich in ihrem vollkommenen Glück und ihrer Zufriedenheit sonnte. Eine Konversation, wie sie und South Winch sie kannten und praktizierten, stand mit ihm außer Frage. Auch ein Meinungsaustausch war mit Mr. Thorpe unmöglich, denn er tauschte seine Meinungen nie aus, er gab sie von sich und hielt daran fest. Dabei kamen sie in so wenigen Worten heraus, daß sie Mrs. Luke, die ihn mit fragenden, belustigten Augen betrachtete, fast unschicklich nackt erschienen. Oh, diese ruhigen Tage, als sie nur beobachtete und noch nicht selbst betroffen war! Jetzt hingegen ließ sie den Kopf hängen. Sie fügte sich seinen Ansichten.

Mr. Thorpe gefiel das. Es gefiel ihm, wenn eine Frau sich seinen Ansichten fügte. Ihm gefiel es, wenn eine Frau sanftmütig war. Er mochte Sanftmut, Zärtlichkeit und Fülligkeit. Margery war sanftmütig, und an einigen Stellen auch zärtlich – zumindest verbal –, aber sie war nicht füllig. Später, wenn der Koch von Abergeldie – sein Haus hieß Abergeldie – sie in die Finger bekam, dann würde sie sich nicht wiedererkennen. Inzwischen floß ein Strom von Nahrungsmitteln – Austern, Hummer, Kiebitzeier, seine eigenen Ananas, seine eigenen Erdbeeren, seine eigene Butter und frische Eier und einmal auch ein Spanferkel – üppig über die Wiese mit Gänseblümchen, die Abergeldie von Almond Tree Cottage trennte, um dieser Unterernährung ein sofortiges Ende zu bereiten.

Das kleine Hausmädchen wurde gelb im Gesicht, es begann nachts aufzustehen und sich zu übergeben. Mrs. Luke hielt es für falsch und grotesk, Hummer im Garten zu vergraben, und da sie nicht dazu in der Lage war, den Nahrungsstrom zu unterbrechen oder selbst damit zurande zu kommen, war sie gezwungen, das meiste davon an ihre Freunde zu schicken. Auf diese Weise verstand South Winch, was geschehen war, denn niemand außer Mr. Thorpe baute Ananas an und kaufte Kiebitzeier, und niemand schenkte solche Mengen davon einer Frau, ohne sie hinterher zu heiraten.

Nun, diese Methode ist so gut wie jede andere, um es bekanntzugeben, dachte Mrs. Luke, als sie schweigend mit Mr. Thorpe zusammen saß, der den Arm um ihre Taille gelegt hatte und ab und zu heimlich tastete, ob sich nicht allmählich irgendwelche neuen Rundungen einstellten. Anstatt *billets de faire part* zu verschicken, verschickte sie Hummer. Recht originell, dachte sie, in einem leichten Anklang an ihr distanziertes und lächelndes früheres Selbst. »Ob er wirklich denkt, daß ich das alles essen kann?« fragte sie sich.

Und das kleine Hausmädchen, in deren Küche trotz allem einiges zurückblieb, erlitt eine Gallenkolik nach der anderen.

Man gratulierte ihr herzlich. Diese neue Wichtigkeit, mit der sie sofort umhüllt wurde, war ihr ein weiterer Trost. Geld – bei dem Gedanken seufzte sie, aber sie sah ihm ins Auge – Geld verfügte selbst in den Kreisen, wo die Menschen versuchten, Erleuchtung zu finden, über eine große, vielleicht die größte Macht. Sie seufzte. Es sollte eigentlich nicht so sein, doch wenn es so war? Wer wäre Edgar nicht dankbar, zutiefst dankbar, und wer würde nicht seine kleinen Eigenheiten ertragen, wo er doch so großzügig und freundlich und ihr so vollkommen ergeben war? Außerdem würden sich seine kleinen Eigenheiten später sicherlich deutlich ändern. Eine Ehefrau konnte so viel erreichen. Eine intelligente Ehefrau aus gutem Hause – diesen Tatsachen mußte man einfach ins Auge sehen – konnte alles erreichen. Wenn sie erst verheiratet waren . . .

Und da spürte sie, wie sie bei dem Gedanken zusammenzuckte, mit Mr. Thorpe verheiratet zu sein. Jetzt konnte sie seine Zuneigung noch in Grenzen halten, dieses Privileg hatte sie. Doch wenn sie erst verheiratet waren, dann würde er das Privileg haben, sich nicht in Grenzen halten zu lassen. Es schien keine Altersgrenze in der Zuneigungsfähigkeit eines Mannes zu geben. Da war Edgar, über sechzig und immer noch zugeneigt. Nein, nein, dachte Mrs. Luke, die selbst in ihren leidenschaftlichsten Tagen nur mit dem Verstand geliebt hatte.

Eines Abends, fast drei Wochen nach Jocelyns Brief, der all das in Gang gesetzt hatte, sagte Mr. Thorpe: »Wann geht's los?«

»Wann geht was los?« Mrs. Luke zuckte zusammen.

Woraufhin er nur antwortete: »Zimperlich, eh?« Er saß da und sah sie stolz und voller Zuneigung an. Auf jedem ihrer Knie lag eine seiner Hände.

Mrs. Luke, irritiert durch dieses Wort, beeilte sich, so neutral wie möglich zu sagen: »Du meinst unsere Hochzeit? Das hat doch sicher noch lange Zeit.«

»Zeit, eh? Du kannst darauf wetten, daß es keine hat. Weder für dich noch für mich. Wir sind schließlich beide keine Küken mehr.«

Mrs. Luke zuckte zusammen. Zu keiner Zeit hatte sie versucht oder gewünscht oder den Anschein gegeben, ein Küken zu sein, doch daß man ihr sagte, sie sei keines, brachte sie etwas aus der Fassung. Wenn es eine Frage von Küken wäre, dann wäre sie im Vergleich mit Edgar sicher eins. Aber was für eine Art ...

Und da, wie schon einmal, kam das kleine Hausmädchen mit einem Brief herein, und Mr. Thorpe, der wieder genauso verärgert über die Unterbrechung war – warum dieses Hausmädchen, das man eigentlich kaum als Hausmädchen bezeichnen konnte, so klein war es, warum dieser Schluck Wasser mit Schürze die Briefe nicht einfach draußen liegen ließ, bis man sie brauchte ... –, riß sich zusammen und sagte, »Ein Brief, eh?«

»Von Jocelyn«, antwortete Mrs. Luke, die flammend rot geworden war, und der Brief in ihren Händen zitterte.

»Dacht' ich mir«, sagte Mr. Thorpe widerwillig.

Zu seiner äußersten Mißbilligung erfuhr er, daß Jocelyn seine Braut nach Almond Tree Cottage bringen würde. Er wollte keine Bräute in seinem Umfeld – keine, bis auf seine eigene. Zudem fürchtete er, daß dieser wertvolle Sohn, der sich so schlecht benahm, wie ein Sohn sich nur benehmen konnte, Margerys Aufmerksamkeit von ihren eigenen Angelegenheiten ablenken würde, so daß sie noch zimperlicher werden würde, was das Datum ihrer Hochzeit betraf.

»Will wohl schmarotzen«, war sein Kommentar.

Das Wort ließ sie zusammenzucken.

»Jocelyn ist nicht so«, sagte sie schnell.

»Puh«, sagte Mr. Thorpe.

Auch dieses Wort ließ sie zusammenzucken. Edgar war, wie sie sehr gut wußte und auch akzeptierte, ein einfacher Mann und ein roher Diamant, doch ein Mann sollte nicht zu einfach sein, und ein Diamant sollte nicht zu roh sein. Außerdem war dieser Ausdruck sicher schon *passé*.

»Mein lieber Edgar«, protestierte sie sanft.

Mr. Thorpe bestand auf seiner Meinung. »Allerdings puh«, sagte er. »Junge Männer mit Frauen in ihren Hemden« – er erinnerte sich an jedes Wort aus diesem ersten Brief – »und nur fünfhundert im Jahr, um sie zu unterhalten, schmarotzen immer. Oder versuchen es«, sagte er, wobei er instinktiv die Hände auf seine Taschen legte. »Müssen auch leben, weißt du. Müssen irgendwo wohnen.«

»Er wird in London wohnen«, sagte Mrs. Luke. »Du erinnerst dich, das hat er in seinem ersten Brief geschrieben. Er wird dort wohnen und ... und literarisch tätig sein.«

»Quatsch«, sagte Mr. Thorpe.

Dieses Wort schien ihr noch mehr *passé* als puh, falls das möglich war.

Doch es war keine Zeit, sich um Worte zu sorgen. Was sollte sie tun? Wo sollte sie Jocelyn und seine Frau unterbringen? Wie sollte sie sie empfangen? Sollte sie in South Winch den Eindruck entstehen lassen, als hätte sie nichts davon gewußt, bis sie an ihrer Schwelle standen und sie mit den Neuigkeiten überwältigten? Sollte sie den Eindruck entstehen lassen, daß Jocelyn Cambridge aufgegeben hat, weil man ihm in London eine Stelle angeboten hatte, die zu gut war, als daß er sie hätte ablehnen können? Oder sollte sie sie besser im Haus verstecken, bis sie eine Unterkunft in London gefunden hatten und wieder abreisten, ohne daß man sie bemerken würde, und sie würde in der Zwischenzeit so tun, als wäre nichts geschehen?

Sie war völlig kopflos. Als sie da stand, den Brief in ihren zitternden Händen, und vor sich den stattlichen Mr. Thorpe, der nicht von der Stelle wich, da verlor sie ihren kühlen, praktischen Kopf und war nicht in der Lage zu überlegen, was sie tun sollte. Nur eine Sache war klar – sie würde leiden. Und schon gewann eine weitere Sache an Klarheit, die eigentlich absurd war, aber dennoch sonderbar schwierig und unangenehm: Sie hatte kein Gästezimmer, und in Jocelyns Zimmer stand nur das schmale Feldbett, das er zum Schlafen vorzog – und auch ihr gefiel das, denn sie stellte sich Jocelyn gerne als Asketen vor. Dies war kein Haus für mehr Personen als sie und Jocelyn. Oh, warum hatte sie Mr. Thorpe nicht sofort geheiratet? Dann würde sie inzwischen in Abergeldie wohnen und das junge Paar könnte Almond Tree Cottage für sich haben.

Abergeldie. Dieses Wort brachte Licht in ihre Verwirrung. Natürlich. Dorthin mußten sie gehen. Abergeldie, das über eine majestätische Anzahl ungenutzter Gästezimmer von majestätischen Ausmaßen verfügte, das wunderbar viele Annehmlichkeiten hatte, Badezimmer, einen Stab an Hauspersonal. Mr. Thorpe hatte ihr alles vorgeführt, wie es sich gehörte. Sie war über die dicken Teppiche gegangen, hatte die geschnitzten Schränke bewundert, die Waschtische aus Marmor und die riesigen Betten. Sie hatte aus den zahllosen Fenstern mit den vielen verschiedenen Aussichten geschaut, hatte sich, schon geschwächt, durch die Gewächshäuser geschleppt und schließlich auf dem Rasen Kopfschmerzen bekommen. Sie kannte es alles. Abergeldie war genau der richtige Ort. Ermutigt durch das Wissen, daß sie unmöglich mehr als eine weitere Person in ihrem Haus unterbringen konnte, getrieben durch die Vorstellung von dem winzigen Zimmer mit dem schmalen Bett unter dem Dach, machte sie Mr. Thorpe diesen Vorschlag.

Sie war etwas nervös dabei, denn sie fürchtete, daß der Grund, den sie nennen würde, daß das bloße Erwähnen einer Sache wie des Bettes den Charakterzug von ihm zum Vorschein bringen würde, den sie als schlüpfrig ansehen mußte. Was auch geschah. Er sagte all die Dinge, von denen sie voll Bedauern gefürchtet hatte, daß er sie sagen würde. Aber er war gutmütig, es gefiel ihm, Margery aus der Patsche helfen zu können. Außerdem wäre der Dummkopf dann von seiner Mutter getrennt, und vielleicht würde sich etwas Verstand in seinen Kopf einschleichen, während zugleich aller Unverstand verschwinden würde – zum Beispiel der Unverstand, anzunehmen, daß er, Edgar, der Typ Mann war, bei dem man länger als, sagen wir mal, ein paar Tage schmarotzen konnte. Außerdem war er stolz auf Abergeldie, und da zuerst Annie noch darin lebte und dann nicht mehr lebte, hatte es kaum jemand je zu Gesicht bekommen.

Und so wurde es denn beschlossen. Er ging etwas früher als gewöhnlich nach Hause, um seiner Haushälterin Anweisungen zu geben. Mrs. Luke ging mit rasenden Kopfschmerzen zu Bett, wo sie stundenlang wach lag, ins Nichts starrte und versuchte, Mr. Thorpes letzte Worte zu vergessen.

Denn nachdem er sie äußerst zärtlich umarmt hatte, so zärtlich, daß sie sicher war, ihr war eine Rippe gebrochen, hatte er gesagt: »Es hat keinen Sinn, *mich* zu melken, weißt du.«

Ihn zu melken?

Sie lag da und starrte in die Dunkelheit. War ein guter Charakter wirklich besser als eine gute Erziehung?

Der Stiftsherr meinte ja, und dasselbe meinte auch seine Frau. Eigentlich waren sie alle drei einhellig dieser Meinung, daß es so war, als sie am nächsten Nachmittag in Mrs. Lukes kleinem Garten saßen, auf dem kleinen Stückchen Rasen bei der Zeder, in der Nähe des niedrigen Gitters, neben dem auf der anderen Seite Mr. Thorpes Jersey-Kühe grasten. Es ist wunderbar, wie Tageslicht, gewöhnliche Dinge, Mahlzeiten, Teetassen und Besucher Zweifel vertreiben können.

»Am besten ist natürlich beides«, sagte der Stiftsherr, während er Mr. Thorpes Erdbeeren aß. Er übergoß sie zuerst mit der Sahne, die sich noch vor vierundzwanzig Stunden in eben jenen Kühen befunden hatte. »Aber wenn das nicht geht, dann bin ich für den Charakter. Das ist es, was *zählt*. Es ist das einzige, was auf lange Sicht *zählt*.«

»Nun ja, es ist nicht so, als ob man das ernsthaft bezweifeln würde«, sagte Mrs. Luke. »Nur, wenn man diese Theorien in die Tat umsetzt . . .«

Sie hielt inne und goß Mrs. Walker etwas Tee ein.

»Zum Beispiel«, fuhr sie fort, »nehmen wir an, ein Mann hätte eine Köchin mit einem bewundernswerten Charakter. Kann er glücklich werden, wenn er sie heiratet? Ich meine einen gebildeten Mann. Sagen wir, einen *sehr* gebildeten Mann.«

»Natürlich, wenn sie eine gute Köchin ist«, sagte der Stiftsherr, dem es schien, als würde er irgendwo hinter den Bemerkungen seines entzückenden Gemeindemitglieds Mr. Thorpes Geist spüren, wenn er ihn auch nicht sah. Er wollte sich nicht ertappen lassen.

Er wußte, wie wichtig es war, Ernsthaftigkeit, die im falschen Moment aufkam, mit einem Lachen abtun zu können. Ein Mann, der so ernsthaft reich war wie Mr. Thorpe, sollte nicht zu ernst genommen werden, sollte nicht untersucht und hin und her gedreht werden. Seine Konstitution würde das nicht aushalten. Er sollte gesegnet werden, dachte der Stiftsherr, dem vollkommen klar war, was für eine wertvolle Ergänzung Mr. Thorpes Wohlstand in Mrs. Lukes Händen für South Winch bedeuten würde. Man sollte ihn dankbar verschlingen. Verschlingen und nicht erst auf dem Teller hin und her wenden.

Mrs. Luke hatte die Walkers nicht zum Tee eingeladen. Ganz im Gegenteil, als sie zuerst an der Hintertür standen, wo das kleine Hausmädchen sie hingeführt hatte, das beim Anblick der Gamaschen des Stiftsherrn jedesmal einen neuen Anfall von Respekt erlitt, war sie etwas verärgert. Denn den ganzen Tag lang war sie vergeblich damit beschäftigt gewesen, ihre Gedanken zu sammeln und zu ordnen, sich seelisch auf den Abend vorzubereiten, wenn sie, wie Jocelyn angekündigt hatte, ankommen würden – zum Abendessen, hatte er geschrieben, so gegen acht Uhr –, und herauszufinden, wie sie sich ihm und diesem Mädchen mit dem äußerst lächerlichen Namen gegenüber verhalten sollte. Da es ihr bisher nicht gelungen war, hatte sie angeordnet, ihr den Tee im Garten zu servieren, denn sie hoffte, draußen etwas zur Ruhe zu kommen und in der Natur Stille und Gelassenheit zu finden.

Nie betrügt die Natur das Herz, das sie begehrte . . .

Etwas in der Art, auch wenn sie ganz und gar keine Wordsworth-Liebhaberin war und ihn im besten Falle mit Nachsicht betrachtete, trieb sie hinaus in das, was ihr Häuschen in South Winch ihr an Natur zu bieten hatte – das bißchen Rasen, die Zeder, die *kerria japonica* an der Wand neben dem Küchenfenster, die Wiese hinter dem Gitter, wo Kühe und Gänseblümchen zu sehen waren. Dieser schöne Frühlingsnachmittag war voll flüchtiger Schatten, voll des Windes, der seinen frischen und süßen Duft auf den jungen Blättern hinterließ.

Doch als die Walkers dann da waren, tat es ihr gut. Sie lenkten sie ab. Und sie mochten sie sehr. Es war immer angenehm und beruhigend, mit Menschen zusammen zu sein, die einen mochten. Der Stiftsherr ließ sie spüren, wie attraktiv und wichtig sie war, und seine Frau ließ sie spüren, wie wichtig sie war. Außerdem halfen sie ihr bei den Erdbeeren, die sie, nachdem sie vierzehn Tage lang jede ihrer Mahlzeiten begleitet hatten, nicht mehr sehen konnte. Ihr blieben später noch ein paar Stunden Zeit, um zu beschließen, wie sie Jocelyn empfangen sollte. Das wäre immer noch lange genug, wenn man bedachte, daß jeder Gedanke an das Treffen sie erzittern ließ.

Oh, wie unglaublich er sich ihr gegenüber verhalten hatte – seiner Mutter gegenüber, die ihr Leben für ihn geopfert hatte. Es hatte in der Vergangenheit Männer gegeben, die sie hätte heiraten können, Männer ihres Alters und aus ihrem sozialen Milieu. Männer, von denen sie andere Kinder hätte haben können und mit denen sie all die Jahre hätte glücklich sein können. Doch sie hatte ihnen einen Korb gegeben, hatte sie erbarmungslos abgewehrt, wegen Jocelyn, nur wegen Jocelyn, weil sie ihre ganze Liebe und Hingabe auf seine Begabung und seiner Karriere richtete. War es nicht eine Schande, daß er sie so behandelte? Sie zu behandeln, als wäre sie seine Feindin, die Spielverderberin, der man nichts erzählt und die man nicht um Rat fragt, die man im Dunkeln läßt, ausschließt. Und warum mußte er, wenn er schon wegen eines Mädchens den Verstand verloren hatte, noch weiter gehen und Cambridge aufgeben?

Eine neue Welle des Elends kam über sie. »Reden Sie weiter . . . *bitte*«, sagte sie schnell, als die Walkers, gesättigt, einen Moment still waren.

Sie sahen sie überrascht an und waren noch überraschter, als sie sahen, daß ihr Gesicht, das gewöhnlich von vornehmer Blässe war, rot glänzte und Tränen in ihren Augen standen.

Der Stiftsherr war ernsthaft berührt, und seine Frau war berührt.

»Geht es Ihnen nicht gut, Mrs. Luke?« fragte sie.

»Meine *liebe* Freundin«, sagte der Stiftsherr. Er setzte seine Tasse ab, wischte sich den Mund ab und nahm ihre Hand. »Meine liebe, *liebe* Freundin . . . was ist denn los?«

Aus einem Impuls heraus erzählte sie ihnen, was los war. »Es ist wegen Jocelyn«, sagte sie. »Er ist verheiratet und hat Cambridge aufgegeben.«

Dabei überkam sie ihr ganzes furchtbares Unglück, so daß sie hoffnungslos zu weinen begann.

»Oje, oje. Oje. Oje, oje«, sagte der Stiftsherr.

»Liebe Mrs. Luke . . .«, sagte seine Frau.

Sie sahen sie hilflos an. Daß die ruhige, sachliche und gelassene Mrs. Luke einen solchen Weinkrampf bekommen sollte, war äußerst unerfreulich. Man sollte sich nicht so gehen lassen, ganz gleich wie unglücklich man auch sein mochte, dachte die Frau des Stiftsherrn, die sich sehr unbehaglich fühlte. Auch der Stiftsherr fühlte sich unbehaglich, ihm war, als hätte jemand sein Feigenblatt abgerissen und beiseite geworfen.

Nachdem sie sich so hatte gehen lassen – sie hatte wirklich vollständig die Nerven verloren –, konnte Mrs. Luke nichts weiter tun, als alles zu erklären. Nach ein paar schmerzhaften Minuten, in denen sie versuchte, sich zu beruhigen, erzählte sie ihnen alles.

Sie waren entsetzt. Die Walkers hatten selbst Söhne im heranwachsenden Alter, so daß ihnen Jocelyns Betragen äußerst ungehörig erschien. Es war offensichtlich, daß das Mädchen jemand war, dessen man sich schämen mußte, denn weshalb sonst würde er freiwillig aus Cambridge hierher kommen? Eine Heirat allein hinderte einen Studenten nicht daran, weiterzustudieren. Er war ruiniert. Jetzt würde nichts mehr aus ihm werden. Und was ihre Erwartung anbetraf, daß er South Winch repräsentieren würde, das in seiner ganzen Geschichte noch keine herausragende Persönlichkeit hervorgebracht hatte, so sah der Stiftsherr seine Hoffnungen vereitelt, daß South Winch eines Tages als die frühe Heimat von Sir Jocelyn Luke gefeiert würde, vielleicht sogar von Lord Luke – warum nicht? als Beispiel ließe sich Lord Kelvin anführen.

Seine arme Mutter. Seine arme, arme Mutter.

Der Stiftsherr nahm ihre Hand, führte sie ehrfurchtsvoll an seine Lippen und küßte sie. Seiner Frau machte das nichts aus, denn in der Trauer und in der Krankheit gibt es kein Geschlecht mehr. Niemand küßte gern die Hand einer Kranken. Ihr machte nichts etwas aus, solange ihr Mann es nicht gerne tat.

»Ja . . . und heute abend bringt er sie hierher«, stöhnte Mrs. Luke, die dagegen ankämpfte, einen weiteren Anfall zu bekommen.

»Hierher? Er bringt sie hierher? Ohne Sie zuerst um Erlaubnis und Vergebung zu bitten?« rief der Stiftsherr. »Entwürdigend. Unglaublich. Unverzeihlich.«

»Ja, nicht wahr, nicht wahr . . .«, weinte Mrs. Luke in ihr Taschentuch.

Niemals, niemals würde sie Jocelyn vergeben können. Nein, sie würde ihm niemals vergeben. Sollte er von jetzt an alleine zurechtkommen. Sollte er so unglücklich wie möglich in dem Bett liegen, das er sich selbst gemacht hatte. Sie würde es ihm ganz klar sagen, denn auch, wenn sie nichts dagegen tun konnte, daß er heute abend kam, so sollte er am nächsten Morgen wieder abreisen und nie mehr wieder kommen . . .

Und dann, über dem Rand ihres Taschentuchs, sah sie ihn da stehen. Er stand an der Hintertür und sah sie an: Jocelyn, ihr Augapfel, das Einzige, was wirklich in ihrem Leben zählte.

»Jocelyn . . . oh, *Jocelyn!*«

Sie gab eine Art Schluchzen von sich; sie kämpfte sich aus dem Sitz hoch. Einen Moment stand sie schwankend da, hielt sich am Tisch fest, und dann lief sie einfach auf ihn zu.

»Mutter . . .«

»O . . . *Jocelyn!*«

Er umarmte sie fester, als er sie je umarmt hatte. Er war ganz außer sich vor Freude, zu ihr zurückzukommen. Und daß sie in seine Arme lief – sie, die niemals rannte, die ihre Empfindungen niemals zeigte!

»Du bist mir doch nicht böse, Mutter?« fragte er, als er das ihm zugewandte Gesicht sah, das vom Weinen noch ganz rot und naß war.

»Doch, furchtbar«, sagte sie und lächelte ihn an, mit einem seltsamen, verklärten Lächeln.

»Oh, Mutter . . . ich wußte, du würdest mich nicht im Stich lassen!« rief er, unsäglich erleichtert, unsäglich sanft und dankbar.

»Dich im Stich lassen?«

»Oh, Mutter . . .«

Und sie umarmten sich wieder. Die Liebe seiner Mutter war ein Wunder. Ihre Stimme verzauberte ihn. Nur ihre Worte zu hören, die kostbaren richtigen Worte, in einer kostbaren, richtigen Stimme . . .

Am Teetisch waren der Stiftsherr und seine Frau, die zwar betont nicht hinschauten, aber trotzdem alles sahen, äußerst schockiert. Sie hatte sie eindeutig betrogen, was ihre wahren Gefühle anbetraf, hatte sie doch ihr Mitleid und ihre Anteilnahme unter falschen Vortäuschungen erheischt.

»Sollten wir nicht besser nach Hause gehen, John?« fragte Mrs. Walker ihren Mann.

»O ja«, sagte der Stiftsherr, der sich nicht vorstellen konnte, wie sie das anstellen sollten.

Er sah sich nach einem Fluchtweg um.

Es gab keinen, es sei denn, man kletterte über das Gitter zu den Kühen, was zu einem unbefugten Betreten fremden Landes führen würde. Zudem war es ein wenig würdiger Rückzug.

»Aber wo . . .?« flüsterte Mrs. Luke. Sie hatte ihre Wange gegen Jocelyns gelegt, während sie mit einer Hand noch an seinem Hals hing. »Salvatia . . .?«

»Im Wohnzimmer«, flüsterte Jocelyn. »Ich habe sie dorthin gebracht. Ich wollte dich zuerst alleine sehen. Warum um Himmels willen sind die Walkers ausgerechnet heute hier . . .«

Er schielte auf die Szene, die der Rasen bot, wo der Stiftsherr und seine Frau, allein gelassen an dem unordentlichen Teetisch, damit beschäftigt schienen, etwas zu betrachten, was hoch über ihren Köpfen in den Zweigen der Zeder gar nicht geschah.

»Du hast doch gesagt, zum Abendbrot . . .«

»Aber ich bin gerast, um möglichst schnell bei dir zu sein . . .«

»Das heißt, du wolltest zu mir?«

»Oh, Mutter!«

Und er umarmte sie noch einmal, und die Walkers sahen sich noch einmal vergeblich nach einem Fluchtweg um.

Wie süß, wie wunderschön war seine Wiedergutmachung für alles, wie sie es sich nie hätte träumen lassen. Wieviel mehr als früher zeigte ihr Junge, daß er sie brauchte und wie sehr er sie liebte. Wenn das die Wirkung war, die seine Ehe auf ihn hatte, dann war sie froh, daß er verheiratet war. Wie konnte sie auf eine Ehefrau böse sein, die ihn enger und vollständiger als je zuvor zu seiner Mutter zurückführte? Ähnliches mußte der Vater des verlorenen Sohnes über die Schweine gedacht haben, von denen sein Junge so viele gesehen hatte, dachte Mrs. Luke. Er konnte sie nicht verachten, vielmehr muß er sie recht liebgewonnen haben.

»Du wirst versuchen, sie liebzugewinnen, nicht wahr, Mutter?« sagte Jocelyn. »Sie ist . . . sehr liebenswert.«

Er nahm seine Mutter an der Hand und führte sie ins Wohnzimmer.

Da stand die hinreißende Sally. Sie stand, denn sie traute sich nicht, sich zu setzen. Sie hatten ihren schlanken Körper in den neuen Umhang gehüllt, den Jocelyn ihr gekauft hatte, als sie durch London fuhren. Er hatte ihr befohlen, ihn anzuziehen, bis er ihr sagen würde, sie könne ihn ablegen. Er war grau, damit sie so unsichtbar wie möglich wurde, und er war von der Sorte, die weder Ärmel noch Knöpfe haben. Sally, die sich noch niemals zuvor in so einem Teil befunden hatte, hielt es mit beiden Händen gehorsam fest.

Dieses Kleidungsstück ließ sie äußerst zart erscheinen, denn wie durch Zauberhand legte es sich in die elegantesten Falten, sobald es Sally berührte. Sie war so wunderschön, daß man es kaum glauben konnte. Da stand sie, die Lippen vor Furcht leicht geöffnet, und ihre Augen starrten auf Mrs. Luke, als diese ins Wohnzimmer trat.

»*Oh* . . .«, sagte Mrs. Luke und hielt den Atem an. Sie hatte Gedichte gelesen, hatte Musik gehört, sie wußte, wie schön ein Aprilmorgen im Wald ist, wenn die Sonne durch die Wildblumen scheint und die Vögel vor junger Freude ganz närrisch sind.

Sallys Knie zitterten. Sie zog den grauen Umhang noch fester an sich. Mr. Lukes Mutter sah Mr. Luke so furchtbar ähnlich. Auf zwei von dieser Sorte war sie nicht gefaßt. Und Mrs. Luke war noch schlimmer als er, denn sie war eine Dame. Gentlemen waren schwierig genug, doch sie warfen sich einem dann und wann zu Füßen und vermittelten einem das Gefühl, daß man eine Weile lang tun konnte, was man wollte. Eine Dame hingegen würde immer eine Dame bleiben.

Dieses Wort löste einen kalten Schauer in Sallys Herz aus. Was machte man mit einer Dame? Noch dazu mit einer Dame, die kaum älter wirkte als ihr Sohn. Sally befürchtete, daß sie sehr aufmerksam und wachsam war. Sie hatte sich Jocelyns Mutter alt und pummelig und weißhaarig vorgestellt, vielleicht konnte sie nicht sehr gut sehen oder hören, so daß sie nur angenehm langsam bemerkte, was man falsch machte. Doch da stand diese dünne, flinke, fast junge Dame vor ihr. Der kann man nich' entgehn, dachte Sally und hielt sich an ihrem Umhang fest.

Ihr Herz, das sich ohnehin schon anfühlte, als sei es so tief gesunken, wie es nur sinken konnte, schaffte es, noch tiefer zu sinken. Sie starrte Mrs. Luke furchtsam und fasziniert an, wie ein Hase, der mit einer Schlange konfrontiert wird. Doch ihr starrer Blick, der sich innen häßlich und furchtsam anfühlte, wirkte nach außen allerliebst und anmutig. Mrs. Luke, die zurückstarrte, war einen Moment lang nicht in der Lage, etwas zu sagen.

Wer war das? Hatte Jocelyn die wunderschöne Tochter eines Patrizierhauses eingefangen und geheiratet? War er auf dem Olymp gewesen und hatte die junge Aphrodite im Netz geborgen, als sie, an einem Morgen voller Rosen, aus ihrer Muschel ans Ufer stieg?

Sie wurde dunkelrot. Perfekte Grazie und Jugend, eine traumgleiche Schönheit ...

»Wie«, murmelte sie atemlos, »wie *schön* ...« Sie ging einen Schritt nach vorn und hielt Sally beide Hände hin.

»Bist du wirklich meine neue Tochter?« fragte sie mit leiser Stimme. »Du?«

Mit großer Mühe gelang es Sally, stehenzubleiben und nicht vor dieser angsteinflößenden Person zu fliehen. Sie wußte nicht, was sie mit den ausgestreckten Händen machen sollte, denn wenn sie den Umhang loslies, um sie zu schütteln, dann würde dieser auf den Boden fallen. Und Jocelyn hatte gesagt, daß sie das auf keinen Fall tun dürfe.

Und so stand sie bewegungslos da, die Zunge fest gegen den Gaumen gepreßt.

Mrs. Luke kam näher. »Du wunderbares Kind ... *Du* bist Salvatia?« murmelte sie.

Mit großer Mühe gelang es Sally, sich aufrecht zu halten, und nur mit großer Mühe löste sie ihre Zunge vom Gaumen.

»So isses«, sagte sie und hielt ihren grauen Umhang fest.

Zwei Worte, aber das reichte schon. Wie oft hatte Jocelyn ihr gesagt, sie solle nicht »so isses« sagen. Aber er hat ihr fast bei allem gesagt, sie solle es nicht sagen, und sie konnte sich unmöglich an alles erinnern, so sehr sie sich auch bemühte. Ja, in ihrer aufgescheuchten Seele dachte Sally, was für ein Segen es war, daß sie nicht »Madam« hinzugefügt hatte. Es hatte ihr auf der Zunge gelegen, und sie hatte es gerade noch einmal festgehalten.

Mrs. Luke erstarrte für einen Augenblick. Dann, sie war nicht ganz sicher, daß sie wirklich das gehört hatte, was sie gehört hatte – es schien unmöglich, daß sie es gehört haben sollte –, ging sie auf Sally zu und küßte sie. Sie mußte sich nach oben strecken, denn Sally war einen halben Kopf größer als sie und zudem starr vor Angst.

»Sally, küß meine Mutter und freunde dich mit ihr an«, sagte Jocelyn.

»Ja, Mr. Luke ...«, sagte Sally und beugte ihren Kopf schnell hinunter.

»Sally, *bitte*«, protestierte Jocelyn. Zu seiner Mutter gewandt sagte er: »Sie kann sich nicht daran gewöhnen, mich beim Vornamen zu nennen.«

»'tschuldigung«, sagte Sally. Ihr war so heiß, daß sie der seltsamen Überzeugung war, selbst ihr Magen müßte erröten.

Mrs. Luke stand da und sah sie an, sie versuchte zu lächeln. Jetzt wußte sie alles. Jocelyn brauchte ihr nichts zu sagen, nichts zu erklären. Sie wußte und verstand alles. Jetzt war es an ihr, sich gut zu benehmen, sich wundervoll zu benehmen, so daß er mehr als sonst der festen Überzeugung sein würde, niemand auf der ganzen Welt sei so wie seine Mutter.

»Sie wird es lernen«, sagte sie und lächelte, so gut sie konnte. »Nicht wahr – Salvatia?«

Wenn sie doch nur wieder in Woodles sein könnte, dachte Sally, wenn sie doch nur sicher und ruhig bei ihrem Vater in Woodles sein könnte.

»Es war unvermeidlich«, sagte Mrs. Luke, als sie sich zu Jocelyn umdrehte. »Absolut unvermeidlich.«

Er griff nach den Händen seiner Mutter. Daß sie es sehen konnte, daß sie es sofort begreifen konnte ...

»Ich gratuliere euch von ganzem Herzen, mein lieber Junge, meine liebe Tochter«, sagte Mrs. Luke und war weiterhin wunderbar. »Ihr seid beide meine lieben, lieben Kinder.«

Jocelyn beugte seinen Kopf über ihre Hand und küßte diese in einem Anfall der Dankbarkeit und der Erleichterung.

Sally sah ihren Mann in diesem neuen Licht und dachte: »Verflixt.«

IX

Nachdem Mrs. Luke sich von dem Schock erholt hatte, den ihr sowohl Sallys Schönheit als auch ihre Sprache versetzt hatten, trockneten ihre Tränen, und ihre Aufregung legte sich. Sie begann, schnell und klar zu denken.

Sie mußte diese Situation in den Griff bekommen. Die einzige Person, die überhaupt hoffen konnte, sie in den Griff zu bekommen, war sie selbst. Sie würde sie wie einen Stier an den Hörnern packen und aus der Not eine Tugend machen. Ja, das war die Lösung: Sie würde sich mit dieser Situation schmücken wie mit einer Rose.

Klarer, als wenn Jocelyn es ihr eine Stunde lang erklärt hätte, konnte sie sehen, was geschehen war, was geschehen mußte, nachdem das Schicksal ihm Salvatia gezeigt hatte. Aus Sallys wenigen Worten schloß sie auf die Pinners und ihre Umstände. Als sie da stand, Sally anstarrte und Jocelyn mit einer Hand festhielt, faßte sie die ganze Familie Pinner mit einem Wort zusammen: Gosse. Jocelyn hat Schönheit in der Gosse gefunden und sie aufgehoben. Sallys Herkunft aus der Gosse war ebenso offensichtlich wie ihre Schönheit, und beides ließ sich unmöglich verbergen. Also blieb ihr nichts anderes übrig, als die Situation zu akzeptieren, und South Winch dazu zu bringen, sie ebenfalls zu akzeptieren. Sie würde Sally als eine Kuriosität behandeln, als unterhaltsam, als vollkommen entschuldbar durch ihre Schönheit. Sie hatte South Winch dazu gebracht, Tiepolo zu akzeptieren, als South Winch überhaupt keine Neigung dazu zeigte, und siehe da, die ganze Gesellschaft wurde allmählich von einer völligen Begeisterung für Tiepolo gepackt! Genauso würde sie die anderen dazu bringen, Salvatia zu akzeptieren. Unermüdlich, jede Stunde, jede Minute, würde sie höchstpersönlich das Mädchen erziehen, sie geduldig trainieren, ihr sanft eine schickliche Sprache und ein geziemendes Benehmen aufzwingen. Wie alt war sie, siebzehn? Mrs. Luke war sicher, daß mit siebzehn noch alles möglich war. Ein Kind. Wie Wachs. Und sie war in der Tat so außerordentlich, so völlig perfekt in Form und Farbe und Bewegung, daß es wundervoll sein würde, ihre Entwicklung zu beobachten, zu sehen, wie sie zumindest so etwas Ähnliches wie eine Dame wurde.

Salvatia – »Nein, nein, mein lieber Jocelyn – nicht Sally, auf keinen Fall«, sie bat ihn darum, Sally Salvatia zu nennen, denn sie vertrat die Theorie, daß Namen die Macht hatten, sich den Menschen gleichzumachen, und der Name Sally war von vornherein zum Scheitern verurteilt, zu einer unabwendbaren Gewöhnlichkeit – Salvatia sollte Lehrer – oder vielleicht besser Lehrerinnen – aus London bekommen, wenn Mrs. Luke erst mit Mr. Thorpe verheiratet war und sich solche Dinge leisten konnte. Richtige Lehrerinnen, die sie nach einem festen Stundenplan unterrichten würden, während sie selbst sie zu allen anderen Zeiten unterrichten würde. Und sie würde sie überall mit hinnehmen, zu jeder Festlichkeit in South Winch, zu jedem Nachmittagstee, zu jeder Debatte, jedem Vortrag, zu jedem Konzert und jedem Theaterstück, und wo immer sie hingingen, würde sie sich mit Salvatia schmücken. Sie zu verbergen wäre ein taktischer Fehler, abgesehen davon, daß es völlig unmöglich war. Denn, erinnerte Mrs. Luke sich, den Ereignissen mußte man ins Auge blicken.

Die Gedanken galoppierten so flink durch Mrs. Lukes Kopf, daß sie ihre gesamte Zukunft in den wenigen Augenblicken plante, als sie da stand, Sally anstarrte und Jocelyns Hand hielt.

»Wir werden *gute* Freundinnen werden, nicht wahr, Salvatia?« sagte sie, während sie ihre freie Hand auf die zarte Schulter ihrer Schwiegertochter legte.

Gute Freundinnen? Sie und die Dame? Der bloße Vorschlag erzeugte in Sally eine körperliche Reaktion, die bei den Pinners als tot umfallen bekannt war.

Da sie aber direkt angesprochen wurde, war sie gezwungen zu antworten, und so sagte sie schwach: »Na klar.« Mrs. Luke lächelte kunstvoll, tätschelte Sallys Schulter und sagte: »Du drolliges kleines Mädchen.« Denn obwohl diese Adjektive in Anbetracht des edlen Engels, der vor ihr stand, offensichtlich unangebracht waren, war Mrs. Luke entschlossen, Sally als drolliges kleines Mädchen zu sehen.

»Wir werden jetzt den Nachmittagstee zu uns nehmen«, sagte sie und nahm eine fröhliche Geschäftigkeit an. Diese Kinder – es war ihre Aufgabe, sie an die Hand zu nehmen. Keine Aufregung mehr, beschloß sie. Ihr geliebter Jocelyn brauchte wieder ihre Hilfe, konnte ohne sie nicht auskommen ... »Nicht wahr, Jocelyn? Nicht wahr, Salvatia? Ich habe schon Tee getrunken, doch ich werde so frei sein, mich zu euch zu gesellen. Jocelyn, geh und gib Hammond Bescheid« – Hammond war der Nachname des kleinen Hausmädchens, mit dem dieses zu seinem großen Erstaunen seit seiner Tätigkeit bei Mrs. Luke gerufen wurde, kannte es sich selbst doch nur als Lizz – »damit sie frischen Tee macht und ihn hierher bringt. Ihr müßt beide sehr durstig sein. Und Jocelyn, kannst du dich für mich von den Walkers verabschieden?« rief sie ihm nach. »Sag ihnen, ich hätte eine wunderbare Überraschung für sie – schon sehr bald, vielleicht morgen. *Du* bist die wunderbare Überraschung, Salvatia«, sagte sie und drehte sich lächelnd zu Sally um, die eine plötzliche Bewegung gemacht hatte, ganz so, als wollte sie Jocelyn folgen. Als Sally sah, daß er das Zimmer verließ und sie mit seiner Mutter allein ließ, hatte sie ein weiteres Mal ein seltsames Gefühl im Magen, aber dieses Mal fühlte sie, daß er »weiß wie 'n Laken« wurde, wie die Pinners es nennen würden.

»Du weißt natürlich, daß du wunderschön bist, nicht wahr?« fragte Mrs. Luke, während sie den kleinen Tisch für den Tee hervorzog, da der eigentliche Tisch im Garten stand. Sie mußte Sir Thomas Browne und zwei helle Tulpen in einer Glasvase abräumen. »Das mußt du gehört haben, seit du denken kannst.«

»Aber ich kann nich' dafür«, sagte Sally sehr besorgt, die Augen auf die Tür geheftet.

»Nich' dafür? Du drolliges kleines Mädchen. Es heißt nichts, Salvatia. Nichts dafür? Aber warum solltest du? Es ist ein wunderbares Geschenk, und du solltest Gott danken, der es dir gegeben hat, und du solltest es nutzen . . .« Mrs. Luke war äußerst erstaunt über ihre eigenen Worte, denn sie war überhaupt nicht religiös, und doch kamen sie ihr leicht über die Lippen. Sie nahm an, daß sie unbewußt durch den Stiftsherrn im Garten inspiriert war, »um ihn zu preisen.«

»Ja, M . . .«

»Nein, halt ein, halt sofort ein«, schrie Mrs. Luke auf, hielt die Hand hoch und lächelte. »Du wolltest ›Madam‹ sagen, nicht wahr, Salvatia? Nun, das sollst du nicht. So sollst du mich nicht nennen. Und niemand anderen. Außer, natürlich«, fügte sie hinzu, denn sie spürte, daß es nie zu früh sein konnte, dem Kind etwas beizubringen, »außer, du triffst auf die Königin und die anderen königlichen Damen.«

Und vor ihren Augen kam ein Bild auf, das sie sich schon so oft vorgestellt hatte, das Bild von Sir Jocelyn Luke, von Lord Luke. Sie fügte jetzt eine Lady Luke hinzu, die schöne Lady Luke, die bei Hof vorgestellt wurde und die bis dahin innen so perfekt sein würde wie außen. Wenn man richtig damit umging, dann konnte Jocelyns Ehe, anstatt seinen Ruin zu bedeuten, eine seiner größten Errungenschaften sein.

»Setz dich, liebes Kind.«

Sally fiel, als wenn man auf sie geschossen hätte, auf den nächsten Stuhl, der Mrs. Lukes persönlicher Stuhl war.

»Nein, nicht hier . . . nicht auf diesen«, sagte Mrs. Luke lächelnd. »Nein, liebes Kind . . . auch nicht auf diesen«, fügte sie hinzu, denn Sally war schnell aufgesprungen und war gerade im Begriff, sich auf den nächsten Stuhl zu setzen, der aber Jocelyns Stuhl war – es war am besten, sie gleich in alle kleinen Regeln einzuführen. »Setz dich auf *irgendeinen* Stuhl, liebe Salvatia, nur nicht auf diese beiden. Ja . . . das ist ein sehr bequemer Stuhl. Ist es nicht seltsam, daß wir beide, du und ich, uns gestern um diese Zeit noch gar nicht kannten und keine Vorstellung hatten . . .«

Sally, die sich mit mehr Vorsicht auf die Kante des dritten Stuhls setzte, fand es ganz und gar nicht seltsam, sondern eher sehr natürlich und angenehm. Es hatte viele gestern ohne die Dame gegeben, und alle waren sie ihr ganz natürlich erschienen. Was wirklich seltsam war, war die Tatsache, daß diese Tage vorüber waren und sie hier gelandet war, ganz allein mit jemandem, den sie bisher glücklicherweise nicht gekannt hatte. Wenn sie doch nur irgendwo anders wäre, wo diese Dame nicht war. Denn Mrs. Luke verschreckte sie mehr als jeder andere Mensch, dem sie in ihrem kurzen Leben begegnet war. Diese Dame, die ihr die Schulter tätschelte, war schlimmer, viel schlimmer als ihre Eltern, wenn diese, nur Gutes für sie im Sinn, sie gescholten haben, und selbst schlimmer als Mr. Luke, wenn er sich umdrehte und sie nur anschaute und nichts sagte, nachdem sie eine Bemerkung gemacht hatte. Sie konnte ihre Augen nicht von Mrs. Luke losreißen und beobachtete sie fasziniert, nicht wissend, wo diese sie als nächstes tätscheln würde.

Sally saß ganz auf der äußersten Kante des Stuhls und hielt ihren Umhang fest. Sie beobachtete jede kleine Bewegung von Mrs. Luke. Bei jedem anderen Menschen wäre es ein Starren gewesen, und Mrs. Luke würde ihm erklärt haben, daß er nicht starren dürfte, doch an Sallys Blick war nichts auszusetzen – es war überhaupt nichts an dem auszusetzen, was sie tat, solange sie nichts sagte, dachte Mrs. Luke, die den Tisch zum Tee deckte.

Mrs. Luke war sich dessen bewußt, daß Sally sie beobachtete, doch es schien ihr, daß das von einer charmanten, anmutigen Aufmerksamkeit zeugte. Sie war sich auch dessen bewußt, daß Sally auf der Stuhlkante saß und die Beine eng angezogen hatte, ganz so, als versuchte sie, sie vor etwas Unangenehmem zu beschützen. Doch eine so anmutige Haltung verdiente keinen Tadel. Wie schade, wie schade, ging es Mrs. Luke durch den Kopf, daß das Kind nicht zufällig stumm geboren wurde! Ob das wohl ein böser Gedanke war? Nein, sie glaubte es nicht. Sie selbst konnte sich sehr gut vorstellen, stumm und dabei sehr glücklich zu sein, mit vielen Büchern. Dann müßte sie sich auch nicht ständig mit Langweilern unterhalten.

»Möchtest du nicht vielleicht deinen Hut absetzen, Salvatia?« fragte sie, während sie Jocelyns Stuhl näher an den Tisch heranzog.

Sally zuckte zusammen. »Nein, danke, bitte ...«, sagte sie hastig.

»Bitte«, sagte Mrs. Luke, »ich möchte es gerne.«

»Ja, M ..., ja, Mrs. Luke«, sagte Sally, die sofort gehorchte.

»Nicht Mrs. Luke, meine Liebe – Mutter. Du mußt mich Mutt ...«

Ihre Stimme ließ nach und sie stand stumm da und starrte. Wie wunderschön. Wie ein Sonnenuntergang. Das Mädchen wurde von einer strahlenden Krone aus welligem Licht umgeben, wie eine Prinzessin.

Sie stand da und starrte. Sie ließ die Arme sinken. »Was für eine *Verantwortung*«, flüsterte Mrs. Luke

»'tschuldigung?« fragte Sally nervös.

Jocelyn wurde die Walkers los und kam stirnrunzelnd zurück. Sie hatten ihn gescholten, während seine Mutter ihn vollkommen verstanden und ihm keine Vorwürfe gemacht hatte. Dabei war sie die einzige Person, die entweder ein Recht oder einen Grund zur Klage hatte. Daß sie ihn kannten, seit er drei Jahre alt war, entschuldigte ihr Verhalten nicht, dachte er; und es schien einfach dumm, ihn dafür zu schelten, daß er Cambridge aufgab, wo er es doch gar nicht aufgeben würde. Jocelyn versuchte nicht, die Walkers darüber aufzuklären. Er stand einfach nur da, machte ein finsteres Gesicht und wartete darauf, daß sie fertig sein würden. Wie konnte der alte Walker ahnen, zu welchen Handlungen Schönheit zwingen konnte? Er hatte wahrscheinlich sein ganzes Leben lang noch nichts Schönes zu Gesicht bekommen. Und was die glühende Liebe anbetraf, die ihn die letzten Wochen verzehrt hatte, so mußte man sich nur Mrs. Walker ansehen, um zu verstehen, daß er so etwas nie empfunden haben konnte.

Deshalb wiederholte er einfach, als der Stiftsherr eine Pause machte, daß seine Mutter ihn gebeten hatte, sich an ihrer statt von ihnen zu verabschieden, und fügte hinzu: »Sie kann nicht selbst kommen, weil sie bei meiner Frau ist.«

»Eingebildeter Esel«, dachte Mrs. Walker, die sich daran erinnerte, als er noch Windeln trug. Schon damals war er eingebildet gewesen. »Seine Frau, haha.« Beide Söhne der Walkers waren völlig unbegabt.

»Ihre Mutter ist ein Engel, junger Mann«, sagte der Stiftsherr streng.

»Meine Frau auch«, sagte Jocelyn mit gerunzelter Stirn.

»Zweifelsohne, zweifelsohne«, sagte der Stiftsherr, der keinen Augenblick daran glaubte. Engel wurden nicht in einer solchen Eile geheiratet. Teufel hingegen wurden sicher schnell geheiratet. Sie krallten sich fest und zwangen einen dazu. Jocelyn war in die Falle gegangen – auf traurige, katastrophale Weise.

Der Stiftsherr griff nach seinem Hut. »Komm, Margaret«, sagte er gereizt und warf sich in die Brust.

Und Margaret kam. Zusammen gingen sie ins Haus, den Korridor entlang, vorbei an der geschlossenen Wohnzimmertür. Jocelyn begleitete sie schweigend zur Haustür.

Er hatte mit keinem Wort die angenehme Mitteilung seiner Mutter erwähnt, den Teil, daß sie eine wunderbare Überraschung für die Walkers haben würde, vielleicht schon morgen, denn er ärgerte sich über sie. Als sie gingen, waren sie noch ungehaltener über ihn als zuvor, und zudem fühlten sie sich von ihrer bis dahin lieben Freundin, Mrs. Luke, auf gemeinste Weise betrogen. Als sie sicher auf der Straße waren, bemerkte Mrs. Walker, was für ein unangenehmer junger Mann doch aus Jocelyn geworden war, und der Stiftsherr bemerkte, er hoffe, Mr. Thorpe würde ihn zurechtrücken. Jocelyn, der vollkommen ahnungslos war, was Mr. Thorpe betraf, ging stirnrunzelnd zurück zu seiner Mutter, die gerade damit beschäftigt war, Sallys Haar zu streicheln, als er die Tür öffnete.

Er vergaß die langweiligen Walkers, und sein Herz quoll über vor Dankbarkeit. Es übertraf seine wildesten Träume, daß seine Mutter Sally sofort so in die Arme schließen würde. Eigentlich hatte er überhaupt keine Hoffnungen oder klaren Gedanken gehabt. Überwältigt von der Last von Schwierigkeiten, mit denen Sally die einfachsten Dinge behaftete, war er einfach zu seiner Mutter zurückgekommen, um sich ihr zu Füßen zu werfen, so wie ein christlicher Sünder, müde und verängstigt durch seine Sünden, zu Gott zurückkommt, um sich ihm zu Füßen zu werfen. Diese Analogie war natürlich nicht perfekt, denn Sally, die so gut und schön war, konnte nicht mit der Sünde verglichen werden. Doch er wollte seiner Mutter zu Füßen fallen, er verspürte ein immenses, fast kindliches Bedürfnis danach, dort zu liegen, wo sie ihn treten konnte, wenn sie wollte. Er hatte sie schlecht behandelt. Er wußte sehr wohl, daß er es verdiente. Mochte sie alles tun, ihn strafen und züchtigen, solange er nur dort liegen konnte, mit seiner Bürde. Mochten sie beide sicher seiner Mutter zu Füßen liegen. »Ich werde auferstehen und zu meiner Mutter gehen«, war ihm mehrfach durch den Kopf gegangen, als er die Motorhaube des Morris-Cowley östlich in Richtung London und South Winch gelenkt hatte. Er hatte es natürlich nicht laut gesagt. Sally war nicht in der Lage, selbst eine einfache Wirkung zu begreifen. Diese hier, die hochkompliziert war, hätte sie völlig durcheinander gebracht. Zudem konnte man nicht gut der Ursache selbst von der Wirkung erzählen.

Doch wie glücklich war Jocelyn in dem Moment, als er die Tür öffnete und sie und seine Mutter in diesem Zustand gegenseitiger Zuneigung sah; welche Erleichterung empfand er. Es war, als sei eine Last von ihm abgefallen. Hier, in diesem ruhigen Wohnzimmer, war alles genau richtig, ganz genau richtig – die Schlichtheit, die Braun- und Beigetöne, die Farbtupfer, die Bücher, das eine Bild, und oben, unter dem Dach, war sein eigenes Zimmer, das auf ihn wartete, mit dem Versprechen, daß er wieder anfangen konnte zu arbeiten, daß er weitermachen konnte wie in den ruhigen, fruchtbaren Tagen, bevor er Sally kennenlernte.

Jocelyn stand einen Moment lang da und betrachtete die Szene, eines seiner seltenen Lächeln auf dem Gesicht, weil er so zufrieden war. Wie anders war dies als all die Orte, die er erleiden mußte, seit er das letzte Mal hier war. Wie anders als die Pinner-Höhle hinter dem Laden, wo er qualvoll in Flammen gestanden hatte, und wie anders als die furchtbare Unterkunft bei den Cupps, wo man ihn beleidigt hatte, als die anrüchige, teure »Distel und Ziege« und die anderen drei oder vier fast zynisch häßlichen und ungemütlichen Zimmer, durch die er seine Leidenschaft geschleppt hatte. Es war unmöglich, nicht zu lächeln, ja, fast zu lachen, so froh war er, wieder zu Hause zu sein. Er wußte, daß er seine

Mutter sein Leben lang geliebt hatte, doch ihm war, als hätte er sie bisher nie bewußt geliebt, so daß er schnell zu ihr ging, den Arm um sie legte und sagte: »Mutter, du darfst mich nie verlassen. Ich kann ohne dich nicht auskommen. *Wir* können es nicht. Wenn ich zurück nach Cambridge gehe – natürlich gehe ich zurück –, dann mußt du mitkommen. Du wirst dort mit uns zusammen wohnen. Alles hängt von dir ab. Meine ganze Zukunft, mein ganzes Glück . . .«

Und Sally, über deren Kopf diese Worte gesprochen wurden, saß ganz starr da, denn Mrs. Lukes Hand lag noch auf ihrem Kopf. Sally war einen solchen Austausch von familiären Zärtlichkeiten nicht gewohnt und sagte deshalb ein weiteres Mal zu sich selbst, um sich Gesellschaft zu leisten und ihren Mut zu behalten, »verflixt.«

Mrs. Luke hingegen wurde durch Jocelyns Worte lebhaft an Mr. Thorpe erinnert. Er war durch die Aufregung der letzten halben Stunde ganz in Vergessenheit geraten. Jetzt jedoch nahm er deutliche Formen an, sehr deutliche, und er rückte bedrohlich näher. Noch heute abend würde er nach dem Abendessen vorbeikommen – er hatte zugestimmt, daß die Mahlzeit dem Wiedersehen geopfert werden würde –, um seine jungen Gäste abzuholen.

Jocelyn, das wußte Mrs. Luke, hatte keine Ahnung von seiner Existenz. Denn wenngleich Mr. Thorpe in South Winch wohnte, so war er bisher kein Teil davon gewesen. Er hatte in einer anderen Welt gelebt. Sein Reichtum hatte ihn von den anderen getrennt, ebenso wie die offensichtliche Tatsache, daß er sich nicht harmonisch in das Bild von South Winch einfügte, was die geistigen Dinge anbetraf – South Winch mußte ihn nur ansehen, um das zu sehen. Außerdem war da noch seine Frau gewesen. Wenn er jemals erwähnt wurde, was selten vorkam, so in einem Ton, der vage Interesselosigkeit verriet. Er war der reiche Mann in dem großen Haus auf der Acacia Avenue.

Jetzt jedoch mußte er erwähnt werden, was durch Jocelyns Worte erschwert wurde.

Mrs. Luke stand still da, ihre Hand auf Sallys Kopf, umarmt von Jocelyn, der ihr von seinen Plänen erzählte, die er in den letzten zwei Tagen gemacht hatte, seit ihm plötzlich bewußt geworden war, wie ihre Zukunft aussehen würde. Wie konnte sie ihn da mit Mr. Thorpe unterbrechen? Und dennoch war Mr. Thorpe mit Sicherheit die richtige Lösung. Salvatia würde teuer, ja, sehr teuer sein, wollte man die Gosse von ihr abkratzen, und ihr eigenes Einkommen ließ sich unmöglich noch weiter strecken, während Jocelyn seins natürlich für Cambridge brauchte. Ja, Mr. Thorpe, der als Zufluchtsort begonnen hatte, war jetzt ein von Gott gesandter Retter. Jocelyn würde es selbst sehen, wenn sie es ihm richtig erklärte.

Doch wie schwierig war es, ihm das zu erklären – jetzt, wo die Abhängigkeit ihres Sohnes Balsam für sie war, wo er ihr seine Liebe ins Ohr goß, ihr Sohn, der in seinem ganzen Leben von beidem nicht so viel gezeigt hatte wie in der letzten halben Stunde, seit er nach Hause gekommen war. Aber dennoch war es nicht ihre Schuld, sondern Jocelyns. Es war seine Heirat, die Mr. Thorpe verfrüht in ihr Leben gebracht hatte. Doch sie machte Jocelyn keinen Vorwurf, denn kein junger Mann, und schon gar nicht ihr phantasievoller, ästhetischer Sohn, hätte Salvatia widerstehen können.

Sie stand still da und lächelte nervös. Es war sehr schmerzhaft, daß sie ihm seine glücklichen Hoffnungen durch Mr. Thorpe zunichte machen mußte. Und zudem war es ihr peinlich, ihre kommende Hochzeit war ihr furchtbar peinlich vor ihrem erwachsenen Sohn. Die Erinnerung an die fast gebrochene Rippe gestern abend ... und wenn Jocelyn jetzt etwa denken würde, sie heirate Mr. Thorpe aus irgendeinem anderen Grund als aus praktischen Erwägungen, mit anderen Gefühlen als mit Widerwillen ... wenn er jetzt eine hamletartige Einstellung zu seiner Mutter entwickeln und Grobheiten denken würde – die er niemals sagen würde, das wußte sie – ...

»Wie wundervoll sich das alles anhört«, sagte sie schließlich und ließ Sallys Kopf los, die sich sofort besser fühlte. »Ganz wundervoll. Aber ...«

»Nein, Mutter, es darf kein Aber geben«, unterbrach Jocelyn sie. »Es ist alles abgemacht.« Und unvorsichtigerweise – so glücklich und sicher fühlte er sich – sprach er Sally an: »Nicht wahr, Sally«, sagte er, »wir wollen, daß Mutter zu uns zieht, nicht wahr. Und sie wird zu uns ziehen, nicht wahr.«

»Ja ... und Vater«, sagte Sally, deren Gedanken einfach, aber hartnäckig waren.

»Vater?« wiederholte Mrs. Luke gerührt. »Mein liebes Kind, dein armer Jocelyn hat keinen ...«

»Mutter, wir beide müssen das gründlich besprechen«, unterbrach Jocelyn sie hastig, der sah, daß Sallys Mund sich wieder öffnete. Sie sollte nichts sagen, sie sollte wirklich überhaupt nichts sagen, je weniger sie sagte, desto besser war es für alle. »Nur du und ich. Heute abend, wenn Sally ...«

»Salvatia, Jocelyn. Ich bitte dich.«

» ... nach oben zu Bett gegangen ist.«

»Aber weißt du, Jocelyn, mein Lieber«, sagte Mrs. Luke, während sie sich aus seiner Umarmung befreite und einen

Schritt zurücktrat, »das liebe Kind kann nicht nach oben gehen. Nicht hier. Nicht in diesem winzigen Haus. Du hast natürlich nicht daran gedacht, aber hier ist wirklich kein Zentimeter Platz – nicht für drei Personen. Deshalb wollte ich dir sagen ...«, sie begann, seine Krawatte gerade zu rükken, ihre Augen darauf geheftet, ohne ihn anzusehen, »was ich organisiert habe. Ihr werdet beide nebenan schlafen.«

»Nebenan, Mutter?« sagte Jocelyn völlig überrascht, denn er konnte sich überhaupt nicht erinnern, daß nebenan jemand wohnte.

»Also, fast nebenan«, sagte Mrs. Luke, die sich mit äußerster Sorgfalt über seine Krawatte beugte und zu ihrem größten Ärger merkte, daß sie rot wurde. »In Abergeldie.«

»Abergeldie?« wiederholte Jocelyn, dem der Name gar nichts sagte.

»Ich sage dir, was wir tun werden«, sagte Mrs. Luke, so, als wäre ihr plötzlich eine großartige Idee gekommen, während das kleine Hausmädchen mit einem Tablett an der Tür erschien, das doppelt so groß zu sein schien wie es selbst. Als das Hausmädchen das junge Fräulein auf dem Stuhl sah, ließ es das Tablett fast fallen. »Nach dem Tee wird Salvatia sich in meinem Schlafzimmer hinlegen und sich etwas ausruhen, nicht wahr, Salvatia, und du und ich werden uns ruhig miteinander unterhalten, lieber Jocelyn ... nein, nein, Hammond, nicht dorthin, hierhin, wo ich den Tisch zurechtgemacht habe ... und ich werde dir alles genau erzählen ... wir brauchen drei Tassen, Hammond, nicht zwei ... ich werde dir alles von ...«

Doch sie konnte sich nicht überwinden, Mr. Thorpe zu nennen, und sagte wieder Abergeldie.

»Ist das ein Hotel?« fragte Jocelyn, dem der Name gar nicht gefiel.

»Oh, nein . . . es ist kein *Hotel*«, sagte Mrs. Luke fröhlich und gab seiner Krawatte einen letzten Klaps.

Wie sollte sie ihm von Mr. Thorpe erzählen? In welchen Worten konnte sie Jocelyn am schnellsten den Eindruck vermitteln, den er von Mr. Thorpe haben sollte, sobald Salvatia erst einmal aus dem Weg war? Den Eindruck von einem guten, ehrlichen und wohlhabenden Mann, von einem älteren und gesetzten Mann, der sie respektierte und schätzte und sie deshalb zu seiner Frau machen wollte. Von einem guten Mann, der ihnen allen eine solide Grundlage bieten würde. Von einem guten Mann, dessen Gefühle für sie – Mrs. Luke war es sehr wichtig, daß Jocelyn nichts Hitziges an Mr. Thorpe vermutete – die eines lieben, viel älteren Bruders waren.

Sie war so unruhig und geschäftig, während sie den Tee eingoß, daß sie kaum bemerkte, was Sally tat. Sally war das erste Mal in ihrem Leben damit konfrontiert, keinen Tisch zu haben, an den sie sich setzen konnte. Statt dessen mußte sie mit ihrem Schoß vorlieb nehmen, auf dem sie die Tasse und die Untertasse und den Löffel und die Kekse hielt, und sie ließ entweder etwas fallen oder verschüttete etwas.

»Nun, Mutter, du mußt viel Geduld aufbringen«, sagte Jocelyn, sehr verärgert darüber, daß Sally ihren Teelöffel zum dritten Mal lärmend auf den polierten Boden fallenließ, auf dem nur zwei Teppiche lagen. Und diese beiden lagen weit auseinander.

Mrs. Luke lächelte und sagte: »Natürlich« und bemerkte kaum, was um sie herum vorging, so beschäftigt war sie mit Mr. Thorpe.

Doch als die Tasse von der Untertasse rutschte und umkippte und als Sallys Kleid ganz naß und die Tasse zerbrochen war, da kam sie wieder zu Bewußtsein und vergaß Mr. Thorpe für einen Augenblick.

»Oje!« rief Sally, die vor Überraschung zu sprechen begann.

»Es macht wirklich gar nichts, Salvatia«, sagte Mrs. Luke, die ihre Teetassen ganz besonders mochte, von denen bisher noch nicht eine einzige kaputtgegangen war. »Bitte, versuch nicht, etwas aufzuheben. Hammond wird das tun. Jocelyn, läute doch bitte nach ihr, ja? Aber«, fügte sie hinzu, denn natürlich war sie sehr unmutig darüber, daß ihr Service jetzt unvollständig war, und obwohl sie wußte, daß eine Dame ihren Unmut nicht zeigen durfte, so mußte sie sich doch auf die eine oder andere Weise Luft machen, »du solltest nicht ›Oje‹ sagen, wenn etwas Unerwartetes geschieht.«

»Klar«, murmelte Sally, die so erschüttert war, daß ihr Jocelyns gesamter Unterricht komplett entfiel.

»Auch«, bemerkte Mrs. Luke sanft und sehr deutlich, »solltest du nicht ›klar‹ sagen.«

»Das hab ich ihr schon hundertmal gesagt«, sagte Jocelyn, der Sallys Rock mit einem Taschentuch abwischte.

»Is' gut«, murmelte Sally, die mittlerweile ganz den Kopf verlor und nur noch ihre Sünden zugeben wollte, so daß man ihr vergeben konnte.

»Auch das, liebe Salvatia«, sagte Mrs. Luke, in noch sanfterem und deutlicherem Ton, »solltest du nicht sagen.«

Und so sagte Sally gar nichts, denn es schien nichts übrig zu bleiben, was sie sagen konnte.

»Sie wird zum Schluß ganz perfekt sein«, sagte Mrs. Luke, als sie zu Jocelyn zurückkam, nachdem sie Sally nach oben gebracht, ins Bett gesteckt und ihr gesagt hatte, daß sie müde sei und sich ausruhen müsse. »Perfekt.«

Jocelyn wartete im Wohnzimmer. Jetzt, wo Sally nicht mehr störte, würden er und seine Mutter sich unterhalten.

»Du bist wundervoll, Mutter«, sagte er.

»Mein lieber Jocelyn«, lächelte seine Mutter. »Es ist Salvatia, die wundervoll ist«, fügte sie hinzu. »Oder sie wird wundervoll sein, wenn sie ordentlich ...« Sie wollte ›zurechtgestutzt‹ sagen, doch sie sagte es natürlich nicht, sondern suchte nach einem milderen Wort. »Wenn sie ordentlich erzogen wird«, beendete sie ihren Satz.

»Das hört sich nach einem Dienstmädchen an«, sagte Jocelyn, der wegen der Blechkiste – die sie in Truro losgeworden waren – empfindlich war, und wegen der steifen Nachthemden – die sie ebenfalls in Truro losgeworden waren – sowie wegen einiger anderer deutlicher und schmerzlicher Erinnerungen.

»Nach einem Dienstmädchen? Du dummer Junge. Sie ist eine Herzogin, die zufällig nicht in die richtige Umgebung hineingeboren wurde – die wunderschönste Herzogin, die die Welt je gesehen hat. Niemals«, fügte Mrs. Luke sehr ernst hinzu, »niemals darf dir ein Wort wie das, das du gerade genannt hast, im Zusammenhang mit Salvatia wieder in den Kopf kommen, mein lieber Jocelyn.«

Nein, niemals würde er seiner Mutter erzählen, wie Sally sich zu den Cupps hingezogen fühlte, ganz so, als würde man sie zerren, und sich ganz offensichtlich mit ihnen anfreunden wollte. Auch nicht davon, daß sie sich tatsächlich mit dem schmierigen Mechaniker in der Werkstatt in Truro angefreundet hatte. Und was Mr. Pinner betraf, den er ganz und gar nicht mochte und an den er sich nur mit Kummer erinnerte, so würde Jocelyn seiner Mutter auch von ihm nichts erzählen. Er würde Mr. Pinner übergehen. Warum sollte er ihn einführen? Warum sollte er die i-Tüpfelchen auf

Sallys frühe Anfänge setzen? Seine Mutter hatte selbst gehört, wie Sally sprach, und konnte sich ungefähr vorstellen, wie ihr Vater war. Ihr Wissen über Sally sollte ruhig ein ungefähres bleiben.

Als sie zusammen in den Garten hinausgingen – Mrs. Luke zog es wieder ganz instinktiv in die Natur –, hatte Jocelyn die feste Absicht, seine Mutter über Mr. Pinner in Unkenntnis zu lassen, während Mrs. Luke die feste Absicht hatte, Jocelyn über Mr. Thorpe in Kenntnis zu setzen.

Arm in Arm gingen sie das kleine Grundstück auf und ab, das Mr. Thorpe unbeirrt Sandkasten nannte, obwohl Mrs. Luke es beharrlich als ›den Rasen‹ bezeichnete. Jocelyn sagte: »Ihre Familie kommt aus Islington.«

»Aus einem Vorort. Wie wir auch«, antwortete seine Mutter. Sie war wirklich wunderbar taktvoll, dachte Jocelyn.

Aber sie dachte nicht an das, was er sagte und was sie antwortete; sie suchte nach einer Bemerkung über Mr. Thorpe. Und um noch einen Augenblick Ruhe zu haben – seltsam, wie nervös sie war –, blieb sie für einen Moment vor der *kerria japonica* an der Ecke des Küchenfensters stehen und fragte ihn, ob er nicht der Meinung war, daß sie in diesem Jahr außerordentlich gut wuchs.

»Wunderbar«, sagte Jocelyn. »Ganz perfekt.«

Er seufzte zufrieden über den andauernden und erstaunlichen Takt, den seine Mutter bewies. Wie sie vom ersten Augenblick an die Situation begriffen hatte und keine Erklärungen nötig waren. Jetzt begriff sie auch die Pinners und tat sie ohne eine weitere Frage ab. »Aus einem Vorort. Wie wir auch.« In diesem Augenblick betete Jocelyn seine Mutter buchstäblich an.

»Ganz perfekt«, sagte er und bewunderte die Kerria. »Wo immer du bist, wachsen alle Dinge, wie sie wachsen sollten, es herrscht Frieden und Ordnung, und alles ist so *richtig.*«

»Die Ehe hat dich zu einem Schmeichler gemacht«, lächelte Mrs. Luke, die das Gespräch über Mr. Thorpe immer weiter aufschob.

»Sie hat mir bewußt gemacht, was für eine Mutter ich habe«, sagte Jocelyn und drückte ihren Arm.

»Mein lieber Jocelyn. Das ist doch wohl eine sehr ungewöhnliche Folge?«

»Meine Ehe ist ungewöhnlich.«

»Ja«, sagte Mrs. Luke und wappnete sich. »Ja. Ich nehme an, wir sollten darüber reden.«

»Aber wir *reden* doch gerade darüber.«

»Ich meine, über die Zukunft.«

»Nun, ich habe dir doch von meinen Plänen erzählt.«

»Aber ich habe dir noch nicht von meinen erzählt.«

»Von deinen?«

Er drehte sich um und sah sie an. Warum war sie denn so rot geworden?

»Weißt du, Jocelyn«, sagte sie mit einer seltsamen, ganz veränderten Stimme. »Ich war sehr unglücklich. Sehr, sehr unglücklich. Das darfst du nicht vergessen. Ich war es *wirklich.*«

Mrs. Luke hatte Mr. Thorpe eigentlich ganz anders einführen wollen, war ihr doch klar, daß er in ihrer gegenwärtigen Situation ihre einzige Hoffnung war und daß man ihn somit auch als einzige Hoffnung würdigen und loben sollte. Doch da stand sie nun und brachte das Gespräch mit einer Erklärung über ihr eigenes Unglück auf ihn. Das war ganz und gar kein guter Anfang. Es würde kein gutes Licht auf Mr.

Thorpe werfen. Außerdem war sie immer stolz darauf gewesen, vor Jocelyn in jeder Situation vollkommen zufrieden und ruhig zu erscheinen. Eine gute Erziehung, das hatte sie ihm schon gepredigt, als er noch ein kleines Kind war, bedeutete, eine ausgeglichene Ruhe an den Tag zu legen, und sie selbst hielt sich an die großartige Beschreibung in Paulus' erstem Brief an die Korinther. Gefühle durfte man nicht zeigen. Doch in den letzten Wochen hatte sie eine sehr schlechte Zeit durchgemacht, eine sehr, sehr schlechte Zeit, und ihre Nerven waren offensichtlich äußerst angespannt.

»Was ist los, Mutter?« fragte Jocelyn überrascht und besorgt. Hatte seine Mutter etwa spekuliert und verloren?

Sie bemühte sich sehr, die Kontrolle über sich wiederzugewinnen, und sie versuchte zu lächeln. »Ich habe sehr gute Neuigkeiten für dich«, sagte sie und ging weiter. »Wir setzen uns unter die Zeder und . . .«

»Mutter, was ist los?« fragte Jocelyn äußerst besorgt, als sie innehielt. Er spürte, wie ihn eine kalte Vorahnung am Herzen packte. »Du wirst mich nicht – du wirst mich jetzt nicht im Stich lassen?«

»Ich werde dir mehr helfen als je zuvor. Ja, wenn nicht dieser unverhoffte . . .«, sie wollte Glücksfall sagen, doch konnte sie sich Mr. Thorpe nicht recht als Glücksfall vorstellen – »wenn das nicht gewesen wäre, dann könnte ich nur sehr wenig für Salvatia tun. Sie braucht . . .«

Hatte seine Mutter spekuliert und gewonnen?

Doch was Salvatia brauchte, erklärte Mrs. Luke bei dieser Gelegenheit nicht, denn auf ihrem Weg zur Zeder kamen sie unter dem offenen Schlafzimmerfenster vorbei, wo Sally sich befand. Sie hörten Stimmen, und Mrs. Luke blieb erstaunt stehen.

Almond Tree Cottage war eine kleines, niedriges Haus, und die Fenster des ersten Stocks lagen nicht sehr hoch über den Köpfen jener, die im Garten darunter spazierengingen. Mrs. Luke stand da und lauschte erstaunt – denn mit wem konnte Salvatia sich denn unterhalten? –, und sie sah Jocelyn überrascht an. Auch Jocelyn lauschte, doch war er weniger überrascht, denn aus Erfahrung hatte er eine schmerzliche Ahnung, was geschah. Er ahnte, daß Sally wieder ihre Ursprungsform annahm und sich mit dem Hausmädchen verbündete.

Zuerst war es nur ein Murmeln – eine Stimme allein, dann eine andere Stimme allein, dann zwei Stimmen gemeinsam. Seine Mutter sah äußerst verwirrt aus. Doch dann kam Sallys Stimme zum Vorschein, sie erhob sich zu einem deutlichen, überraschten Kreischen, und sie hörten, wie sie »Oh, Hammond, oh, Hammond«, sagte oder eigentlich schrie.

Zweimal. Genau so.

Woraufhin Mrs. Luke Jocelyn plötzlich stehenließ, ins Haus und nach oben eilte.

»Fühlst du dich nicht wohl, Salvatia?« fragte sie schnell, als sie die Schlafzimmertür öffnete.

Auf der Bettkante, den bestrumpften Fuß auf dem Boden, saß Sally, und neben ihr, ebenfalls auf der Bettkante, saß das kleine Hausmädchen. Mrs. Luke traute ihren Augen nicht. Sie hatten die Arme umeinander geschlungen. Bisher war ihr nie aufgefallen, daß Hammond Arme hatte, nicht die Sorte von Armen, die sich um andere Menschen schlingt, die irgend etwas anderes tut als Tabletts tragen und Böden fegen.

Sie verspürte einen seltsamen Schock. Wenn Salvatia

krank wäre, dann befänden sich Hammonds Arme natürlich in einer erklärbaren und entschuldbaren Position. Aber Salvatia war nicht krank. Das sah Mrs. Luke sofort. Sie war nicht krank, denn sie weinte, und Menschen, die krank sind, weinen in der Regel nicht, das hatte Mrs. Luke beobachtet.

Das kleine Hausmächen sprang auf und stand mit hochrotem Kopf und völlig eingeschüchtert da, die erschrockenen Augen auf ihre Herrin gerichtet. Sally tat genau das Gegenteil – sie legte sich schnell wieder auf das Bett, zog die Decke bis zum Kinn hoch und versuchte, den Anschein zu geben, als hätte sie sich nie aus der Position herausbewegt, in der die Dame sie verlassen hatte. Sie schämte sich, weil sie weinte, obwohl alle so gut und freundlich zu ihr waren, sie streichelten und küßten, selbst, nachdem sie die Tasse zerschlagen hatte. Es war furchtbar undankbar von ihr zu weinen, dachte Sally. Aber sie schämte sich nicht, weil sie Hammond umarmt hatte. Hammond war freundlich, sehr freundlich, und sie schien für ihr Alter – sie war sechs Monate jünger als Sally selbst –, sehr viel zu wissen. Am Anfang war sie etwas schüchtern und abweisend gewesen, doch sie hatte sich bald an Sally gewöhnt, die sich so einsam und unbehaglich fühlte. Und als Hammond – was für ein Name für ein Mädchen! – mit heißem Wasser gekommen war, damit das Fräulein sich vor der nächsten Mahlzeit waschen konnte, da hatte Sally, der Hammonds freundliches Gesicht gefiel, eine Unterhaltung angefangen. Sie empfand dieselbe Vertraulichkeit, die sie auch bei dem Mechaniker in der Werkstatt empfunden hatte, nur, daß sie in seiner Anwesenheit viel gelacht hatte, während sie in Hammonds Anwesenheit zu ihrer großen Verwirrung und Schande zu weinen begann. Aber dann, die Dame ... das war genug, um eine Katze zum Weinen zu bringen, daß die Dame... mit ihnen zusammenwohnen würde, und sie nie mehr verlassen würde... und weiter ein Lächeln zeigen würde, das wie ein Lächeln aussah, aber kein Lächeln war...

»*Ich* kenne das«, sagte das kleine Hausmädchen und nickte vielsagend.

Sie wußte viel für ihr Alter, diese Hammond.

Sally war sehr froh gewesen, als der furchtbare Nachmittagstee endlich irgendwie vorbei war. Sie hatten tatsächlich versucht, ihr noch mehr Tee aufzudrängen, doch sie ließ sich nicht ein zweites Mal in die Falle locken. Sally war sehr froh gewesen, als sie Mrs. Luke nach oben folgte, sich auf ein Bett legen konnte und ihr gesagt wurde, daß sie sich bis zum Abendessen ausruhen sollte. Sie würde sich bis zum Frühstück ausruhen, wenn nötig, oder bis das Himmelreich käme. Sie wollte kein Abendessen. Zum Abendessen gab es Gabeln, und die waren noch schlimmer als Löffel, und vielleicht mußten sie genauso dasitzen, nur mit ihren Schößen. Sie wollte nichts, absolut nichts, sie wollte nur dort sein, wo die Dame nicht war. Und die Dame hatte die Vorhänge zugezogen, hatte sie mit einer Decke zugedeckt, ihr das Haar zurückgestrichen und gesagt, daß der Schlaf sie erfrischen würde. Dann hatte sie sich über sie gebeugt, sie geküßt und ist dann endlich weggegangen. Sally war sehr dankbar, allein zu sein.

Sie geküßt. Trotz der Tasse, dachte Sally, die so still lag, wie man es ihr befohlen hatte, und darüber nachdachte, was sie an diesem Nachmittag alles ertragen hatte. In dieser Familie schienen sie das Küssen nicht lassen zu können, dachte Sally, deren eigene Familie sich durch die vollkommene Abwesenheit dessen ausgezeichnet hat, was die Pinners als herumfummeln bezeichneten und verdammten. Die Pinners fummelten nie herum, und auch ihre Freunde fummelten nicht. Wie angenehm das war, dachte Sally wehmütig; da wußte man, woran man war. Bei diesen Lukes – so nannte sie sie bei sich, ohne daß sie respektlos sein wollte, doch ihre eigene Sprache bot ihr kein anderes Wort – wußte man nie, wann man das nächste Mal geküßt wurde. Hände, Haare, Gesicht – nichts wurde ausgelassen, wenn sie einmal anfingen. Sie hielten einen auf Trab, man mußte sich ständig winden. Und Mr. Luke war hier auch ganz anders. Aber er war immer anders. Die Dame hingegen . . .

An diesem Punkt ihrer Überlegungen angelangt, hatte Sally ihren Kopf zum Kissen gedreht und ihn darin verborgen. Zu ihrer Überraschung stellte sie fest, daß das Kissen naß war, und als sie es genauer untersuchte, entdeckte sie, daß ihre eigenen Tränen dafür verantwortlich waren. Da schämte sie sich. Doch hinderte sie das keineswegs daran, weiter zu weinen. Nachdem sie einmal angefangen hatte, schien es mit jeder Minute schlimmer zu werden. Und als das kleine Hausmädchen mit dem heißen Wasser hereinkam, da fand sie Sally in Tränen aufgelöst vor.

Mrs. Luke hielt sich nicht lange mit dem Hausmädchen auf. Sie sagte einfach in dieser sanften Stimme, die Bedienstete wie Kegeln umfallen ließ: »Hammond, ich bin erstaunt darüber, daß du Mrs. Jocelyn beim Schlafen gestört hast . . .« Das kleine Hausmädchen, das rot angelaufen war und die Augen gesenkt hielt, schlich schuldbewußt aus dem Zimmer.

Dann nahm Mrs. Luke Sally an der Hand. Nun war sie an der Reihe, auf der Bettkante zu sitzen.

»Salvatia, meine Liebe . . .«, sagte sie und legte ihre Hand auf den Arm, der sich unter der Decke abzeichnete. Sie wandte sich an das abgewandte Gesicht. »Salvatia, meine Liebe . . .«

Sallys Tränen trockneten auf der Stelle, denn sie fürchtete sich zu sehr, als daß sie weinen konnte. Doch sie verbarg ihr Gesicht noch tiefer im Kissen und hielt die Augen fest geschlossen.

»Du darfst dich nicht einer Bediensteten anvertrauen, mein liebes Kind«, sagte Mrs. Luke sanft. »Du mußt zu Jocelyn oder zu mir kommen. *Wir* sind es, zu denen du mit deinen kleinen Sorgen kommen mußt. O ja, ich weiß, wie anstrengend Flitterwochen für ein Mädchen sind, und oft möchte man, ohne zu wissen, warum, einfach nur mal weinen. So ist es doch, Salvatia, nicht wahr? Du mußt zu mir oder zu deinem Mann kommen, wenn du dich so fühlst, doch du darfst Hammond keine Dinge erzählen, die du hinterher bereust. Weißt du, Salvatia, du bist ein Dame – du bist jetzt eine erwachsene, verheiratete Dame, und dein Platz ist bei deinem Mann und bei mir. Was, mein liebes Kind? Was hast du gesagt?«

Doch Sally hatte gar nichts gesagt; sie hatte nur geschluckt, denn sie versuchte, ihre Zweifel hinunterzuschlucken, die sie hinsichtlich dessen überkamen, wo ihr Platz sein sollte. Bei der Dame? »Würde mich nich' wundern«, dachte sie, wobei sie sehr beunruhigt war, als ihr klar wurde, daß ihre Ehe mehr und mehr dahin tendierte, Mrs. Luke mit einzuschließen, »wenn ich nich' noch schlimmer inne Falle bin, wie ich dachte . . .« – und sofort war sie schockiert, daß sie solche Gedanken haben konnte. Gutes Benehmen war nun mal gutes Benehmen. Man mußte sich innerlich genauso gut betragen wie äußerlich. Es reichte nicht, Entschuldigung, Verzeihung und tut mir leid zu sagen, wenn man innerlich schlechte Gedanken hatte. Gott sah alles. Gott wußte alles. Und wenn man nur mit den Lippen höflich war und innerlich anders dachte, dann war man ein Pharisäer. Das hatte ihr Vater ihr beigebracht.

Mrs. Luke betrachtete das *profil perdu* auf dem Kissen, die Spitze des kleinen Ohrs, den entzückenden Schatten der geröteten Wangen, das wirre leuchtende Haar. Und sie beugte sich hinunter und küßte alles mit einem Ausdruck von Trost und Ermunterung. Sally versuchte, nicht noch weiter ins Kissen hineinzukriechen, und sagte sich: »'s geht schon wieder los.«

»Warum hast du geweint, Salvatia?« fragte Mrs. Luke sanft.

»Weiß nich'«, murmelte Sally, die sich in die äußerste Ecke ihrer Muschel verkroch.

»Dann, meine Liebe, war es einfach kindisch, nicht wahr . . . ohne einen Grund zu weinen, und dann noch vor einer Bediensteten. Ein solches Verhalten schadet deinem Ansehen, Salvatia. Zumal du dich jetzt nicht nur um dein eigenes Ansehen kümmern mußt, sondern auch um Jocelyns, das Ansehen deines Mannes.«

»Oje«, sagte Sally zu sich selbst, die trotz der ganzen Sanftheit erkannte, daß dieser Ton Schelte bedeutete, noch dazu eine ganz neue Art Schelte, eine, der sie nur sehr schwer folgen konnte und die sie nicht verstand, egal, wie angestrengt sie zuhörte. Was zum Beispiel war ihr Ansehen genau, und was war das von Mr. Luke? »Ein Glück, daß ich nich' 'n Kind stilln muß«, dachte sie, denn sie wußte alles über stillende Mütter, »bei die Dame würde meine Milch sauer werd'n« – und sogleich war sie wieder schockiert darüber, daß sie so etwas dachte. Gutes Benehmen war gutes Benehmen. Innen wie außen. »Du darfst nie denken, was du nich' auch sagen kannst«, hatte ihr Vater ihr beigebracht. Man stelle sich vor, sie würde sagen, was sie jetzt gedacht hatte!

»*O mein Gott*«, betete Sally still, denn Mr. Pinner hatte von ihr verlangt, jeden Sonntag ein Kirchengebet aufzusagen, so daß sie einige Passagen behalten hatte, »*schick mir 'n heiligen Geist und reinige die Gedanken meines Herzns, denn ich selbst bin nich' fähich* ...«

»Vielleicht, meine Liebe«, sagte Mrs. Luke, der es schwer fiel, angesichts von Sallys Schweigen weiterzureden – nicht, weil sie nicht wußte, was sie sagen sollte, denn es gab so viele wichtige Dinge zu sagen, daß sie kaum wußte, wo sie anfangen sollte –, »am besten wäschst du deine Augen in dem schönen heißen Wasser, das Hammond vorbereitet hat, machst dich etwas zurecht und kommst dann herunter. Was hältst du davon? Ist das nicht eine gute Idee? Dir ist hier oben sicher langweilig, so ganz allein. Wir wollen doch nicht, daß Jocelyn sieht, daß wir geweint haben, nicht wahr, mein liebes Kind ...«

Und als sie sich gerade vorbeugte, um Sally einen Aufwiedersehenskuß zu geben, da hörte sie, wie jemand laut und fröhlich unten im Flur ihren Namen rief.

Sie sprang auf.

»Margery! Margery!« rief die Stimme mit der fröhlichen Beharrlichkeit von jemandem, der, da er verlobt war, das Recht hatte, im Flur seiner Verlobten fröhlich und beharrlich zu sein.

Edgar. Er war um Stunden zu früh gekommen.

»Oh, psst, psst ...«, flehte Mrs. Luke, die zu ihm hinuntereilte.

»Psst, eh?«

»Jocelyn . . .«

Sie schaute furchtsam durch den Flur auf die Hintertür

»Er ist angekommen«, sagte Mr. Thorpe, unberührt durch das Psst. »Weiß ich. Habe sein . . . nun, du kannst es wohl kaum ein Auto nennen, nicht wahr . . . sein Gefährt vor dem Tor gesehen.«

»Aber ich hatte noch keine Zeit, ihm zu sagen . . .«

»Daß er ein Dummkopf ist?« unterbrach Mr. Thorpe sie.

»Komm hier hinein«, sagte Mrs. Luke. Sie griff ihn am Arm und schob ihn ins Wohnzimmer, dessen Tür sie hinter sich schloß.

»Hab dir was mitgebracht«, sagte Mr. Thorpe. Er hielt ihr einen großen Fischkorb direkt vor die Nase. »Lachs. Erstklassig. Ich dachte, das ist was Wertvolles für dein . . . nun, ein Dinner ist es wohl nicht . . . für dein Abendessen heute. Bin extra früh aus der Stadt gekommen, damit ich nicht zu spät bin.«

»Wie nett von dir, wie nett«, murmelte Mrs. Luke abwesend.

»Ist auch 'ne ganze Menge«, sagte Mr. Thorpe und schlug auf den Korb.

»Zu viel, viel zu viel«, murmelte Mrs. Luke, wobei sie nicht sicher war, ob sie den Lachs damit meinte.

»Zu viel? Ganz und gar nicht«, sagte Mr. Thorpe. »Ich kann es nicht ausstehen, wenn man knausrig ist.«

Und er wollte sein Geschenk auf den nächsten Stuhl stellen und dann, sie wußte es genau, würde er sie in eine dieser heftigen, erdrückenden Umarmungen einwickeln. Sie beugte sich schnell vor und nahm ihm den Korb ab. Dieses Mal konnte sie sich nicht einwickeln lassen, sie konnte es einfach nicht – nicht, wo Jocelyn ahnungslos draußen unter der Zeder saß.

»Laß den Korb mal beiseite«, sagte Mr. Thorpe, der meinte, daß er ein Dankeschön verdient hatte.

»Ich muß ihn sofort in die Küche bringen«, sagte Mrs. Luke und wich seinen weit geöffneten Armen aus, »sonst ist er nicht rechtzeitig zum Abendessen fertig.«

»Was? Kein Dankeschön, eh?«

»Doch, doch ... gleich«, sagte Mrs. Luke und verschwand durch die Tür. »Jocelyn weiß es noch nicht. Über uns, meine ich. Ich hatte keine Zeit ...«

»Zeit, eh? Hattest keine Zeit, ihm zu sagen, daß du mich eingefangen hast?«

Mr. Thorpe zog seine Uhr hervor. »Fünf Minuten«, sagte er. »Zwei würden reichen, aber ich gebe dir fünf. Mach mal los, und komm in genau fünf Minuten zu mir zurück. Wenn nicht, dann hol' ich dich. Mach mal los.«

Mach mal los ...

Mrs. Luke schloß die Wohnzimmertür hinter sich. Während sie den Flur entlangging, den schweren Korb in ihren zarten Händen, fragte sie sich, wie lange sie wohl nach der Hochzeit benötigen würde, um Mr. Thorpes Sprache zu verfeinern. Doch es erschien ihr so grotesk, daß ihr jemand sagte, sie solle »mal los machen« – sie, die wohl eleganteste Dame in South Winch! –, daß sie ihre Haltung wiedergewann. Sie würde nicht »los machen«. Weder innerlich noch äußerlich. Sie würde weder »los machen« noch sich beeilen; weder physisch noch geistig. Sie wehrte sich dagegen, sich durch fünf Minuten und durch eine Uhr in Edgars Hand zu etwas zwingen zu lassen. Er müßte sich wirklich etwas mehr auf ihr Niveau erheben und dürfte nicht so sicher sein, daß sie sich zu seinem herablassen würde. Und was für eine Art, von ihrer Hochzeit zu sprechen – daß sie ihn eingefangen hatte!

Einmal mehr hatten Mr. Thorpes Worte sie in einen abgekühlten, ruhigen Zustand versetzt, so daß sie den Rest des Flurs noch erhobeneren Hauptes entlangschritt als gewöhnlich. Als sie an der Küche vorbeikam, hielt sie den Fischkorb dem kleinen Hausmädchen hin, das nur zögernd aus der dunklen Ecke hervorkam, wo sich das Waschbecken befand. »Koch ihn«, sagte sie nur. Dann, den Kopf so hoch erhoben, wie ihn nur diejenigen halten, die dem Unausweichlichen ins Auge blicken müssen, ging sie in den Garten hinaus, über den Rasen hin zu Jocelyn, der auf dem Stuhl unter der Zeder auf sie wartete.

Das dauerte eine von den fünf Minuten. In vier weiteren würde Mr. Thorpe ebenfalls in den Garten hinauskommen, um zu sehen, warum sie nicht zurückgekehrt war. Soll er doch, dachte Mrs. Luke mit dem Mut, den diejenigen zeigen, denen keine andere Wahl bleibt. Diese Sache konnte nicht in fünf Minuten erledigt werden; sie konnte sie nicht wie einen Pistolenschuß auf Jocelyn loslassen. Dummer Edgar.

»Nun, Mutter?« sagte Jocelyn. Er stand auf, als sie näherkam.

Er hatte geraucht, zufrieden damit, Sally den fähigen Händen seiner Mutter überlassen zu können, was immer sie auch tun mochte – wobei er sich dennoch sehnlichst wünschte, daß Sally es nicht getan hätte. Dieser Tick, sich unbedingt mit den Bediensteten anfreunden zu wollen, mußte abstoßend auf seine Mutter wirken. Wenn schon er es als abstoßend empfand, wieviel schlimmer mußte es für seine anspruchsvolle Mutter sein.

»Ich befürchte, ich weiß, was los ist«, sagte er, als sie sich neben ihn setzte.

»Nein«, sagte seine Mutter. »Du hast keine Ahnung.«

»*Was* hat sie getan, Mutter?« fragte er ernsthaft besorgt. Er warf seine Zigarette weg.

»Salvatia? Nichts. Nichts, das wichtig wäre, das arme Kind. Es ist nicht Salvatia, über die ich mit dir reden möchte. Es ist Mr. Thorpe.«

»Mr. Thorpe?«

»Ja. Über Abergeldie. Es gehört Mr. Thorpe. Darum werdet ihr dort übernachten ... weil es Mr. Thorpe gehört.«

»Aber warum müssen wir ...?«

»Nun, Jocelyn«, unterbrach sie ihn, »bitte, bedenke, daß Mr. Thorpe der zuverlässigste, vertrauenswürdigste, wertvollste, ergebenste Mensch ist. Ich kann keinen Fehler an ihm entdecken. Er ist so großzügig, daß es schon fast zu viel ist ... ja, zu viel. Er ist ein wahres Wunder an Freundlichkeit. Wirklich, ich kann dir kaum sagen, was für eine hohe Meinung ich von ihm habe.«

Jocelyns Herz wurde kalt und schwer durch die Vorahnung.

Es herrschte eine kurze Stille.

»Ja, Mutter. Und?« sagte er nach einer Minute.

»Und er ist reich. Sehr reich.«

»Ja, Mutter. Und?« sagte Jocelyn, als sie innehielt.

»Als ich deinen ersten Brief bekam, da war ich natürlich sehr erregt«, sagte Mrs. Luke, die vor sich hin blickte.

»Ja, Mutter. Und?« sagte Jocelyn, denn sie hielt wieder inne.

»Alles schien zusammenzubrechen ... alles, an das ich geglaubt und worauf ich gehofft hatte.«

Es herrschte eine längere Pause.

»Ja, Mutter. Und?« sagte Jocelyn schließlich, wobei er seine Stimme so neutral wie möglich klingen ließ.

»Ich bin keine religiöse Frau, wie du weißt. Gott konnte mir nicht helfen.«

»Nein, Mutter. Und?«

»Und . . . und deshalb wandte ich mich an Mr. Thorpe.«

»Ja, Mutter. Richtig.«

Die Bitterkeit, die Jocelyn empfand, war komplett. Eine schwarze Nebelschwade aus Ärger, Eifersucht, verwundetem Vertrauen, verletztem Stolz und grausamster Enttäuschung umhüllte ihn.

»Warum sagst du nicht gleich«, sagte er, während er sich mit seinen Händen, die er auf jeden Fall ruhig halten wollte, noch eine Zigarette anzündete, »daß du ihn heiraten wirst?«

»Hättest du nicht geheiratet, wäre es nie soweit gekommen«, sagte Mrs. Luke.

»Richtig«, sagte Jocelyn äußerst verbittert und schleuderte die gerade angezündete Zigarette weg. »Ja, richtig.«

Wieder Sally. Immer lag alles an Sally.

Dann dachte er beschämt: »Mein Gott, ich bin ein gemeines Schwein« – und er saß still da, den Kopf in die Hände gestützt, ohne aufzublicken, während seine Mutter ihr Bestes tat, damit er Mr. Thorpe so sah, wie sie wollte, daß er ihn sah.

Mit leiser Stimme, mit dieser leisen, wohlerzogenen Stimme, die Jocelyn so geliebt hatte, erklärte sie ihm Mr. Thorpe und seine Vorteile. Dabei hatte sie die feste Absicht, daß sie sich in diesem wichtigen, zentralen Augenblick über nichts ärgern würde, egal, was Jocelyn auch sagen mochte.

Doch Jocelyn sagte gar nichts. Es war einfach zu furchtbar, als daß er etwas sagen konnte – seine Mutter, die in seinem ganzen Leben niemals angedeutet hatte, daß sie heiraten wollte, würde sich jetzt, in einem Alter, in dem sie – so sah Jocelyn es mit seinen zweiundzwanzigjährigen Augen – sicherlich als immun angesehen werden konnte, einem vollkommen Fremden hingeben und ihn, ihren Sohn, seinem Schicksal überlassen, obwohl er sie, Gott war sein Zeuge, mehr als je zuvor brauchte. Es schien ganz natürlich, daß er diesen Thorpe zutiefst hassen sollte. Wer interessierte sich schon für sein verdammtes Geld? Warum sollte Sally teuer sein, wie seine Mutter ständig wiederholte? Als ob Geld, viel Geld, wie seine Mutter sagte, unbedingt nötig sei, seit Sally auf der Bildfläche erschienen war, Sally, die daran gewöhnt war, völlig mittellos zu sein. Lehrerinnen? Wozu brauchte sie Lehrerinnen? Seine Mutter konnte ihr alles beibringen. Kleider? Wozu? Alles, was sie anzog, schien sich von ihr anzustecken und schön zu werden – das hatte er in dem Geschäft in London gesehen, wo er ihr den Umhang gekauft hatte: Jedes einzelne Teil, das die Verkäuferin ihr brachte, war ein Teil ihrer Schönheit, sobald sie es berührte, egal, wie unattraktiv es auch sein mochte. Und überhaupt, wie abstoßend – eine Heirat. Oh, wie er schon den Gedanken daran haßte, wie weit weg er jetzt um alles in der Welt von diesen albernen Sorgen und Komplikationen und von Frauen überhaupt sein wollte, wieder in Cambridge, wieder in einem Labor, wieder aufgesogen von diesem großartigen, ruhigen Glanz der Forschung!

»Er ist im Wohnzimmer«, sagte Mrs. Luke, nachdem sie alles gesagt hatte, was ihr einfiel und von dem sie wollte, daß Jocelyn es ihr glaubte.

»Wer?« sagte Jocelyn.

»Oh, ich hatte schon befürchtet, daß du verärgert sein würdest«, sagte sie und legte ihre Hand auf seinen Arm. »Aber ich habe gehofft, wenn ich dir alles erkläre, dann würdest du es verstehen und die großen, die immensen Vorteile sehen. Aber das tust du offensichtlich nicht, oder . . .«, sie seufzte, »du willst nicht. Dann muß ich Geduld haben, bis du dazu bereit bist. Doch Mr. Thorpe wartet auf uns.«

»Na und?« fragte Jocelyn, den Kopf in seine Hände vergraben; und Mrs. Luke fiel plötzlich auf, daß Mr. Thorpe sehr ruhig wartete. Die fünf Minuten mußten schon lange vorbei sein, sie haben wohl schon zwanzig Minuten hier gesessen, und dennoch war er ihr nicht nachgekommen, wie er gedroht hatte. Da sie wußte, daß er ein Mann war, der sein Wort hielt, kam ihr das sehr seltsam vor.

»Lieber Jocelyn«, sagte sie, als sie sich daran erinnerte, wie stur er zuweilen sein konnte, als er noch ein kleiner Junge war, und daß sie ihn nur mit äußerster Geduld und Sanftmut aus diesem Zustand herausgeholt hatte, »ich werde dich nicht dazu überreden, mitzukommen und Mr. Thorpe kennenzulernen. Aber er wird heute abend euer Gastgeber sein . . .«

»Wird er nicht«, sagte Jocelyn, den Kopf immer noch in seinen Händen haltend und seine Augen immer noch auf das Gras vor seinen Füßen geheftet.

»Aber, mein *lieber* Junge . . .«

»Ich weigere mich, auch nur in seine Nähe zu gehen.«

»Aber es ist *definitiv* nicht genug Platz hier für euch beide . . .«

»Es gibt noch London, und es gibt Hotels, nehme ich an?«

»Oh, Jocelyn!«

Sie sah ihn bestürzt an. Er rührte sich nicht. Sie legte ihre Hand wieder auf seinen Arm. Er beachtete sie nicht. Und da sie aus früheren Erfahrungen wußte, daß er mindestens die nächsten zwei Stunden für jegliche Vernunft vollkommen unzugänglich sein würde, stand sie seufzend auf und ließ ihn allein.

Nun gut, sie hat es ihm gesagt; sie hat alles getan, was sie tun mußte. Sie würde jetzt zu Mr. Thorpe zurückgehen.

Und das tat sie auch. Als sie die Wohnzimmertür langsam und vorsichtig öffnete, in schmerzhafte Gedanken versunken, da fand sie Mr. Thorpe auf dem Sofa sitzend. Er war damit beschäftigt, Sally zu küssen.

X

Folgender kurzer Dialog hatte zwischen ihm und Sally stattgefunden, bevor er damit begann, sie zu küssen:

»Himmel!« rief er, als sie plötzlich an der Tür auftauchte.

»'tschuldigung?« sagte sie zögernd, sehr überrascht, daß ein fremder älterer Herr dort war, wo sie die Lukes erwartete.

»Ja, Himmel«, sagte er und starrte sie an. »Weißt du, wer ich bin?«

»Nein, Sir.«

»Sir, eh?«

Er machte einen Schritt nach vorn und schloß die Tür.

»Vater – das bin ich für dich. Schwiegervater. Ist das gleiche wie ein Vater, nur besser«, sagte er. »Was macht man mit seinem Vater, eh? Man küßt ihn. Los, Tochter. Küß mich.«

Sally küßte ihn, oder eigentlich war es eher so, daß sie sich folgsam fügte, während er sie küßte. Hatte sie doch keinen Grund, daran zu zweifeln, was er ihr sagte. Sein Benehmen erschien ihr einfach als ein weiteres Beispiel für die Lukes, die unfähig schienen, nicht an ihr herumzufummeln, und obwohl sie etwas überrascht war über die Vehemenz, mit der ihr Schwiegervater sich dieser Tätigkeit hingab, so war sie doch zufrieden, als sie sein glückliches Gesicht sah. Wenn nur alle glücklich wären, dann würde ihr das Ganze überhaupt nichts ausmachen. Sie hatte nicht das Gefühl gehabt, daß die Küsse der Dame ein Ausdruck des Glücks waren, und wenn Mr. Luke begann, sie zu küssen, so erinnerte sie das an einen Leichenzug, der aus unbekannten Gründen zu rennen anfing und nicht an sich halten konnte, dabei aber alles andere als glücklich war. Der Schwiegervater hingegen war ganz quietschvergnügt. Und das war allemal besser, als wenn sie sich unterhalten mußte.

Auf diese Weise kam es zu der Situation, in der Mrs. Luke sie antraf.

»Schließe Freundschaft mit meiner neuen Tochter«, sagte Mr. Thorpe, der etwas verwirrt war, als sie dort stand und sie anschaute.

»Richtig«, sagte Mrs. Luke, die manchmal wie Jocelyn sprach.

Daß sie Mr. Thorpe beim Küssen ertappte – sie mochte es zwar nicht, wenn er sie küßte, aber sie stellte fest, daß sie es noch weniger mochte, wenn er jemand anderen küßte –, war eine schmerzhafte Entdeckung für Mrs. Luke. Jeder Aspekt daran war schmerzhaft. Das Wort »ertappte« für sich war unangenehm; und das Gefühl, daß sie sich in einer Situation befand, wo sie ertappen konnte, war äußerst unangenehm. Was sie sah, verdrängte für einen Moment alle anderen Gedanken. Sie mußte Edgar unbedingt sagen, daß er sich nicht so benehmen konnte. Keine Ehe würde das aushalten. Wenn eine Frau sich nicht darauf verlassen konnte, daß ihr Mann sie nicht erniedrigen würde, wem konnte sie dann trauen? Und sich ausgerechnet Salvatia gegenüber so zu verhalten! Salvatia, die während des Semesters bei ihnen in Abergeldie wohnen sollte, während Jocelyn ungestört seine Karriere in Cambridge verfolgen würde – dies war eine weitere von Mrs. Lukes abrupten Entscheidungen –, die bei ihnen wohnen würde, der alle Chancen geboten werden sollten und die eine Erziehung genießen würde, um eine passende Ehefrau für Jocelyn abzugeben – wie konnten diese Pläne angesichts der Neigung, die Edgar zum Küssen hatte, realisiert werden? Mrs. Luke war sich dieser Neigung nur zu sehr bewußt, doch hatte sie angenommen, daß sie sich ausschließlich auf sie selbst bezog, und jetzt schien sie Salvatia einzuschließen!

Doch wenn die Situation für Mrs. Luke sehr unangenehm war, so war sie fast genauso unangenehm für Mr. Thorpe. Sie gefiel ihm ganz und gar nicht. Er wußte sehr gut, daß seine Umarmung sehr enthusiastisch war und daß Margery das bemerkt haben mußte. »Verdammte Frauen«, dachte er ungerechterweise.

Die einzige Person, die keine unangenehmen Empfindungen hatte, war Sally, sie war sich lediglich ihres Gehorsams bewußt. Sie stand da und wischte sich das Gesicht mit einem großen, anständig aussehenden Taschentuch ab, wobei sie feststellte, daß ihr recht heiß geworden war.

»Jocelyn ist im Garten, Salvatia«, sagte Mrs. Luke.

Sally betrachtete diese Aussage als Information, wußte jedoch nicht, aus welchem Grunde sie ihr mitgeteilt wurde, so daß sie keine Antwort darauf hatte. Dennoch war ihr durch den Blick der Dame klar, daß eine Antwort von ihr erwartet wurde. Sie durchsuchte ihr Repertoire, sagte nach einer Weile »Ach ja« und wischte sich ein weiteres Mal das Gesicht ab.

»Möchtest du nicht zu ihm gehen?« sagte Mrs. Luke daraufhin. Sie sprach sehr deutlich.

»Klar«, sagte Sally schnell, denn die Augenbrauen der Dame sahen plötzlich sehr furchteinflößend aus. Sie stopfte ihr Taschentuch gründlich in ihre Tasche und schlüpfte elegant davon.

»Ich muß auch gehen«, sagte Mr. Thorpe forsch, der sich zum ersten Mal bei Margery nicht wohl fühlte. »Ich komm dann um Punkt zehn, um die beiden abzuholen . . .«

»Oh, bitte . . . warte doch einen Augenblick«, sagte Mrs. Luke und hob ihre Hand, als er sich auf die Tür zubewegte.

»Muß wohl erst meine Standpauke hören, eh?« fragte er, blieb stehen und straffte seine Schultern, um sie entgegenzunehmen.

»Was ist eine Standpauke, Edgar?« erkundigte sich Mrs. Luke sanft und öffnete ihre klaren grauen Augen ein bißchen weiter.

»Oh, Gott, Margery, komm von deinem hohen Roß herunter«, sagte Mr. Thorpe. »Warum sollte ich das Mädchen nicht küssen? Sie ist meine Schwiegertochter. Oder wird es bald sein.«

»Wirklich, Edgar, es wäre sehr seltsam, wenn du sie nicht küssen wolltest«, sagte Mrs. Luke, noch immer sehr sanft. »Jeder würde es wollen.«

»Nun, dann«, sagte Mr. Thorpe schmollend. Nicht nur war ihm unklar, worauf Margery hinauswollte, zudem erschien sie ihm zum ersten Mal nicht besonders hübsch. Ganz schön alt, dachte Mr. Thorpe, während er sie betrachtete. Eine Dame, natürlich, und all das. Aber ihm wurde plötzlich klar, daß es kein Spaß wäre, später mit einer alten Dame zu schlafen. »Muß schon ganz schön dunkel sein, damit *die* hier hübsch aussieht«, dachte er nicht sehr freundlich. Aber schließlich war er ungehalten, da er bei etwas Ungehörigem ertappt worden war.

»Ich wollte dir sagen«, sagte Mrs. Luke, die für einen Augenblick die Szene ignorierte, deren Zeugin sie gerade geworden war, »daß ich es Jocelyn gesagt habe.«

Und Mr. Thorpe, sehr erleichtert, daß sie die Sache mit dem Küssen nicht weiter verfolgte, dachte: »Ist doch kein schlechter Kumpel, die Marge...« – er nannte sie in Gedanken Marge, aber nur bei sich, denn sie mochte es nicht – »kein schlechter Kumpel. Jedenfalls besser als Annie.«

Ja, besser als Annie, aber schlechter – oh, so viel schlechter – als diese junge Schöne.

»Das ist dann also in Ordnung«, sagte er, wieder ganz fröhlich. »Ist doch gut, mit der Wahrheit rauszurücken.«

Nein, wirklich – Edgar war ein zu roher Diamant. Mrs. Luke zuckte bei seiner fürchterlichen Ausdrucksweise zusammen. Diesen kannte sie noch nicht. Hatte er denn einen unendlichen Vorrat an diesen Ausdrücken?

»Er ist sehr verärgert«, sagte sie. Ihre Augenbrauen waren noch durch den Schmerz zusammengezogen, den ihr sein letzter Satz bereitet hatte.

»Verärgert, eh? Ist also verärgert? Das gefällt mir«, sagte Mr. Thorpe heftig, und seine Fröhlichkeit verließ ihn. Verärgert, weil seine Mutter eine großartige Partie machte? Verärgert, weil der reichste Mann in der ganzen Gegend sie für den Rest ihres Lebens versorgte? Dieser freche Flegel...

Mr. Thorpe fehlten die Worte, um seine Meinung über Jocelyn auszudrücken, das heißt die Worte, die in einem Wohnzimmer ausgesprochen werden konnten – er nahm an, daß das Zimmer, in dem er war, als Wohnzimmer bezeichnet wurde, auch wenn es diese Bezeichnung kaum verdiente –, denn nachdem er Sally gesehen hatte, hatte sich seine Einstellung zu Jocelyn verändert. Hatte er bisher einfach Verachtung und Desinteresse gespürt, so erfaßten ihn jetzt heftigere Gefühle. Man stelle sich vor, daß *er* sie bekam, dachte er – *er*, mit seinen lumpigen fünfhundert im Jahr, der sie noch nicht einmal ordentlich anziehen konnte. Eine solche Schönheit sollte in einem Glanz von Diamanten erstrahlen und nie einen Fuß auf den Boden setzen, es sei denn, um aus einem Rolls Royce auszusteigen.

»Es tut mir so leid, Edgar«, sagte Mrs. Luke, »aber er sagt, er möchte deine Gastfreundschaft nicht annehmen.«

»Möchte nicht, eh? Möchte sie nicht annehmen? Das gefällt mir«, sagte Mr. Thorpe noch heftiger.

Daß seine gutgemeinte Bereitschaft, Marge auszuhelfen, und seine großartigen Vorbereitungen für die Bequemlichkeit der ersten Gäste, die er seit Jahren haben würde, auf diese Weise abgelehnt wurden, ärgerte ihn nicht nur, es verletzte ihn auch. Und was würden die Bediensteten sagen? Dabei hatte er keine Mühe gescheut und die Hochzeitssuite mit allem angefüllt, damit dieser Flegel, der dachte, sein Verstand sei das einzige, was etwas wert sei, sehen würde, daß dem nicht so war. Verstand, tatsächlich. Was nutzte einem Verstand, wenn man nicht genug Butter hatte, um sie aufs Brot zu schmieren? Einen vom trockenen Brot ganz ausgetrockneten Verstand hatte dieser Flegel, das war's. Trocken-Brot-und-Wasser-Verstand. Verstand? Puh.

Dieses letzte Wort sagte Mr. Thorpe laut, sehr laut, und Mrs. Luke zuckte ein weiteres Mal zusammen. Es bedrückte sie auf merkwürdige Weise, wenn er puh sagte.

»Und ich befürchte«, fuhr sie fort, wobei ihre Stimme ganz besonders sanft war, denn sie meinte, daß Edgar sich in Anbetracht der Situation, in der sie ihn vorgefunden hatte, recht hochmütig betrug, »daß er es noch viel weniger wollte, wenn er wüßte, daß du seine Frau geküßt hast, und zwar so, wie du sie geküßt hast.«

»Da haben wir es!« explodierte Mr. Thorpe und schlug sich auf die Schenkel. »Da haben wir es und kommen ans Eingemachte!«

»Eingemachte, Edgar?« sagte Mrs. Luke, der auch dieser Ausdruck nicht geläufig war.

»Eifersucht.«

»Eifersucht?« wiederholte Mrs. Luke, die grauen Augen weit aufgerissen.

»Typisch weibliche Eifersucht. Ich glaub' dir kein Wort, daß er nicht bei mir übernachten will. Das hast du dir ausgedacht. Weil ich das Mädchen geküßt habe.«

Und in seiner Wut fragte Mr. Thorpe Mrs. Luke, ob sie jemals davon gehört hatte, daß jede Furie in der Hölle angenehmer war als eine geschmähte Frau, denn wie auch allen anderen Männern, die ansonsten keine Lyrik kennen, war ihm dieser Vers geläufig. Dabei nannte er sie Marge, denn er sah keinen Grund, warum er sie nicht so nennen sollte.

»Mein *lieber* Edgar«, war alles, was sie darauf sagen konnte. Sie hatte die Schultern leicht nach oben gezogen, ganz so, als wollte sie diese sprachliche Attacke abwehren, denn bisher war sie nie mit Gewalt in Kontakt gekommen.

Sie selbst wurde nicht böse. Sie vergaß sich nicht. Denn sie dachte daran, daß sie eine Dame war.

Doch sie schlug ihm vor, daß er besser gehen sollte. Nicht nur machte er mehr Lärm, als ihr lieb war – er ist wirklich ein sehr lauter Mensch, dachte sie, während sie zum Fenster glitt und dieses leise schloß –, sondern zudem war ihr der Gedanke gekommen, daß Salvatia Jocelyn im Garten vielleicht davon erzählte, daß Mr. Thorpe sie geküßt hatte. Und da Jocelyn ohnehin schon erregt war, würde er sich noch weiter aufregen und zu ihr und Mr. Thorpe ins Wohnzimmer kommen.

Das wäre sicherlich sehr schade. Und so schlug sie Mr. Thorpe vor, daß er besser gehen sollte.

»O ja, ich *gehe* ja schon«, sagte Mr. Thorpe. Aus irgendeinem Grund war nicht er das Opfer einer Standpauke, sondern er hielt diese Standpauke.

»Wir werden morgen in Ruhe darüber reden, mein lieber Edgar«, sagte Mrs. Luke besänftigend.

»Lieber Edgar, eh?« erwiderte Mr. Thorpe. Die guten Worte brachten ihn nicht von seiner Überzeugung ab, daß Marge sich geschmäht fühlte und deshalb die schlimmste Furie in den Schatten stellte. »Böser Edgar wäre richtiger«, sagte er. Türenknallend verließ er das Haus.

Mrs. Luke stand bewegungslos an der Stelle, wo er sie verlassen hatte. Was für eine unerwartete Wendung die Dinge genommen hatten. Wie gewalttätig Edgar war, und wie grob. Sich geschmäht fühlen? Weibliche Eifersucht? Solche Ausdrücke wären, auf sie bezogen, einfach lächerlich. Aus Edgars Mund und in Verbindung mit Salvatia waren sie einfach grob.

Im Zusammenhang mit Salvatia. Bei diesem Gedanken hielt sie inne. Das alles war nur wegen Salvatia geschehen. Alles Unangenehme und Schwierige, das ihr in den letzten Wochen widerfahren war, hing mit Salvatia zusammen.

Aber sie durfte nicht ungerecht sein. Wenn Salvatia der Grund für ihre Verlobung mit Edgar war, dann war sie jetzt der Grund für ihre Entlobung. Denn eine Entlobung war doch sicherlich das einzig Richtige, was sie tun konnte?

»Ich muß *nachdenken*«, sagte Mrs. Luke und preßte ihre Hand an ihre glühende Stirn.

Ja, denn sicherlich konnte kein Geld der Welt Edgar aufwiegen? Sicherlich konnte kein Geld, wieviel auch immer, die stündliche Sorge und Unannehmlichkeit aufwiegen, mit der falschen Sorte – nein, nicht mit der falschen, sondern einfach mit einer vollkommen anderen Sorte Mensch zusammenleben zu müssen, korrigierte Mrs. Luke sich, denn sie versuchte, gerecht zu bleiben. Außerdem, wie konnte sie für Jocelyn und Salvatia von Nutzen sein, wenn sie mit Edgar verheiratet war, wenn Jocelyn nicht in seine Nähe gehen würde und Salvatia es nicht konnte, weil er zu liebenswürdig zu ihr war? Diese Ehe würde den Bruch zwischen ihr und Jocelyn nur vertiefen, und das in einem Moment, wo er sie mehr als je zuvor in seinem Leben brauchte. Und dann auch noch die groteske Beschuldigung, daß *sie* schuld sei, daß sie, die so ruhig geblieben war, eine Furie sei, der bloße Wahnsinn, sich vorzustellen, daß *sie* aus Eifersucht handelte! Also wirklich, sagte Mrs. Luke zu sich selbst und zog in der Erinnerung ein weiteres Mal die Schultern hoch. Und dann war da noch – nein, sie wandte ihre Gedanken von seinen Ausdrücken ab; sie konnte es wirklich nicht ertragen, an sein »Quatsch«, »mach mal los« und »puh« zu denken.

Sie ging zu ihrem kleinen Schreibtisch und setzte sich, um einen Brief an Mr. Thorpe zu schreiben, denn in einigen Situationen sind Briefe am besten. Auch wollte sie keine Zeit verlieren, damit Mr. Thorpe nicht zuerst auf die Idee käme, ihr einen Brief zu schreiben. Es schien ihr wichtig, daß, falls irgend jemand sich von irgend jemandem trennte, sie die erste sein würde, daß sie verlassen würde, anstatt die Verlassene zu sein. Sie war bei *Lieber Edgar, ich meine, daß ich es Dir schuldig bin* angelangt, als Jocelyn mit einem wütenden Gesichtsausdruck an der Tür auftauchte.

Folgendes hatte sich im Garten zwischen Sally und Jocelyn zugetragen:

Sie war gehorsam zu ihm gegangen, wie man es ihr aufgetragen hatte. »Tu, was man dich sagt«, hatten ihr Vater und ihre Mutter ihr beigebracht, »dann kann nix schiefgehn.« Die unschuldigen Pinners. Kein guter Rat. Er sollte ihr noch viele Schwierigkeiten bereiten.

Sie ging also, wie man es ihr aufgetragen hatte, zu Jocelyn und setzte sich neben ihn unter die Zeder.

Er rührte sich nicht, und er blickte nicht hoch. So saß sie eine ganze Weile und traute sich nicht, sich zu bewegen, weil sein Gesicht völlig ausdruckslos war.

Natürlich dachte sie, daß es wieder sein Magen war, denn was sonst konnte es sein? Das letzte Mal, als sie ihn gesehen hatte, hatte er ein glückliches Lächeln aufgesetzt und seiner Mutter die Hand geküßt. Für Sally war es sonnenklar, daß er eine weitere jener furchtbaren Magenattacken hatte, unter denen ihr Vater so heldenhaft gelitten hatte und die die Pinners »schlimme Krämpfe« nannten. Genauso hatte ihr Vater dagesessen, wenn es ihn überkam, hatte mit gerunzelter Stirn ins Nichts geblickt und war ganz blau angelaufen. Der einzige Unterschied lag darin, daß Jocelyn den Kopf in den Händen hielt, während ihr Vater sich genau die Stelle hielt, wo er die Krämpfe hatte. Sie nahm an, das lag daran, daß Jocelyn ein Gentleman war. Doch wenn das einfache Heilmittel, das Mr. Pinner bei diesen Gelegenheiten einnahm, seine Wirkung zeigte, ging es ihm schnell besser. Sally fand es sehr schade, daß sie zu ängstlich war, ihrem Mann davon zu erzählen – sehr schade, und zudem war es nicht richtig. Hatte sie nicht an ihrem Hochzeitstag in der Kirche vor Gott geschworen, daß sie in guten und in schlechten Tagen für ihn sorgen würde? Und hier war er, und er fühlte sich schlecht, das war sonnenklar.

Und so nahm sie schließlich ihren ganzen Mut zusammen und sagte es ihm.

»Vaters Magen«, begann sie ängstlich, »war genauso.«

»Was?« sagte Jocelyn, der durch diese unerwartete Bemerkung aus seinen dunklen Gedanken aufgeschreckt wurde. Er hob den Kopf und sah sie an.

»Du hast die gleichn Magenschmerzn«, sagte Sally, die unter seinem Blick zusammenzuckte, aber weiterhin mutig blieb. »Du und Vater. Wie ein Ei dem andern.«

Jocelyn starrte sie an. Was im Himmel hatte Pinners Magen mit ihm zu tun?

»Genauso hat er dagesessn, wenn's ihn überkam«, fuhr Sally fort, ohne sich beirren zu lassen.

»Würde es dir etwas ausmachen«, fragte Jocelyn mit eisiger, höflicher Stimme, »dich etwas klarer auszudrücken?«

»Mr. Luke, bitte ... bitte sprich nich' so mit mir«, bat Sally ihn. »Ich wollte nur sagen, was Vater machte, wenn's ihn überkam.«

»Wenn was ihn überkam, und wo?«

»Na, die schlimm' Krämpfe«, sagte Sally. »Es würde dich besser gehn, wenn du das nehm' tätest, was Vater nimmt. Er hatte's ganz schlimm, ja, wirklich. Du solltest besser ...«

Doch da versagte ihr die Stimme. Wenn Jocelyn sie so ansah und kein einziges Wort sagte, dann schien ihre Stimme nicht weiterreden zu können, wie sehr sie es auch versuchte.

Und Jocelyns Gedanken wurden, falls das möglich war, noch finsterer. Das sollte seine Lebensgefährtin sein – die Gefährtin seines *Lebens*, man stelle es sich vor, sagte er zu sich selbst. Allein und ohne Hilfe sollte er die Jahre mit ihr verbringen. Ein Kind und doch kein Kind. Eine Schönheit und doch keine Schönheit. Immer und ewig eine unverfälschte Pinner, vor allem jetzt, wo seine Mutter ihn verlassen hatte.

»Es würde *mir* bessergehen«, sagte er finster. Seine düstere Stimmung kannte keine Grenzen. »Ich weiß nicht, was diese schlimmen Krämpfe sind, aber ich bin sicher, daß es *mir* bessergehen würde, nicht *mich.*«

»'tschuldigung«, hauchte Sally ergeben und senkte die Augen.

Da nahm er die ungewöhnliche Färbung auf ihrem Gesicht wahr – die eine Seite war deutlich gerötet.

»Warum bist du so rot?« fragte er plötzlich.

»Ich?« Sein gebieterischer Ton ließ Sally zusammenzukken. »Ach ... *das.*«

Sie hob ihre Hand und spürte ihre brennende Wange. »Schwiegervater«, sagte sie.

»*Was* für ein Vater?« fragte Jocelyn, der vor Überraschung seinen Trübsal vergaß.

»Schwiegervater«, sagte Sally. »Der im Haus. Der alte Herr«, erklärte sie, als Jocelyns Erstaunen zusehends wuchs.

Thorpe? Der Mann, der sein Stiefvater sein würde? Aber warum ...?

Eine Ahnung von etwas ganz, ganz Furchtbarem kam in ihm auf. »Aber warum bist du so rot? Was hat das damit ...?«

Er hielt inne und hielt sie am Handgelenk fest.

Er warf ihre Hand fort, und Sally beobachtete, wie er mit wiedergewonnenem Selbstbewußtsein ins Haus rannte. »Is' sicher bald besser«, sagte sie zu sich. Sie war zufrieden, denn ihr Vater rannte auch immer so, wenn die Krämpfe nachließen.

Und sie hatte recht. Als sie ihn das nächste Mal sah, beim Abendessen, ging es ihm recht gut. Sein Gesicht hatte sich aufgehellt, er konnte seine Mahlzeit zu sich nehmen, und er küßte sie auf den Kopf, als er hinter ihrem Stuhl an ihr vorbeiging.

»Gut, *das* is' vorbei«, dachte Sally sehr erleichtert, obwohl sie unter ihren niedergeschlagenen Augen weiterhin aufmerksam und vorsichtig blieb. Bei diesen Lukes wußte man nie, was als nächstes geschehen würde. Als sie da saß und angespannt ihr Bestes tat, die Gabeln und weiteren Fallen des Abendessens zu bewältigen, und sah, wie das kleine Hausmädchen kam und ging, vollkommen unbeschränkt in seinen Bewegungen, unabhängig, frei, jeden Augenblick zu kündigen, wenn es wollte – als sie das sah, konnte Sally sich nicht helfen, Hammonds Schicksal mit ihrem eigenen zu vergleichen und zu denken, daß Hammond ein einzigartiges Glück hatte. Doch gleich darauf dachte sie, wie böse sie war, daß sie solche Gedanken hegte, und beugte ihren Kopf beschämt über ihren Teller, woraufhin Mrs. Luke sanft sagte: »Setz dich gerade hin, mein liebes Kind.«

Für diese Nacht wurde für Jocelyn ein Bett auf dem Wohnzimmersofa zubereitet. Sally schlief oben in dem winzigen, spartanischen Zimmer, in dem er gewöhnlich schlief, und Abergeldie wurde mit keinem Wort erwähnt. Auch gab es nicht Mr. Thorpes Lachs zum Abendessen, denn Mrs. Luke erschien es unter den gegebenen Umständen geradezu zynisch, das Geschenk von dem armen Edgar zu essen. Und so aß Hammond den Lachs, die daraufhin nie mehr dazu gebracht werden konnte, Fisch anzurühren.

Mr. Thorpe war für Mrs. Luke von jetzt an der arme Edgar. Vor nur wenigen Stunden hatte sie ihn noch für ein Geschenk Gottes gehalten. Nun ja, er hätte Salvatia nicht küssen dürfen. Aber eigentlich – welch ein Glück, daß er es getan hat, denn so hatte er Klarheit in eine Sache gebracht, die beunruhigend und unklar gewesen war. Ohne dieses Küssen (und nicht nur das Küssen, sondern das Vergnügen daran) wäre Mrs. Luke stolpernd weitergegangen, das wußte sie, hätte ihre Pflicht getan, versucht, daß alle einander mochten und glücklich waren, weil es das Beste für sie sein würde. Das wäre geschehen, wenn Edgar sich so anständig verhalten hätte, wie man es von einem Mann seines Alters erwarten konnte. Mit Jocelyn wäre sie schon fertig geworden, da war sie sich sicher, denn war sie nicht sein ganzes Leben lang mit ihm fertig geworden? Und nach der Hochzeit wäre sie zweifelsohne auch mit Edgar fertiggeworden, doch welch schwere Arbeit wäre das gewesen, ein unendliches Korrigieren, nur, um allein seine Sprache auszurotten!

Das Vergnügen – das war das einzige richtige Wort dafür –, mit dem er Salvatia geküßt hatte, hatte sie vor all dieser Mühe bewahrt. Denn sicherlich war es unter ihrer Würde, jenseits ihrer Geduld, überhaupt jenseits aller möglichen Entlohnungen, die ihr der Reichtum bieten konnte, einen Mann zu heiraten, der es vergnüglich fand, andere Frauen zu küssen. Das konnte sie einfach nicht tun. Sie konnte viel tun, aber nicht das. Wie die Frau des Stiftsherrn hätte sie alles vergeben, außer einem Vergnügen. Sie schrieb einen liebenswürdigen Brief – warum nicht? wenn man mit etwas abschließt, so kann man es sich schließlich leisten, liebenswürdig zu sein –, nachdem sie mit Jocelyn gesprochen hatte, der voller Wut ins Wohnzimmer gestürzt war. Das Gespräch mit Jocelyn hatte voller Wut begonnen (von seiner Seite), wurde voller Geduld weitergeführt (von ihrer Seite) – und endete schließlich friedlich (auf beiden Seiten). Und als sie sich zum Abendessen an den Tisch setzten, lag der versiegelte Brief – denn es schien ihr angebracht, diese Art von Brief zu versiegeln – schon im Briefkasten an der Straßenecke, und die letzten anstrengenden Wochen waren wie weggefegt, als hätten sie nie stattgefunden.

Das war zumindest Mrs. Lukes feste Absicht, diese Wochen als nicht vorhanden zu betrachten, als sie Jocelyn ansah, der wieder so zufrieden war und ein Abendessen zu sich nahm, das auch nicht die geringste Spur von Mr. Thorpe aufwies. Oh, welch glücklicher *status quo ante*, dachte Mrs. Luke, die über eine reiche Sammlung lateinischer Zitate verfügte. Welch glücklicher *status quo ante*, ihren Jungen wieder so nah bei sich zu haben, der weniger als je zuvor in der Lage war, ohne sie auszukommen. Sie wiederum fand den Atem ihres ganzen Daseins, den Grund für ihre Existenz in ihm und in all seinen Sorgen. Kein Wölkchen trübte ihr Verhältnis. Sie hatte ihn schnell beruhigt, was Salvatias rote Wange anbelangte – Mr. Thorpes Begrüßung war rein mechanisch gewesen, sie selbst war dabei gewesen, doch das Kind hatte eine so zarte Haut, daß jede Berührung ihre Spuren darauf hinterlassen würde.

»Du mußt aufpassen, daß sie keine blauen Flecken bekommt«, sagte sie lächelnd. »Sie wären wochenlang sichtbar.«

»Oh, Mutter!« hatte Jocelyn gesagt, ebenfalls lächelnd, genauso glücklich wie sie, wußte er doch, daß er dem Reich des Bösen entronnen war, jenen dunklen Orten, wo die Menschen blaue Flecken auf Herzen hinterlassen, nicht auf Körpern.

Ja, mit Jocelyn konnte sie fertig werden. Takt und Geduld war alles, was sie dazu brauchte. Niemals, nein, niemals sollte er von Edgars Empfänglichkeit erfahren, so wie er auch niemals etwas von Edgars anderen Nachteilen erfahren sollte. Sollte er ihn in Zukunft als den freundlichen, zuverlässigen reichen Menschen in Erinnerung behalten, der sie einmal heiraten wollte, den sie aber ihres Jungen wegen abgelehnt hatte. Sie brachte dieses Opfer für ihren Liebling gern und willig – das war es, was sie Jocelyn bei ihrem Gespräch im Wohnzimmer zu verstehen gab.

War das die Wahrheit? Nun, es war nicht ganz die Wahrheit, das gab sie zu, als sie beim Abendessen saß, bei ihrem reinen Abendessen, das von all diesen widerlichen Delikatessen befreit war, unter denen sie so lange zusammengebrochen war. Ihr Blick blieb zärtlich an ihrem Sohn hängen, und dann schaute sie auf diese Wunderschönheit, die Jocelyns Frau war, voller Erstaunen und Bewunderung, die sie jedesmal aufs neue erfaßten, wenn sie sie ansah. Nein, was sie Jocelyn im Wohnzimmer gesagt hatte, war nicht ganz die Wahrheit, das gab sie zu, doch eine leicht verzerrte Form von dem, was sie als Takt bezeichnete. Oder besser, nicht verzerrt, denn das ließ an eine Verstümmelung denken – gestutzt. Eine gestutzte Wahrheit. Eine Wahrheit, die mit Feingefühl gestutzt wurde. War das nicht Takt? War das nicht das Äußerste, was man den Männern, die man liebte, erzählen konnte? Sie schienen nicht in der Lage zu sein, die ganze Wahrheit zu ertragen. Reine Kinder waren sie. Und die Genies – hier lächelte sie stolz und voller Zuneigung, als Jocelyn den Kopf über seinen Teller beugte – waren noch reinere Kinder als alle anderen.

Ja, dachte sie, der *status quo ante* war in der Tat wiederhergestellt, und alles würde so sein wie immer. Der einzige Unterschied war Salvatia.

Es war noch keine Woche vergangen, als Mrs. Luke das Wort »einzig« ausließ und eher dazu neigte, statt dessen zu sagen *Jedoch, welch ein Unterschied.* Auch dies ein Wordsworth-Zitat, seltsam, wie dieser antiquierte Dichter immer wieder auftauchte. Salvatia war ... nun, warum war man mit Intelligenz ausgestattet, wenn nicht, um mit dem zurechtzukommen, was Salvatia war?

Nach diesem ersten Wiedersehen mit Jocelyn hatte Mrs. Luke fast die ganze Nacht wachgelegen und Pläne geschmiedet. Es war dringlichst notwendig und eilig, bis zum Morgen einen genauen Plan zu haben. Die Kopfschmerzen, die sie früher am Abend gehabt hatte, verschwanden angesichts der Notwendigkeit, zu denken und klar zu sehen. Viele Dinge mußten durchdacht und beschlossen werden. Einige davon waren gemeiner Natur, wie die Frage, wie man jetzt leben sollte, wo es ein weiteres Maul zu füttern galt, andere waren schwierig, wie die, welche Taktik sie im Zusammenhang mit Mr. Thorpe South Winch gegenüber einnehmen sollte. All das überlegte sie, während sie auf dem Rücken lag, die Hände unter dem Kopf zusammengefaltet hatte, in die Dunkelheit starrte und vor Konzentration die Stirn runzelte.

Gegen Morgen war ihr klar, daß sie, was Mr. Thorpe betraf, South Winch gegenüber genau dieselbe Taktik anwenden würde, die sie auch Jocelyn gegenüber angewendet hatte: Sie hatte die Hoffnung auf eine Heirat aufgegeben, würde sie sagen, damit sie sich ausschließlich ihrem Sohn und seiner Frau widmen konnte.

»Sehen Sie«, würde sie sagen und auf Salvatia verweisen, wobei sie voller Absicht die Aufmerksamkeit auf die Eigenschaft lenken würde, die niemand überhören könnte, wenn das Kind erst einmal zu sprechen begann, »dieses ungeformte, zarte Baby braucht mich so sehr. Keine Mutter, keine Ausbildung, keine Ahnung davon, was die Welt erwartet – könnte ich sie etwa selbstsüchtig, nur an mich selbst denkend, ohne Hilfe und Lenkung sich selbst überlassen? Ich bin der Meinung, die jungen Leute haben ein Recht auf uns.« Und dann würde sie hinzufügen, daß sie, so lange sie lebte, niemals vergessen würde, wie gut, wie wunderbar Mr. Thorpe sich verhalten hatte.

Auch dies war eine gestutzte Wahrheit. Und zwar eine gestutzte Wahrheit, die sie, so fürchtete sie, mit Lorbeeren bedecken würde, die ihr eigentlich nicht zustanden. Doch was sonst konnte sie tun? Man mußte den leichtesten und besten Weg aus Schwierigkeiten finden – den leichtesten und besten für diejenigen, die man liebte.

Doch um auf Salvatia zu verweisen und die Dinge mit ihrer Hilfe zu erklären, mußte Mrs. Luke sie präsentieren und in South Winch vorzeigen. Dafür mußte sie eine Party veranstalten. Ja, sie würde eine Party veranstalten, eine Tee-Party, und dazu würde sie alle einladen, die sie kannte – außer natürlich Mr. Thorpe.

Mrs. Luke war bis dahin sehr zurückhaltend gewesen, was Parties anbetraf. Sie hielt sie nicht nur für schwierig, da sie nur eine Hausangestellte hatte, und für verschwenderisch teuer, sondern auch für sehr gewöhnlich. Jeder, der genug Geld hatte, konnte Tee-Parties veranstalten, eine Menge Leute einladen und sie sich selbst unterhalten lassen. Sie wählte den besseren Weg, der so aussah, daß sie nur eine Freundin, oder höchstens zwei, gleichzeitig einlud, so daß man sich richtig unterhalten und Ideen austauschen konnte, und das bei einem schlichten, aber schmackhaften Nachmittagstee. Natürlich mußten die Freundinnen Ideen haben, ansonsten konnte man sie nicht austauschen. Doch jetzt würde sie eine richtige Party veranstalten, ohne Ideen und mit vielen Freunden und Freundinnen, die Art Party, die man als Empfang bezeichnete. Auf diesem Empfang würde sie Salvatia in ihrem ganzen Glanz der Gesellschaft von South Winch präsentieren.

Allerdings konnte die Party frühestens in einer Woche stattfinden, denn zunächst mußte sie Salvatia trainieren. Eine Woche war nicht viel, nein, eigentlich war es furchtbar wenig. Doch wenn das Training intensiv genug war, dachte Mrs. Luke, könnte sie das Mädchen in eine ausreichende Form bringen, mit der man zurechtkommen würde.

Dafür blieben sie die meiste Zeit im Haus, wo sie sich sowieso zunächst aufgehalten hätten, um Edgar nicht zu begegnen. Mrs. Luke opferte den größten Teil eines jeden Tages dafür, um Sally in der Kunst des Schweigens zu unterrichten. Das war alles, was sie zu ihrer Perfektion benötigte: Schweigen. Wie wenig Worte brauchte ein Mädchen mit einem solchen Gesicht! Es war absolut nicht notwendig, daß sie sich verausgabte, das Gesicht allein tat alles für sie. Ja, nein, bitte, danke, das reichte doch völlig aus, wenn es von diesem himmlischen Lächeln begleitet wurde. Ja, wenn sie sich nur daran hielt, wenn sie sich sorgfältig zurückhielt, vor allem, was ihr eigenes bedauernswertes Repertoire betraf, dann brauchte Mrs. Luke kein Wort über ihre fehlende Erziehung zu verlieren. Könnte man ihr dann noch beibringen, im richtigen Moment »Sehr freundlich von Ihnen« hinzuzufügen und vielleicht noch »Ja, wir sind wirklich sehr glücklich«, dann würde ihr Erfolg überwältigend sein.

Doch schon ganz am Anfang ihres Trainings, das sofort am nächsten Tag begann, wurde Mrs. Luke klar, daß dieser letzte Satz wegfallen mußte. Die arme Salvatia. Das arme Kind durfte nicht vom Glücklichsein reden, denn das Wort war zu lang und zu kompliziert. Das war wirklich sehr traurig, wenn man darüber nachdachte. Leichter wäre es für sie, vom Pech zu reden, vom Tod, doch Mrs. Luke fürchtete, eine Woche würde nicht ausreichen, ihr diesen komplizierten Satz beizubringen.

Nun, Rom ist nicht an einem Tag gebaut worden. »Wir müssen Geduld haben«, sagte sie lächelnd zu Sally, die zu stolpern schien in ihrem Bemühen, zurückzulächeln.

Almond Tree Cottage war zu einem Schauplatz rastloser Aktivitäten geworden. Der Empfang war auf den Donnerstag der folgenden Woche festgelegt worden. Bis dahin waren es noch acht Tage. Mrs. Luke schickte Jocelyn einen Morgen nach seiner Ankunft nach Cambridge, damit er die Angelegenheiten mit seinem College klären würde und sich nach einem passenden kleinen Haus für sie alle drei umsah, denn genau das wollte er. Sie selber wollte lieber bleiben, wo sie war, und Sally bei sich sich behalten. Doch es schadete nichts, daß er sich umsah. Zudem schaffte es ihn für einige Tage aus dem Weg, falls es Mr. Thorpe einfallen würde, vorbeizukommen, anstatt zu schreiben. Nachdem er das Feld geräumt hatte, war Mrs. Luke bereit, sich vollständig Sally zu widmen.

Doch als Sally sah, daß Jocelyn abreisen würde, ohne sie mitzunehmen – sie wollte ihren Augen zunächst nicht trauen –, ließ sie sich zum Sprechen hinreißen.

»Du läßt mir doch nich' hier, Mr. Luke?« sagte sie in einem Ton ungläubigen Schreckens, denn es sah aus, als ob er genau das tun würde.

»Nur zwei Tage, Liebling«, sagte Jocelyn. »Es wird dir sehr gut gehen bei Mutter.«

»Aber ... aber kann ich nich' mitkomm'? Ich werd nich' störn. Ich ... ich will alles lieber tun ...«

Sie sah sich um, doch Mrs. Luke war in der Küche und gab ihre Anweisungen für den Tag.

»... als dasses mich so gut geht«, beendete sie atemlos den Satz.

»Ich werde viel zu beschäftigt sein, Liebling«, sagte Jocelyn, sehr erfreut darüber, wie schwer ihr die erste Trennung fiel. Die letzten Worte hörte er nicht, weil er mit den Mänteln raschelte.

»Da is' noch Vater«, beharrte Sally besorgt. »Er kann mir nehm'. Dann stör' ich niemand'...«

»Liebling, ich befürchte, das läßt sich unmöglich einrichten«, sagte Jocelyn. Er war sehr froh darüber, daß sie bei seiner Mutter sicher aufgehoben war. Doch in ihrem offensichtlichen Unglück, das die Trennung von ihm ihr bereitete, sah sie so zauberhaft aus, daß er sie in die Arme nahm und zärtlich küßte.

»Küssn is' nich' gut«, sagte Sally, »ich will mitkomm', das will ich.«

»Aber wenn ich dich mitnehmen würde, meine Schöne«, flüsterte Jocelyn, den schon eine Berührung von ihr entflammte, »dann würde ich nichts tun als dich küssen, anstatt meinen Angelegenheiten nachzugehen...« Das stimmte natürlich nicht, doch mit Sally im Arm dachte er, es stimmte. Außerdem waren sie eine ganze Nacht voneinander getrennt gewesen.

»Turteltäubchen... oh, *Turtel*täubchen!« rief Mrs. Luke aus. Ihr gelang ein Lächeln, obwohl es ihr nicht gefiel, daß sie ineinander verstrickt waren, als sie aus der Küche kam. Denn sie befanden sich im Korridor, den Mr. Thorpe jedoch allenfalls als Kammer bezeichnete.

Später, als Jocelyn schon abgefahren war, hakte sie sich bei Sally ein. Sally stand am Fenster und starrte ihm nach, ganz so, als könne es nicht wahr sein, daß er sie wirklich verlassen hatte. Mrs. Luke zog sie in das kleine Eßzimmer auf der Rückseite des Hauses, denn dort waren sie ungestört. Schließlich mußte sie immer die möglichen Bewegungen von Mr. Thorpe in Betracht ziehen. Sofort setzte sie die Pläne, die sie in der Nacht geschmiedet hatte, in die Tat um. Sie bemühte sich nicht nur sehr um die Wörter und die Aussprache des lieben Kindes, sondern sie ließ keinen Stein unberührt – »wie diese drollige Phrase es ausdrückt«, sagte sie und lächelte Sally an, um ihre Zuneigung und ihr Vertrauen zu gewinnen. Warum sollte sie ihre Absichten verbergen?

Sally war äußerst deprimiert. Sie wollte keine Zuneigung entwickeln – »Davon gibt's schon genuch«, dachte sie –, und sie hatte keine Ahnung, was Vertrauen bedeutete.

Auf dem Tisch lagen Papier und Tinte bereit, und Mrs. Luke begann damit, daß sie Sally zärtlich küßte und ihr mitteilte, sie würden sehr beschäftigt und glücklich sein. »Wie die Bienchen«, sagte Mrs. Luke fröhlich und ermunternd. Doch ihre klaren, grauen Augen, die so furchtbar klug wirkten, die alles sofort zu bemerken schienen und nie auch nur halb so freundlich aussahen wie ihr Mund, jagten Sally Angst ein. »Du weißt doch, wie die Bienchen Honig sammeln – diesen leuchtenden, goldenen Honig, nicht wahr, meine Liebe. Sag Honig, meine liebe Salvatia. Sprich es mir nach . . .«

Sally war äußerst deprimiert. Ihre Bemühungen, »Honig« und nicht »Honich« zu sagen, vermischten sich mit erstaunten Gedanken darüber, daß ihr Mann sie alleingelassen hat. Wußte sie doch aus ihrem Bibelstudium, daß eine der ersten Aufgaben eines Ehemannes darin lag, treu zu seiner Frau zu halten. Bis daß der Tod euch scheidet, sagte die Bibel. Doch es war niemand gestorben. Er hielt nicht zu ihr, sondern ließ sie mutterseelenallein bei dieser Dame zurück, weil er nach Cambridge gefahren war. Und obwohl »mein Mann« oft sehr seltsam war, so war er noch lange nicht so seltsam wie diese Dame. Und obwohl er sie oft in Angst und Schrecken versetzte, so gab es doch Augenblicke, in denen er sie überhaupt nicht in Angst und Schrecken versetzte, ganz im Gegenteil, dann konnte sie mit ihm machen, was sie wollte. Sie hegte große Hoffnungen, daß er und sie eines Tages sehr gut miteinander auskommen würden, wenn sie erst einmal eine Wohnung hatten und er gleich nach dem Frühstück zur Arbeit gehen würde. Sie könnte dann in Ruhe haushalten und alles für ihn saubermachen, bis er zum Abendessen zurückkäme. Ja, sie und »mein Mann« würden dann gut miteinander auskommen. Und später, wenn sie dann ein kleines Baby hätte – Sally dachte häufig und zufrieden an die Zeit, wenn sie ein kleines Baby haben würde, viele kleine Babys –, dann würden die Dinge so angenehm sein, wie sie nur sein konnten. Alles, was sie brauchte, um glücklich zu sein, war, daß die Dame nicht bei ihnen war, ein paar Zimmer, »mein Mann«, für den sie alles tun würde, Gottes Wort, dem sie folgen würde, und ab und zu ein kleines Baby. Das war alles, was sie sich wünschte. Das war ihre Vorstellung von Glück. Das, und daß man sie in Ruhe ließ.

»Sie soll mir in Ruhe lassn«, sagte sie zu sich selbst, als sie da saß und sich auf Mrs. Lukes Anordnung krampfhaft bemühte, mit ihr über die Gewohnheiten der Bienchen zu diskutieren. Sie wußte gar nicht, daß Bienchen irgendwelche Gewohnheiten hatten. Sie zweifelte daran, daß sie eine Biene erkennen würde, wenn sie eine sah. In Islington gab es keine Bienen. Wespen – ja, klar, über Wespen wußte sie das eine oder andere. Eine rohe Zwiebel mußte man nehmen, wenn sie einen stachen . . . »Sie soll mir in Ruhe lassn . . . Das is' alles, was ich will. Das hier is' weder noch.«

Fleißig, aber gequält schwitzte Sally sich durch die zwei Tage von Jocelyns Abwesenheit hindurch. Der Unterricht war nicht zu Ende, wenn das Papier und die Tinte wegen der Pasteten zum Mittagessen und der pochierten Eier zum Abendessen abgeräumt wurden. Es ging immer weiter, selbst während des Essens. »Salvatia, Liebes, halt die Gabel nich' so, wenn du ißt . . .« »Salvatia, Liebes, mach nich' so viel Lärm, wenn du trinkst . . .« So klangen Mrs. Lukes Ermahnungen in Sallys ungeübtem Gehör. Und im Anschluß daran ging der Unterricht im Garten weiter, wo sie auf und ab, auf und ab gehen mußte, bis ihr der Kopf schwirrte. Nie zuvor hatte Sally denselben Fleck auf und ab gehen müssen. Manchmal war sie irgendwohin gegangen und dann wieder nach Hause gekommen, und das war's, aber nie hatte sie auf und ab gehen und sich ständig umdrehen müssen. Es gab keinen Ausweg. Die Dame hatte sie an der Leine. Gymnastik nannte sie es. Und dann die Gespräche! Dabei redete sie nicht allein, sondern zog sie ständig mit hinein. Erziehung nannte die Dame es. Unterricht, sozusagen. Die Lukes hatten es mit dem Unterricht, dachte Sally, denn sie erinnerte sich gut an ihre Erfahrung in St. Mawes. Und jedesmal, wenn sie am Küchenfenster vorbeikam, sah sie Hammond, die abwusch, frei wie ein Vogel.

Der Garten war klein, das Umdrehen geschah demzufolge häufig, und durch die extreme Aufmerksamkeit, die Mrs. Luke forderte, begann Sallys Kopf zu schwirren. Ihr Kopf . . . Wie konnte es sein, fragte sich Mrs. Luke am Abend des ersten Tages, als sie scheinbar angenehm plauderte, Sally dabei jedoch nicht aus den Augen ließ, die blaß und schön, mit schwachen Ringen unter den Augen, dasaß und auf ihren Schoß starrte, um nicht zu sehen, wie die Dame sie anstarrte – wie konnte es sein, daß ein so edler kleiner Kopf, mit so perfekt geschwungenen Augenbrauen, von dem man annehmen würde, daß er ein wahrer Hort der Intelligenz war, so völlig leer war?

Offensichtlich konnte es sein. Mrs. Luke versuchte, keine vorschnellen Schlüsse zu ziehen, doch zu dem Zeitpunkt hatte sie Sally den ganzen Tag lang ohne Unterbrechung gedrillt. Sie war so klar und geduldig gewesen, und so sehr, sehr einfach, daß sie schon dachte, sie sei vielleicht die geborene Lehrerin. Aber dennoch hatte sie kein Zeichen des Verstehens entdecken können. Guten Willen hatte Sally, sehr viel guten Willen. Aber kein wirkliches *Verständnis*. Und natürlich bedauernswert wenig Gehör. Diese schlampige Aussprache – es wäre entmutigend gewesen, hätte Mrs. Luke sich nicht geweigert, sich entmutigen zu lassen. Sally schien keine Ahnung zu haben, wie die Wörter richtig ausgesprochen wurden. Sie hörte es einfach nicht.

»Magst du Musik, Salvatia?« fragte Mrs. Luke. Sie stand auf, um Sallys Gehör mit Hilfe des Klavichords zu testen, das am anderen Ende des Zimmers stand. Es war ein Instrument, das ihr sehr zusagte, denn es war weniger gewöhnlich als ein Klavier.

»Ja«, sagte Sally, die an dem Tag streng darauf trainiert worden war, nur einsilbig zu reden.

»Singst du, mein liebes Kind?«

»Hymn'«, sagte Sally.

»Oh, mein liebes, *liebes* Kind!« rief Mrs. Luke aus und zog die Schultern hoch. Denn nach all den Bemühungen und Anstrengungen des Tages war sie müde, und sie konnte nichts dafür, wenn sie vielleicht doch ein wenig ungeduldig wurde. »Wie buchstabierst du dieses arme, kurze Wort? Es ist so ein winziges, kurzes Wort, und es kann es sich nicht leisten, auch nur einen einzigen Buchstaben zu verlieren ...«

Und währenddessen saß Hammond, das wußte Sally, in der Küche, nachdem sie alles gesäubert und geputzt hatte, und gab sich ihrer Näharbeit hin, frei wie ein Vogel.

Am Abend des dritten Tages kam Jocelyn zurück nach Hause. Er hatte keine Unterkunft für sie gefunden und schien sehr entmutigt. Er sah Salvatia auffällig oft an, dachte Mrs. Luke – fast so, als hätte er sie nie zuvor gesehen, ja, tatsächlich, er sah sie so oft an, daß er fast für nichts anderes Augen hatte. Mrs. Luke gefiel das nicht.

Sicher, das Mädchen war an diesem Abend außerordentlich schön, und sie schien strahlender als sonst, noch leuchtender. Doch man sollte doch annehmen, daß diese Äußerlichkeiten, wenn man erst einmal wußte, daß sie keiner Innerlichkeit entsprachen, für einen Mann wie Jocelyn keineswegs ausreichend sein sollten.

Ein kleiner, schmerzlicher Stich traf Mrs. Lukes Herz, als sie mehr als einmal einen Blick in den Augen ihres Sohnes ertappte, den sie noch nie bei einem Mann gesehen hatte, der sie anschaute. Dennoch erkannte sie ihn. Es war der Liebesblick. Der Blick einer brennenden, ungeduldigen Leidenschaft. Sie war auch geliebt worden, doch nie so, nie war sie so angebetet worden. Natürlich war sie nicht eifersüchtig, denn schon das Wort war in diesem Zusammenhang geradezu lächerlich.

Sally saß ruhig da, ohne zu sprechen oder sich zu bewegen, doch ihr Gesicht strahlte vor Freude. Nett, dachte sie, daß mein Mann wieder da is'. Es war furchtbar ohne ihn gewesen. Vorbei, dachte sie, passiert nicht mehr. »Denk nich' mehr dran«, sagte sie zu sich selbst.

In der Nacht, als alle schon schlafen gegangen waren, hörte Mrs. Luke, wie vorsichtige Schritte die Treppe hinaufgingen und die Tür des Zimmers auf der anderen Seite des Treppenabsatzes, in dem Sally schlief, vorsichtig geöffnet wurde. Jemand ging hinein und schloß sie genauso vorsichtig wieder. Mrs. Luke gefiel das gar nicht, und schließlich weinte sie sich in den Schlaf.

Am nächsten Tag jedoch war Jocelyn wieder ganz der alte, den sie kannte, er war vernünftig und zurückhaltend. Sie sprachen über die Sache mit dem Haus in Cambridge. Er stimmte seiner Mutter zu, daß Sally bei ihr in Almond Tree Cottage bleiben sollte. In neun Tagen mußte er wieder nach Cambridge, und er würde in seiner freien Zeit weiter nach einem Haus suchen.

»Und selbst, wenn du eins findest, mein Lieber«, sagte Mrs. Luke, »dann denk daran, daß wir es uns erst leisten können, wenn wir dieses hier losgeworden sind.«

»Natürlich, Mutter«, sagte Jocelyn. Er war so vernünftig und sachlich wie immer.

»Und in der Zwischenzeit ist es am besten, wenn Salvatia hier bei mir bleibt.«

»Das ist ganz bestimmt am besten, Mutter«, erwiderte Jocelyn, dessen Gedanken mit erneutem Eifer auf seine Arbeit gerichtet waren, auf die zwei langen Monate ungestörter Arbeit, die vor ihm in seinen ruhigen Zimmern in Austen's Court lagen.

Sally war sehr überrascht, als sie feststellen mußte, daß Jocelyns Rückkehr nichts an den Unterrichtsstunden änderte. Sie gingen genauso weiter, oder eigentlich schienen sie jeden Tag schlimmer zu werden. Bis auf die Mahlzeiten oder wenn er nachts zu ihr ins Zimmer schlich, blieb Jocelyn oben in seinem Zimmer eingeschlossen, oder er machte seinen täglichen Nachmittagsspaziergang, ohne sie mitzunehmen.

Nachts versuchte sie, ihn nach diesen Dingen zu fragen, denn das war die Zeit, wenn er am ehesten geneigt war, ihr zu antworten. Aber er flüsterte nur, »Psst – Mutter wird uns hören.«

»Nich', wenn du flüsterst«, flüsterte Sally.

»Sie wird das Flüstern hören«, flüsterte Jocelyn.

Warum Mutter das Flüstern nicht hören sollte, konnte Sally beim besten Willen nicht begreifen.

Nachts war »mein Mann« freundlich und liebevoll, und tagsüber schien er gar nicht zu bemerken, daß es sie überhaupt gab. Abends taute er etwas auf, aber ansonsten saß er da, machte den Mund kaum auf und starrte auf etwas, das nicht da war. Wäre Sally in der Lage gewesen, es in Worte zu fassen, so wäre sie an der Reihe gewesen zu fragen, ob das Kameradschaft war. Doch selbst wenn sie es in Worte gefaßt hätte, so hätte sie die Frage nicht gestellt, denn dazu war sie zu sanft.

Es ist seltsam, wie die Sanften immer weiter sanft sind, bis sie schließlich etwas tun, vor dem tapfere Menschen zurückschrecken. Und genau das war es, was Sally tat, nachdem sie sich eine Woche lang zielstrebig der völligen Verzweiflung genähert hatte.

Langsam aber sicher, Stück für Stück setzte sie aus den Dingen, die Mrs. Luke und Jocelyn einander während der Mahlzeiten und am Abend sagten, zusammen, was sie erwartete. Zuerst eine Party, eine riesige Party, wo jeder, der kein Gentleman war, eine Dame sein würde. Sie würde auch dabei sein, und das war der Grund, warum ihr Verstand und ihr Benehmen so unermüdlich von Mrs. Luke trainiert wurden. Dann, zwei Tage nach der Party, würde Jocelyn, ihr

Mann, der in der Kirche versprochen hatte, für sie zu sorgen, nach Cambridge fahren. Dort würde er ganz allein bis zum Sommer bleiben, ganz so, als wäre er nicht verheiratet. Wie konnte er von Cambridge aus für sie sorgen? Für Sally war es offensichtlich, daß er es nicht konnte. Und schließlich sollte sie in Almond Tree Cottage allein bei Mrs. Luke zurückbleiben, die sie erziehen würde, trainieren, die sie von innen aufpäppeln würde, wie man ein Tier von außen aufpäppelte. Wozu? Sie war nicht mit Mrs. Luke verheiratet. Konnte sie denn nicht, so wie sie war, ihrem Mann eine gute Frau sein und später den kleinen Babys eine gute Mutter? Was konnte man mehr von einem Mädchen erwarten, als sie zu tun bereit war? Sie würde sich die Knochen wundarbeiten, um Jocelyn zu helfen. Sie konnte so gut kochen, wenn man ihr die Gelegenheit dazu gab. Sie konnte genauso gut wie jede andere stopfen. Und was das Sauberhalten anbetraf, so hatte ihre Mutter ihr beigebracht, ja nicht dazusitzen und ihr Nähzeug in die Hand zu nehmen, solange noch ein Fitzelchen Staub zu sehen war.

Mit wachsendem Schrecken und ständig zunehmender Verzweiflung lauschte Sally den Gesprächen während des Essens. Sie hatte mittlerweile gelernt, nicht mehr als ja, nein, danke und bitte zu sagen. Die Augen hielt sie auf den Teller gerichtet, oder sie beobachtete voller Neid verstohlen, wie die glückliche Hammond frei ein und aus gehen konnte. Sie selbst konnte sich nicht bewegen, ohne daß Mrs. Luke sich bei ihr einhakte oder den Arm um ihre Schultern legte. »Wir zwei sind unzertrennlich«, pflegte Mrs. Luke zu sagen, wenn die Mahlzeiten vorüber waren und es an der Zeit war, wieder irgendwohin zu gehen. Dabei lächelte sie Jocelyn an, und entweder legte sie ihren Arm um Sallys verkrampfte Schultern oder schob ihre Hand durch Sallys gelähmten Arm. »Nicht wahr, Salvatia?«

Woraufhin Sally zusammenzuckte und eilig »Ja« sagte. Sie hatte diese seltsame Angewohnheit angenommen, jedesmal zusammenzuzucken, wenn man sie ansprach, egal, wie sanft. Mrs. Luke fand das sehr bedauerlich.

Seltsam, dachte Mrs. Luke, die alles bemerkte, der aber die Begabung abging, die richtigen Schlüsse zu ziehen. Sie sah, daß das Mädchen offensichtlich sehr bemüht war, allen alles recht zu machen, und sie selbst war ganz sicher bemüht, ihr dabei zu helfen. Seltsam, wie schwierig es war, ihr Vertrauen und ihre Zuneigung zu gewinnen. Wenn Sally dann mitgeteilt wurde, daß sie sicher müde war und sicher gerne zu Bett gehen würde – Sally hatte schnell gelernt, daß das bedeutete, sie solle sofort aufstehen, gute Nacht sagen und ins Bett gehen –, dann erzählte Mrs. Luke liebevoll und humorvoll von ihr. Lächelnd beschrieb sie das, was sie selbst als Intensivkurs für Kultur bezeichnete und den sie bei diesem wundervollen Kind anwandte.

»Du wirst sehen, wie wunderbar sie sich auf unserer kleinen Party betragen wird ... Und erst in ein paar Monaten – nun, mein Lieber, alles, was ich sagen kann, ist, daß ich sie dir als eine wahre Gefährtin überreichen werde, nicht nur als ...«, hier fröstelte es Mrs. Luke etwas bei dem Gedanken an die quietschenden Treppen, » ... deine Frau.«

Mrs. Luke war sich bewußt, daß sie trotz ihrer unermüdlichen Versuche keine Fortschritte darin gemacht hatte, die Zuneigung und das Vertrauen zu gewinnen, die sie von Sally erwartete. Zwei Tage vor der Party, als sie und Jocelyn allein waren, nachdem Sally zu Bett gegangen war, bemerkte sie etwas zögernd, daß das Kind recht seltsame und beunruhigende Widerstände zeigte.

»Willst du damit sagen, sie gehorcht dir nicht?« fragte Jocelyn sehr überrascht.

»O doch, schon fast zu eifrig. Nein. Ich meine, was ihren Verstand betrifft. Oder eher«, schwächte Mrs. Luke ab, die zu dem Zeitpunkt schon sehr enttäuscht war von Sallys Verstand, ihr aber dennoch eine Seele zugestand, »ihre Seele. Beunruhigende *seelische* Widerstände. Es ist, als kapsle sie sich ab. Und ich frage mich, worin? Ein Kind wie sie, mit einem im Moment noch recht . . . nun recht hohlen Verstand. Wohin zieht sie sich zurück? Wohin *geht* sie, Jocelyn?«

Und an dem Abend, nachdem Jocelyn genug Zeit hatte verstreichen lassen, daß seine Mutter einschlafen konnte und alles ruhig war, als er sich nach oben zu Sally geschlichen hatte, voller Liebe, da machte Sally ihm eine Szene. Er nannte es eine Szene, sie nannte es eine Bemerkung. Sie hatte sich dazu durchgerungen, zu bemerken, daß es falsch sei, sie zurückzulassen. Denn inzwischen wußte sie ohne jeden Zweifel, daß er sie zurücklassen und allein nach Cambridge gehen würde.

Eine Szene mit Sally. Jocelyn war so überrascht und dementsprechend erbost, als hätte sein Füllfederhalter sich gegen ihn gewendet und ihm mitgeteilt, daß das, was Jocelyn ihn schreiben ließ, falsch war. Denn Sally verteidigte ihren Standpunkt mit dem Neuen Testament, dem Evangelium des Markus, Kapitel X, Vers 7 und 8. Nicht nur erklärte sie, daß man die Worte nicht falsch verstehen konnte, daß ein Mann nicht seine Frau verlassen mußte, sondern Vater und Mutter, und daß er sie verlassen mußte, um seinem Weibe anzuhangen, und daß sie zwei ein Fleisch sein sollten, sondern sie fragte ihn auch noch, wie er entweder ihr anhangen oder ein Fleisch mit ihr sein könnte, wenn er in Cambridge war und sie in South Winch?

Es war nach Mitternacht und stockfinster, so daß er ihr Gesicht nicht sehen konnte und demzufolge auch nicht verzaubert war. Außerdem hatte sie auf ihn gewartet, sie war nicht zu Bett gegangen, sondern saß vollständig angezogen auf einem Stuhl, so daß er auch in dieser Hinsicht nicht verzaubert war. Wenn man Sally weder sah noch berührte, war es nicht so leicht, verzaubert zu sein.

»Um Himmels willen, *rede* nicht«, sagte er mit leiser Stimme, nachdem er sein erstes Erstaunen überwunden hatte. »Weißt du nicht, daß Mutter uns hören wird?«

Sally konnte das nicht ändern. Sie mußte es sagen. Gott war auf ihrer Seite. Seine Gesetze würden gebrochen werden, und nichts ließ Sally so tapfer werden, wie wenn sie für die Gesetze Gottes eintreten mußte. Außerdem bewahrte die Dunkelheit nicht nur Jocelyn davor, ihre Schönheit zu sehen, sondern sie bewahrte auch Sally davor, Jocelyns eisigen, verärgerten Gesichtsausdruck zu sehen, der sie ansonsten sofort verstummen ließ. Außerdem war sie verzweifelt. Ganz abgesehen davon, was richtig oder falsch war, so wußte sie, daß sie keinesfalls mit Mrs. Luke alleingelassen werden konnte. Deshalb beschwor sie ihn, nachdem sie Gottes Gesetze genannt hatte, sie mitzunehmen, egal, in welches Loch, oder sie zu ihrem Vater fahren zu lassen und zu ihr zu kommen, wann immer er Zeit hatte.

»Ich hab's dich gesagt . . . ich hab's dich schon gesagt«, sagte Sally, die versuchte, ihre Stimme zum Flüstern zu bringen, was sie aber nicht durchhielt, »als du nur zwei Tage weg warst, daß ich 's nich' aushalte. Wie soll ich's Woche um Woche aushalt'n? Und es is nich' *richtich*, Mr. Luke – es is' nich' richtich. Du mußt nur das Evangelium nach Markus lesn . . .«

Jocelyn war verblüfft. War es Sally, die so redete? Sally,

die plötzlich Schwierigkeiten machte, eine Meinung hatte und ein Urteil fällte? Und dazu noch die Bibel mit hereinzog, ganz so, als sei sie irgend jemandes Köchin.

»Du verstehst mich nicht«, sagte er leise, wegen seiner Mutter, doch so wütend, als würde er schreien. »Wie kannst du es verstehen? Was weißt du denn davon?«

»Ich weiß, was nich' ein Fleisch is'«, beharrte Sally, der die Dunkelheit sehr dabei half, mutig zu sein.

Er wickelte seinen Morgenmantel fester. Es war genauso, als ob eine Dienstbotin sich erdreistete, anzüglich zu werden. »Dies ist nicht der richtige Zeitpunkt«, flüsterte er, endgültig angewidert, »sich zu streiten.«

»Vielleicht kannst du mich dann sagen, wann die richtige Zeit is'«, sagte Sally, die wußte, daß sie tagsüber nie mit ihm allein sein konnte, weil Mrs. Luke immer dabei war. In der Dunkelheit, wo er sie nicht sehen konnte, war es für Jocelyn tatsächlich so, als ob eine Frau aus niederer Schicht ihn mit in die Seiten gestemmten Armen attackierte.

»Mit Sicherheit nicht ein Uhr nachts«, sagte er mit frostiger Stimme. »Ich werde wieder hinuntergehen. Ich bin nicht nach oben gekommen, um mir diesen unerträglichen Unsinn anzuhören.«

»Mr. *Luke*! Unsinn? Wo ich über Gottes Wort rede? Bist du nich' mein Mann? Hast du nich' geschworn . . .«

Jemand klopfte an die Tür.

»Siehst du?« sagte Jocelyn, der zusammenzuckte und dem es äußerst unangenehm war, daß seine Mutter wußte, wo er war. »Du *hast* meine Mutter gestört.«

»Was ist los, Jocelyn?« fragte die Stimme seiner Mutter besorgt.

Er öffnete die Tür. Auch sie trug einen Morgenmantel, und ihr langes Haar hing in dicken Zöpfen herunter.

»Was ist los, Jocelyn?« fragte sie ein zweites Mal.

»Nichts, nur, daß Sally den Verstand verloren hat«, sagte er kurzangebunden und stakste nach unten. Er schämte sich, weil seine Mutter ihn oben entdeckt hatte, war ärgerlich, weil er sich schämte, und er war ernsthaft böse auf Sally.

»Salvatia, mein liebster Jocelyn – *bitte*, denk daran«, rief Mrs. Luke ihm klagend nach.

»Oh, Himmel!« murmelte Jocelyn, schlug die Wohnzimmertür mit einem Knall hinter sich zu und warf sich auf das harte, schmale Sofa, von dem er vor nur einer Viertelstunde aufgestanden war, um voller Liebe zu seiner Frau zu gehen.

In dem Zimmer über ihm nahm Mrs. Luke Sally in die Arme, um das Kind zu beruhigen und zu trösten. Taktvoll vermied sie es, Fragen zu stellen. Doch wie konnte man etwas trösten, das sich benahm, als sei es ein harter, unempfänglicher und völlig gefühlloser Stein?

Am nächsten Morgen gab es Erklärungen. Mrs. Luke legte Sally die Situation geduldig und klar dar. Es war nicht fair, sagte sie nach einem privaten Gespräch mit Jocelyn, in dem er ihr erzählte, was Sally in der Nacht gesagt hatte, es war nicht fair, das Kind bezüglich ihrer Arrangements im Dunkeln zu lassen. Selbst wenn Sally nicht ganz in der Lage war, es zu verstehen, so sollte man ihr doch die Gelegenheit geben, es zu versuchen, meinte Mrs. Luke.

Deshalb zog Mrs. Luke sich wie gewöhnlich mit Sally in das Eßzimmer zurück, nachdem der Frühstückstisch abgeräumt worden war und Jocelyn sich in sein Dachzimmer zurückgezogen hatte, und verbrachte den Morgen damit, ihr geduldig alles zu erklären.

Sally sagte gar nichts. Das machte es schwieriger für Mrs.

Luke zu wissen, ob sie sie verstanden hatte. Dabei war es doch so einfach. Jocelyns Arbeit, die immense Bedeutung seiner Arbeit, von der sowohl seine als auch Salvatias Zukunft und – wer weiß – auch die der Welt abhing; ihre gegenwärtige, aber zweifelsohne vorübergehende Armut, die es ihnen nicht erlaubte, ihm nach Cambridge zu folgen, bevor Almond Tree Cottage vermietet war; die Notwendigkeit, Salvatia zu unterrichten, an langen, ununterbrochenen Tagen, und ihr all die Kleinigkeiten beizubringen, die so geringfügig und doch so notwendig waren und die Frau eines Gentleman ausmachten; und die Unmöglichkeit, Jocelyn zu bitten, sein Zimmer im College aufzugeben und in etwas zu wohnen, was so unbequem und notdürftig war, wie ihre bescheidenen Mittel es ihnen erlauben würden. Natürlich, wäre Salvatia allein in der Welt, und hätte sie niemanden, zu dem sie gehen konnte, so hätte man sich arrangieren müssen. Aber sie war nicht allein. Sie hatte die Mutter ihres Mannes und das Zuhause der Mutter ihres Mannes und Zuneigung und Mitleid und war herzlichst willkommen.

»Nur ein wenig Geduld, liebe Salvatia«, sagte Mrs. Luke, »und unsere kleinen Probleme werden sich ganz von alleine lösen. Wir werden einen Mieter für dieses Haus finden, und Jocelyn wird ein nettes Zuhause für uns in Cambridge finden. Bis dahin wirst du alles gelernt haben, was notwendig ist, damit du eine perfekte kleine Ehefrau bist, und wir werden glücklich sein bis ans Ende aller Tage.«

Nun, war das nicht freundlich? Das war doch wirklich sehr freundlich, dachte Mrs. Luke. Und liebevoll? Das war doch wirklich sehr liebevoll. Aber dennoch sagte Salvatia kein einziges Wort.

In der Tat war es so, daß Sally aus Notwendigkeit stumm blieb. Sie hatte zu wenig Worte zur Verfügung, um mit Mrs.

Luke eine Auseinandersetzung einzugehen, und sie wußte, daß sie in Tränen ausbrechen würde, wenn sie es versuchte. Nach dem Mittagessen, das sie ohne ein Wort zu sagen durchstand, schickte Mrs. Luke sie allein in den Garten, weil sie an diesem Nachmittag einige Geschäfte aufsuchen mußte, um die Kuchen für ihre Party am nächsten Tag zu bestellen. Sally ging in die einzige Ecke, die man vom Haus aus nicht sehen konnte, weil ein Geräteschuppen im Weg war, und lehnte sich gegen das schmiedeeiserne Gitter, das Mrs. Lukes Grundstück von Mr. Thorpes trennte. Dort weinte sie bitterlich.

Sie hielt sich mit beiden Händen an dem Gitter fest, legte ihren Kopf darauf und weinte bitterlich, denn ihr war klar geworden, daß ihr Traum von den zwei Zimmern ohne die Dame niemals wahr werden würde und daß ihr Mann sie inzwischen – man mußte den Tatsachen ins Auge sehen – verlassen hatte. Und sie besaß kein Geld, nur die fünf Schilling, die ihr Vater ihr zur Hochzeit geschenkt hatte. Das war alles. Ein schönes Geschenk, aber sicher nicht genug, sie zu ihm nach Hause zu bringen. Wenn sie nur zu ihm nach Hause fahren könnte, um Mrs. Luke und dieser furchtbaren Party zu entkommen. Sie bekam schon eine Gänsehaut, wenn sie nur daran dachte! Dann, wenn ihr Mann im College ankam, könnte sie plötzlich auftauchen und ihn überraschen. Dann würde sie irgendwo in der Nähe ein Zimmer für sich suchen und darin so still wie ein Mäuschen leben, ohne ihn zu stören, aber dennoch nah genug, um sich verheiratet zu fühlen.

Sallys Körper wurde vom Schluchzen geschüttelt. Das ganze Gitter, auf dem ihr Kopf lehnte, ihr Kopf mit dem leuchtenden, zerzausten Haar, dessen Enden ihr in die Augen gerieten und deshalb naß und dunkel vor Kummer wurden, wurde geschüttelt. Sie konnte es nicht mehr ertragen. Sie konnte nichts mehr in diesem Haus hinter dem Geräteschuppen ertragen. Doch was sollte sie tun? Fünf Schilling würden sie nirgendwo hinbringen …

»Weinst, eh?« sagte eine Stimme auf der anderen Seite des Gitters. Sally, die erschreckt hochschaute, erblickte Schwiegervater.

XI

Mr. Thorpe, der sein ganzes Leben lang an Erfolg gewöhnt war, was immer er auch anpacken mochte – außer, was Annie betraf, aber auch sie war anfänglich ein Erfolg gewesen – hatte eine bittere Woche hinter sich.

Er war gekränkt, sehr gekränkt, und er haßte das Katz-und-Maus-Spiel, mit dem Mrs. Luke sich vor ihm versteckte, wie sie sich weigerte, ihn zu sehen, ihm jede Erklärung verweigerte, ihn mit einem einzigen Brief abwies und nicht antwortete, wenn er ihr zurückschrieb.

Er, der sehr wohl wußte, daß er sie mit allem überhäufte, daß er ihr eine einzigartige Chance bot, wurde, wenn er zu ihr ging, an der Tür abgewiesen. Und alles, was er für sie getan hatte, die Zuneigung, die er ihr gezeigt hatte, die Geschenke, mit denen er sie überschüttet hatte, all das war, als wäre es nie gewesen. In den Augen von South Winch und seines eigenen Haushalts fühlte er sich zutiefst erniedrigt. Doch es ging noch tiefer: Er wußte, wie gut er war, und niemand wollte seine Güte, er wußte, wie großzügig er war, und niemand wollte seine Großzügigkeit. Natürlich war er voller Unmut, so sehr, daß er in dieser Woche noch nicht einmal regelmäßig ins Büro gegangen war. Statt dessen hielt er sich in seinem Haus und auf seinem Grundstück auf und fand an allem Fehler.

Das Stück, auf dem er sich am meisten aufhielt, war der Teil seiner Pflanzung, der an die Wiese angrenzte, die Abergeldie von Mrs. Luke trennte. Wenn er zwischen seinen Nadelbäumen auf- und abging, dann konnte er, ohne selbst gesehen zu werden, alles beobachten, was auf ihrem elendigen Grundstück vorging. Hätte man ihm gesagt, daß ein solches Verhalten würdelos ist, hätte er erwidert, zum Teufel mit der Würde. Denn nicht nur litt er unter Mrs. Lukes Undankbarkeit, nicht nur ärgerte er sich maßlos darüber, daß er die Frau nicht bekam, die er eigentlich nicht mehr wollte – denn wer wäre gerne an eine eifersüchtige, mittelalte Frau gebunden, wenn es so viele hübsche, fröhliche junge Mädchen gab? –, zudem sehnte er sich mit einer Sehnsucht, die er seit seinen Jugendzeiten nicht mehr gespürt hatte, danach, Sally wiederzusehen.

Er sah sie, aber immer Arm in Arm mit diesem Höllenweib, wie er nun diejenige nannte, die bis vor kurzem noch seine Marge gewesen war. An diesem Mittwochnachmittag, über eine Woche, nachdem Mrs. Luke ihr wahres Wesen enthüllt hatte – ein Glück, daß er es vor und nicht nach der Hochzeit herausgefunden hatte, dachte Mr. Thorpe, der dennoch verärgert war, daß dem so war –, ging er nach dem Mittagessen zwischen seinen Nadelbäumen spazieren, pflegte seine kleinen Sorgen und blickte ab und zu auf das kleine Haus auf der anderen Seite der Wiese, das so unbedeutend und billig war und dennoch eine so bedeutende Rolle in seinem Leben spielte. Da sah er, daß die junge Schöne endlich alleine herauskam. Sie ging hinter den Geräteschuppen und benahm sich so, wie es schon beschrieben wurde.

Ein paar Minuten blieb Mr. Thorpe da, wo er war, falls das H. W. – so kürzte er der Bequemlichkeit halber den groben Spitznamen ab, den er Mrs. Luke gegeben hatte – auch hervorkommen würde. Doch als einige Zeit vergangen war und niemand auftauchte, schloß er daraus, daß die beiden Intelligenzler spazierengegangen waren und die Schöne endlich einmal alleine war. Und weinte. Was hatten sie dem Mädchen angetan, dieses wertvolle Paar aufgeblasener wir-sind-was-Besseres-Denker, fragte sich Mr. Thorpe. Er kletterte vorsichtig über den Zaun, überquerte das Feld im Schutz des Tannenwalds und kam ungesehen und ungehört da an, wo Sally stand, den Kopf in die Arme gelegt hatte und weinte.

Wie freundlich er war. Was für ein Trost er war. Und wie klar in seinen Anweisungen, was sie zu tun hatte. Es war so einfach, Schwiegervater alles zu erzählen, er schien sie sofort zu verstehen.

Niemand hatte Sally mitgeteilt, daß er nicht ihr Schwiegervater war. Die Angewohnheit der Lukes, ihr gegenüber Schweigen über ihre Angelegenheiten zu bewahren, ließ sie in dem Glauben, daß er das war, was er sagte. Auch hatte sie selbst gehört, daß Mrs. Luke ihm nicht widersprach, als sie an jenem Tag ins Wohnzimmer kam und er sagte, er freunde sich gerade mit seiner neuen Tochter an.

Sally wußte, daß Jocelyns Vater tot war, und sie hatte zunächst angenommen, daß Mr. Thorpe Mrs. Lukes zweiter Mann war. In ihren konfusen Gedanken, die seit ihrer Ankunft in Almond Tree Cottage ihren Kopf bevölkerten, war kein Platz dafür, sich zu wundern, warum er, wenn er es war, woanders wohnte. In den letzten Tagen, als sie ihn nicht mehr gesehen hatte, war ihr der vage Gedanke gekommen, daß Mrs. Luke ihn vielleicht noch nicht ganz, sondern nur fast geheiratet hatte, doch interessierte sie das nicht besonders. Und außerdem war es egal. Er sagte, er sei ihr Schwiegervater, und das reichte ihr. So ein freundlicher alter Herr. Viel älter als ihr eigener Vater. Er hätte leicht ihr Großvater sein können, mit der Glatze und dem grauen Schnurrbart.

Mr. Thorpes Vergnügen, nein, Entzücken darüber, daß er der Schönen helfen und zugleich diesen beiden Angebern eins auswischen konnte, war groß. Das hieß, zwei Fliegen mit einer Klappe zu schlagen – und was für Fliegen! Er lauschte aufmerksam auf alles, was sie ihm bruchstückhaft und unvollkommen erzählte. Er gratulierte ihr zu der Idee, für eine Weile zu ihrem Vater zurückzukehren, und er bestätigte sie darin, daß es nirgendwo so schön war wie zu Hause. Er sagte, er würde sie in einem seiner Automobile dorthinbringen lassen, und er gab ihr den Rat, bei ihrem Vater zu bleiben, bis »mein Mann« seine Pflichten erfüllte, das heißt ihr ein Heim bieten konnte und mit ihr dort wohnen würde. Er fragte sie, warum sie es zulassen sollte, daß er sie verließ und sie allein bei Mrs. Luke zurückließ, die nichts anderes zu tun hatte, als ihr lauter Unsinn einzureden ...

»Mögen Se se nich'?« fragte Sally erstaunt.

»Nein«, sagte Mr. Thorpe heftig.

»Aber Sie heirat'n ihr doch«, sagte Sally noch erstaunter.

»Der Himmel bewahre mich davor«, sagte Mr. Thorpe.

»Aber dann sind Se nich' mein Schwiegervater«, sagte Sally noch viel erstaunter als zuvor.

»Doch, bin ich«, sagte Mr. Thorpe hastig. »Einmal ein Schwiegervater, immer ein Schwiegervater«, versicherte er ihr. Und er wechselte schnell das Thema, indem er sie fragte, warum sie sich von ihrem Mann behandeln lassen sollte, als wäre sie gar nicht verheiratet, und welches Recht der junge Luke hatte, sich anders als alle Ehemänner zu verhalten, von denen man je gehört habe. Ein Skandal, sagte Mr. Thorpe, sie zu verlassen. Schockierend. Unerklärlich. Erst so kurze Zeit war verstrichen, und schon waren die Hochzeitsschwüre auf den Lippen ihres sogenannten Ehemannes abgekühlt!

In der Tat war es so, daß Mr. Thorpe alles, was Sally dachte und nicht in Worte fassen konnte, laut und verständlich aussprach.

Das Ergebnis war, daß sie, nachdem er sie ermutigt und unterstützt, ja gedrängt und aufgefordert hatte, einen jener verzweifelten Schritte unternahm, die für die ganz Sanften typisch sind. Auf Mr. Thorpes klare und präzise Anweisung hin stahl sie sich am nächsten Morgen um fünf Uhr aus dem Haus. Es war genau der Tag der Party, über die er alles von seiner Haushälterin wußte und über die er sich zu trösten versuchte, indem er an all die Berge von Erdbeeren und Pfirsichen und Viertelliter Sahne dachte, die er nicht dorthin schicken würde. Er bestand darauf, daß Sally der Party um jeden Preis entkommen mußte. Sie trug lediglich eine kleine Tasche mit ihren fünf Schilling darin, ihrem Kamm und ihrer Zahnbürste. Als sie die Treppe hinunterschlich, hielt sie den Atem an, kroch lautlos durch das Küchenfenster, wobei sie einen Augenblick ängstlich lauschte, als sie an der geschlossenen Wohnzimmertür vorbeikam, hinter der Jocelyn schlief – Jocelyn, der in dieser Nacht glücklicherweise nicht nach oben gekommen war, da er immer noch sehr böse auf sie war.

An der Straßenecke stand Mr. Thorpes Auto. Er selbst blieb diskret im Bett liegen. Es hatte keinen Sinn, die Dinge zu übertreiben. Außerdem konnte er warten. Er wußte, wo er die Schöne finden würde, wenn die Zeit kam, und das war mehr, als die verdammten Lukes wußten. Er hatte seinem Chauffeur am Abend zuvor die notwendigen Anweisungen gegeben, und er konnte sich darauf verlassen, daß dieser sie präzise ausführte. Und so fand Sally in dem Auto, das von außen schöner und von innen weicher war, als sie es sich je hatte vorstellen können, nicht nur eine Decke aus seidigem Pelz vor, die der Chauffeur, ein äußerst aufmerksam junger Mann, ihr so sorgfältig um die Beine legte, als sei sie eine Königin, sondern auch einen Frühstückskorb mit heißem Kaffee und einer Pralinenschachtel, die sie behalten sollte. Das sagte ihr der Chauffeur, mit einer Empfehlung von Mr. Thorpe. Diese moralische und physische Unterstützung bewirkte, daß sie sich nicht länger so fühlte, als würde sie irgend etwas Furchtbares und vielleicht auch Falsches tun, als sie sanft und angenehm durch das schlafende South Winch gefahren wurde, durch das erwachende London, durch die sonnigen Felder und Wälder, die gerade erst zu grünen begannen, und immer, immer weiter, nach Essex und dann nach Cambridgeshire. Das Auto fuhr sanft und schnell, ganz anders als Jocelyns unruhiges Auto, und war deshalb äußerst vertrauenerweckend. Konnte jemand, der in einem solch wundervollen Auto saß, das von einem so respektvollen und aufmerksamen jungen Herrn gefahren wurde, irgend etwas Falsches tun?

Mr. Pinner zerstörte ihre Illusionen.

Viele Jahre lang hatte er nicht solch ein ruhiges Glück, solch eine Zufriedenheit und solch ein Wohlsein erlebt wie in den vier Wochen, die er ohne Sally verbrachte. Jeder im Dorf wußte von ihrer Hochzeit mit einem Gentleman, einem Gelehrten aus Cambridge, und er war stolz darauf, sehr stolz. Sally war nicht nur sicher und vollständig in die Hand eines anderen übergeben worden, auch war sie die soziale Leiter hinaufgeklettert und war jetzt eine Dame. Er hatte jeden Grund, stolz auf sie zu sein und sich nicht weiter um sie zu sorgen. Jetzt konnte er zum ersten Mal leben, nach vierzig Jahren voller anderer Dinge, frei und ohne Frauen. Manchmal fragte er sich, ob es vielleicht eine Sünde war, nicht im Einklang mit Gottes Wort stand, ganz allein so glücklich zu sein? Er glaubte nicht, daß es so sein konnte. Er hatte seine Zeit gedient. Er hatte vierzig Jahre in der Wildnis hinter sich, so wie die Israeliten, die daraus hervorgegangen waren und die sich schließlich ihres Lebens freuen konnten, so wie er sich jetzt seines Lebens freute, ruhig und angenehm. Kein Ehemann oder Vater hätte seine Frau oder seine Tochter mehr lieben können, als er es tat, oder seine Pflicht ihnen gegenüber beständiger erfüllen können. Es konnte doch nicht falsch sein, wenn er sich jetzt, wo sie beide sicher untergebracht waren, etwas Ruhe gönnte? Er liebte Sally, aber sie war eine untragbare Verantwortung gewesen. Er hatte sich jetzt vier Wochen seines Lebens gefreut, und das mit solchem Gusto, daß er morgens, wenn er aufwachte und an die ruhigen, freien Stunden dachte, die vor ihm lagen, oft ein Lied anstimmte. Doch es kam der Tag, als er friedlich die Bonbongläser in seinem Schaufenster abstaubte und daran dachte, wie schön die Vögel an diesem Morgen sangen, und daß er sich ein Stück Hammel mit Kapern zu einem Essen bereiten würde. Da sah er ein riesiges, verschlossenes Auto die Dorfstraße herunterfahren, zu seiner Überraschung an den Stufen seines Ladens anhalten und Sally aussteigen.

Mr. Pinner hatte genug Ahnung davon, was Autos kosten, um zu wissen, daß dieses nicht Mr. Luke gehörte. So ein Auto kostet zweimal die Fünfhundert, die Mr. Luke im Jahr hatte. Deshalb beeindruckte ihn das Auto, auf das Sally so stolz gewesen war, keineswegs, sondern es jagte ihm Angst ein. Als er dann sah, daß der Chauffeur ihr eine Tasche reichte, das Auto wendete und wegfuhr, ohne sie mitzunehmen, während Sally die Stufen hinaufgelaufen kam, da hatte er mehr Angst als je zuvor.

Was war geschehen? Noch keinen Monat verheiratet, und schon allein mit einer Tasche wieder da.

»Ich komm' zurück zu dich nach Hause«, sagte Sally an der Tür. Sie leuchtete vor Freude über die Fahrt. Als sie das Erstaunen ihres Vaters sah, wurde ihr Enthusiasmus etwas gedämpft. »Mann! Du bist aber klein, Vater«, fügte sie überrascht hinzu. Nachdem sie den großen Jocelyn und den breiten Mr. Thorpe gesehen hatte, war sie erstaunt, wie klein und schmal Mr. Pinner war. »Dich kann man ja anne Finger von eine Hand zähln«, sagte sie.

»Ich brauch mehr Finger wie ich hab, um *dir* zu zähln«, war Mr. Pinners Antwort. Er zog sich hinter die Theke zurück und spürte, daß diese Worte eine Art Einleitung zu einer Schelte waren.

Er bot ihr keinen Kuß an. Er stand hinter seiner Theke eingeklemmt und starrte zu ihr hoch. Ihre Schönheit, von der er entwöhnt war, weckte erneutes Erstaunen in ihm. Doch sie bereitete ihm keine Freude. Sie erschreckte ihn nur. Denn sie zerstörte seinen Frieden.

»Wo is' dein Mann?« fragte er ängstlich und streng.

»Och – *der*«, sagte Sally. Sie versuchte, unbeteiligt auszusehen, doch sie errötete. »Bei seine Mutter, da is' er. Freust du dir denn nich', mir zu sehn, Vater?« fragte sie in dem Versuch, das Gespräch zumindest für eine Weile von Ehemännern abzulenken. Sie preßte die Pralinenschachtel an sich, denn das half ihr, sich daran zu erinnern, daß Schwiegervater ihr zugestimmt und sie ermutigt hatte. Und er war schließlich ein Gentleman. Und viel älter als Vater, also mußte er wissen, was richtig war.

»Ah ja. Bei seine Mutter is' er also«, sagte Mr. Pinner, der ihre Frage ignorierte. »Wessen Auto warn das?«

»Von Schwiegervater«, sagte Sally und umarmte ihre Pralinen.

»Ah ja. Und wer is' Schwiegervater wohl?«

»Der Dschentelmen, der Mr. Luke's Mutter heiratn soll... sollte.«

»Ah ja. Und inzwischen fährst du in sein' Auto spaziern. Ich verstehe.«

»Hat's mir geliehn, damit ich nach Hause komm' kann.«

»Und warum hat er dir hierhin geschickt, na?« fragte Mr. Pinner. Er stützte sich auf seine Knöchel, seine blauen Augen leuchteten sehr klar. »Is' dein Zuhause nich' da, wo dein Mann is'? Is' das nich' das Zuhause von 'ne verheiratete Frau?«

»Ich komm nur fürn Besuch«, stotterte Sally, deren Mut zunehmend sank. Ihr Vater hatte sie oft gescholten, doch nie hatte sie Angst vor ihm gehabt. Jetzt aber sah sie etwas in seinen Augen, das sie daran zweifeln ließ, daß sie, wie Mr. Thorpe ihr gesagt hatte, den einzigen möglichen und vollkommen natürlichen Schritt gemacht hatte. »Ich komm nur fürn paar Tage, bis Mr. Luke...«

»Weiß Mr. Luke, daß du hier bist?« unterbrach ihr Vater sie.

»Noch nich'«, sagte Sally. »Aber ich...«

»Das reicht«, sagte Mr. Pinner mit erhobener Hand. »Das reicht voll und ganz. Ich brauch nich' keine Worte mehr. Du gehst zu dein' Mann zurück, Mädchen. Bist aufm falschn Dampfer gelandet, nich', flüchtige Ehefraun versteck ich nich'.«

»Aber Vater...«, stotterte Sally, die nicht glauben konnte, daß sie durch ihre Heimkehr vom Regen in der Traufe gelandet war, »du mußt mich zuhörn, *warum* ich gekomm' bin...«

Wieder hob er seine Hand, um sie zu unterbrechen. Er brauchte ihr nicht zuzuhören. Er konnte selbst sehen, daß sie eine flüchtige Ehefrau war, und das war gegen das Gesetz der Menschen und das Gesetz Gottes.

Doch Sally ließ sich nicht unterbrechen. Sie stellte ihre Tasche auf die Theke, hinter der er entschlossen stehen blieb. Sie stand ihm gegenüber und versuchte, ihm eine Vorstellung von dem zu vermitteln, was mit ihr geschehen war und daß noch viel Schlimmeres mit ihr geschehen wäre, wäre sie geblieben.

Er weigerte sich, sich eine Vorstellung davon zu machen. Er war taub gegen alle ihre Erklärungen. Und er war nur schockiert, als sie ihm, mittlerweile in Tränen aufgelöst, sagte, daß sie auf keinen Fall allein bei Mr. Lukes Mutter bleiben konnte. Denn wenn ein Mann seine Frau irgendwo zurückläßt, sagte Mr. Pinner, vorausgesetzt, es ist ein respektabler Ort, dann muß sie dort bleiben, bis er sie holt. Das sei für Sally ein Gesetz, von dem eine verheiratete Frau nur unter Gefahr abweichen konnte. Er erklärte ihr das mit besonderer Betonung, vielleicht, weil er wußte, wie unwahrscheinlich es war, daß er selbst je den Mut gehabt hätte, Mrs. Pinner dieses Gesetz aufzuzwingen. Und selbst wenn er es versucht hätte, so war es sicher, daß sie keine fünf Minuten an irgendeinem Ort geblieben wäre, wo er versucht hätte, sie zurückzulassen.

Sally war verzweifelt. Was sollte sie tun? Der kleine Laden

erschien ihr wie das Paradies, ein Hafen friedlichen Glücks nach dem Leben, das sie geführt hatte, seit sie ihn zum letzten Mal gesehen hatte. Sie weinte und weinte und weinte. Sie konnte es nicht glauben, daß ihr Vater, der immer so lieb zu ihr gewesen war, sie nicht zwei Tage aufnehmen würde, bis Jocelyn zurück nach Cambridge ging.

Doch Mr. Pinner wollte sie noch nicht einmal für eine Nacht unterbringen, denn insgeheim fürchtete er sich vor Jocelyn. Er war sicher, daß er seiner Frau bald auf den Spuren sein und ihm einen Vorwurf machen würde, wenn er sie auch nur im geringsten ermutigte. Mit dem nächsten Zug sollte sie zu ihrem Mann und zu ihren Pflichten zurückkehren. Das Brechen der Heiratsschwüre, die Mißachtung der Gebote des Neuen Testaments, alles, womit Jocelyn sie so schockiert hatte, warf Mr. Pinner jetzt ihr vor, indem er sie eben dieser Vergehen beschuldigte. Es nützte nichts, daß Sally, die sich an die Hoffnung klammerte, sich irgendwie rechtfertigen zu können und bleiben zu dürfen, tränenüberströmt sagte, daß das Evangelium nicht schrieb, was die Frau tun sollte, sondern nur das, was der Mann tun sollte. Daraufhin erwiderte Mr. Pinner, daß man von einem Evangelium nicht erwarten konnte, daß dort alles geschrieben war, und überhaupt, wenn es um Sünde ging, dann gebe es keinen Unterschied zwischen Mann und Frau.

Er brachte sie zu der kleinen Bahnstation, die fünf Kilometer entfernt lag. Die Tasche, die der respektvolle Chauffeur für sie die Stufen hinauftragen wollte, mußte sie jetzt die ganzen fünf Kilometer alleine tragen.

»Schade, daß du dir so beeilt hast, das Auto wegfahrn zu lassn«, bemerkte Mr. Pinner sarkastisch, als sie fast wortlos die Straßen entlang stapften.

Sally schluckte, nur ganz sanft, denn ihr Schlucken war ein zartes Schlucken – es waren sanfte, zarte, stille Laute. Sie wußte nicht, was aus ihr werden sollte, sie wußte es wirklich nicht. Zurück in dieses entsetzliche Haus gehen und mitten während der Party ankommen? Wirklichem Zorn ins Auge blicken, wirklichem, verdientem Zorn von denen, die sie selbst dann, wenn sie freundlich waren, in Angst und Schrecken versetzten? Mr. Pinners Schrecken darüber, was sie getan hatte, hatte Mr. Thorpes Meinung so vollständig aus ihren Gedanken verscheucht, daß sie wußte, sie konnte dem nicht standhalten. Sie würde fast alles eher tun, als wie eine Sünderin zu den zornigen Lukes zurückzugehen. Aber was? Was konnte sie anderes tun als zurückgehen? Aber wenn sie sich schon so elend gefühlt hatte, als sie noch brav gewesen war, wie sollte sie es jetzt ertragen, wo sie böse geworden war? Sie erzitterte bei dem Gedanken, wie Mrs. Luke sein würde, wenn sie wirklich böse war – und Mr. Luke, der das Recht hatte, sie selbst in der Nacht nicht in Ruhe zu lassen . . .

Sally schluckte traurig von Zeit zu Zeit, und ab und an ertönte ein schwaches Schluchzen, als sie an diesem Morgen stumm neben dem unerbittlichen Mr. Pinner zum Bahnhof der Nebenlinie ging. Sie hatte nicht sehr lange in Woodles gewohnt, doch als sie die stillen Straßen entlang ging, da schien es ihr, als liebte sie jeden Stock und jeden Stein des Ortes. Hier verstand sie alles. Hier herrschte Frieden. Hier war ihr Zuhause. Ihr Vater fuhr bis nach Cambridge mit, um sie sicher in den Expresszug zur Liverpool Street zu setzen. Nachdem er ihr eine Fahrkarte für die erste Klasse gekauft hatte – er spürte, daß Mr. Luke es wünschen würde, daß sie erste Klasse reiste, und es verschaffte ihm ein Gefühl der Genugtuung, es ihr zu kaufen –, wies er sie an, daß sie in der Liverpool Street ein Taxi nehmen und damit bis South Winch fahren sollte.

Er gab ihr die Fahrkarte und eine Pfundnote.

»Es kann nicht weiter sein als fünfzehn Kilometer«, sagte Mr. Pinner, der nie zuvor in seinem Leben Geld für ein Taxi verschwendet hatte, geschweige denn ein Pfund. Doch er tröstete sich mit dem Gedanken, daß das Geld gut angelegt war, wenn es Sally sicher dahin bringen würde, wo sie hingehörte. Obgleich er deprimiert war, so war er auch stolz darauf, denn auch diese Geste verschaffte ihm eine Art düsterer Genugtuung.

»Warn teurer Tag für mich, heute«, sagte er finster, aber stolz.

Sally schluckte.

Er blieb bis zur letzten Minute mit ihr im Wartesaal, denn sie zog wie gewöhnlich die ihm nur allzu bekannte Aufmerksamkeit an, und eine Schöne in Tränen war noch auffälliger als eine stille Schöne. Dann hetzte er sie eilig an die Zugspitze und setzte sie in einen Waggon, in dem nur eine Dame saß – eine wirkliche Dame, dachte Mr. Pinner, der sie besorgt taxierte, denn sonst würde sie wohl kaum erste Klasse fahren. »'tschuldigung, Madam«, sagte er in seinem besten Verkaufston und nahm seinen Hut ab. »Sie fahrn nich' zufällich nach London?«

In Anbetracht dessen, daß der Zug erst in London anhielt, mußte die Dame seine Frage bejahen. Daraufhin fragte Mr. Pinner sie, ob es ihr etwas ausmachen würde, ein Auge auf seine Tochter zu werfen, die, obwohl sie auch eine verheiratete Frau sei – die Dame nickte leicht und zustimmend zu diesem gesetzten Eindruck, den sie offensichtlich machte, obwohl sie eigentlich unverheiratet war –, sich nur schlecht zurechtfände.

Der Zug setzte sich in Bewegung, und als Sally sich aus dem Fenster lehnte, um sich zu verabschieden, bot sie ein Jammerbild der Verzweiflung. Deshalb gab Mr. Pinner soweit nach, daß er ihre tränenverschmierte Wange streichelte. Er lief einige Schritte neben dem Waggon her und bat sie, sich nicht so zu haben. »Was geschehn is', is' geschehn«, rief er dem Zug hinterher, um sie aufzumuntern.

Sally ließ sich in ihre Ecke fallen, zog ihr Taschentuch hervor und weinte.

Ja. Was geschehen ist, ist geschehen, dachte sie, während sie die Tränen auffing, die ihr Gesicht herunterrollten, einschließlich ihrer Ehe mit Mr. Luke und seiner Mutter, denn er und seine Mutter bildeten für sie jetzt eine Einheit.

Die Dame am anderen Ende des Waggons konnte ihre Augen nicht abwenden, so sehr sie es auch versuchte, und sie versuchte es sehr intensiv, denn sie haßte es, Kummer anzustarren. Nach einer Weile riskierte sie es, Mr. Pinners Rat zu wiederholen und schlug vor – wenn auch in Lukeähnlicher Aussprache –, daß Sally es nicht so schwer nehmen solle. Woraufhin Sally, die die mitleidige Stimme und das freundliche Gesicht wahrnahm, es noch schwerer nahm als zuvor.

»Oh, *bitte*, nicht«, sagte die Dame sehr besorgt. Sie rutschte auf den Sitz gegenüber von Sally. Noch nie hatte sie eine solche Tränenmenge gesehen, oder, trotz dieser vielen Tränen, eine solche Schönheit. Wenn sie selbst weinte, was sehr selten vorkam – denn wozu sollte es gut sein? –, dann war ihr Gesicht ganz verschwollen. »Sie dürfen nicht weinen, wirklich«, bat sie Sally. »Ihre Augen – Sie *dürfen* ihnen nichts antun. Was ist denn los? Kann ich vielleicht helfen? Ich würde Ihnen so gerne . . .«

Als sie durch Bishops Stortford fuhren, hatte Sally ihr bereits alles erzählt. Anfangs schluchzte sie unzusammenhängend, doch diese Dame hatte etwas an sich, was sie tröstete und ruhiger werden ließ. Sie war überhaupt nicht wie Mr. Thorpe, und dennoch nahm sie seinen Standpunkt ein, nicht Mr. Pinners. Sie war sogar noch mitfühlender und noch verständnisvoller. Ihren Fragen nach zu urteilen, schien es, als kenne sie die Lukes persönlich. Als Sally sie fragte, ob dem so sei, sagte sie nein, sie kenne sie nicht, und lachte. Sie war sehr fröhlich und lachte mehrere Male, obwohl sie so freundlich und mitleidig war.

»Sie können heute sowieso nicht dorthin zurückkehren«, sagte sie schließlich. »Nicht mitten in die Party...« Sie lachte und schüttelte sich, denn Sally hatte ihr mit einem schreckerfüllten Ausdruck im Gesicht erklärt, daß niemand auf der Party sein würde, der nicht ein Gentleman oder eine Dame war, außer ihr. »Sie können mit mir mitkommen und ein paar Tage bei mir bleiben, bis Ihr Mr. Luke nach Cambridge geht, und dann werden wir weitersehen. Aber ich werde Sie nicht in die Krallen von dieser Mrs. Luke zurückkehren lassen.«

Sie lehnte sich vor, nahm Sallys Hand und lächelte freundlich und fröhlich. Sie sagte: »Sie werden für ein oder zwei Tage mit in unser Haus kommen, nicht wahr? Mein Vater ist gerade nicht da, so daß ich es ganz für mich allein habe. Kommen Sie mit, bis wir uns überlegt haben, was wir als nächstes tun.«

Das schien wirklich zu schön, um wahr zu sein. Sally errötete. War sie gerettet? In der letzten Minute vor Schrecken und Schande gerettet?

»Nur für ein oder zwei Tage«, sagte ihre neue Freundin, die ihre Augen nicht von Sallys Gesicht abwenden konnte,

»bis Ihr Mann etwas findet, wo Sie wohnen können. Wir werden ihm bei der Suche helfen. Ich werde mitkommen und Ihnen helfen. Nein, es macht überhaupt nichts, daß Sie kein Gepäck haben – ich kann Ihnen alles leihen. Und wenn Sie wollen, schreiben wir einen Brief und erklären Mr. Luke, daß Sie nicht bei seiner Mutter bleiben wollen und können. Glauben Sie nicht, daß es so am besten ist? Oder, Sally?«

Sie lächelte und fragte, ob sie sie Sally nennen dürfe.

»Aber«, zögerte Sally, denn sie wollte niemanden in Schwierigkeiten bringen, »Vater sagt, ich bin 'ne flüchtige Ehefrau, und deshalb wollt' er mich nich' aufnehm'.«

»Oh, aber jemand muß Sie aufnehmen. Und ich bin genau die Richtige dafür, denn ich bin seriös, und ich bin keine Ehefrau. Keine Sorge, Sie wunderschönes Kind. Wir müssen dafür sorgen, daß Ihr Mr. Luke zur Besinnung kommt. Übrigens, hat er keinen Vornamen?«

»So 'n Nam' ham Se noch *nie* gehört«, sagte Sally ernsthaft, die sich, zu ihrer eigenen Überraschung, bei dieser fremden Dame fast so wohl fühlte wie bei Mr. Soper. »Richtich fremd, muß ich sagen.«

Ihre Freundin lachte wieder, als sie hörte, daß er Jocelyn hieß. »Sie sind entzückend«, sagte sie und kniff ihre leuchtenden Augen fröhlich zusammen.

Sally mochte es, daß man sie entzückend nannte. Es verlieh ihr Selbstvertrauen. Jocelyn hatte sie in den Momenten, in denen er rote Ohren bekam, alles mögliche genannt, doch hatte ihr das wenig Gutes gebracht, denn nie hielten sich diese Benennungen bis zum nächsten Tag. Die Dame hingegen war in einer ganz gewöhnlichen Stimmung, ihre Ohren waren von einer anständigen Blässe, und was sie sagte, hörte sich an, als wäre es von Dauer. Und Sally hatte

Selbstvertrauen dringend nötig, nach all dem, was Mr. Pinner ihr an diesem Morgen gesagt hatte.

»Los, kommen Sie mit mir«, sagte ihre Freundin, die aufsprang, als der Zug am Bahnhof Liverpool Street einfuhr. Ihre Augen, die wie kleine schwarze Murmeln aussahen, funkelten. »Und bitte, nennen Sie mich Laura, ja? Ich heiße so.«

Sie lehnte sich aus dem Fenster und winkte. Ein Chauffeur kam die Plattform entlanggelaufen und öffnete die Tür. Ein Auto wartete auf sie, und eine Minute später saß Sally darin. Ein weiteres Mal sank sie in die weichen Sitze ein, und ein weiteres Mal bedeckte eine hübsche Pelzdecke ihre Knie. Neben ihr saß ihre neue Freundin, die redete und lachte, und ihr gegenüber saß eine elegante junge Dame in Schwarz, die weder redete noch lachte. Die Dame trug eine Tasche, war aus dem Nichts aufgetaucht und wurde überhaupt nicht beachtet. Sie schaute beharrlich aus dem Fenster.

»Was'n *Tach*«, dachte Sally.

Doch als das Auto schließlich vor einem großen Haus inmitten eines riesigen Platzes mit Bäumen in der Mitte anhielt, als ein Lakai an der Tür erschien und Sally in der Eingangshalle einen weiteren Lakaien sehen konnte, und dann noch einen, und noch einen, da wurde sie von Furcht gepackt.

»Oje«, flüsterte sie und verkroch sich im Auto.

»Ach was«, sagte ihre neue Freundin, lachte und nahm Sallys Hand. Sie hakte Sally bei sich ein und führte sie so die Treppen zum Haus hoch, mitten in die ersten echten Fleischtöpfe in Sallys Leben.

Fleischtöpfe. – Sie hatte gedacht, ihre Hochzeitsreise war ein Leben in Saus und Braus; sie war sicher gewesen, daß Almond Tree Cottage die wahre Heimat der Fleischtöpfe war, doch jetzt sah sie Luxus in seiner ganzen Pracht: Fleischtöpfe *in excelsis.*
Ihr Vater hatte gesagt: »Sieh dich vor vor die Fleischtöpfe«, als er ihr an einem Sonntagnachmittag die Taten der Kinder Israels erläuterte, »sie tun niemand was Gutes.« Sie war so sorgfältig, so fromm, so isoliert aufgewachsen, daß sie nie mit Literatur in Kontakt gekommen war, die vom Luxus erzählte, mit diesen Epen über das üppige Leben, die den Armen und Notleidenden so reichhaltig geboten werden. Die Lakaien und die Kleider, die Landschlösser und die Stadtpaläste, das Essen, die Juwelen und die Fürsten haben nie Eintritt gefunden die Welt ihrer Phantasie. Sie hatte die Bibel gelesen, und dann noch einige wenige Bücher aus der Kindheit ihrer Mutter, in denen die Menschen traurig waren und gut und krank, und wenn sie starben, sagten sie Dinge, die Sally zum Weinen brachten. In diesen Büchern gab es nichts, was sie zum Träumen brachte. Sie dachte, das Leben sei so, außer für die wenigen Glücklichen wie sie selbst, die liebe Eltern hatte und ein hübsches Hinterzimmer, wo sie sitzen und nähen konnte, wenn die Arbeit getan war. Es gab natürlich auch noch die vornehmen Leute, das wußte sie, aber nur sehr vage. Völlig vage hatten sie in ihrer Vorstellung existiert, bis sie eine Luke wurde und sich selbst in dieser Umgebung wiederfand. Wieviel Ehrfurcht flößte ihr diese Umgebung ein, mit Hammond, die während der Mahlzeiten bediente, und mit Tee an einem Tisch, an den man sich nicht richtig setzen konnte!

Jetzt, als der Arm ihrer neuen Freundin sie an den ausdruckslosen Gesichtern der Lakaien entlangzog, wurde ihr klar, daß Almond Tree Cottage im Vergleich zu diesem hier eine reine Schubkarre gewesen war, was Größe und Einrichtung betraf. Das hier war herrschaftlich. Mehr noch – es war furchtbar. So stellte sie sich eine Kathedrale oder ein Museum vor, aber nicht einen Ort, wo Menschen ihre Hände wuschen oder laut redeten.

»Vielleicht«, murmelte sie zu der Dame, die Laura hieß, während sie zögerte, sich in einen Raum ziehen zu lassen, von dem sie sofort sah, daß sie sich dort nie wohlfühlen würde, und wo sie in der Ferne einen weiteren jener Tische sah, an dem man Tee trank, ohne sich richtig hinzusetzen, »vielleicht isses besser, wenn ich doch nach Hause fahr . . .« Denn da sie höflich war, hatte sie sich gezwungen, mit einem nervösen Lächeln einem Herrn in Schwarz zuzunicken, der in der Gegend herumstand und dessen Blick sich mit ihrem gekreuzt hatte. Doch er hatte keinerlei Notiz von ihr genommen, sondern blickte so ausdruckslos wie auch alle anderen, und diese Abfuhr war ihr sehr peinlich.

»Kommen Sie«, war alles, was Laura daraufhin sagte. Über die Schulter rief sie eben diesem Herrn in Schwarz zu, daß für Mrs. Luke ein Zimmer bereitgemacht werden sollte, woraufhin er höflich und sanft antwortete: »Selbstverständlich, M'lady . . .« Er war also ein Lakai, und Laura war eine dieser Damen, von denen Sally ihre Eltern manchmal ehrfurchtsvoll hatte reden hören. Das waren die, denen man jedesmal, wenn man sie ansprach, aufs neue mitteilte, daß sie eine Lady waren. Sie waren, so sagten Mr. und Mrs. Pinner, die Perlen der Gesellschaft.

»Vielleicht«, murmelte Sally noch einmal, diesmal ganz schwach, denn der Gedanke, daß sie sich bei den Perlen der Gesellschaft befand, machte sie nervös, »soll ich nich' doch besser tun, was Vater sagt, und 'n Taxi nehm' . . .«

»Wenn Sie unbedingt wollen, dann können Sie natürlich zu den Lukes fahren«, sagte Laura, »doch lassen Sie uns erst einmal Tee trinken. Und denken Sie nur an die Party! Sie ist in diesem Augenblick in vollem Gange. Oh, Sally... könnten Sie das denn ertragen?«

Sally setzte sich auf den Stuhl, den Laura für sie heranzog. Sie setzte sich gehorsam, doch nur auf die Kante, die langen, schlanken Beine zur Seite weggeschoben, als ob sie sich nicht ganz wohlfühlte. Nein, sie konnte es nicht ertragen, zu dieser Party zu gehen, und ebensowenig konnte sie warten, bis die Party vorbei war, und dann zurückgehen und Mrs. Luke entgegentreten. Keine zehn Pferde hätten sie jetzt dort hingebracht.

Da es nun einmal so war und ihr Vater sie nicht aufnehmen wollte, war also das einzige, was sie tun konnte, da zu bleiben, wo sie war, bis »mein Mann« am Samstag nach Cambridge ging, und dankbar zu sein, daß sie bei dieser freundlichen Dame war, und zu versuchen, die vielen Lakaien und den Marmor zu vergessen und ihr Bestes zu tun, um dankbar zu sein. Es war ja nur für ein paar Tage, denn sofort, wenn »mein Mann« in Cambridge war, würde sie ihm so schnell folgen, wie es sich für eine Ehefrau gehörte. Sie war noch einmal auf die Füße gefallen, versicherte Sally sich besorgt. Aber dennoch – als sie so auf der Stuhlkante saß und die Blicke der großartigen Gemälde auf sich spürte, da fühlte sie sich äußerst unbehaglich.

»Erzählen Sie mir noch ein bißchen von den Lukes«, sagte Laura fröhlich. Sie arrangierte einen kleinen Tisch vor Sally, wo ausreichend Platz für ihre Tasse und ihren Teller war, so daß nichts verschüttet oder zerbrochen werden konnte. »Ich finde sie äußerst amüsant.«

»Amüsant?« wiederholte Sally.

Sie starrte Laura an. Amüsant? Die Lukes?

»Ich hab noch nie von 'n Mann gehört, der amüsant is'«, sagte sie mit sehr leiser Stimme und ließ den Kopf hängen.

»Vielleicht ist das nicht ganz das richtige Wort«, sagte Laura, »obwohl ich glaube, daß das genau die richtige Methode ist, mit ihnen umzugehen.« Sie hielt inne, die Teekanne in der Hand, ihre Augen auf Sallys Gesicht gerichtet. »Ich nehme an«, sagte sie, »Sie wissen, daß Sie *die* absolut wunderschönste Person sind, die es gibt?«

Woraufhin Sally zusammenzuckte, denn ganz ähnlich hatte es mit Mrs. Luke angefangen, und sie sagte genauso schnell, wie sie es damals gesagt hatte: »Aber ich kann nich' dafür.«

»Nichts dafür?« wiederholte Laura erstaunt.

»Alle fangen an«, sagte Sally besorgt, »mit ›Oh, du liebe Güte, Sie sind aber schön‹, und am Schluß sind se böse auf mich. Aber es is' nich so, als ob ich *dafür* kann«, sagte sie und schaute zu ihrer neuen Freundin hoch. In ihren Augen sammelten sich Tränen, denn es war mehr, als sie auf leeren Magen ertragen könnte – seit dem Frühstück in Mr. Thorpes Auto hatte sie nichts gegessen –, wenn Laura auch mit ihr böse wäre.

Wirklich, ein solches außerordentliches Glück wie dieses war Laura noch nie über den Weg gelaufen.

Durch Zufall war Sally von der untersten Stufe der sozialen Leiter nach ganz oben geraten, denn Laura war die unverheiratete Tochter eines Herzogs. Er war so alt, daß alles, was er je getan hatte, sei es gut oder schlecht, in Vergessenheit geraten war. Allein durch sein ständiges Weiterleben war er schließlich zu einem Objekt allgemeinen Respekts geworden. Bei seinem nächsten Geburtstag würde er dreiundneunzig werden, ein stolzes Alter. Sein ältester Sohn, der zukünftige Herzog, war fünfundsechzig – ebenfalls ein stolzes Alter für etwas, das zukünftig ist. Er war ein Marquis, wie Sally staunend erfuhr, als sie ihren Nachmittagstee einnahm, während Laura, die sah, daß Sally Trost benötigte, versuchte, sie abzulenken, indem sie von ihrer Familie erzählte. Sally verstand nicht, warum er kein Herzog sein konnte. Pinners produzierten Pinners, warum also konnten Herzöge nicht Herzöge produzieren?

Doch Laura sagte, solche Dinge könne man nicht erklären, und fuhr eilig fort.

Der alte Herzog hatte dreimal geheiratet, und Laura war das Produkt von dem, was eine elegante französische Phrase als das dritte Bett bezeichnen würde. Alle Betten, das erste, zweite und dritte, waren längst verschwunden, und aus dem dritten, das sehr fruchtbar war, waren Laura, ihr Bruder Charles und ihre verheiratete Schwester Terry die einzigen überlebenden Spuren. Das zweite Bett war unfruchtbar gewesen, das erste hatte den Erben hervorgebracht sowie drei uralte Damen, die alt genug waren, um Lauras Mütter zu sein. Diese hatten sich über ganz England verteilt und waren jede auf ihre Weise vom Leben enttäuscht. Die eine war die Witwe eines Bischofs, die andere die Witwe eines Kabinettministers, und die dritte noch nicht die Witwe eines Klubbesuchers und Experten im Bridgespiel, der nie vor dem nächsten Morgen nach Hause kam.

»Warum nich'?« fragte Sally. Ihr schien, das gute Benehmen erfordere es, ab und zu eine Frage einzuwerfen, wenn ihre Freundin für einen Moment innehielt.

Doch Laura sagte, solche Dinge könne man nicht erklären, und fuhr eilig fort.

Die Ehe, aus der Laura hervorgegangen war, war bei weitem die leidenschaftlichste gewesen. Und so kam es, daß ihr Blutdruck immer etwas höher war, als es angebracht schien. Mit Ausnahme des letzten Kriegsjahres, als stetige harte Arbeit in Kombination mit einer eintönigen Diät aus gekochtem Fisch ihr Blut in einen normalen Zustand brachte. Ihr lebhaftes Temperament führte sie zu Ausschweifungen. Sie mußte immer in Bewegung und tätig sein, sie fand es unmöglich, still zu sitzen. Ihre flinke Rede und ihre schwarzen Augen brodelten vor Lebhaftigkeit. Sie war jetzt fünfunddreißig, rund und untersetzt, flink zu Fuß und flott in der Antwort, und ihre Vergangenheit war bevölkert von Wohltätigkeitsveranstaltungen, die sie organisiert hatte, Modesalons, die sie eingerichtet hatte, Hutgeschäften, die sie geleitet hatte, Maklergeschäften, die sie begonnen hatte, Krankenhausbetten, die sie gespendet hatte, Kunst, die sie unterstützt hatte, Genies, die sie entdeckt hatte, und von vier Liebhabern.

Vier waren nicht besonders viele, meinte sie, vor allem, wenn man an die Menge dachte, die ihre Schwester Terry schon verschlissen hat. Lauras Liebhaber waren gekommen und gegangen, wie Liebhaber es nun einmal tun, und sie hatte ebensowenig darunter gelitten wie die Liebhaber. Sie war zu elektrisch für die Liebe, es war, als würde sie in ihren Armen knistern. Das irritierte die Liebhaber, so daß jeder von ihnen in der Folge jemand anderen heiratete.

Jetzt langweilte sie sich schon seit geraumer Zeit, und zwar sehr. Als sie Sally begegnete, hatte sie bereits alles gesehen, war alles gewesen, hatte alles gehört und alles getan, und die Aussicht, alles immer wieder zu sehen und zu sein und zu hören und zu tun, bis ihre Gelenke knackten und ihr Haar ausfiel, brachte sie zur Verzweiflung.

Die drei Frauen ihres Vaters waren die Töchter von Millionären gewesen, deren Stolz es war, ihren Töchtern ihr gesamtes Vermögen zu hinterlassen. Und so kam es, daß ihr Vater, der schon vorher reich gewesen war, noch unglaublich reicher wurde. England war voll von seinen Besitztümern. Und der Krieg hatte seine Reichtümer noch vermehrt, weil er Kohlebergwerke besaß. Solche Reichtümer waren Lauras Meinung nach geschmacklos, und deshalb hatte sie sich dem Sozialismus und der Arbeiterbewegung zugewandt. Doch egal, was sie tat oder was sie gerade war, ihre Hauptaufgabe lag doch darin, sich um ihren Vater zu kümmern und dafür zu sorgen, daß seine letzten Jahre friedlich verliefen. Sie hatte ihn gerade in Cambridgeshire zurückgelassen, wo sie Ostern verbracht hatten, um für einen oder zwei Tage nach London zu eilen, weil sie zu einem Wohltätigkeitsball gehen mußte, dessen Schirmherrin sie war, zu der Premiere von einem Theaterstück, dessen Autor sie protegierte, zu einem Basar der Black and Blue League, deren Vizepräsidentin sie war und deren Ziel die Unterstützung von Ehefrauen war, und, falls sie es schaffte, bei einem Konzert des jungen Geigenspielers vorbeizuschauen, dessen Ausbildung sie finanziert hatte. Und während sie in dem leeren Zugabteil zwischen Crippenham und Cambridge gesessen hatte – denn der Expresszug hielt in Crippenham, wenn der Herzog dort residierte –, da hatte sie gedacht, daß das alles unerträglich langweilig war.

Denn wirklich, was für einen Sinn hatten all ihre Aktivitäten? Sollte man nicht besser auf ganz andere Weise wohltätig sein? Waren Basare nicht eigentlich verwerflich? Benötigten Ehefrauen mehr Unterstützung als Ehemänner? Und dann war da noch ihr eigener dummer Empfang, zu dem sie im Anschluß an die Theateraufführung eingeladen hatte. Der Autor würde kommen und die Hauptdarstellerin und Streatley, ihr älterer Bruder, der dachte, er sei in die Hauptdarstellerin verliebt, und Terry, ihre Schwester, die dachte, der Autor sei in sie verliebt, und Charles, ihr jüngerer Bruder, der sicher war, daß er in niemanden verliebt war, und ein oder zwei andere, einschließlich eines Theaterkritikers. Wie absolut furchtbar wäre es, wenn das Stück ein Reinfall würde, und sie waren dann alle hier, eingepfercht mit dem Menschen, der es geschrieben hatte.

»Ein eitles Leben«, hatte sie gedacht, als der Zug in Cambridge einfuhr, »wie in einem Käfig drehen wir eine Runde nach der anderen, und nichts ändert sich, außer unseren Schläfen, die immer grauer werden.«

»Aber da«, sagte sie und lehnte sich nach vorn, und ihre Augen funkelten und tanzten, als sie Sally ansah, die inzwischen ihren Tee ausgetrunken hatte, »öffnete sich die Tür und *Sie* traten ein. Das ist wundervoll, Sally. Eine Erleuchtung. Und kaum ein korrektes Wort in Ihrer ganzen zarten Erscheinung.«

»'tschuldigung?« fragte Sally, die das letzte nicht ganz verstanden hatte.

Sie hatte ohnehin nicht mehr als das eine oder andere von all den Worten verstanden, mit denen Laura sie überschüttete, und während sie ununterbrochen ihre Sandwiches kaute, kam sie allmählich zu dem Schluß, daß die Perle der Gesellschaft ein seltsamer Vogel war. Ein herzlicher und freundlicher Vogel, aber dennoch seltsam, dachte Sally. Und trotz des guten Nachmittagstees – dem besten, den sie je zu sich genommen hatte, er übertraf sogar den in Truro und war unendlich besser als jeder Nachmittagstee bei Mrs. Luke –, trotz des beruhigenden und ausgleichenden Effekts der Nahrungsaufnahme, nachdem sie seit fünf Uhr morgens nichts mehr gegessen hatte, trotz Lauras Freundlichkeit und Fröhlichkeit fühlte Sally sich etwas unbehaglich.

Eigentlich sollte sie nicht hier sein. Sie hätte nicht mit Laura mitgehen sollen. Es war nur für zwei Tage, aber zwei Tage waren lang genug, um Unrecht zu begehen. Was würde ihr Vater sagen, wenn er sie sehen könnte? Er dachte doch, daß sie in diesem Moment in einem Taxi saß, das er mit seinem Pfund bezahlt hatte. Was würde Mrs. Luke sagen? Was *sagte* Mrs. Luke überhaupt? Was Mr. Luke betraf, so war es nicht so wichtig, was er sagte, denn fast bevor er zu Ende reden konnte, würde sie sich in Cambridge zu ihm gesellt haben und sich so benehmen, wie es sich für eine Ehefrau ziemte. Natürlich mußte er sich seinerseits so benehmen, wie es sich für einen Ehemann ziemte, und nicht versuchen, sie zu seiner Mutter zu schicken – das war nur gerecht, nicht wahr? fragte Sally sich besorgt.

Ihr Unbehagen wuchs, als Laura, die sie eine Unmenge an Treppen heraufgeführt hatte, von denen jede einzelne Stufe wie reiner Marmor aussah, und in ein Zimmer, von dem sie nur annehmen konnte, daß es ein Schlafzimmer war, weil ein Bett darin stand, das Sally aber ansonsten unidentifizierbar schien, sich an einen Tisch setzte und begann, Leute anzurufen, damit diese sofort jemanden mit Kleidern und Schuhen vorbeischickten, die eine junge Dame anprobieren sollte. Sie sollte sie noch an diesem Abend tragen.

Sally lauschte angespannt. Es war unmöglich, nicht zu erraten, daß sie die junge Dame war; unmöglich, nicht anzunehmen, daß eine Party stattfinden würde und sie dabei sein sollte. War sie Mrs. Lukes Party nur deshalb entkommen, um auf einer anderen Party zu landen? Würde Laura, die so viel Verständnis aufgebracht hatte, daß sie auf der einen Party nicht dabei sein wollte, sie zu einer anderen schleppen?

Während Laura telephonierte, stand Sally ängstlich und mit schlechtem Gewissen vor dem leuchtenden Kaminfeuer. Das alles kam davon, weil sie ihrem Vater nicht gehorcht hatte. Sie fragte sich, ob irgend etwas sie retten könnte. Laura hatte sie vor Mrs. Luke gerettet, doch wer würde sie vor Laura retten? Laura wohnte in einem Marmorpalast. Sie hatte Lakaien, die nach ihrer Pfeife tanzten, und konnte die Herren in Schwarz dazu bringen, alles zu tun, was sie wollte. Und die elegante junge Dame, die auf dem kleinen Sitz im Auto gesessen und aus dem Fenster geschaut hatte, kroch im Moment auf dem Boden vor Sallys Füßen herum, hatte den Mund voller Stecknadeln und machte etwas mit einem Unterrock von Laura, den Sally, wie es schien, an diesem Abend tragen würde.

»Alles, was du tun mußt, Sally«, sagte Laura, als sie mit dem Telephonieren fertig war und forsch zu ihrer neuesten Entdeckung ging, die gehorsam ohne Kleid und Hut dastand, während der Unterrock enger gesteckt wurde, »ist, dich zu amüsieren. Oh, du hübsches, *hübsches* Ding!« brach es aus ihr heraus, und sie klatschte vor Vergnügen in die Hände, denn je mehr man Sally enthüllte, desto entzückender wurde sie.

Sich vergnügen? Sie, eine verheiratete Frau? »Wie solln das gehn«, dachte Sally.

»Sag, was immer dir gefällt, und tu, was immer dir gefällt«, sagte Laura, deren Augen vor Bewunderung hervortraten, »und kümmere dich um nichts und niemanden. Kümmer dich nicht um deine Aussprache oder andere Nichtigkeiten. Sag einfach, was dir in deinen wunderhübschen, zarten Kopf kommt, und vergnüg dich.«

In Anwesenheit der jungen Dame, die auf dem Boden herumkroch, blieb Sally stumm. Laura hingegen redete, als wäre sie gar nicht vorhanden. Doch als Sally einen Moment mit Laura allein war, wagte sie einen sanften Protest.

»Ich hätte auch zu der andren Party gehn könn', was«, sagte sie, »und gemacht ham, was Vater gesagt hat, wenn ich doch zu 'ner Party muß.«

»Oh, aber das ist keine Party«, versicherte Laura ihr hastig, da Sally eindeutig den Kopf hängen ließ. »Das ist ein Theaterstück. Du gehst doch gerne ins Theater, Sally, nicht wahr? Natürlich gehst du gerne ins Theater. Ich glaube nicht, daß es ein Mädchen gibt, das nicht gerne ins Theater geht.«

Ja, Sally ging gerne ins Theater. Sie war noch nie im Theater gewesen, und der Gedanke daran verbesserte ihre Stimmung. Und Laura hatte das darauffolgende Abendessen nicht erwähnt, denn warum sollte man immer alles verraten?

Und so gingen sie also zur Premiere von Mr. Gillespies neuem Stück. Nachdem Laura, die Zofe, die Direktrice von Pasquille und deren beide Assistentinnen mit ihr fertig waren, baten sie Sally, sich im Spiegel anzusehen. Sally war sehr überrascht.

»Nee, bin ich das?« fragte sie. Ihre Lippen öffneten sich und ihre Augen wurden größer, denn sie sah aus wie eine wirkliche Dame. Etwas zweifelnd fügte sie hinzu: »Ich bin ja fast nackicht.«

Doch Laura war auch nicht vollständiger bekleidet, und bei ihrem Körperumfang konnte man noch viel mehr entblößen als bei Sally. Deshalb nahm Sally an, daß es wohl in Ordnung sein mußte. Doch sie fragte sich, was ihr Vater sagen würde, wenn er sie so sähe – »O *Gottogott.*« Sally erschauderte und lenkte ihre Gedanken auf etwas anders.

Man hatte sie in eine Wolke aus blauem Tüll über grünem Tüll gekleidet. Die Wirkung war phantastisch. Weder Laura noch die Dame von Pasquille hatten je so etwas Schönes gesehen, und sie hatten so ziemlich alles gesehen, was es an lebenden Schönheiten gab. Selbst die Zofe, eine Expertin in Zurückhaltung, war ganz aufgeregt. Und als die Dame von Pasquille Sally das Cape aus Silber und Grün umlegte, das zu dem Kleid gehörte, und sie in dieser Hülle aus Silber und Grün wie ein zartes Gedicht in Farbe aussah, da tanzte Laura leicht vor Vergnügen, denn sie dachte daran, was Terry sagen würde, die daran gewöhnt war, immer viel hübscher zu sein als alle anderen, und was Charles sagen würde, der schon vor langem erklärt hatte, es gäbe keine wahre Schönheit, und Streatley, der sagte, die heutigen Frauen seien kein Vergleich zu den Frauen seiner Jugend, und was überhaupt alle sagen würden.

So ein Fund, so ein Fang, so ein Glück war Laura noch nie untergekommen. Es bereitete ihr eine diebische Freude, wenn sie sich die Wirkung vorstellte, die Sally auf ihre Verwandten haben würde, und die aufrührenden Folgen, die sie hervorrufen würde. Das war um so verwunderlicher, als Laura ihrer Familie tief in ihrem Herzen völlig ergeben war.

Unter den Operngläsern, die Sally auskundschafteten, als sie Laura drei Minuten, bevor sich der Vorhang für Mr. Gillespies neues Stück hob, in die Loge folgte, war auch Terrys. Sie saß im Parkett, neben ihr der junge Mann, der gerade, wie die Pinners es nennen würden, »mit ihr ging«. Auch er hatte seinen Blick auf Sally gerichtet.

»Lauras neueste Entdeckung«, bemerkte Terry, die sich

nach einem verlängerten ungläubigem Blick auf den erstaunlichen Inhalt der Loge zu ihm wandte, denn Laura war bekannt für ihre ständigen Entdeckungen jeder Art – Heilige, Genies, grobschlächtige Arbeiter –, von denen jeder nach einem kurzen Triumph in der Öffentlichkeit auf Nimmerwiedersehen verschwand.

Als der junge Mann Sally betrachtete, zeichnete sich auf seinem Gesicht ein Ausdruck ab, der seine Begleiterin nur verärgern konnte. Terry, die streng monogam war, solange eine ihrer Affären andauerte, und die von ihrem Partner dasselbe erwartete, gefiel dieser Gesichtsausdruck nicht.

»Wer ist das?« fragte ihr junger Freund.

»Weiß der Himmel«, sagte Terry achselzuckend.

Der Vorhang ging hoch und das Licht ging aus, so daß Sally in der Dunkelheit verschwand. Als sie das nächste Mal sichtbar wurde, hatten Charles Moulsford und Lord Streatley sich in der Loge ihrer Schwester eingefunden. Sie redeten mit Sally. Sally lächelte höflich. Das ganze Haus hatte für nichts anderes Augen.

»Wer *ist* das?« fragte Terrys junger Freund noch einmal, diesmal mit Nachdruck.

»Geh doch hin und frag sie«, sagte Terry verärgert.

»Nun gut, das werde ich tun«, sagte ihr junger Freund, stand auf und verließ sie, denn inzwischen war sie sechs Monate lang monogam mit ihm gewesen, und er verspürte schon seit einiger Zeit den Wunsch, daß ihre Liebe etwas nachlassen möge.

Die anderen drei Akte spielten bei leuchtendem Sommerwetter, und die helle Sonne auf der Bühne warf auch Licht auf Sally in der Loge. Das ganze Haus hatte seine Augen auf Sally gerichtet. Dementsprechend fiel das Stück des armen Gillespie durch. Niemand rief ihn am Schluß auf die

Bühne, das bißchen Beifall, das es gab, war geistesabwesend, und am nächsten Morgen schloß die führende Zeitung, nach einem oberflächlichen *résumé* von dem, was sie unfreundlich einen »angeblichen Plot« nannte, mit der trägen Bemerkung: »Mr. Gillespie muß es weiter versuchen.«

Es war ein seltsamer Abend. Die Schauspieler, die einen guten Start hatten, schienen im Verlauf des Stückes immer blutarmer zu werden. Mr. Gillespie, der sich in der dunkelsten Ecke der Loge über der von Laura verkrochen hatte, einem Versteck, aus dem ihn nur die enthusiastischsten Rufe der Zuschauer hätten hervorlocken können, begriff nicht, was mit seinen Schauspielern los war. Diese jedoch spürten fast sofort, daß niemand sie beachtete, und sobald sie den Grund entdeckten, setzte sich Mehltau auf sie, dessen Verwüstungen im Verlaufe des Abends immer deutlicher wurden. Am Schluß herrschte praktisch eine komplette Anämie, und Mr. Gillespie floh aus dem Theater, bevor der Schlußvorhang fiel, um allem zu entkommen, um weder Regisseuren noch Schauspielern zu begegnen, um die Erinnerung daran, daß er jemals Stücke geschrieben hat, aus seinem Hirn zu verbannen, um zu vergessen, daß er jemals auf etwas gehofft oder an etwas geglaubt hat, daß er jemals Träume und Ehrgeiz besessen hat. Er fuhr geradewegs zu seiner Freundin Lady Laura Moulsford, um sich trösten zu lassen. Denn sie war freundlich und ermutigend und hatte ihm gesagt, er solle nach dem Stück vorbeikommen. Lachend hatte sie ihm versprochen, die Lorbeeren bereit zu haben.

Lorbeeren! Der arme Mr. Gillespie wollte jetzt lediglich seinen Kopf in ihrem freundlichen Schoß verbergen. Die Erinnerung daran, wie glücklich auch er gelacht hatte, wie sicher er gewesen war, ließ ihn erschaudern. Doch das lag daran, daß sein erstes Stück ein so großer Erfolg gewesen war, und dieses, sein zweites, war zwanzigmal besser und würde somit auch ein zwanzigfacher Erfolg sein.

Das wäre es auch gewesen, hätte es Sally nicht gegeben. Nachdem der arme Mr. Gillespie eine Dreiviertelstunde allein in der Bibliothek von Goring House gewartet hatte, weil Sally so von Menschen umringt war, als sie aus dem Theater kam, daß es eine Weile dauerte, sie zu befreien und zu entkommen, trat Laura mit ihren Brüdern und mit Sally ein. Da begriff er sofort, was passiert war. Und ebenso, wie Mr. Soper ihr seinen Eintopf gegönnt hatte, obwohl es ihn betrübte, so gönnte auch Mr. Gillespie ihr die Lorbeeren, die eigentlich ihm gebührten, obwohl es sein Herz gebrochen hatte.

Er wurde sehr rot; er beugte sich tief über ihre Hand, als Laura ihn vorstellte; er murmelte: »Ich lege Ihnen meinen Mißerfolg zu Füßen und erstrahle darin« – denn das war die Sprechweise, die Mr. Gillespie verwendete. Sally war nervös und verstört, aber dennoch unermüdlich höflich, und sagte: »'tschuldigung?«

Den ganzen Abend über sagte sie weiterhin »'tschuldigung?«. Sie fand es sehr schwierig, den Dingen zu folgen, die alle sagten. Sie waren freundlich und schienen sie glücklich machen zu wollen, doch ihre Sprache war unverständlich. Ebenso wie Mr. Lukes, mußte sie gerechterweise zugeben, nur war er zuweilen nicht freundlich. Nein, sie konnte Mr. Luke nicht einen freundlichen Mann nennen; aber schließlich war er ihr Ehemann, und die hier waren es nicht, obwohl sie sich alle so benahmen, als wären sie es gerne. Es bestand eine seltsame und unverwechselbare Ähnlichkeit zwischen ihrer Art, sie anzusehen und mit ihr zu sprechen, und Jocelyns, wenn er ihr den Hof machte.

Und Lords gab es auch, zwei Stück. Wer hätte gedacht, daß Lords sich so vergessen würden? Denn sie wußten doch, daß sie verheiratet war und daß es reine Sünde war, sie so anzusehen, als wären sie gerne ihre Ehemänner. Dabei wirkten sie in den Zeitungen so elegant und anständig, hielten Reden und eröffneten Krankenhäuser! Sally war zutiefst schockiert. Einer von ihnen war sehr alt, er konnte nicht mehr weit von seinem letzten Atemzug entfernt sein, dachte Sally. Sollte er nicht besser darüber nachdenken, was er in dieser Hinsicht tun konnte, anstatt lange auf einer Party zu sitzen und sich zu benehmen, als wäre er gerne ein Ehemann?

Das einzige, was sie tröstete, obwohl sie auf einer Party war, war die Tatsache, daß Jocelyn nicht dabei war. Sie merkte, daß sie Partys am besten allein in den Griff bekam, ohne daß er sie beobachtete und böse war. Keiner dieser Leute war böse oder störte sich daran, wie sie sprach; ganz im Gegenteil, es schien ihnen zu gefallen, denn sie lachten – bis auf einen, den jüngeren Lord, der so feierlich dasaß, als sei er in einer Kirche. Wenn man es richtig betrachtete, fühlte man sich angenehm frei, wenn man ohne seinen Ehemann war, und nachdem sie etwas Champagner getrunken hatte – nur sehr wenig, denn er schmeckte ihr nicht und erinnerte sie an sprudelnde Limonade, die schlecht geworden ist –, da nahm dieses Gefühl der Freiheit noch zu. Sie lauschte den Dingen, die die Herren ihr sagten, mit derselben sanften Geduld, gepaart mit einer Spur von Bedauern, mit der sie bei ihrem einzigen Zoobesuch über das Verhalten der Affen nachgedacht hatte. Lauras Verwandte, denen Sally zuhörte, schienen ebenso unverständlich wie die Affen im Zoo. Man konnte sie nicht erklären. Dennoch, ermahnte Sally sich, waren sie Geschöpfe Gottes.

»Sie sind Geschöpfe Gottes«, hatte Mr. Pinner an dem Tag im Zoo gesagt, als sie ihn fragte, warum die Affen sich so benahmen; und mit dieser Erklärung gab es keinen Grund mehr, sich weiter Sorgen zu machen.

Was Laura betrifft, deren Herz, da sie eine Moulsford war, sehr gut war, obwohl es das in manchen aufgeregten Momenten zu sein vergaß, so wurde sie an dem Abend mehrfach von Gewissensbissen geplagt. Bald dachte sie, daß sie Sally besser nicht entführt hätte oder daß sie sie nach dem Entführen besser verborgen hätte, bis sie sie nach Cambridge brachte und ihrem Mann überreichte.

Dabei war Sally ein noch größerer Erfolg, als Laura es erwartet hatte. Streatley benahm sich wie ein Idiot, Charles hatte sich endlich verliebt, Mr. Gillespie betete sie an und vergab ihr, der Theaterkritiker benahm sich albern, Terry war verärgert, und die Hauptdarstellerin war so erbost gewesen, als sie Sally in der Loge sah und begriff, warum sie und das Stück solche Mißerfolge waren, daß sie sich weigerte, zur Abendeinladung zu kommen.

»Welch ein Erfolg«, dachte Laura, als sie den Tisch überblickte. Der leere Stuhl der Hauptdarstellerin wurde von Lady Streatley gefüllt, die unerwartet hereingeschneit war. Denn sie wußte nicht, warum Streatley sich mit dieser Schauspielerin so närrisch anstellen sollte, und wollte die Sache im Auge behalten. Doch sie stellte fest, daß sie ihn wegen einer ganz anderen Sache im Auge behalten mußte. »Welch ein *Erfolg*«, dachte Laura, die sich plötzlich schämte.

»Das solltest du auch«, sagte ihr Bruder Charles, zu dem sie ein sehr enges Verhältnis hatte. Sie hatte ihn nach dem Essen beiseite genommen und gesagt, daß sie sich ein bißchen schämte. »Du bist eine kleine Närrin, Laura, und siehst nie weiter als bis zum Ende deiner dummen Nase. Ich würde ein paar meiner guten Absichten loswerden, wenn ich du wäre.«

»Aber sie war so unglücklich«, sagte Laura rechtfertigend.

»Das wäre dir völlig egal gewesen, wenn sie unscheinbar gewesen wäre«, sagte Charles.

»Bin ich so schlecht?« fragte Laura.

»Allerdings«, sagte Charles, verärgert darüber, daß Sally eine so offensichtliche Wirkung auf ihn hatte.

In der Tat war die offensichtliche Wirkung, die Sally auf alle hatte, höchst irritierend. Da war man eine einige und liebevolle Familie, deren drei jüngeren Mitglieder ihren älteren Bruder fast wie einen Vater verehrten, alle vier mit den allerwärmsten Herzen, die zwar zu Situationen führten, die Terrys Mann und Streatleys Frau mißfallen mochten, die die geschwisterliche Zuneigung und Loyalität jedoch nicht für einen Augenblick trübten. Nicht einer von ihnen hätte die anderen absichtlich verletzt. Alle besaßen sie eine äußerst gutmütige Natur und versuchten alles, was in ihrer Macht stand, um jedermann glücklich zu machen. Laura war äußerst wohlwollend, Theresa war äußerst freundlich, Charles war äußerst uneigennützig, und Streatley war so äußerst liebevoll, daß er noch im Alter von fünfundsechzig Jahren mehrere Frauen gleichzeitig lieben konnte, einschließlich seiner eigenen Ehefrau.

Doch wie ärgerlich war es zum Beispiel für Charles, der seinen Bruder sehr mochte und dessen aufeinanderfolgende Verliebtheiten zwar aus der Distanz, aber liebevoll betrachtete, daß er sich plötzlich in einem Zustand der Rivalität mit ihm befand. Rivalität mit Streatley! Und nicht nur das, er sagte sich zudem, daß Streatley ein alter Esel war. Charles war entsetzt, als er sich dabei ertappte, Streatley für einen alten Esel zu halten; doch er war noch entsetzter, als er bald darauf entdeckte, daß er das eindeutige Bedürfnis hatte, ihn zu erwürgen. Und zwar deshalb, weil er Sally so ansah. Woraufhin Charles' bis daher so sanfte Finger den Wunsch verspürten, ihn zu erwürgen.

Und wie ärgerlich war es für Lady Streatley zu beobachten, daß ihr ältlicher Ehemann sich ein weiteres Mal zum Narren machte. Er hatte sich so häufig wegen einer Frau zum Narren gemacht, daß man annehmen könnte, sie hätte sich inzwischen daran gewöhnt. Aber keineswegs. Sie war jedesmal genauso aufgebracht wie beim ersten Mal. Und dieses Mal war es wirklich furchtbar, denn das Mädchen war kaum mehr als ein Kind. Müßte er sich nicht zutiefst schämen?

»Ich wünschte, du könntest den Ausdruck auf deinem Gesicht sehen«, murmelte sie ihm in bitterem Ton zu, als sie sich vom Tisch erhoben, um sich vor dem Kamin zu verteilen.

»Laß mein Gesicht in Ruhe«, knurrte er und sah sie wütend an. Die Tatsache, daß sie bitter sein sollte, daß er knurrte und sie wütend ansah, bekümmerte Lady Streatley, die die liebenswerteste aller Frauen war und die wußte, daß Streatley der freundlichste aller Männer war.

Und dann Terry, die ihrem jungen Freund Robert so zugeneigt und ergeben war – sie mußte mit ansehen, wie er vollständig vergaß, daß sie überhaupt existierte, und einer anderen Frau zu Füßen saß, seinen entrückten Blick unbeirrt auf ein Gesicht gewandt, das nicht das ihre war. Das war äußerst ärgerlich. Er hatte darauf bestanden, mit zu Lauras Party zu kommen, obwohl sie sich zunächst weigerte, ihn mitzunehmen. Doch er war so fest entschlossen, daß er ihr versicherte, sie würde ihn nie wieder sehen, falls sie ihn nicht mitnähme. Wie so viele Frauen vor ihr ließ sich auch Terry von dieser Drohung einschüchtern und gab nach. Den Rest des Abends verbrachte sie in einem Zustand höchster Entrüstung.

Doch es war Laura, über die sie sich entrüstete – Laura, ihre Schwester, die sie immer so geliebt hatte, die die ganze Sache arrangiert hatte, um sie alle aufzubringen. Robert vergab sie, denn ihre Beziehung war in dem Stadium angelangt, wo sie ihm permanent alles vergab und er permanent hoffte, sie würde es nicht tun. Was konnte er dagegen tun, wenn diese raffinierte junge Frau aus den Slums sich zur Schau stellte, um ihn zu verführen? Es war alles Lauras Schuld. Terry hätte es nicht geglaubt, daß ihre gutmütige Schwester so bösartig sein konnte. Welcher Teufel ritt sie? Erst staffierte sie das Mädchen aus und verdarb das Stück des armen Jack Gillespie, und dann lud sie alle zum Abendessen ein, damit sie sich blamierten.

»Ich hoffe, du bist zufrieden mit deiner abscheulichen Party«, sagte sie zu ihr, gegen den Kamin gelehnt, während sie den Kreis um Sally voll haßerfüllter Abscheu anstarrte. Sally blickte schüchtern und verstohlen ab und an zu der wunderhübschen dunklen Dame hin, die wie eine Rose gekleidet war, und dachte, daß sie sicher die allerschönste Dame auf der ganzen Welt sei. Doch, so schloß Sally, sie schien sich heute abend nicht ganz wohl zu fühlen – hat wahrscheinlich was Falsches gegessen.

»Ich bin ganz und gar nicht zufrieden«, fuhr Laura sie an, »und ich wünschte, ihr würdet um Himmels willen alle nach Hause gehen.«

Das, jedoch, war genau, was sie nicht übers Herz brachten. Die Stunden vergingen, und Lauras Party nahm kein

Ende. Die Männer waren nicht in der Lage, sich von Sally loszureißen. Jeder Satz von ihr – sie sagte so wenig wie möglich, konnte es aber nicht vermeiden, direkte Fragen zu beantworten – erfüllte sie mit neuem Vergnügen. Die beiden Frauen, Terry und ihre bekümmerte Schwägerin, waren felsenfest entschlossen, so lange zu bleiben, wie die Männer blieben.

»Wenn sie nicht so hübsch wäre«, flüsterte Lady Streatley der aufgebrachten Terry zu, als eine Lachsalve, in der das lauteste Lachen von Streatley stammte, auf eine Antwort folgte, die Sally, müde und verängstigt, auf eine Frage gegeben hatte, »ich nehme an, dann würden sie nichts an dieser gewöhnlichen Sprache finden.«

»Sie würden sie unerträglich finden«, sagte Terry kurzangebunden.

»Aber du siehst doch«, sagte Laura, die sich über Terry ärgerte, »daß sie nun einmal das Schönste ist, was jeder von uns jemals gesehen hat.«

»Oh, ich sehe, daß sie sehr schön ist«, sagte die arme Lady Streatley, die Streatley sieben Kinder geschenkt hatte und nicht mehr die Frau war, die sie einst gewesen war.

»Wenn einem so etwas *gefällt*«, sagte Terry, die vor Ärger versucht war, ausfallend zu werden.

»Offensichtlich tut es das«, sagte Laura boshaft mit einem Blick auf die verzauberte Gruppe.

»Männer sind solche Narren«, sagte Terry.

»Babys«, seufzte Lady Streatley.

Charles war das genaue Gegenteil von seinem Bruder, denn er war schlank und braungebrannt, gutaussehend und kaum älter als dreißig. Außerdem blieb er an diesem Abend immer dann, wenn sein Bruder lachte, ernst, denn Charles war ebenso empfindlich wie mitleidig, so daß Sallys Akzent ihn keinesfalls belustigte, und er haßte es zuzusehen, wie sie die anderen vier verliebten Narren unwissentlich belustigte. Nur einmal konnte Charles Sally an diesem Abend einen Moment lang für sich allein haben, und auch da nur für ein oder zwei Minuten, während eine leichte Umgruppierung stattfand, weil ein Tablett mit Getränken gebracht wurde.

Als er sie für sich allein hatte, lief die Konversation wie folgt ab:

»Ich glaube«, sagte Charles mit leiser Stimme, »daß Sie innerlich genauso schön sind wie äußerlich.«

»Ich?« fragte Sally nur noch mäßig überrascht, denn obwohl sie noch nie daran gedacht hatte, ihren Körper von innen nach außen zu stülpen, war sie mittlerweile todmüde. »Bin ich inn' nich' ganz rosa?«

»Rosa?« wiederholte Charles, der ihr anfangs nicht ganz folgen konnte. Hastig, denn er fühlte sich unbehaglich und verfügte nicht über Streatleys robuste Fähigkeit, alles zu genießen, sagte er: »Ich meine Ihren Geist. Er ist ebenso himmlisch schön wie Ihr Gesicht. Ich bin ganz sicher, daß es so ist. Ich bin sicher, Sie haben noch nie einen Gedanken gehabt, der nicht schön ist ...«

Und er murmelte weiter vor sich hin – warum um alles in der Welt er diese Albernheiten sagte, wußte er selbst nicht, und er war sehr verärgert, zu hören, wie sie aus ihm herausströmten –, daß er hoffte, ihr Mann liebte sie so, wie sie es verdiente.

»So eine Liebe ham Sie noch *nie* gesehn«, sagte Sally ernsthaft. Dieser Herr störte sie weniger als all die anderen.

»Oh, ich kann es mir vorstellen«, sagte Charles, wiederum hastig, und er wollte wissen, ob ihr Mann nicht extrem unglücklich wäre, da er nicht wußte, wo sie war.

»Weiß nich', ob er unglücklich is'«, sagte Sally, wobei sie die Brauen leicht zusammenzog, denn an Unglücklichsein hatte sie im Zusammenhang mit ihrem kurzen und zeitlich streng begrenzten Rückzug noch nicht gedacht. Charles war sehr verärgert darüber zu entdecken, wie gerne er sie küssen würde. »Wohl eher böse.«

»Böse?« sagte Charles ungläubig. »Böse auf Sie?«

»Er is' oft böse, der Mr. Luke«, sagte Sally, die ihren zarten kleinen Kopf beugte, was Charles als eine entzückende, aber unpassende Zustimmung deutete. »Außer«, fuhr sie fort, denn sie wollte unbedingt genau sein, »wenn er mit oh-Sally anfängt.«

Und damit endete die Unterhaltung. Charles konnte sie nicht fortführen. Er fühlte sich unbehaglich. Er brauchte nicht zu fragen, was sie mit oh-Sally meinte. Er konnte es sich vorstellen. Während er erschauderte, wurde das Bedürfnis, Streatley zu erwürgen, von der Sehnsucht ergänzt, Sally zu retten – sie zu ergreifen und fortzuführen, weg von den schmählichen Nichtigkeiten, und sie an einem unverdorbenen Zufluchtsort zu verbergen, zu dem nur er den Schlüssel hätte.

XII

Das konnte er zwar nicht tun, doch er konnte sie am nächsten Tag für ein paar Stunden in seinem Auto entführen, weg von London und von den Annäherungsversuchen, die Streatley sicherlich machen würde und die auch alle anderen sicherlich machen würden, die sie sehen würden, wenn sie bei Laura blieb.

Der nächste Tag war Freitag, und sein Chef, einer der

führenden Köpfe des Kabinetts, dessen ergebener und engagierter Privatsekretär er war, fuhr über das Wochenende weg. Charles würde frei haben. Als er in seinem Zimmer auf und ab ging, nicht in der Lage, ins Bett zu gehen, beschloß er, daß er als erstes am nächsten Morgen sein Auto selbst zum Haus seines Vaters fahren würde, ohne Chauffeur, um Sally fortzubringen, bevor irgend jemand anderes es tat. Einen ganzen Tag lang würde er allein mit ihr sein. Einen Tag. Es war doch nur ein Tag, den er ihr stehlen würde, nur ein Tag in ihrem ganzen Leben.

Charles war verliebt. Wie könnte es auch anders sein? Er war vom ersten Augenblick an, als er die strahlende Schönheit in Lauras Loge im Theater sah, verliebt, und seine Liebe hatte ihre kurze Unterhaltung überlebt, obwohl sich eine Spur von Irritation einschlich. Doch sie wurde zu einer Leidenschaft, als Sally Lauras Party schließlich beendete, indem sie plötzlich ohnmächtig von ihrem Stuhl herunterfiel und zusammengerollt auf dem Fußboden vor seinen Füßen lag, die Augen geschlossen und den Mund leicht geöffnet, die Hände ausgestreckt, mit den Handflächen nach oben, ein seltsam schutzloser Anblick.

Alle stürzten sich auf Sally, um ihr zu helfen, und er schob Streatley tatsächlich weg, und zwar mit der bösartigen Absicht, ihm weh zu tun, denn es war ihm unerträglich, sich vorzustellen, wie diese großen haarigen Hände, besudelt von hundert Affären, dieses Kind anfassen würden. So war er es, der sie hochhob und nach oben trug, gefolgt von Laura, und sie auf ihr Bett legte.

»Ich *schäme* mich für dich«, zischte er sie an, drehte sich um und verließ das Zimmer, erschüttert darüber, daß dieser erschöpfte Engel so ausgenutzt wurde.

»Ich mich doch auch, ich mich auch . . .«, hatte Laura

unkonzentriert geantwortet. Sie lief zur Klingel und klingelte panisch nach ihrer Zofe. Sally lag auf dem Bett wie eine eingefaltete Blume, dachte Charles, den die Leidenschaft zu poetischen Bildern inspirierte. Zumindest war sie in ihrer Bewußtlosigkeit sicher vor der schreienden, zerrenden, grapschenden Welt.

Am nächsten Morgen, als Laura pünktlich um neun Uhr zum Frühstück herunterkam, fand sie Charles im Eßzimmer vor. Egal, wie spät Laura auch zu Bett gehen mochte, ihre rastlose Vitalität hinderte sie daran, dort zu bleiben, wenn erst einmal der helle Tag begonnen hatte, wodurch sie sich auf Landsitzen unbeliebt machte. Charles stand mit seinem Rücken am Kamin.

»Wie sehr du mich doch lieben mußt«, bemerkte sie sarkastisch, da sie nach einer schlechten Nacht etwas unwirsch war.

»Ich liebe dich im Moment überhaupt nicht«, sagte Charles.

»Kommst du etwa wegen des Frühstücks?«

»Nein«, sagte Charles.

»Ist es dann vielleicht Sally?«

»Ja«, sagte Charles.

»Tatsächlich«, sagte Laura und goß sich etwas Kaffee ein.

»Wie geht es ihr?« fragte Charles nach einer Pause. Er ignorierte die Albernheiten.

»Oh, ganz gut. Gestern abend war sie müde.«

»Müde! Das glaube ich gern«, sagte Charles streng. »Ich bin gekommen, um sie zu fragen, ob sie heute mit mir einen Ausflug aufs Land machen möchte. Ich habe die Absicht, sie für ein paar Stunden deiner Meute zu entführen.«

»Sie zu retten, mit anderen Worten«, sagte Laura kauend. Sie hatte ihm den Rücken zugewandt.

»Genau«, sagte Charles verärgert.

»Ich nehme an, Tom« – Tom war Lord Streatley – »wird auch bald hier auftauchen, ebenfalls mit dem Wunsch, sie zu retten«, bemerkte Laura. Sie schaute aus dem Fenster, wo sie Charles' Reisewagen stehen sah, ohne Chauffeur. »*Er* wird auch ohne Chauffeur kommen. Möchtest du welchen?« fragte sie, als sie die Kaffeekanne hochhielt.

»Du kannst ganz schön biestig sein, wenn du willst«, sagte Charles.

»Nun, gestern abend hast du mir vorgeworfen, daß *ich* sie gerettet habe, und jetzt . . .«

Laura unterbrach sich und trank hastig etwas Kaffee. Sie wollte sich nicht wirklich mit Charles streiten; sie hatten sich bisher noch nie gestritten. Genau gesagt hatte sie sich bis zu Sallys Auftauchen noch nie mit irgendeinem Mitglied ihrer Familie verstritten. Außerdem war sie tief in ihrem Herzen froh, daß Charles Sally übernehmen würde, obwohl sie an diesem Morgen schlecht gelaunt war, da sie das erste Mal seit Jahren vor Gewissensbissen und Besorgnis schlecht geschlafen hatte. Sie hatte so viel an diesem Tag zu tun, so viele wichtige Verabredungen; und wenn Sally sie begleiten würde, würde sie alle aus der Fassung bringen. Wenn sie sie hingegen zu Hause ließ, dann wäre sie leichte Beute für Streatley. Andere Leute, die sie als Beute ansahen, konnten durch eine einfache Anordnung an die Dienerschaft ferngehalten werden, nicht aber ihr eigener Bruder. Und wenn Streatley es auf jemanden abgesehen hatte, dann war er ein rohes Biest, was für die arme Kitty, seine Frau, noch mehr Ärger und Betrübnis bedeuten würde, ganz abgesehen davon, was Sally geschehen könnte.

Wenn Sally bei einem von ihnen bleiben mußte, dann war Charles die sehr viel bessere Lösung. Doch wie schade, dachte Laura, während sie vorgab, in ihr Frühstück vertieft zu sein, daß sie sie gestern nicht dorthin fahren ließ, wo sie hingehörte. Es gefiel ihr ganz und gar nicht, sich mit ihrem Lieblingsbruder Charles zu streiten, noch dazu machte er den Eindruck, als hätte er die ganze Nacht kein Auge zugetan. Außerdem war Sally schwanger. Das hatte sie Laura in der Nacht zumindest mitgeteilt, aufgrund ihrer Überzeugung, daß ihre Ohnmachtsanfälle und ihre darauf folgende Übelkeit dem Verhalten von jemandem namens Mrs. Ooper sehr ähnlich war. Mrs. Ooper war ihre Nachbarin in Islington gewesen, und jedes Jahr im Frühjahr war sie genauso von Ohnmachtsanfällen und Übelkeit heimgesucht worden – und es war klar wie Kloßbrühe, hatte Sally Laura in einem schwachen Murmeln erzählt, daß es jedes Jahr zu Weihnachten in diesen sieben Jahren ein weiteres kleines Baby gab.

»Ich will kein' Doktor«, hatte sie geflüstert. Sie streckte ihre kalte Hand aus und hielt Lauras Arm fest, als diese, etwas verärgert darüber, daß Sally sich gerade in dem Moment, als sie es endlich geschafft hatten, sie auszuziehen und ins Bett zu legen, übergeben hatte, zum Telefon lief, um ihren Arzt anzurufen.

»Aber, mein Liebling«, hatte Laura gesagt. Sie beugte sich über Sally und strich ihr mit schnellen, besorgten Griffen das Haar aus der feuchten Stirn. »Er wird dir etwas geben, damit es dir wieder besser geht.«

»Wird er nich'«, hatte Sally geflüstert, mit einem schwachen, stolzen Lächeln. »weil ich nich' krank bin. *Ich* weiß, was es is', es is' 'n kleines Baby.«

Und dann hatte sie Laura, die sich herunterbeugen mußte, um sie zu verstehen, von Mrs. Ooper erzählt.

Nun, Laura wußte nicht viel über Babys, bevor sie geboren waren, aber sie wußte genau, daß eine Person, die eins erwartete, bei ihrem Mann sein sollte. Sie konnte nicht komplette Familien entführen; sie hatte nur mit einer Luke gerechnet. In den paar Stunden, die die Nacht noch hatte, nachdem sie gesehen hatte, wie Sally mit einem glücklichen Gesicht eingeschlafen war, hatte sie sich voller Gewissensbisse in ihrem eigenen Bett hin und her gewälzt.

Wann würde sie es endlich lernen, sich nicht einzumischen? Wann würde sie es lernen, ihre Impulse zu unterdrücken und plötzlichen Versuchungen zu widerstehen? Bisher hatte sie es noch nicht einmal versucht. Die Vorstellung, was Sallys unglücklicher junger Ehemann empfinden mochte und natürlich auch seine Mutter, die zwar unerträglich sein mochte, das aber nicht verdiente, führte in Lauras eigentlich gutmütigem Herzen zu den schlimmsten Gewissensbissen.

Sie würde es wieder gutmachen, o ja, sie würde es wieder gutmachen. Sie würde Sally am Samstag persönlich nach Cambridge bringen, wenn sie ihre Verpflichtungen in London hinter sich gebracht hatte, und ihr eine Wohnung suchen. Sie würde dem jungen Mann alles erklären und ihn um Verzeihung bitten. Vielleicht konnte sie ihm auch ein wenig von Sallys Furcht vor seiner Mutter erzählen, und vielleicht gelänge es ihr, ihn zu überreden, daß sie nicht bei ihnen wohnen würde. Denn Laura wußte, daß den Argumenten der Tochter eines Herzogs bereitwillig Gehör geschenkt wurde, wenngleich sie diese Tatsache beschämend und auch bedauerlich fand, denn schließlich war sie ein Mitglied der Arbeiterpartei. Heute jedoch konnte sie noch nichts wiedergutmachen – sie war zu beschäftigt. Und ein Telegramm oder Ähnliches konnte sie nicht schicken, um den Lukes mitzuteilen, wo Sally war, denn dann würden sie wie eine Horde hier einfallen, und sie hatte an diesem Tag einfach keine Zeit für Horden. Lauras Absichten waren also bewundernswert, doch aufgeschoben.

»Kommt sie nicht herunter?« fragte Charles schließlich, denn Laura, die mit dem Rücken zu ihm gewandt so tat, als frühstücke sie, hatte nichts mehr gesagt.

»Sie frühstückt oben«, sagte Laura.

»Warum hast du mir das nicht gesagt?« fragte er verärgert.

»Weil du sagst, daß ich biestig bin, und das kann ich dann auch tatsächlich sein.«

Charles ging zur Klingel hinüber.

»Nein ... klingle nicht«, sagte Laura und sprang auf. »Ich werde zu ihr gehen und es ihr sagen.« Sie ging zur Tür, doch dann zögerte sie, ging zu ihm zurück und legte ihre Hand auf seinen Arm.

Er zog seinen Arm weg.

»Charles ... bist du so böse auf mich?« fragte sie.

»Du hast dich einfach unwürdig benommen«, sagte er verächtlich. »Du würdest jeden opfern, um deinen Freunden eine neue Sensation zu bieten.«

Laura sah ihn an. Es stimmte, oder es hatte gestimmt. Aber sie würde es nie mehr tun, sie würde ein neues Blatt aufschlagen – morgen, wenn sie alle ihre ermüdenden und wichtigen Verpflichtungen erledigt hatte.

»Du hast dieses Kind geopfert«, fing Charles an, voll leidenschaftlichen Ärgers bei dem Gedanken an die ohnmächtige Figur auf dem Boden.

»Paß auf, daß *du* sie nicht opferst«, unterbrach Laura ihn. Als Charles sie anstarrte, zu wütend, um ein Wort herauszubringen, fügte sie hastig hinzu: »Oh, Charles, Liebling, wir sollten nicht streiten. Ich bin sicher, du wirst ganz vorzüglich auf sie aufpassen. Ich gehe und hole sie. Fahr langsam, ja, und bring sie heil zurück. Morgen werde ich sie ihrem Mann zurückgeben.«

Tief in seinem Herzen wußte Charles, daß das das einzig Richtige war. Man hätte Sally nie ihrem Mann wegnehmen sollen, und wenn man sie schon einmal weggenommen hatte, so sollte man sie zurückgeben. Sofort. Nicht morgen, sondern sofort. Er kannte die Umstände nicht, bis auf das, was Laura ihm eilig gestern abend nach dem Essen erzählt hatte, daß sie sie in einem Zug gefunden hatte, in Tränen aufgelöst, weil ihr Vater sie zu einer Schwiegermutter zurückschickte, die ganz furchtbar zu ihr war, und daß Laura sie mit nach Hause genommen hatte, um sie zu trösten, sie zur Ruhe kommen zu lassen. Doch es war klar, daß ein solches Verhalten sich nicht rechtfertigen ließ. Wenn jemals irgend jemand sicher zu Hause sein sollte, dann war das Sally. Sie sollte ohne Verzögerung augenblicklich dorthin gebracht werden. Es war schmählich von Laura, diese Tat um einen weiteren Tag und eine weitere Nacht zu verschieben, während sie ihren unsinnigen Verpflichtungen nachging. Da sie nun einmal so schändlich gehandelt hatte, so sollte sie die Dinge ohne Verzögerung wieder in Ordnung bringen.

Charles hatte sehr starke Vorbehalte, was Lauras Verhalten anbetraf, doch obwohl er die Dinge selbst in Ordnung bringen könnte, wenn er Sally an diesem Morgen einfach direkt zu den Lukes fahren würde, so tat er es nicht. Er konnte es nicht. Er war verliebt, und deshalb konnte er es nicht.

Es gibt einige Dinge, die kann man einfach nicht tun, wenn man verliebt ist, dachte Charles, der seinen Zustand erkannte und akzeptierte, und einer davon ist, die Geliebte einem Grobian zu übergeben. Luke war ein Grobian. Das war er eindeutig aus dem zu schließen, was Sally gestern abend gesagt hatte. Er war entweder böse – böse auf diesen kleinen Engel! –, oder er machte auf oh-Sally. Ein kalter Schauer lief Charles über den Rücken. Der Gedanke allein erzeugte Übelkeit bei ihm, denn er war ein junger Mann mit einem empfindlichen Magen und auch mit einem sanften Herzen, und er besaß eine Phantasie, die manchmal zu lebendig war, um tröstend zu sein. Nicht *seine* Hand würde Sally einem jungen Grobian übergeben. Als der Butler zu Laura hinauseilte, die auf der Treppe stand, um sich von ihm und Sally zu verabschieden, und dringlich sagte: »Lord Streatley möchte Mrs. Luke am Telephon sprechen«, faßte er kurzentschlossen die Entscheidung, daß er sie auch keinem alten Grobian überlassen würde. Sobald er die Nachricht hörte, setzte er das Auto in Gang, und bevor Laura irgend etwas sagen konnte, hatten sie die Auffahrt schon verlassen. Neben ihm saß Sally, eingewickelt in Lauras Pelzmantel, und sie sah bei hellem Sonnenlicht noch schöner aus, als er sie vom vergangenen Abend in Erinnerung hatte. Ein leuchtendes, anmutiges Wesen, falls es so etwas gab, dachte Charles, reine Süße, Gehorsam und Vertrauen. Sollte er sie etwa einem weiteren Abend ausliefern, an dem seine Schwester und ihre teuren Freunde sie ausnutzten und dieser alte Bock, sein älterer Bruder, sie belagerte?

Niemals, sagte Charles zu sich selbst, und lenkte sein Auto in Richtung Crippenham.

Crippenham war der Ort, wo sein Vater sich aufhielt. Was könnte ein besserer Zufluchtsort für Sally sein als das Haus seines Vaters? Er war dreiundneunzig, und er war taub. Ein ehrwürdiges Alter, eine praktische Behinderung. Praktisch vor allem in diesem Fall, denn wie auch Charles hatte der Herzog wenig Vergnügen an der Sprache der niederen Schichten. Außerdem war er allein, bis Laura am nächsten Tag zurückkehren würde. Denn der Herzog lud niemals jemanden nach Crippenham ein, wo er seine jährliche Ruhekur machte, und niemals wagte es jemand, ihn in seiner wohlbewachten Abgeschiedenheit zu stören.

Charles spürte, daß Crippenham nicht nur der einzige, sondern auch der richtige Ort für Sally war. Hier konnte Sally in aller Abgeschiedenheit verborgen gehalten werden, bis Laura – nicht er, er wäre nicht dazu in der Lage, so etwas zu tun – sie dorthin zurückbrachte, wo sie hingehörte. Hier wäre sie sicher vor Streatleys Annäherungsversuchen, der ihr nicht dorthin folgen konnte, wo sein Vater war, denn dieser hatte eine Abneigung gegen die vier überlebenden Früchte seiner ersten Ehe, was er auch deutlich zum Ausdruck brachte. Hier hätte er sie den ganzen Abend und zumindest einen Teil des nächsten Tages für sich allein.

Außerdem geschah es Laura nur recht. Sie würde einen Schrecken bekommen und sich ausmalen, daß alles mögliche geschehen sei, wenn sie nicht wiederkamen. Gut, dachte Charles, sie verdiente es. Unter dem Vorwand, Sally zu beschützen und zu trösten, war sie höchst egoistisch und grausam gewesen. Charles war selbst überrascht, wie heftig seine Gefühle gegen Laura waren, mit der er immer so vertraut gewesen war. Doch er untersuchte diese Gefühle nicht weiter; er untersuchte auch keines seiner anderen Gefühle. Auch nicht das, das sich seiner bemächtigt hatte, als er Sally, bald nachdem sie von der Auffahrt um die Ecke gebogen waren, fragte, ob ihr warm genug sei, und sie ihn schüchtern ansah und lächelte, während sie ihm höflich dankte. Denn seit dem gestrigen Abend ertrugen seine Gefühle keine Untersuchung mehr. Sie befanden sich in einem unordentlichen, leidenschaftlichen Chaos. Und es verärgerte Charles zu wissen, daß er selbst so früh am Morgen, kaum nach halb neun, den Wunsch verspürte, Sally zu küssen.

Das war ganz und gar nicht die richtige Einstellung für eine Rettung. Er fuhr schweigend weiter. Er konnte sich nicht daran erinnern, jemals den Wunsch verspürt zu haben, eine Frau um halb neun Uhr morgens zu küssen. Er war höchst irritiert.

Sally schwieg natürlich auch. Sie war keine, die etwas sagte, ohne daß man sie ansprach, und sie saß leicht verwundert da, daß sie überhaupt in einem Auto fuhr. Laura war zu ihr gekommen und hatte gesagt, ihr Bruder wäre da und wollte mit ihr an die frische Luft gehen. Es würde ihr gut tun, hatte Laura gesagt, obwohl Sally noch nie etwas Gutes erlebt hatte, wenn sie an die frische Luft ging. Doch da sie sehr fügsam war, hatte sie keine Einwände gemacht. Warum sie jedoch mit diesem Lord eine Spazierfahrt machen sollte, wußte sie nicht, obwohl sie annahm, daß es egal war, wie sie einen weiteren Tag mit den Perlen der Gesellschaft verbrachte, und überhaupt war es wenigstens nur einer von ihnen. Zum Glück war es nicht der große Alte mit den Haaren auf den Händen.

Ein komischer Haufen, diese Perlen der Gesellschaft, dachte Sally. Sie schienen nichts zu tun zu haben, was sie zu Hause hielt; sie schienen ihre Zeit damit zu verbringen, auszugehen. So was von unruhig. Und die Vorstellung, wie ihr eigenes Leben erst sein würde, wenn sie sich in einer Wohnung in Cambridge niedergelassen hatte, die Vorbereitung auf das kleine Baby, das Aufräumen, das Schaffen von Gemütlichkeit für »mein Mann«, überflutete ihr Herz mit einer angenehmen Süße. Laura hatte versprochen, ihr beim Suchen einer Wohnung zu helfen und sie dorthin zu bringen, wo Mr. Luke sein würde. Mr. Luke würde nicht länger böse sein, dachte Sally – er würde sich zu sehr über das kleine Baby freuen. Laura schien genau zu wissen, wo sie ihn finden würden, und sie hatte ihr auch versichert, daß er Mrs. Luke nicht mitnehmen wollte, damit sie bei ihnen wohnte. Auch Laura war aus Sallys Sicht komisch, aber gut. In der Tat ging Sally, die sich seit dem gestrigen Ereignis schon sehr mütterlich und hoch über den Zustand der Unverheirateten erhoben fühlte, so weit, mit nachsichtiger Zuneigung über Laura zu denken: »'n nettes Mädchen.«

In Thaxted aßen sie zu Mittag. Es war immer noch erst halb eins, und Charles hatte es fertiggebracht, drei Stunden für die etwa sechzig Kilometer zu brauchen. In Thaxted gab es eine schöne Kirche, die er sich mit ihr ansehen konnte, denn er wollte nicht vor dem Nachmittagstee in Crippenham ankommen, und Crippenham befand sich nur etwa fünfzehn Kilometer hinter Cambridge, an einer Abzweigung der Straße nach Ely zwischen Waterbeach und Swaffham Prior.

Bis nach Thaxted hatte Charles das beschämend starke Bedürfnis verspürt, Sally auf ewig für sich zu gewinnen. Er hatte keine Ahnung, wie er das anstellen sollte, doch er wünschte es sich. Sie saß still da, schöner als in seinen Träumen – wie oft und wie wehmütig hatte er davon geträumt, wie die Schönheit einer Frau sein könnte! –, rührend, hilflos mitten in einer hektischen, räuberischen Welt, wie ein Kind mit einer wertvollen Perle in der Hand unter den Armen und Hungrigen, und er liebte sie leidenschaftlich. Mit den Kilometern wuchs auch Charles' Leidenschaft. Er sah sie von der Seite an und verspürte jedesmal neue Verwunderung. Er träumte, sah Zauberschlösser und gefährliche Meere, und sie war bei ihm, bewacht, beschützt, verehrt von ihm allein. Seine Seele füllte sich mit Gedichten, ihr Dasein, ihre Manifestation erhoben ihn in erstaunliche Höhen. Er dachte in Musik, und ganz England sang für sie.

Doch in Thaxted hatten seine Gefühle sich gewandelt, und er begann zu überlegen, daß Sally dort sein sollte, wohin sie gehörte. Später am Abend, als er allein im Garten von Crippenham saß und vor sich hin sinnierte, da war er sich dessen sicher.

In Thaxted bestellte er das beste Mittagessen, das es gab – Sally wurde der Mund wässrig, als sie ihm zuhörte –, und während es zubereitet wurde, ging er mit ihr in die Kirche. Sie war höflich, aber unaufmerksam. Die plötzlichen Bewegungen eines großen, kurzgeschorenen Mannes in einer Soutane, der geschäftig hin und her lief und, so kam es Sally vor, jedesmal, wenn er den Chorgang passierte, eine Verbeugung machte, schienen sie viel mehr zu interessieren als Charles' Bemerkungen über die klare, schlichte Schönheit des Gebäudes. Es war, als nähme man seinen Hund mit auf eine Besichtigung. Charles dachte diesen Vergleich nicht bewußt, doch als Sally sich im Angesicht der Schönheit der Kirche von Thaxted befand und, als sie herauskamen, in der Schönheit der Landschaft an diesem singenden Aprilmorgen, da erinnerte ihre Unbedarftheit Charles unterbewußt an die Unbedarftheit eines Hundes. Doch oh, wieviel schöner war sie selbst als alles andere, dachte er; wie exquisit sah sie in Lauras Chinchilla-Pelz aus, vor dem Hintergrund der erhabenen Gedanken jener, die die Kirche erbaut haben, Gedanken, die in zartem Grau, Silber und Rosa gefroren waren.

Als der Mann in der Soutane Sally erblickte, ließ er alles fallen, was er zu tun hatte, und nachdem er sie einen Moment angesehen hatte, kam er und bot an, ihnen die Kirche zu zeigen, ohne seine Augen von ihrem Gesicht abzuwenden. Eine kleine Gruppe von Amerikanern löste sich auf und strömte auf Sally zu, und eine Frau, die wie eine Nonne gekleidet war, unterbrach ihr Gebet und stellte sich neben sie.

Charles führte sie fort.

Thaxted ist ein ruhiger Ort, und in Erwartung des Mittagessens ging er mit ihr durch die Straßen. Doch die Straßen, die anfänglich ruhig waren, blieben es nicht. Die Bewohner von Thaxted schienen zu denken, daß Sally Mary Pickford war, eine Idee, die Charles völlig unverständlich war, denn es gab kaum zwei Frauen, die so unterschiedlich waren. Er hörte, wie sie diesen Namen flüsterten. Dachten sie dann vielleicht auch, daß er Douglas Fairbanks war?

Er führte sie ein zweites Mal fort.

Vielleicht war es besser, im Gasthaus zu warten. Doch er mußte ein Privatzimmer für ihr Mittagessen mieten, denn allzuviele Menschen kamen und wollten ebenfalls zu Mittag essen. Nachdem Sally sehr viel Pflaumenkuchen mit Sahne gegessen hatte – Charles befürchtete, daß es eingeweckte Pflaumen waren, doch Sally schmeckten sie gut – und sehr viel Himbeersirup getrunken hatte, der sicherlich niemals eine echte Himbeere gesehen hatte und der nicht sehr gut für sie sein konnte, und als sie Tee trank und er Kaffee – er war etwas verblüfft über die Tatsache, daß sie nach dem Essen Tee trinken wollte, und beobachtete besorgt die Stärke und die Anzahl der Tassen, die sie trank –, da taute Sally auf und begann zu reden.

Wie schade, daß sie redete. Wie schade, daß sie nicht auf

ewig still blieb, diese Wunderbare, Geheimnisvolle, von Gott Gesandte.

Nachdem sie einmal begonnen hatte aufzutauen, entsprach es nicht Sallys großzügiger Natur aufzuhören. Sie taute und taute, und Charles wurde immer betrübter. Lord Charles – denn so hieß er, wie sie am gestrigen Abend erfahren hatte – gehörte offensichtlich zum selben Stamm wie ihre Freundin Laura, das heißt, er war freundlich. Zu was für einem wunderbaren Mittagessen er sie einlud! Auch benahm er sich heute viel eher wie ein Gentleman und weniger wie jemand, der gerne ein Ehemann wäre. Nach dem Pflaumenkuchen begann Sally, aufzutauen, und als sie beim Tee angelangt war, hatte sie bereits großes Vertrauen zu Charles gefaßt.

»Sie sind sehr freundlich«, sagte sie mit ihrem zauberhaften Lächeln, als er ihr, ganz gegen seine Überzeugung, eine weitere Kanne Tee anbot.

»Sind nicht alle freundlich zu Ihnen?« fragte Charles.

»Sie versuchen's«, sagte Sally großzügig. »Aber für manche isses nich' so leicht, nich', die ich kenn'.«

Zu dem Zeitpunkt fröstelte Charles schon etwas. Der Himbeersirup und die vielen Tassen starken Tees hatten ihn ernüchtert. Dieses perfekte Wesen, dachte er, sollte in ihrem Essen wählerischer sein, sollte instinktiv Essen aus Dosen ablehnen und kein Bedürfnis nach einer zweiten Portion von offensichtlich schlechtem Kuchen haben. Nun ja, sie war sehr jung. Als er in Eton war, da aß er auch noch schädliche Süßigkeiten. Schließlich war sie erst in dem Alter, in dem er damals war, wie seltsam es auch scheinen mochte.

Er fand Entschuldigungen für sie. Da es ihm wichtig schien, mehr über sie zu wissen, als Laura ihm gestern abend erzählt hatte, sagte er ermunternd: »Erzählen Sie mir doch von sich.«

Und das tat Sally auch. Sie erzählte ihm von jedem und allem, und bald wußte er alles über ihre eilige Hochzeit, die innerhalb von vierzehn Tagen mit dem ersten Mann stattfand, der vorbeikam, über ihre Rückkehr aus den Flitterwochen nach South Winch, die Entschlossenheit ihrer Schwiegermutter, sie von ihrem Mann fernzuhalten, über ihre Flucht zu ihrem Vater, bei der ihr Schwiegervater ihr half, über dessen Weigerung, sie aufzunehmen, und über ihre Absicht, ihren Mann morgen in Cambridge aufzusuchen, ob es ihm gefiel oder nicht.

Das war mehr, als Charles ertragen konnte, denn er konnte nicht viel ertragen. Es war nicht mehr nur die Art, wie sie es sagte, sondern auch, was sie sagte. Charles, den zunächst ihre Sprache beunruhigt hatte, beunruhigten nun die Tatsachen. Er rutschte unbehaglich auf seinem Stuhl hin und her. Er rauchte eine Zigarette nach der anderen. Sein schmales braunes Gesicht war gerötet, und er wirkte betrübt. In dieser seltsamen, fehlerhaften und dennoch so lebhaften Sprache, die er so tief mißbilligte, zeichnete sie ein Bild von dem, was ihm als pure Ausnutzung erschien, und deren Höhepunkt seine eigene Schwester bildete, die sich freudestrahlend in das Spiel eingemischt hatte. Dieses arme Kind, das arme, hilflose Kind, das jedem gehorchte, überall hinging, alles tat, was man ihr sagte – während Charles ihr zuhörte und sie aushorchte, wurde sie in seinen Augen zum allerarmseligsten Menschen auf Erden. Es schien, daß jeder zuerst nach ihr griff und dann versuchte, sie loszuwerden. Jeder, auch er. Ja, auch er hatte nach ihr gegriffen, unter dem fadenscheinigen Vorwand, ihr helfen zu wollen, und jetzt wollte auch er sie – nein, nicht loswerden, das war zu heftig, zu grausam ausgedrückt, aber abgeben, weiterreichen, sie zu diesem diabolischen jungen Luke zurückschicken, der selbst versuchte, ihr zu entkommen und sie seiner Mutter zu überlassen. Und wie mutig Sally war! Es war der Mut der Unwissenden, aber dennoch schien Charles dieser Mut entzückend, denn Sally fürchtete nichts, keine Unbequemlichkeit, keine harte Arbeit, wenn sie nur mit ihrem Mann in ihrem eigenen Zuhause sein konnte. Charles fand heraus, daß das Sallys einziger Wunsch war, und daß ihr einziger Ehrgeiz darin lag, sich für diesen abscheulichen jungen Mann die Finger wundzuarbeiten, wie sie es nannte

»Mr. Luke«, sagte Sally, die keinen Grund kannte, warum sie nicht jedem, der es hören wollte, alles erzählen sollte, was sie wußte, »Mr. Luke denkt, er kann sich nich' 'ne Wohnung für mich leist'n, noch nich', und darum . . .«

»Dann hätte er Sie nicht heiraten sollen«, brach es aus Charles hervor, voller Wut auf auf diesen jungen Grobian.

»Er konnte wohl nix dafür«, sagte Sally. »'s mußte wohl so sein. Er . . .«

»O ja, *ja*«, unterbrach Charles sie ungeduldig, denn er haßte es, irgend etwas über Jocelyns Gefühle zu hören. »Natürlich, natürlich. Es war eine dumme Bemerkung von mir.«

»Fünfhundert Pfund hat er im Jahr«, fuhr Sally fort, »und ich kann auch noch was verdien'. Das reicht doppelt so lange wie für andre, die weniger Geld ham. Weiß nich', was er hat.«

In der Tat wußte sie es nicht, denn sie teilte Mr. Pinners Meinung, daß fünfhundert im Jahr Wohlstand bedeuteten.

»'s wird schon gehn«, fügte sie nach einer gedankenschweren Pause hinzu.

Nun, dachte Charles, die Moulsfords haben sich schlecht benommen, und er und Laura hatten ihre niederträchtigen Beweggründe unter dem Deckmantel des Mitleids und der Hilfsbereitschaft verborgen. Doch sie würden es wiedergutmachen. Bei Gott, das würden sie. Crippenham, das ihm zuerst aus reinem Egoismus als der rechte Ort erschien, wo er sie verstecken würde, war jetzt offensichtlich genau der richtige Ort, wo man ihr helfen würde. Es war nicht weit von Cambridge entfernt, in naher Reichweite des jungen Luke, und dort war auch sein uralter, aber dennoch leicht erregbarer Vater, allmächtig trotz seines Alters, und sicherlich allmächtig genug, wenn es darum ging, einen Studenten einzuschüchtern oder was immer dieser Luke war. Natürlich reduzierte das Alter von dreiundneunzig seine Erregbarkeit um einiges, doch konnte sie beim Anblick eines schönen Pferdes oder einer schönen Frau noch immer entfacht werden. Es würde ausreichen, ihm Sally zu zeigen, und der alte Mann würde auf ihrer Seite sein. Unfähig zu hören, aber fähig zu sehen: Welche Kombination konnte in Sallys Fall beneidenswerter sein?

Nach dem Mittagessen fuhren sie weiter. Charles hatte mittlerweise ein reines Gewissen, so rein, daß er Laura ein Telegramm schickte, bevor sie Thaxted verließen, worin er ihr mitteilte, daß sie nach Crippenham fahren würden, denn jetzt wollte er nicht mehr, daß sie sich Sorgen machte – nur diejenigen sind bösartig und wollen, daß es anderen schlecht geht, die sich selbst im Unrecht befinden, dachte Charles. Er befand sich nicht mehr im Unrecht, oder besser, er dachte nicht mehr leidenschaftlich an das Unrecht, in dem er gerne wäre, wenn Sally daran beteiligt wäre. Ihre Sprache schuf einen Abgrund zwischen ihnen, den seine empfindliche Seele nicht überbrücken konnte. Die Sprache mußte stimmen, bevor Charles leidenschaftlich lieben konnte. War das nicht der Fall, so brach seine Leidenschaft zusammen und verging. In diesem Fall verging sie gegen Ende des Mittagessens in dem Gasthaus in Thaxted. Er war wirklich sehr dankbar dafür, wie unangenehm dieser Moment des Vergehens auch sein mochte. Denn was hätte geschehen können, wenn sie weiterhin still gewesen wäre und nur ja und nein gesagt hätte und ihr göttliches, wunderbares Lächeln gelächelt hätte, das nicht nur in ihren Grübchen spielte, sondern auch in ihren entzückenden Augen lachte und tanzte? Charles befürchtete, daß er in diesem Fall erledigt gewesen wäre. Sprechend hatte Sally ihn gerettet. Obwohl er sie weiterhin liebte, denn kein Mann konnte Sally ansehen und sie nicht lieben, so war es eine ganz andere Art der Liebe – freundlich, zärtlich, mit einer wachsenden mütterlichen Besorgnis um ihr Wohlbefinden. Nach Thaxted war in seinen Blicken oder in seinem Benehmen keine Spur von dem zu sehen, was Sally dazu verleitet hatte anzunehmen, daß er ein Ehemann sein wollte.

Doch wie überrascht war sie, als er sie während der Weiterfahrt fragte, ob es ihr etwas ausmachen würde, wenn er sie für die Nacht aufs Land zu seinem Vater bringen würde anstatt zurück ins laute London, wie er es nannte. Laura war in London, weshalb also wollte er sie woanders hinbringen, weg von ihr? Und dann noch zu seinem Vater – noch mehr Perlen der Gesellschaft, frische Perlen, gerade als sie sich an die gewöhnt hatte, die sie kannte. Sicherlich war der Vater der Perlen furchteinflößender als alle anderen?

Deshalb sagte sie »'tschuldigung?« und sah dabei so erschreckt aus, daß Charles ihr lächelnd erklärte, sein Vater hielte sich im Moment ganz in der Nähe von Cambridge auf, was äußerst praktisch wäre für eine Wohnungssuche, die Laura, wie sie ihm erzählt hatte, am nächsten Tag mit ihr unternehmen wollte.

»Er ist ganz harmlos«, versicherte Charles ihr, denn sie sah weiterhin verschreckt aus – denn wenn der Ort, wo er sie hinbrachte, in der Nähe von Cambridge war, dann mußte er auch in der Nähe von Woodles sein, und was wäre, wenn ihr Vater sie zufällig sah? –, »und er ist ganz allein, bis Laura morgen zu ihm zurückkommt. Unser Besuch wird ihn aufmuntern. Er ist dreiundneunzig.«

Dreiundneunzig? »Oje«, sagte Sally höflich. »Das is' ganz schön alt. Der arme alte Mann«, fügte sie mitleidig hinzu, da alten Menschen bei den Pinners immer besondere Achtung und Aufmerksamkeit entgegengebracht wurde.

Doch den Rest der Fahrt blieb sie still, denn sie versuchte, sich in ihren unklaren und verwickelten Gedanken zurechtzufinden, die alle darauf hinauszulaufen schienen, daß sie nicht dort sein sollte, wo sie war, daß sie, wenn sie irgendwo sein sollte, dort sein sollte, wo ihr Mann war, und daß sie sich jede Stunde, die verging, tiefer ins Unrecht verstrickte.

»Bald steht's mir bis zum Hals«, sagte sie sich unglücklich und resigniert. Sie wünschte sich sehnlichst, daß es schon morgen um diese Zeit wäre, daß sie sicher bei Mr. Luke war und es mit diesen freundlichen, aber bestimmten Perlen der Gesellschaft ein Ende nehme.

XIII

Während sie sich ihm mit jeder Minute näherten, saß der ahnungslose Herzog in seiner schlichten Bibliothek und nahm seinen schlichten Nachmittagstee zu sich, den sein schlichtes Dienstmädchen ihm zubereitet hatte. Eigentlich war das die Aufgabe der Lakaien, doch es gab keine Lakaien in Crippenham. Es gab kaum etwas, bis auf den Herzog. Seit Jahren war er der Überzeugung, daß diese jährlichen vierzehn Tage Ruhe, die in komplettem Gegensatz zu seinem sonstigen Dasein standen, sein Leben verlängerten. Irgend etwas verlängerte es offensichtlich, und der Herzog war der Überzeugung, daß es Crippenham war. Er fuhr jedes Jahr zu Ostern mit Laura hierhin, allein, denn es war ein kleines, häßliches und einsames Haus, und es hatte keinen anderen Vorteil als den, daß es den absoluten Gegensatz zu jedem anderen Moulsford-Besitz bildete.

Nur Charles durfte kommen und gehen, wie es ihm gefiel; nur er durfte es wagen, ohne Ankündigung in diese jährliche heilige Tätigkeit des Lebenverlängerns einzudringen. Obwohl der Herzog schon dreiundneunzig Jahre gelebt hatte, wollte er immer weiter leben. Er lebte gern, und es gefiel ihm, daß Streatley warten mußte. Streatley und die anderen drei Kinder aus seiner ersten Ehe – absurd, dachte er, diese alten Gestalten als Kinder zu bezeichnen – hatten keinen guten Stand bei ihrem Vater. Er hatte sie zu keiner Zeit besonders gemocht, und er war richtig böse auf sie geworden, als er lebhafte siebzig war und feststellte, daß der Besitz von Kindern, die an die fünfzig waren, einen weniger jung erscheinen ließen, als er sich selbst fühlte. Jetzt, als sie praktisch selbst siebzig waren, und zwar alte siebzig, während er hoffte, keinen Tag älter auszusehen als vor dreißig Jahren, da ärgerte er sich mehr über sie als je zuvor. Er gab zu, daß andere Menschen mit dreiundneunzig alt sein mochten, er aber war es nicht; er war die Ausnahme. Er fühlte sich nicht alt, und er sah auch nicht alt aus. Das meinte er zumindest. Was also sollte all das Gerede über das Alter? Die

Zeitungen nannten seinen Namen nie ohne das Epitaph ehrwürdig; die Leute taten so, als sei er taub, während er so gut wie jeder andere hörte, wenn man nicht nuschelte; Laura hinderte ihn permanent daran, sich in Zugluft zu setzen, ganz so, als sei er ein verdammter Invalide; man bot ihm ständig den Arm an, wenn er ein paar Schritte gehen wollte – er konnte nicht im Oberhaus auftauchen, ohne daß ein offizielles Mitglied, meist dieser Esel Chepstow, der selbst fast achtzig war, herbeischlich, um ihm zu helfen; und bei jedem Geburtstag überschlugen sich die Zeitungen fast mit ihren beleidigend erstaunten Gratulationen. Konnte ein Mann nicht älter als neunzig sein, ohne daß man ihm ständig zu verstehen gab, daß er alt war?

Er liebte seine jüngeren Kinder sehr: Laura, Terry und Charles, und von diesem lebhaften Trio war Charles ihm der liebste. Und so war er überrascht, aber nicht verärgert, als er von seinem Kümmelkuchen aufsah und seinen Letztgeborenen nicht nur vollkommen unerwartet, sondern noch dazu mit einer jungen Frau ins Zimmer kommen sah. Als sie näher kamen und er die extreme Schönheit der jungen Frau wahrnahm, wurde es zu einer angenehmen Überraschung, einer sehr angenehmen, genauer gesagt, zu einer äußerst angenehmen.

Er starrte Sally einen Augenblick an, ohne zu hören, was Charles zu ihm sagte, und versuchte dann, sich aus dem Sessel herauszukämpfen. Sie war jünger als seine drei Jüngsten ... viel, viel jünger als seine drei Jüngsten ... Jugend, o Jugend ... wunderbare Jugend ...

Charles wollte ihm helfen, wurde aber weggeschubst. »Der arme alte Herr«, sagte Sally und fing ihn am Arm auf, als er gerade die Balance verlor und in den Sessel zurückzufallen schien.

»Verheiratet?« fragte der Herzog, der nach dieser Anstrengung heftig atmete, den Blick auf Charles gerichtet.

Charles schüttelte den Kopf.

»Klar bin ich verheiratet«, sagte Sally hitzig.

»Er meint uns«, sagte Charles.

»Uns?« wiederholte Sally völlig schockiert.

»Dann werdet ihr heiraten«, sagte der Herzog, wobei er zuerst Sally und dann Charles ansah. Sein Gesicht war vor Freude ganz rot.

Charles schüttelte wieder den Kopf und lachte.

Der Herzog jedoch lachte nicht. Er starrte ihn eine Minute an und sagte dann: »Narr.«

»Ich *hab* 'n Mann«, sagte Sally ungehalten.

»Er kann Sie nicht hören«, sagte Charles. »Er ist ganz taub.«

»Was sagt sie?« fragte der Herzog. »Sprechen Sie deutlich, meine Liebe ... nein, nein, schreien Sie nicht«, fügte er hinzu, obwohl Sally weit davon entfernt war, zu schreien, sie hatte noch nicht einmal ihren Mund geöffnet. Der arme alte Herr, dachte sie, während sie ihn still und mitleidig anstarrte; komisch, daß er noch irgend jemandes Vater war.

Der Herzog nahm ihre Hand mit einem trockenen, kalten Griff.

»Is' ja, als wenn man 'nem Grabstein die Hand gibt«, dachte Sally. Und sie war so sehr von Mitleid mit etwas erfüllt, das so alt war, daß sie ihm gegenüber überhaupt nicht schüchtern war, und mit schmeichelnder Stimme, wie man sie einem Baby gegenüber gebraucht, sagte sie: »Trinken Se den Tee, solang' er heiß is' – jetzt.«

Charles sah sie erstaunt an. Fast jeder hatte Angst vor seinem Vater. Sie erinnerte ihn an das Kind in Jesaja, das seine Hand furchtlos in die Höhle der Schlange steckte.

»Was hat sie gesagt?« fragte der Herzog. Er sah sie entzückt an.

»Das ist Mrs. Luke, Vater . . . eine Freundin von Laura«, schrie Charles. »Ich habe sie mitgebracht, um . . .«

»Schreiben Sie es auf, meine Liebe«, sagte der Herzog, ohne auf Charles zu achten. Er zog Sally auf den Sessel neben seinem und schob ihr mit seinen zittrigen alten Händen Bleistift und Papier zu. »Schreiben Sie auf, was Sie zu mir gesagt haben.«

Charles wurde sehr besorgt. Er war sicher, daß Sally überhaupt nichts aufschreiben konnte. Das konnte sie auch nicht, denn wenn schon ihre gesprochenen Worte nicht perfekt waren, so waren ihre geschriebenen es noch viel weniger. Und so hätte es peinlich für sie sein können, daß der Herzog ihr Bleistift und Papier gab und sie bat, etwas aufzuschreiben, wäre sie nicht der Meinung gewesen, daß er aufgrund seines hohen Alters und offensichtlichen Verfalls nicht ganz bei Trost war, wie sie sich sagte. Der arme alte Herr, dachte sie voller Mitleid. Was sie da sah, was so schwer in dem Sessel saß und sie so freundlich anblinzelte, das war nur noch ein Rest, ein Überbleibsel, dachte Sally. In ihrer Bildsprache, die notwendigerweise häuslich war, erschien er ihr wie ein Sonntagsessen, das am Freitag immer noch da war – nicht mehr besonders gut, aber man mußte trotzdem damit zurechtkommen. Nein, *er* hatte nichts Furchterregendes an sich, der arme alte Herr. War eher wie ein Baby.

»Trinken Se den Tee, solang' er heiß is'«, sagte sie noch einmal, und legte Bleistift und Papier sanft beiseite. »Das is' gut für Sie«, ermunterte sie ihn, »'ne schöne Tasse Tee.«

»Er kann Sie nicht hören, wissen Sie«, sagte Charles, der sehr erleichtert über Sallys Einstellung war. Wie selbstbewußt dieses zartes Wesen diesem mürrischen, grantigen alten Mann gegenübertrat. Zwar war sein Vater weder mürrisch noch grantig, doch er sah so aus, und das verängstigte die Leute. Wenn er sah, daß sie Angst hatten, mochte er sie nicht, was sie noch mehr verängstigte.

Als der Herzog, der jede einzelne von Sallys Bewegungen mit entzückter Aufmerksamkeit verfolgte, sah, daß sie ihre Hand auf die Kanne legte, um zu spüren, ob sie noch heiß war, dachte er, daß sie selbst Tee wollte, und er bat Charles, zu klingeln und mehr Tee zu bestellen. In der Zwischenzeit nahm er gehorsam die Tasse, die sie ihm anbot, ohne den Blick von ihrem Gesicht abzuwenden. Da er sich in einem Zustand höchster Verwunderung befand, war er noch nicht so weit gekommen, sich zu fragen, welche der alten Familien Englands diesen jungen Sprößling der Perfektion hervorgebracht hatte, und da er kein einziges Wort verstehen konnte, das sie sagte, nahm er selbstverständlich an, daß dieses Wesen mit den zarten Fesseln – er gehörte jener praktisch ausgestorbenen Generation an, die zuerst auf die Fesseln einer Frau blickte – und den schlanken Fingern zu seiner eigenen Sorte gehörte. Es stimmt zwar, daß ihre Hände rot waren, erstaunlich rot, dachte er, als sie ihre Handschuhe auszog, die sie zu einem ordentlichen, festen Ball zusammenrollte, verglichen mit der Perfektion ihres Gesichts. Doch hatten sie die authentische Form einer guten Familie, wenngleich ihre Nägel . . .

Der Herzog war wirklich erstaunt, als sein Blick bei Sallys Nägeln ankam.

Charles schob einen Sessel dicht an seinen Vater heran und begann mit seinen Erklärungen. Er war fest entschlossen, daß der alte Mann zuhören sollte, und er brüllte ihm direkt ins Ohr, als er ihm erzählte, daß er Lauras Freundin,

Mrs. Luke, von London hierher gebracht hat. Dort hatte sie bei Laura in Goring House gewohnt. Er brachte sie nach Crippenham, weil es hier ruhiger war, und sie fühlte sich nicht wohl . . .

»*Mich* geht's gut«, unterbrach Sally ihn, die mit höflicher Aufmerksamkeit zugehört hatte.

»Aber meine Liebe – Sie sind doch in Ohnmacht gefallen«, protestierte Charles in normaler Lautstärke, wobei er tadelnd die Hand erhob.

»Sprich lauter«, sagte der Herzog ungeduldig.

»'türlich bin ich in Ohnmacht gefalln«, sagte Sally sehr zufrieden.

»Was sagt sie?« fragte der Herzog.

»Ja – und Sie waren mindestens eine halbe Stunde lang bewußtlos«, sagte Charles.

»Stimmt. Und hab mir übergeb'n«, sagte Sally stolz.

»Übergeben? Sie haben sich übergeben? Dann müssen Sie doch sehen, wie krank . . .«

»Sprich lauter, sprich lauter«, sagte der Herzog verdrießlich.

Doch Sally sagte überhaupt nichts mehr, sondern lächelte Charles lediglich nachsichtig an.

»Was hat sie gesagt?« fragte der Herzog, der nicht ein einziges Wort, das aus diesem zauberhaften Mund kam, verpassen wollte.

»Sie sagte«, brüllte Charles, »daß es ihr jetzt wieder gut geht.«

»Natürlich geht es ihr gut«, sagte der Herzog, starrte auf ihr Gesicht und vergaß ihre Nägel. »Jeder kann sehen, daß sie genauso gesund wie schön ist.«

»Oje«, dachte Sally, »jetzt fängt *der* auch noch an.«

Der Nachmittag und der Abend waren ein Triumph für sie, was sie aber nicht bemerkte, denn sie konzentrierte sich vollständig darauf, die Stunden bis zum nächsten Tag zu zählen, bis zu Jocelyn, bis sie sich endlich in ihrem neuen Heim niederlassen und ihre Pflichten in Angriff nehmen konnte. Man legte ihr Crippenham und alles, was darin war, zu Füßen, und der Herzog beklagte nur, daß sie ausgerechnet in dieses Haus gekommen ist, wo es ihm unmöglich war, so befürchtete er, ihr auch nur angemessene Bequemlichkeit zu bieten. Zum Beispiel gab es in Crippenham nur ein Badezimmer. Der Herzog schien das als einen Unglücksfall anzusehen, und Sally hörte mit sanftem Staunen zu, wieviel er darüber zu sagen hatte.

»Macht sich aber viele Sorgen drum, der arme alte Herr, nich'«, bemerkte sie zu Charles. Sie beugte sich über das Ohr des Herzogs – Charles sah verblüfft, wie furchtlos und vertraut ihre Geste war – und versuchte ihm mitzuteilen, daß erst morgen Samstagabend wäre und daß sie dann schon in Cambridge sein würde, so daß er sich nicht sorgen müßte.

»Eh?« sagte der Herzog. »Was sagt sie?« fragte er Charles.

»Sie sagte«, brüllte Charles, »daß es nichts macht.«

Wie froh er war, daß sein Vater so taub war. Oft hatte er seine Taubheit anstrengend gefunden, doch wie froh war er jetzt darüber. Nicht Samstagabend . . . Charles verstummte. Heute war Freitag. Konnte es sein, daß sie seit letzten Samstag . . .?

Der Herzog hingegen wußte nichts über Sally, bis auf das, was seine Augen ihm zeigten, und demzufolge war er ihr Sklave. Als sie schließlich mit der Haushälterin in Lauras Zimmer hinaufging, die die Anordnung hatte, Mrs. Luke alles von Lady Laura zur Verfügung zu stellen – Crippenham hatte keine Gästezimmer, nur je ein Zimmer für den Herzog, für Charles und für Laura; die anderen sechs oder sieben Zimmer waren unmöbliert und wurden verschlossen gehalten –, und als Charles, der aus langer Praxis heraus mit seinem Vater besser als jeder andere kommunizieren konnte, bis auf Laura, sich hingesetzt hatte, um seinem Vater alles über Sally zu erzählen, was er für schicklich hielt, lauschte der alte Mann begierig, eine Hand hinter dem Ohr. Er saugte jedes Wort auf und stellte Fragen, die zeigten, daß er durchaus scharfsinnig sein konnte, wenn ihn ein Thema interessierte.

Er war entzückt darüber, daß Sally vor ihrer Schwiegermutter geflohen war, sagte, das zeuge von einem feinen, wohlerzogenen Geist, und fragte, wer ihr Vater sei.

Charles sagte, sein Name sei Pinner.

Woraufhin der Herzog sich erkundigte, ob es einer der Worcestershire Pinners sei, und Charles antwortete, er wisse es nicht.

Der Herzog verlor sich in seinen umfangreichen Erinnerungen und kramte schließlich einen Pinner hervor, der mit ihm auf Christchurch College gewesen war und der, wie er sagte, eine der Dartmoors geheiratet hatte, eine sehr attraktive Frau, auch blond, die wahrscheinlich die Großmutter des Mädchens sei.

Charles nickte lediglich.

Dann fragte der Herzog, wer die Lukes waren, abgesehen von diesem Studenten-Ehemann auf Ananias; denn, so sagte er, bis auf den Knaben Lukas aus der Bibel habe er niemals zuvor von jemandem gehört, dessen Name auch nur annähernd wie Luke klang.

Charles sagte, alles, was er wisse, sei, daß sie in South Winch wohnten.

»Was?« schrie der Herzog. »Sie hat unter ihrem Stand

geheiratet?« – und er war so aufgeregt, daß er Charles eine Zeitlang schweigend anblinzelte. Denn er spürte, daß er, wenn sein Lieblingssohn sich diese wunderschöne junge Frau gesichert hätte, zufrieden hätte sterben können. Es erschien ihm als eine doppelte Katastrophe, denn nicht nur hatte sein Junge sie verpaßt, zudem war sie durch eine *mésalliance* an eine unbekannte Familie in einen Vorort geraten.

»Ich sage dir, Charles«, sagte er nach einer empörten Pause, »das ist sehr schade. Sehr, sehr schade.«

Wieder verlor er sich in seinen Erinnerungen und sagte, es sei gut, daß der arme Jack Pinner tot war, denn kein Mensch hatte einen stärkeren Sinn für Familie als er, und es hätte sein Herz gebrochen zu wissen, daß seine Enkeltochter einen solchen Fehler begangen hat.

Er kam nicht darüber hinweg. Niemals, in seinem ganzen langen Leben, hatte er jemanden gesehen, der nur annähernd so schön war wie dieses Mädchen, und daß ausgerechnet sie, die alle Möglichkeiten zu einer Karriere ungesehenen Ruhms und Erfolgs hatte, ihre wahre Umgebung verlassen hatte und in einem Vorort gelandet war, schockierte ihn. Könige hätten ihr zu Füßen gelegen, durch ganz Europa hätte ihr Name getönt – das waren nach Meinung des Herzogs die richtigen Umstände für eine solche Schönheit.

»Ts, ts,«, sagte er, wobei seine Hände, die zusammengefaltet auf seinem Stock lagen, noch stärker als gewöhnlich zitterten, »ts, ts, ts. Was hat ihre Mutter sich nur dabei gedacht?«

»Ihre Mutter lebt nicht mehr«, sagte Charles.

»Dann ihr Vater. Jack Pinner war kein Narr. Ich verstehe nicht, wie sein Sohn – wo ist er überhaupt? Ich habe etwas gehört, daß die Worcestershire-Ländereien nach dem Krieg verkauft wurden ...«

Charles sagte, er wisse nicht, wo ihr Vater war, denn obwohl Sally ihm erzählt hatte, daß das Geschäft sich in Woodles befand, so hatte er noch nie von Woodles gehört, das auch tatsächlich auf keiner Landkarte verzeichnet ist. Und so dachte er, daß es keine Lüge war, zu sagen, er wisse es nicht.

Der Herzog jedoch schien von dem plötzlichen, leidenschaftlichen Wunsch gepackt, den tadelnswerten Sohn seines alten Freundes ausfindig zu machen und ihm zu sagen, was er von ihm hielt. Dieser Wunsch irritierte Charles, denn er war sicher, daß nichts Gutes dabei herauskommen konnte, wenn man Mr. Pinner ausfindig machte. Er wußte, daß Sally sehr besorgt war, ihren Vater über ihren Ungehorsam im dunkeln zu lassen, und obwohl Charles Laura für die Schuldige an diesem Ungehorsam hielt und nicht Sally, so nahm er nicht an, daß Mr. Pinner es genauso sehen würde. Und zudem war es wichtig, dachte Charles, daß sein Vater, der eine tiefe Abneigung gegen alle Frauen verspürte, die nicht aus einer guten Familie stammten, weiterhin denken sollte, daß Sally eine Worcestershire-Pinner war.

Es erschien Charles also am besten, seinen Vater und Mr. Pinner nicht zusammentreffen zu lassen, so daß er mit Bedauern hörte, wie sein Vater Sally fragte, als er sie das nächste Mal sah, wo ihr Vater war. Das war erst zum Abendessen, denn sie war auf ihrem Zimmer geblieben, bis die völlig aufgelöste Haushälterin sie zum Essen herunterholte, für die es eine neue Erfahrung war, daß Seine Durchlaucht auch nur eine Minute warten mußte, nachdem der Gong ertönte.

»Vater?« sagte Sally, die blaß wurde. »Er is' in Woodles.« Und, »Oje«, fügte sie für sich selbst hinzu, »sie wolln ihm doch nich' sagen, daß ich hier bin?«

»Was hat sie gesagt?« fragte der Herzog Charles.

»Sie sagt«, brüllte Charles und folgte seinem Vater, der, bei Sally eingehängt, durch das Zimmer schlurfte, und er brüllte äußerlich ruhig, aber innerlich voller Bedauern, »daß er in Woodles ist.«

»Woodles? Woodles?« wiederholte der Herzog. »Nie gehört. Liegt es in Worcestershire?«

Sally schüttelte den Kopf. Sie wußte nicht, wo Worcestershire lag, aber sie war ziemlich sicher, daß Woodles nicht dort war.

»*Ich* hab keine Ahnung, wo das is'«, sagte sie. Und dann, wie immer zur nackten Wahrheit getrieben, fügte sie hinzu: »Nich' weit von hier, das isses.«

»Was sagt sie?« erkundigte sich der Herzog, der sich wieder an Charles wandte.

»Sie sagt«, brüllte Charles, der durch Sallys Anwesenheit gezwungen war, die Nachricht korrekt weiterzugeben, dies aber mit wachsendem Bedauern tat, »das es nicht weit von hier ist.«

»Was für ein großes Glück«, sagte der Herzog, »und wie verwunderlich, daß ich nicht wußte, wie nah er sich von hier befindet.« Und nachdem das Dienstmädchen, das einen Arm hielt, und der Diener, der den anderen Arm hielt, ihn am Kopfende des Tisches in seinen Stuhl sinken ließen, fügte er hinzu: »Ich würde mich gern ein bißchen mit Ihrem Vater unterhalten, meine Liebe.«

Sally wurde noch blasser.

»Ihr Großvater war einer meiner ältesten Freunde«, fuhr der Herzog fort, während er mit Mühen seine Serviette entfaltete, denn seine Hände zitterten sehr.

»Ich *hab* aber kein' Großvater«, sagte Sally besorgt, die bis zu diesem Moment noch nie von einem Großvater gehört hatte.

»Was sagt sie?« fragte der Herzog.

»Sie sagt«, begann Charles zögernd – »Wissen Sie«, murmelte er Sally schnell zu, denn wie konnte er dem alten Mann wiederholen, was sie gesagt hatte? – »Sie *haben* einen Großvater – oder hatten. Sie müssen einen haben. Jeder Mensch hat einen.«

»Was? Was?« schrie der Herzog ungeduldig. »Schick noch heute abend eine Nachricht hinüber, Charles, und bitte mit meiner Empfehlung darum, daß ich Pinner gerne sehen möchte. Schreib ihm, daß ich zu alt bin, um selbst zu ihm zu fahren, so daß er vielleicht freundlich genug ist, morgen im Laufe des Tages zu mir zu kommen. Du kannst ihm sagen, daß sein Vater mit mir in Oxford war, wenn du willst, und daß ich gerade erst erfahren habe, daß er in der Nachbarschaft wohnt. Sag, seine Tochter ...«

»Bitte, bitte – *bitte*, tun Sie nich' sowas«, bat Sally Charles mit schwacher Stimme.

»Was sagt sie?« fragte der Herzog.

»Glaubst du, daß es klug ist, deine Regel zu brechen, niemals jemanden zu empfangen, wenn du hier bist?« brüllte Charles. »Sie hätten ihm nichts von Woodles sagen sollen«, fügte er für Sally hinzu.

»Aber er hat mir doch *gefragt*«, sagte Sally unglücklich.

»Sie sind nicht verpflichtet, allen alles zu erzählen«, sagte Charles.

»Aber wenn man mir doch *fragt* ...«, sagte Sally, fast in Tränen aufgelöst.

Der Herzog wurde plötzlich ärgerlich. »Ich hasse dieses Gemurmel«, sagte er. »Warum um Himmels willen kannst du nicht lauter sprechen, Charles?«

Charles sprach lauter. »Es ist unmöglich, heute abend jemanden zu schicken, Vater«, brüllte er. »Wenn du keine

Lakaien hier hast, dann kannst du keine Nachrichten schicken.«

»Dann kannst du morgen selbst zu ihm fahren«, sagte der Herzog.

»Bitte – *bitte*, tun Sie sowas nich'«, flehte Sally wieder.

»Und ihn gleich in deinem Auto mitbringen«, sagte der Herzog.

»Ich glaube, Mrs. Luke würde ihren Vater lieber nicht sehen«, brüllte Charles.

»Das is' richtich«, sagte Sally und nickte nachdrücklich. Es hörte sich recht schrecklich an – daß man seinen Vater nicht sehen wollte. »So böse bin ich schon«, dachte sie und ließ den Kopf hängen.

Der alte Herr schien das jedoch nicht zu denken, denn er lehnte sich vor und sah sie freundlich an, tätschelte ihre Schulter mit seiner armen zitternden Hand und sagte, sie tue recht daran. Recht? Der arme alte Herr, dachte Sally – weiß noch nicht mal, was gut und was böse ist.

Der Herzog beugte sich vor und tätschelte ihre Schulter, mit einem breiten Lächeln im Gesicht. Ein solcher Charakter – lief vor der Schwiegermutter davon, weigerte sich, den Vater zu sehen – entzückte ihn. Sie wollte hoch hinaus, diese entzückende, noble kleine Dame, und sein Leben lang hatte er nur Frauen bewundert, die hoch hinaus wollten.

»Sie werden ihn nicht sehen, meine Liebe«, sagte er. »Sie haben recht, daß Sie es nicht wollen.« Und gerade als sie zu einem Dankesseufzer ausholte, fügte er hinzu: »Aber *ich* werde ihn sehen. Ich muß wirklich mit ihm reden.«

Seltsam, dachte Charles, diese Entschlossenheit, mit Sallys Vater reden zu wollen. Wieviel besser, wieviel nützlicher wäre es, mit ihrem Mann zu sprechen. Oder mit ihrer Schwiegermutter.

Das Abendessen nahm Sally nur zögernd zu sich, denn inzwischen wußte sie, daß ihr Umgang mit Messer und Gabel sich von dem anderer Menschen unterschied, zum Beispiel der Lukes und der Herzöge, und sie spürte, daß die Augen des alten Herzogs auf ihr ruhten. Das stimmte zwar, doch war es ihr mittlerweile hutloses Gesicht, das seine ganze Aufmerksamkeit erforderte, und er sah nicht, was ihre Hände taten. Nach dem Abendessen, das heißt nach den kleinen Schalen klarer Brühe und den gegrillten Koteletts mit mehligen Kartoffeln, die in Crippenham während des Herzogs Ruhekur das Abendessen ausmachten, ging Charles in den Garten, um zu rauchen.

Es war ein kleiner Garten, und darin gab es nichts außer einer verwilderten Rasenfläche, einigen Sträuchern, einem oder zwei Bäumen, und in einer Ecke befand sich das verschlossene Cottage, das vier Zimmer besaß und das sein Vater vor fünfundzwanzig Jahren für ihn und Laura und Terry hatte bauen lassen, als er Crippenham kaufte, damit sie darin Mutter und Kind spielen konnten. Seit Jahren war es nicht genutzt worden, ein Ort der Melancholie, dachte Charles jedesmal, wenn er in den Garten ging und es dort sah, von Schlingpflanzen umrankt, doch ansonsten verlassen, ein Relikt vergangener Jugend, eine Erinnerung daran, daß man älter wurde.

Unter diesen ruhigen Gemäuern ging Charles auf und ab und dachte nach. Ab und zu, angezogen von dem Lichtstrahl aus dem Arbeitszimmer seines Vaters, ging er über den Rasen und stand einen Moment da, sah hinein und war von dem Bild fasziniert, das sich ihm bot – die beiden Figuren, hell erleuchtet, der gebeugte alte Mann, dessen großer, kahler Kopf in dem Licht glänzte und der redete und redete, und das wunderschöne Mädchen, den Kopf mit himmlischer Höflichkeit und Geduld vorgebeugt. Sie lauschte dem Herzog aufmerksam, wenngleich ihr engelsgleiches Gesicht deutlich einen verstörten Ausdruck aufwies. Der Grund dafür war die Furcht vor ihrem Vater, wie Charles wußte. Sie brauchte keine Angst zu haben. Wenn der alte Mann darauf bestand, Pinner zu sehen, dann müßte er selbst nach Woodles fahren, denn Charles würde diese Person sicherlich nicht holen. Charles mochte Mr. Pinner ganz und gar nicht – man stelle sich vor, daß jemand seine Tochter im Stich ließ, und dann noch so eine Tochter, wenn sie bei ihm Zuflucht suchte! –, doch obwohl er ihn nicht mochte und die Meinung seines Vaters teilte, daß man mit ihm reden müßte, hatte er die weise Intuition, das Beste, was man mit Mr. Pinner machen könnte, war, ihn in Ruhe zu lassen. Die Lukes waren diejenigen, mit denen geredet werden mußte. Mit den Lukes mußte man etwas unternehmen. Die Lukes . . .

Ja, welche Argumente sollte er am besten im Gespräch mit seinem Vater vorbringen? Denn sobald ihr angebeteter Gast zu Bett gegangen war, wollte er mit seinem Vater reden. Er ging den Pfad unter den verschlossenen Fensterläden des verlassenen Cottages auf und ab, tief in Gedanken versunken. Ihm war klar, daß niemand außer seinem Vater Sally wirklich helfen konnte. Laura, die zwar alles und sogar mehr als alles, was sie wollte, zu ihrer Verfügung hatte, besaß kein eigenes Einkommen, und sie konnte nichts bieten außer moralischer Unterstützung. Er selbst konnte keinen Finger rühren, ohne daß es gleich einen Skandal gab. Sein Vater konnte etwas tun, sein Vater war der einzige Mensch, der etwas tun konnte, und sein Vater, das beschloß Charles, sollte etwas tun. Es hat also doch seine Vorteile, alt zu sein, dachte Charles, der wieder vor dem Fenster stand und hineinstarrte: Man konnte Sally helfen. Sein Vater war fast unanständig reich. Es wäre ein Leichtes für ihn, Sally auf die Füße zu helfen. Es stimmte zwar, es gab keinen einzigen Grund, warum er es tun sollte, aber manchmal – du gütiger Himmel, konnte der Mensch nicht ab und zu seinen engen Zirkel von Begründungen verlassen, von gerechten Ansprüchen, und seine zurückhaltenden Almosen vergessen, mal nicht geschäftstüchtig sein, mit Traditionen brechen, Anwälte schockieren und einmal in seinem Leben etwas Absurdes und Schönes tun, und das völlig ohne Grund?

Charles warf seine Zigarette weg, steckte die Hände in die Hosentaschen und machte in dem kleinen Garten ein paar energische Schritte, aufgeregt, aufgeschreckt aus seiner gewöhnlichen Ruhe. Ja, selbst wenn der alte Mann so wenig tat, wie seine Ruhekur für ein paar Stunden zu unterbrechen und sie persönlich nach Cambridge brachte, nur, damit das Mädchen mit ihm gesehen wurde, nur, damit sie unter seinen Fittichen stand, schon das allein würde jedes Hindernis aus dem Weg räumen, bis auf das eine Hindernis, daß der junge Luke arm war. Sein Vater kannte den Master von Ananias, sein Vater kannte jeden. Jeder hörte sofort auf das, was er sagte. Die bloße Andeutung eines Wunsches würde sofort befolgt werden. Natürlich war es bedauernswert, daß einem Mann soviel Aufmerksamkeit geschenkt wurde, nur, weil er reich und ein Herzog war, aber meine Güte, dachte Charles, wie verdammt angenehm das doch war.

Er ging mit schnellen Schritten in dem kleinen Garten auf und ab. Er mußte seinem Vater die Situation klarmachen. Wenn es nötig war, dann würde er die ganze Nacht aufbleiben, um sie in seinen Kopf zu bekommen. Er würde ihm alles erzählen, was Sally ihm erzählt hatte, alles hinzufügen, was er für wirkungsvoll hielt, und nur Mr. Pinner zurückhalten sowie die Tatsache, daß das wunderbare, himmlische Mädchen in der Konversation nicht sehr und beim Niederschreiben von Dingen überhaupt nicht bewandert war. Sein Vater mußte die Lukes an der Hand nehmen; er mußte unbedingt dazu gebracht werden, daß er sie an der Hand nehmen wollte. Takt, Geschicklichkeit, Urteilsvermögen – Charles würde die ganze Nacht aufbleiben und all seine Fähigkeiten anwenden. Man mußte Mrs. Luke unterdrücken. Dieser unangenehme Bursche, der es wagte, böse zu sein, mußte darüber belehrt werden, welch unglaubliches Glück er hatte, eine solche Frau zu bekommen. Diese Lukes ...

Plötzlich blieb Charles stehen.

Diese Lukes ...

Seltsam, doch diese Worte hatten wie ein Schmerzensschrei in seinen Ohren getönt.

Er war an der äußersten Grenze des Gartens angelangt, der in einem Graben endete, und auf der anderen Seite waren flache, leere Felder zu sehen, die durch Hecken und durch dunkle, in der Finsternis kaum sichtbar Ulmen voneinander getrennt waren. Die Luft roch nach feuchtem Gras. Der Himmel war wunderschön, dick mit Sternen besät. Über den Feldern lag Frieden. Still lagen sie nebeneinander. Er konnte nichts hören außer dem Quaken eines weit entfernten Frosches. Warum dann hatte ihm geschienen, daß ...

Charles stand unbeweglich da.

Diese Lukes ... wieviel Leid mußten sie seit gestern erlebt haben!

Wie außergewöhnlich, daß er bisher nicht daran gedacht hatte.

XIV

Wenn Mrs. Luke später von dieser Zeit sprach, dann pflegte sie mit einem Lächeln zu sagen: »Es war eine *mauvais quart d'heure.*« Doch innerlich lächelte sie nicht.

Sie würde nie vergessen, wie sie am Morgen von Sallys Flucht zum Frühstück herunterkam, ahnungslos, daß etwas geschehen war, guter Laune, weil es ein so schöner Tag für ihre Party war, weil das Kleid, das sie bei Harrods für Sally bestellt hatte, so hübsch war, aufgeregt bei der Vorstellung, Sally dem verblüfften South Winch vorzustellen. Sie war von diesem seltsam ungetrübten Selbstvertrauen erfaßt, das diejenigen zu ergreifen scheint, denen das Schicksal bald darauf einen Schlag versetzen würde, sicher, daß ihre Schwiegertochter sich perfekt benehmen würde und die ganze Sache ein riesiger Erfolg sein würde. Das Schicksal war kurz davor, sie zu treffen, und zwar nicht nur mit dem Verschwinden ihrer Schwiegertochter, denn dieses Verschwinden war nur der erste Schritt dazu, daß sie ihren Sohn aufgeben mußte, sich für immer und ewig von ihm lossagen mußte.

Auch Jocelyn war guter Laune, als er zum Frühstück herunterkam. Zum ersten Mal nach dieser Serie unterbrochener Nächte hatte er wie ein Stein geschlafen.

»Sally ist spät dran«, sagte er bald darauf.

»Ja, nicht wahr«, sagte seine Mutter. »Du wirst sie doch heute nachmittag nicht Sally nennen, nicht wahr, mein Lieber«, fügte sie hinzu, während sie ihm Kaffee einschenkte.

»Entschuldige, Mutter. Nein, ich werde daran denken.«

Bald darauf entdeckten sie, was geschehen war.

»Was nun«, fragte Mrs. Luke sich und preßte ihre kalten

Hände zusammen, als ein oder zwei Stunden später unausweichlich klar wurde, daß Sally nicht nur einen frühen Spaziergang machte, sondern auf unerklärliche Weise einfach verschwunden war, »was, was habe ich getan, um das zu verdienen?«

Und so begann die Zeit der Qual, die Zeit des Kummers und der Sorge, der anfänglichen Wut, die jedoch bald verflog, und der wachsenden, widerwärtigen Angst, die sie später ruhig eine *mauvais quart d'heure* nennen würde.

Es dauerte eine Weile, bis sie und Jocelyn davon überzeugt waren, daß es sich nicht nur um einen Morgenspaziergang handelte. Sie klammerten sich an die Hoffnung, daß es einer war, obwohl sie Sallys mangelnde Initiative kannten. Doch wieviel mehr Initiative bedarf es, dachten sie, während sie einander mit verschreckten Augen ansahen, das zu tun, von dem jeden Augenblick offensichtlicher wurde, daß sie es getan hatte.

»Aber warum? Warum?« fragte Mrs. Luke immer wieder und preßte ihre kalten Hände zusammen.

Jocelyn sagte nichts.

Um elf Uhr, als klar war, daß sie nicht zurückkommen würde, ging er hinaus und holte das Auto.

»Sie ist zu ihrem Vater gefahren«, sagte er.

»Aber warum? Oh, Jocelyn . . . warum?«

»Wir haben sie unglücklich gemacht«, sagte er mit entschlossenem Gesicht und zog seine Handschuhe an.

»Unglücklich?«

»Zumindest ich. Ich bin ein gemeiner Kerl gewesen . . . glaub mir, das bin ich«, sagte er zu seiner Mutter gewandt. »Es nützt nichts, wenn ich so tue, als wäre es nicht so . . . ich bin gemein gewesen.«

Damit fuhr er davon und ließ sie am Tor zurück. Sie

preßte ihre kalten Hände zusammen und starrte ihm mit großen Augen nach.

Doch seine Rückkehr war noch schlimmer als seine Abfahrt. Es war schon nach sechs, als er nach Hause kam, und die furchtbare Party nahm gerade ein müdes Ende.

Mrs. Luke hatte keine Möglichkeit gesehen, die Party ausfallen zu lassen, und als ihre Freunde pünktlich um halb fünf eintrafen – oh, wie sie vor ihnen zurückschrak –, ganz begierig darauf, Jocelyns Braut zu sehen, sagte sie ihnen, daß ihre Schwiegertochter an diesem Morgen unglückseligerweise zu ihrem Vater fahren mußte, der plötzlich krank geworden war.

»Ein alter Mann«, sagte die arme Mrs. Luke – denn nach langem und schmerzhaftem Überlegen war sie zu dem Schluß gekommen, daß Hammond sie früher oder später verraten würde, wenn sie so tat, als sei Sally krank geworden –, »ein alter Mann, leider, und er leidet unter . . . leidet unter . . .«

Worunter litt er? Mrs. Lukes Gehirn weigerte sich zu funktionieren. Ihre Lippen, zu einem anhaltenden Gastgeberinnenlächeln gefroren, zitterten. Sie wollte weinen. Wie sehr wünschte sie sich, einfach allein in einer Ecke zu sitzen und zu weinen.

Dann kam Jocelyn zurück. Die Walkers waren noch da und Miss Cartwright und die alte Mrs. Pugh. Warum gingen sie denn nicht endlich? Warum blieben sie immer länger und länger und gingen nie nach Hause?

Alle hörten, wie das Auto kam. Alle wußten, daß es sein Auto war, denn es machte so viel mehr Lärm als alle anderen Autos, und alle wußten, daß er seine Frau heute morgen selbst zu ihrem kranken Vater gefahren hatte, denn das hatte Mrs. Luke ihnen erzählt.

»Ah. Jetzt werden wir die Neuigkeiten erfahren«, sagte der Stiftsherr fröhlich, denn er konnte eine sicher unbedeutende Krankheit des sicher unbedeutenden Vaters einer ihm unbekannten jungen Dame nicht als eine Gelegenheit für ernsthaften Trübsal ansehen. »Sicher nur gute, und Jocelyn wird seine Frau wohl mit zurückgebracht haben.«

»Ich werde zu ihm gehen und nachsehen«, sagte Mrs. Luke, sprang schnell auf und rannte fast aus dem Zimmer.

»Wieviel Ärger es in der Welt gibt, also nein«, sagte die alte Mrs. Pugh und wackelte mit dem Kopf, »wieviel Ärger.«

»Meinen Sie den Vater?« fragte Mrs. Walker.

»Wer *ist* der Vater?« fragte Mrs. Cartwright.

»Das weiß niemand«, sagte der Stiftsherr.

»Wirklich nicht?« fragte Mrs. Cartwright.

»Psst . . .«, sagte der Stiftsherr und erhob die Hand.

Draußen vor dem Fenster, das offen stand, sagte Jocelyn etwas, und mit angehaltenem Atem hörten sie ihn sagen: »Nun, Mutter? Wann ist sie zurückgekommen?«

Er war bei Mr. Pinner gewesen. Er hatte gehört, was Mr. Pinner zu sagen hatte. Der Mann hatte sich richtig verhalten, seine Pflicht getan und sie auf direktem Wege nach Hause geschickt; aber dort war sie nie angekommen.

Furcht setzte sich auf die Seelen von Jocelyn und seiner Mutter, eine Furcht, die zehnmal größer war als die Furcht von heute morgen, eine solche Furcht, daß sie die Walkers und Mrs. Cartwright und die alte Mrs. Pugh kaum wahrnahmen. Sie verabschiedeten sich mechanisch von ihnen und hatten keine Ahnung, was sie sagten. Die Dämmerung sank ein, die Nacht kam, und es wurde spät. Sie saßen da, lauschten und schauten auf das Fenster, das weit geöffnet war, damit man die ersten Anzeichen von Schritten auf dem Pfad hören würde. So saßen sie da, fast in völliger Stille, denn sie hatten zu viel Angst, um zu sprechen.

Dieses Kind ... irgendwo dort draußen in der Dunkelheit ... dieses schöne, unwissende Kind, ganz allein in London ... Sally, deren bloße Existenz Menschenaufläufe verursachte ... Sally, die so vertrauensvoll war, so bereit, jedem zu gehorchen ...

Doch was sollte man *tun*? Zu wem sollte man gehen? Was *konnte* man anderes tun als still zu warten, in der Dunkelheit, ohne zu sprechen, fast ohne zu atmen, weil man so angestrengt lauschte?

Bruchstücke von dem, was Mr. Pinner gesagt hatte, gingen Jocelyn durch den Kopf ...

»Hab gesagt, sie soll 'n Taxi fürn ganzn Weg nehm' ...«

»'n Pfund hab ich se gegeb'n, jawoll ...«

»Warn Fehler, das Auto fahrn zu lassn ...«

Das Auto? Welches Auto?

»Mutter«, sagte er plötzlich. »welches Auto?«

»Welches Auto, mein Liebling?«

»Sie kam mit einem Auto. Das hat ihr Vater gesagt, ich habe vergessen, es dir zu erzählen.«

»Mit einem Auto?«

Mrs. Luke sprang auf. Jocelyn ebenfalls. Sie machte das Licht an, das auf ihre blassen Gesichter schien, die sich gegenseitig anstarrten. Er hatte das Auto bis zu diesem Augenblick völlig vergessen.

Ohne ein Wort zu sagen, ging sie in den Korridor, griff nach einem Mantel, wickelte sich darin ein, und bevor er etwas sagen konnte, war sie schon weg. »Warte hier«, rief sie über ihre Schulter, »warte hier ... vielleicht kommt sie ...«

Ein Auto. Wessen Auto wenn nicht Edgars? Hatte Edgar . . .? War Edgar . . .?

Nein, nein. Unmöglich. Sie war allein bei ihrem Vater angekommen, und das Auto hatte sie dort abgesetzt.

Aber Edgar mußte wissen . . . er konnte ihr sagen . . .

Der Butler wollte sie nicht hineinlassen, weil sie so wild aussah, als er die Tür öffnete, ohne Hut, einen alten Mantel um die Schultern geworfen, und er wußte ganz genau, daß die Verlobung mit seinem Herrn vorbei war. Doch was ging sie der Butler an? Sie stieß ihn einfach beiseite und ging direkt in die Bibliothek – die schöne Bibliothek mit den türkischen Teppichen und den Ledermöbeln, an die sie sich so gut erinnerte –, und da saß, ganz wie sie es erwartet hatte, Mr. Thorpe.

Er saß in einem bequemen Sessel vor einem großen Kaminfeuer, neben sich auf einem kleinen orientalischen Tischchen seinen Kaffee und seinen Likör, die Abendzeitung in der Hand und eine dicke Zigarre im Mund. Er sah nicht im mindesten unglücklich aus, und er sah auch nicht so aus, als wäre er noch im mindesten böse. Im Gegenteil, er sah glücklich und zufrieden aus. Doch sein Gesichtsausdruck veränderte sich, als er hörte, wie die Tür sich öffnete, und er sah, wie Mrs. Luke hereinkam.

»Edgar«, sagte sie und ging schnell auf ihn zu, wobei sie Jocelyns Mantel mit ihren zitternden Fingern am Kragen zusammenhielt, »wo ist Salvatia?«

Es nutzte nichts, sie anzustarren, als sei sie ein Geist, was er zuerst tatsächlich dachte, denn so wenig ähnelte diese Frau mit dem weißen Gesicht und den zerrupften Haaren der adrett gekleideten Dame, der Margery seiner fehlgeleiteten Liebe – es nutzte nichts, sie mit offenem Mund anzustarren und nicht zu antworten und dann aufzustehen und absichtlich und offensichtlich zur Klingel hinüberzugehen, denn sie ignorierte seine Handlungen und fuhr fort, daß Salvatia nicht bei ihrem Vater war, der sie sofort an diesem Morgen zurück nach South Winch geschickt hatte, aber sie war nicht zu Hause angekommen. Wußte er, wo sie war?

Jetzt war es an Mr. Thorpes Reihe, Angst zu bekommen. Nicht bei ihrem Vater? Nicht zu Hause angekommen?

Er starrte Mrs. Luke an. Was hatte er getan? Was, wenn es tatsächlich so war, hatte er getan? Und anstelle der angenehmen Vorstellung, die ihm so gefallen hatte, daß er Margery und ihrem eingebildeten Sohn eins auswischen würde, und der noch angenehmeren Vorstellung, Sally heimlich und gemütlich zu besuchen, seine Freundschaft mit ihr bis zu jedem denkbaren Ausmaß zu entwickeln, sah er ein Bild, das ihm wirklich Furcht einjagte, als er dastand und Margery anstarrte, das Bild der jungen Schönen, verlorengegangen, irgendwo in London und ganz besonders hilflos.

Was hatte er getan?

Doch Mr. Thorpe war ein Mann der Tat. Es war nicht seine Sache, die Hände zu ringen und zu warten und zu hoffen; auch war es nicht seine Sache, Zeit zu verschwenden und zu gestehen, daß er sich niederträchtig verhalten hatte, und Margery um Verzeihung zu bitten. Er machte beides, aber schnell, sparsam in seinen Worten, und fünf Minuten später war er in Almond Tree Cottage, und zehn Minuten später war sein Auto dort, und eine Stunde später waren er und Jocelyn bei Scotland Yard. Auch Jocelyn hatte keine Zeit, wütend auf Mr. Thorpe zu sein, er hatte überhaupt keine Zeit für irgend etwas anderes, als Sally zu suchen und zu retten.

Mr. Thorpe sprach nur wenig mit Jocelyn. Seine längste

Rede war die Bemerkung, die er machte, als er auf dem Weg nach London aus seinem Fenster schaute, wie schade es war, daß man sich nicht abgewöhnen konnte, zuerst zu handeln und dann zu denken. Zu mehr Entschuldigung konnte er sich nicht durchringen. Er hatte Jocelyn ein großes Unrecht getan, das wußte er, aber er konnte sich nicht dazu überwinden, es zu sagen. Zur Mutter schon, denn irgendwie war es einfacher, sich vor einer Frau zu demütigen. Reue kam in Mr. Thorpe auf, doch sie blieb in seinem Hals stecken. Sie wollte nicht herauskommen.

»Wirklich schade, eh?« wiederholte er, doch erwartete er keine Antwort.

»Es ist so unglaublich *dunkel*«, war alles, was Jocelyn sagte, der sich weißgesichtig und kränklich in der anderen Ecke des Autos zusammenkauerte.

Scotland Yard nahm die Einzelheiten auf.

»Geld spielt keine Rolle«, sagte Mr. Thorpe.

»Ich kann das nicht bezahlen«, sagte Jocelyn, der zitterte.

»Aber ich«, sagte Mr. Thorpe. »Sie müssen sie sofort finden«, fuhr er zu dem Beamten gewandt fort, »*sofort*, verstehen Sie? Sie müssen sofort anfangen. Es ist keine Minute zu verlieren. Wenn Sie sie gesehen hätten, dann würden Sie mich verstehen – eh?« sagte er und drehte sich, Bestätigung suchend, zu Jocelyn um, der einfach nur zitterte.

Dieses große Gebäude . . . die ganzen Polizisten, denen sie begegnet waren . . . die ganze Zeit wurden sie von einem Beamten zum anderen geschickt . . . nichts als Beamte, überall Beamte . . . sein Herz wurde ganz kalt. Sally im Zusammenhang mit dem hier? Er konnte nicht reden. Seine Lippen waren trocken. Ihm war übel.

»Ist aufgeregt«, sagte Mr. Thorpe vertraulich zu dem Beamten. »Der Ehemann. Kein Wunder.«

Der Beamte nickte und begann zu telephonieren.

»Ich werde Ihnen Bescheid geben«, sagte er zu Mr. Thorpe, den Hörer am Ohr, »es hat keinen Sinn, hier zu warten. Wo kann ich ... bist du das, Williams? Einen Moment ... wo kann ich Sie telephonisch erreichen?«

Und er schrieb den Namen des Hotels auf, den Mr. Thorpe ihm nannte, denn Mr. Thorpe würde London nicht verlassen, bis er Sally gefunden hatte, selbst wenn es zehn Jahre dauerte. Der Beamte entließ sie mit einem unkonzentrierten Kopfnicken, die Augen schon ganz abwesend, während er sich mit der Person am anderen Ende der Telephonleitung unterhielt.

»Kommen Sie«, sagte Mr. Thorpe und ergriff Jocelyns Arm.

Er brachte ihn ins Hotel. Das Hotel war das Carlton. »Im Carlton kennen sie mich«, sagte Mr. Thorpe, der sich im ersten Jahr seines Witwerdaseins, bevor er es schicklich fand, Mrs. Luke den Hof zu machen, manchmal mit der Kochkunst des Carlton getröstet hatte. Und so kam es, daß auch Mrs. Luke sich im Carlton wiederfand, denn Jocelyn, der die Nähe von Scotland Yard ebensowenig zu verlassen wünschte wie Mr. Thorpe, war besorgt um seine Mutter, die allein in Almond Tree Cottage zurückgeblieben war. Deshalb schickte Mr. Thorpe ihr sein Auto, das sie und das notwendige Gepäck holen sollte. Er konnte sich nicht recht vorstellen, daß er am nächsten Morgen in seinem Dinner Jacket im Carlton erscheinen würde, das er jeden Abend wegen des Butlers in Abergeldie anzog.

Sie kam um ein Uhr nachts. Mr. Thorpe hatte in der Zwischenzeit drei Schlafzimmer und ein Wohnzimmer gemietet.

»Ich kann das nicht bezahlen«, sagte der unglückliche Jocelyn, als er das Arrangement sah.

»Aber ich«, sagte Mr. Thorpe.

»Ich weiß nicht, warum...«, begann Jocelyn, der allmählich unter der anwachsenden Last von Verpflichtungen zusammenbrach.

»Aber ich«, unterbrach Mr. Thorpe ihn.

Mrs. Luke würde dieses rosa Wohnzimmer im Carlton nie vergessen, denn das war der Ort, wo Jocelyn, der wie irrsinnig auf und ab ging, sich für immer von ihr lossagte. Aber was hatte sie denn getan, außer daß sie versuchte, ihm zu helfen? Was hatte sie ihr ganzes Leben lang getan, außer ihn zu lieben und zu versuchen, ihm zu helfen?

»Aber es war viel zuviel... *viel* zuviel«, wütete Jocelyn, als sie einen, wenngleich nur schwachen, Versuch machte, sich zu verteidigen, denn sie war erschöpft.

Sie gab es bald auf. Sie sagte bald überhaupt nichts mehr, sondern saß da und weinte still vor sich hin. Die Tränen liefen unbemerkt auf ihre gefalteten Hände.

Doch vorher, während das Auto Mrs. Luke aus South Winch abholte, lud Mr. Thorpe, der sich für seine klare und unausweichliche Aufgabe wappnete, Jocelyn in das Wohnzimmer ein und bestellte Whiskeys und Soda. Diese trank er ganz allein, während Jocelyn mit hängendem Kopf in voller Länge auf seinem tiefen Sessel ausgestreckt war und ins Nichts starrte. Nachdem Mr. Thorpe die Whiskeys getrunken hatte, fühlte er sich in der Lage, seine Aufgabe in Angriff zu nehmen.

Und das tat er auch. In einer Serie kurzer Sätze beschrieb

er Sallys psychischen Zustand, als er sie zufällig unten am Gitter traf, und daß sie die Vorstellung, bis zum Sommer allein bei Jocelyns Mutter zu bleiben, nicht ertragen konnte, weil sie seine Mutter einfach nicht ertragen konnte. Hatte Angst vor ihr. War starr vor Angst. Konnte sie einfach nicht ausstehen.

An dem Punkt erhob Jocelyn sich aus seiner Lethargie und sah sich mit schweren Augen und voller Erstaunen nach Mr. Thorpe um.

»Sie konnte meine Mutter nicht ausstehen?« sagte er verwundert, wobei im vor lauter Überraschung der Mund offen stehen blieb.

»So sieht's aus«, sagte Mr. Thorpe und trank noch einen Whiskey.

Dann, nachdem er Jocelyn erklärt hatte, daß er kein Redner sei, erzählte er ihm in einer weiteren Serie kurzer Sätze, daß es unnatürlich für Ehefrauen war, bei ihren Schwiegermüttern anstatt bei ihren Ehemännern zu wohnen, daß seine Frau das wußte und spürte und daß sie, davon abgesehen, aufgrund ihrer Erziehung durch die Bibel und ihrer sonstigen Unkenntnis des Lebens, ernsthaft und zutiefst schockiert darüber war, was sie als eine Mißachtung von Gottes Gesetz betrachtete.

»Aber meine Mutter«, sagte Jocelyn, »war doch nur ...«

»Sie sieht rot, was Ihre Mutter betrifft, das ist es, was das Mädchen tut«, unterbrach Mr. Thorpe ihn.

»Aber *warum?*« fragte Jocelyn, der inzwischen kerzengerade dasaß, die Augenbrauen in schmerzhaftester Verwirrung zusammengekniffen.

»*Mich* dürfen Sie das nicht fragen«, sagte Mr. Thorpe und trank noch einen Whiskey.

Dann erzählte er Jocelyn in einer dritten und letzten Serie

kurzer Sätze, denn nicht nur hatte er bereits alles gesagt, sondern zudem schien der junge Mann nicht mehr ertragen zu können, daß, falls – nein, wenn er seine Frau wiederhatte, er dafür sorgen sollte, daß seine Mutter so weit und so beständig weg war, wie möglich. Dann, als Jocelyn mittlerweile wie das perfekte Bild vollkommenen Elends aussah, gab er dem armen Teufel das bißchen Trost, das er ihm geben konnte, nämlich daß seine Frau ihn nur solange verlassen wollte, bis sie ihn in Cambridge wußte, und daß sie ihn dort treffen und in einer Unterkunft in der Nähe von ihm wohnen wollte. Nicht vor ihm lief sie davon, sondern vor seiner Mutter.

»Alles, worum das Mädchen gebeten hat«, sagte Mr. Thorpe, während er seine schwere Faust mit einem Krach auf den Tisch fallen ließ, »sind ein paar Zimmer, in denen auch Sie manchmal sind. Ein Mädchen unter Tausenden. Selbst, wenn sie so häßlich wie die Sünde wäre, selbst dann wäre sie noch ein Goldstück für jeden Mann. Doch sehen Sie sie an – *sehen Sie sie an*, sage ich Ihnen.«

»Oh, verdammt«, brüllte Jocelyn und sprang auf, denn er konnte nichts mehr ertragen. »Verdammt, verdammt! Wie können Sie es wagen, wie können Sie es wagen, wo Sie... *Sie*...«

Und er ging auf Mr. Thorpe zu, die Arme hoch erhoben, als wollte er ihn schlagen. Doch plötzlich ließ er sie fallen, drehte sich um, griff nach dem Kaminsims, legte den Kopf auf seine Arme und schluchzte.

Charles Moulsford hatte also recht, die Lukes litten. Auch Mr. Thorpe litt, denn eigentlich war alles seine Schuld. Er war erstaunt darüber, wie schnell er sich von einem offensichtlich und eindeutig guten Menschen in einen ebenso offensichtlich und eindeutig bösen Menschen verwandelt hatte. Daß er Böses getan hatte, vielleicht nicht wieder gutzumachendes Böses, war deutlich. Doch am Anfang hatte schließlich alles ganz harmlos ausgesehen. Er hatte dem Mädchen lediglich geholfen, zu seinem Vater zu fahren. Eine solche Tat hatte keine so enorme Strafe verdient. Mr. Thorpe konnte sich des Eindrucks nicht verwehren, daß das Schicksal ihn ungerecht behandelte. Wenn all seine Impulse und Indiskretionen in seinem Leben so bestraft worden wären, wo wäre er dann heute?

Doch das brachte ihn nicht weiter. Diese furchtbare Geschichte war geschehen, und sie war seine Schuld. Ohne ihn hätte Sally nicht ausreißen können. Diese Verantwortung erdrückte ihn, und als Jocelyn mit erhobenen Fäusten auf ihn losging, da hoffte er geradezu, daß er zuschlagen würde, doch als der arme Teufel statt dessen zusammenklappte und in Tränen ausbrach, da war Mr. Thorpe in der Tat sehr unglücklich. Vielleicht war er nicht besonders taktvoll gewesen bei dem, was er ihm gesagt hatte. Vielleicht war er zu ungeschickt gewesen. Whiskey war eine verflixte Sache. Er hatte doch nur . . .

Dann kam Margery an, mit ihrem weißen Gesicht und ihren riesigen, angsterfüllten Augen, und fand ihren Sohn vor, wie er sich weinend am Kaminsims festhielt – nun, da spürte Mr. Thorpe, daß er seinen Racheakt etwas übertrieben hatte und bemerkte mit Erschrecken, daß er sich nicht länger für einen anständigen Menschen halten konnte.

Er ging in sein Schlafzimmer und ließ die beiden allein. Er konnte nicht verstehen, was sie sagten, doch er konnte hören, daß Jocelyn eine Menge zu sagen schien. Der arme Teufel konnte gar nicht mehr aufhören, er redete immer weiter.

Mr. Thorpe setzte sich, um zu überlegen, was jetzt zu tun sei, das endlose Gemurmel dieser Stimme in den Ohren. Er hatte das Mädchen verloren, und er mußte es auch wiederfinden. Wenn Scotland Yard Sally zuerst fand, dann um so besser, aber er würde nicht hier herumsitzen und warten, bis sie sie fanden, er würde am nächsten Morgen auf eigene Faust losgehen. Zuerst würde er Margery nach Hause schikken, die hier nichts nützte, das konnte er aus den Lauten hinter der Tür schließen. Dann würde er Jocelyn, der hier ebenfalls nichts nützte, wenn er so herumtobte, nach Cambridge bringen, denn es gab die schwache Chance, daß Sally schließlich doch tun würde, was sie gesagt hatte, und ihn dort suchen würde. Er selbst würde sich inzwischen mit dem Vater in Verbindung setzen.

Pinner war der Mann. Pinner war der Punkt, wo er anfangen mußte. Pinner und Woodles. Sie hatte gesagt, sein Name war Pinner und er wohnte in Woodles. Woodles? Komischer Name, dachte Mr. Thorpe und versuchte, sich aufzumuntern, indem er sich über den Namen amüsierte. Die Laute, die hinter der Tür hervorkamen, waren nicht sehr aufmunternd. Er tobte, der arme Teufel, und schrie seine Mutter an. Mr. Thorpe fürchtete, daß er extrem taktlos gewesen war, als er Jocelyn sagte, Sally könne seine Mutter nicht ausstehen. Er fühlte sich sehr unwohl bei diesem Gedanken, als er so dasaß und diese Laute aus dem Nebenzimmer zu ihm hereindrangen. Und währenddessen nahm die Nacht ihren Lauf, und wo war Sally?

Es gab so viele mögliche Antworten auf diese Frage, und alle waren so unerfreulich, daß Mr. Thorpe es nicht aushielt, ruhig in seinem Sessel sitzenzubleiben. Drei Uhr. Jetzt war es vierzehn Stunden her, seit sie zuletzt gesehen wurde . . .

Er stand auf und ging auf und ab. Er konnte hören, daß Jocelyn nebenan das Gleiche tat. Nein, verflucht, dachte Mr. Thorpe, nachdem er eine Weile diese nicht enden wollende Stimme gehört hatte, man durfte ihm nicht erlauben, weiter so mit seiner Mutter umzugehen. Er war jetzt schon mehrere Stunden dabei. War ja verständlich, daß er litt, war ja verständlich, daß er außer sich war, aber man durfte ihm nicht erlauben . . .

Mr. Thorpe öffnete die Tür und trat ein. Jocelyn ging mit großen Schritten auf und ab, hin und her, schon beim bloßen Zusehen konnte einem schwindelig werden. Worte brachen aus ihm heraus, sein Gesicht verzog sich, und da saß, den Blick auf ihn gerichtet, ohne ein Wort zu sagen, seine Mutter und weinte.

Nein, verdammt, es gab Grenzen . . .

»Sie sollten jetzt wohl besser den Mund halten, eh?« sagte Mr. Thorpe bestimmt zu dem verstörten jungen Mann. »Ich wette, Sie haben schon lange alles gesagt, was Sie zu sagen hatten. Das hilft auch nicht, wissen Sie . . . sowas.«

»Ich erkläre meiner Mutter . . . ich stelle ein für allemal klar«, tobte Jocelyn, der tatsächlich jede Kontrolle über sich verloren hatte, »daß sie sich *niemals*, solange ich lebe, zwischen uns stellen wird, wenn ich Sally jemals wiederfinden sollte, niemals wird sie einen *Fuß* . . .«

»Oh, halten Sie den Mund. Das wissen wir alles, nicht wahr, Margery. Wer will sich denn zwischen Sie stellen, Sie dummer Esel? Aber warte . . . es nützt nichts, wenn du weinst«, sagte Mr. Thorpe, ging zu Mrs. Luke ging und legte den Arm um sie. Es schien ganz natürlich. Um ein Haar hätte er sie geküßt. Gewohnheit. Von Gewohnheiten läßt man schwer los.

Doch Mrs. Luke schien ihn gar nicht zu bemerken. Ihre Augen, aus denen langsam und unbemerkt eine Träne nach der anderen heruntertropfte, waren starr auf Jocelyn gerichtet.

»Er ist so müde, so müde«, flüsterte sie immer wieder vor sich hin. »Oh, mein Liebling ... du bist so *müde.*«

Am nächsten Tag war Mr. Pinner an der Reihe, einen schlechten Tag zu haben, und den hatte er auch. Er hatte einen äußerst schlechten Tag, von Mittag an, als dasselbe Auto, das Sally gebracht hatte, vor seinem Geschäft vorfuhr und ein kräftiger älterer Herr mit rotem Gesicht und borstigem Schnurrbart ausstieg, ins Geschäft kam und eine halbe Stunde blieb.

Und was für eine halbe Stunde das war; doch fügte sie sich vollkommen in das Leben ein, das er seit gestern zu führen schien. Am gestrigen Tag war erst Sally dagewesen, dann Mr. Luke, und jetzt kam dieser Herr. Mr. Luke hatte sich leicht zufriedenstellen lassen und wollte nur schnell wieder nach Hause fahren, doch der kräftige Herr kam herein und ließ sich nieder, und als die halbe Stunde vorüber war, hatte Mr. Pinner das Gefühl, man hätte ihn von außen nach innen gekehrt und er würde nie mehr in der Lage sein, sich selbst ins Gesicht zu sehen.

Denn Sally war nicht nach Hause gefahren, und das war seine Schuld. Das waren die Tatsachen, denn das sagte der Herr. Furchtbar, furchtbar, dachte Mr. Pinner, der mehr als je zuvor zusammenschrumpfte. Die erste Tatsache war furchtbar genug, doch die zweite empfand Mr. Pinner als noch schlimmer. Wieder Verantwortung – und er, der gedacht hatte, daß es damit ein für allemal vorbei sei, als er Sally sicher verheiratet hatte!

Zuerst hatte er versucht, seinen Mann zu stehen und dem Herrn die Stirn zu bieten. Höflich – gute Manieren schadeten nie – sagte er: »'tschuldigung, Sir, sind Se vielleicht der Herr, den meine Tochter ihrn Schwiegervater nannte?« Als der Herr nach einer Minute Stille sagte, das sei er, sagte Pinner zu ihm, in diesem Falle sei er es, der für den Verlust verantwortlich war, denn er war es, der ihr das Auto geliehen hatte, in dem sie ihren Mann verließ.

Stimmte das nicht? Jeder hätte das gedacht, doch bevor Mr. Pinner Luft holen konnte, wurde der Spieß umgedreht, und er stellte fest, daß es seine und nur seine Schuld war, daß sie verlorengegangen war, da er nicht das getan hatte, was, wie der Herr sagte, seine reine Pflicht gewesen wäre, nämlich sie bei sich aufzunehmen.

Mr. Pinner, dessen Konstitution es nicht erlaubte, sich unschuldig zu fühlen, wenn man ihm laut genug sagte, er sei schuldig, sah sofort ein, daß der Herr recht hatte. Furchtbar. Schrecklich. Man stelle es sich vor. Ja, in der Tat – eine solche Tochter. Ja, in der Tat – *jede* Tochter, aber eine solche Tochter, eine unter Millionen. Nein, in der Tat – er wußte nicht, wie er darauf kam, sie nicht aufzunehmen . . .

Und je mehr Mr. Thorpe ihn einem Kreuzverhör über die Details der Verabschiedung am Bahnhof unterzog, um so deutlicher erschien Mr. Pinners Verhalten als kriminell, denn unter Mr. Thorpes eindringlichen Fragen war Mr. Pinner auf einmal ziemlich sicher, daß die Dame im Abteil eigentlich gar keine Dame gewesen war, sondern etwas ganz anderes, etwas Furchtbares und Böses, das Sally zu einem Ort entführt hatte, den man nicht erwähnen darf. Er erinnerte sich an ihre schwarzen Augen, daran, wie sie sie gerollt hatte . . .

»Gerollt, eh?« sagte Mr. Thorpe, der nach Mr. Pinners

Worten schnappte, bevor sie am Rand seines zitternden Mundes auftauchten.

Ja, gerollt. Und dreist sah sie auch aus – dreist, und um keine Antwort verlegen. Ganz und gar nicht so, wie Mr. Pinner sich eine bescheidene Dame vorstellte. Ja, und das Abteil roch nach einem Parfüm, wenn er sich jetzt erinnerte – ja, er wagte zu behaupten, daß es ein billiges Parfüm war. Und ihr Gesicht war gepudert – das hatte er zu sich selbst gesagt, nachdem der Zug abgefahren war.

So gerieten Mr. Thorpes Befürchtungen durch sein Kreuzverhör in Mr. Pinners Kopf, und am Ende der halben Stunde war Mr. Pinner genauso überzeugt wie Mr. Thorpe, daß Sally einer Person in die Hände gefallen war, die Mr. Thorpe mit einem Namen benannte, mit dem Mr. Pinner um keinen Preis der Welt seine Lippen beschmutzt hätte. Nachdem er ihn beschimpft und gefragt hatte, was für ein Vater er denn sei, und Mr. Pinner, der inzwischen wünschte, er sei überhaupt kein Vater, ihn zitternd gebeten hatte, sich vor Gotteslästerung zu hüten, ließ Mr. Thorpe ihn allein.

»Was soll ich 'n jetzt tun, Sir?« fragte Mr. Pinner, der ihm verstört die Treppen hinunter folgte und sich trotz der furchtbaren Gotteslästerung an ihn klammerte.

»Sie? Was können *Sie* tun? Sie haben das verdammteste ...«

»Sir, Sir ...«

Mr. Thorpe stieg in sein Auto, und Mr. Pinner hörte, wie er dem Chauffeur die Anweisung gab, schnell wie der Teufel nach London zum Bahnhof Liverpool Street zu fahren. Es war, als sei die Straße blitzartig leergefegt und er völlig allein.

Am Nachmittag kam auch Mr. Pinner am Bahnhof Liverpool Street an – ein besorgter kleiner Mann in seinem Sonntagsanzug, die Augen ganz starr vor Sorgen. Er konnte nicht einfach in seinem Geschäft bleiben, wo er vielleicht nie mehr etwas hören würde. Er mußte etwas tun. Er mußte Fragen stellen. Niemand würde ihn davon in Kenntnis setzen, ob Sally gefunden wurde oder nicht, wenn er nicht danach fragte. Vielleicht würde sie ihm eines Tages eine Zeile zukommen lassen, aber sie war nicht eine, die viel schrieb, und zudem war er garstig zu ihr gewesen. »Ich glaub nich', daß du mir liebst«, hatte sie gesagt und bitterlich geweint, als er sie ausschimpfte und sich weigerte, sie aufzunehmen. Lieben? Er liebte sie von ganzem Herzen. Sie war alles, was er in der Welt hatte. Wenn dem Mädchen etwas geschehen war . . .

Furchtsam hielt er einen der Gepäckträger an und begann mit seinen Nachforschungen. Der Gepäckträger, der es eilig hatte, starrte ihn an und lief weiter. Dann versuchte er es mit einem Aufsichtsbeamten, der ganz laut »Eh?« sagte, an Mr. Pinner vorbei den Bahnsteig entlang blickte, eine grüne Flagge schwenkte, auf einen Zug sprang und wegfuhr.

Er versuchte es mit einem anderen Gepäckträger, mit verschiedenen Gepäckträgern und schließlich, noch eingeschüchterter, als er es schon am Anfang gewesen, ging er zu einem Schaffner.

Niemand schien Zeit zu haben für Mr. Pinner. Seine Hose sprach gegen ihn. Das galt auch für seinen Hut und für alles, was er tat und sagte. Der Schaffner, der schäbiges und sanftes Auftreten nicht mochte, ignorierte ihn. Er wußte ganz genau, wovon Mr. Pinner redete, denn der ganze Bahnhof nahm es ohne Ausnahme zur Kenntnis, wenn irgend jemand aus der Familie des Herzogs den Bahnhof passierte, und alle hatten am gestrigen Tag Lady Laura und die junge Dame gesehen. Mr. Pinner hatte kaum die ersten Worte seiner Beschreibung hervorgebracht, als der Schaffner schon wußte, worauf er hinauswollte, doch er blickte nur seine lange Nase hinunter auf den aufgeregten kleinen Mann in der Korkenzieherhose und sagte gar nichts. Einer Witzfigur wie dieser sollte er Informationen über die Bewegungen der gnädigen Frau geben? Wohl kaum.

Dabei war es derselbe Schaffner, der nur ein oder zwei Stunden früher Wachs in der behandschuhten Hand von Mr. Thorpe gewesen war und sich mit diesen Worten von ihm getrennt hatte:

»Vielen Dank, Sir. Keine Ursache, Sir. War überhaupt keine Mühe. Ja ... wirklich, eine sehr auffallende junge Dame. Die gnädige Frau ist für ein paar Tage nach Goring House gefahren, wie mir ihr Chauffeur mitgeteilt hat. Sehr verbunden, Sir. Ja, Sir – Lady Laura Moulsford. Das ist richtig, Sir ... die Tochter vom Herzog von Goring.«

Derselbe Schaffner hatte all das gesagt, und zu Mr. Pinner sagte er kein einziges Wort. Er guckte ihn einfach über seine lange Nase an, und als der kleine Mann erklärte, daß er der Vater der schönen jungen Dame war, wurden die Augen des Schaffners noch glasiger als zuvor. Allmählich ertrug Mr. Pinner die Schande nicht mehr, hier zu stehen und Fragen zu stellen, auf die er keine Antwort bekam, und nachdem er eine Weile unsicher in der Nähe des Schaffners herumgestanden hatte, denn ein Gefühl sagte ihm, daß dieser Mann Licht werfen konnte auf Sallys Verschwinden, wenn er nur wollte, ging er voller Kummer, aber ohne Groll gegen den Schaffner seiner Wege.

Schließlich fand er sich in South Winch wieder. Er schien dort hingetrieben worden zu sein, ohne zu wissen, was er als nächstes tun oder wohin er gehen sollte, denn er war nicht in der Lage, sich seinen einsamen Laden vorzustellen, wo niemand ihn über irgend etwas auf dem laufenden hielt. Am Anfang hatte er es als angenehm und friedlich empfunden, daß er unabhängig und endlich alleine war, doch jetzt erschien es ihm ganz anders. Er vermißte seine Frau. Es gab niemanden mehr, der sich darum kümmerte, was er tat, egal, ob es gut oder schlecht war. Niemanden.

In South Winch suchte er den Kaufmann, um Jocelyns Adresse zu erfahren. Er zog diese Informationsquelle der Post vor, denn der Geruch von Korinthen und Schinken vermittelte ihm das Gefühl, weniger einsam zu sein. Er folgte den Anweisungen des Kaufmanns, fand die Straße und das Haus und öffnete das weiße Tor voll zögernder und nervöser Unruhe. An der Tür fragte er schüchtern, ob er kurz mit Mr. Luke sprechen könne, und das kleine Hausmädchen, das sich beim Anblick seiner Kleidung gleich zu Hause fühlte, fragte freundlich, ob es auch Mrs. Luke sein könnte. Das wäre besser, schlug das kleine Hausmädchen vor, denn sie war da, Mr. Jocelyn hingegen nicht. Tatsächlich war es so, daß sie ihm Mrs. Luke geradezu anbot, sie ihm aufdrängte – eine Dame, die er niemals gestört hätte, hätte man ihm die Entscheidung überlassen.

Und so fand sich Mr. Pinner, ohne es eigentlich zu wollen, schließlich in einem geschmackvollen Wohnzimmer wieder. Am Kamin saß eine Dame, die sich gegen einige Kissen gelehnt hatte, ganz so, als sei sie müde.

Zuerst dachte er, sie schliefe, und er fühlte sich äußerst unbehaglich. Doch dann drehte sie sich um und sah ihn an.

Eine blasse Dame. Eine sehr blasse Dame, mit einem Gesicht, das nur aus Augen zu bestehen schien.

»'tschuldigung, Madam«, sagte Mr. Pinner und wünschte sich, er wäre nicht gekommen.

Die Dame sah ihn weiterhin an. Sie bewegte sich nicht. Ihre Hände hingen über die Sessellehnen herunter, so, als sei sie sehr müde. Sie drehte nur ihren Kopf, bewegte sich aber ansonsten nicht.

»'s is' wegen Sally«, sagte Mr. Pinner. »Kam grade vorbei und da dachte ich . . .«

Er stockte, denn wenn er darüber nachdachte, so wußte er eigentlich gar nicht, was er dachte.

Die Dame beugte sich in ihrem Stuhl vor. »Wissen Sie, wo sie ist?« fragte sie schnell.

»Nein, Madam. Sie?« fragte Mr. Pinner.

»Nein«, sagte die Dame mit einer etwas seltsamen Stimme und ließ den Kopf hängen.

Mr. Pinner stand da und fühlte sich wirklich sehr unbehaglich.

»Sind Sie ihr Vater?« fragte sie nach einer Minute.

»Stimmt, Madam«, sagte Mr. Pinner.

Sie kam auf ihn zu.

»Ich fürchte, Sie sind sehr unglücklich«, sagte sie und sah ihn an.

»Stimmt, Madam«, sagte Mr. Pinner.

Sie hielt ihm ihre Hand hin, ohne die Augen von seinem Gesicht abzuwenden.

Er schüttelte sie respektvoll, aber ohne Enthusiasmus.

»Oh, Sie frieren ja«, sagte sie.

»Stimmt, Madam«, sagte Mr. Pinner.

»Wollen Sie nicht zum Kamin kommen und sich ein wenig aufwärmen?« fragte sie, und bevor er Zeit hatte, sich zu überlegen, was er als nächstes tun wollte, fand Mr. Pinner sich auf einem Stuhl wieder, den die Dame für ihn herangezogen hatte. Er saß ganz auf der Kante des Stuhls, wärmte seine Knie und sagte gar nichts.

Die Dame redete ein wenig. Sie ließ ihm guten heißen Tee bringen, und während er ihn trank, redete sie ein wenig. Sie sagte, sie sei sicher, daß sie bald gute Neuigkeiten bekommen würden und daß er sich keine Sorgen machen sollte, denn sie war sicher . . .

Dann verstummte auch sie, und sie saßen nebeneinander und starrten ins Feuer. Komisch, dachte Mr. Pinner, wie er sich besser fühlte, wo sie doch einfach nur ruhig dasaßen und er wußte, wie leid ihr alles tat. Eine freundliche, gute Dame war das. Was meinte Sally denn damit, als sie sagte, er würde sie auch nicht ausstehen können, wenn er sie kennen würde? Das einzige, was an ihr nicht in Ordnung schien, soweit Mr. Pinner sehen konnte, war, daß sie so krank aussah. Halbtot, dachte Mr. Pinner.

Nachdem er bei ihr gewesen war, hatte er mehr Mut, in sein einsames Geschäft zurückzugehen. Sie versprach ihm hoch und heilig, ihn zu informieren, sobald es etwas Neues gab, und sagte ihm noch einmal, er sollte sich keine Sorgen machen, alles würde gut werden. Und so ging er getröstet von dannen.

Auch sie fühlte sich getröstet, als sie beobachtete, wie er zum Tor hinuntertrottete, sie fühlte sich nicht mehr ganz so einsam, nicht mehr ganz so verloren.

In der Zwischenzeit stand Mr. Thorpe, der mittlerweile zu Mittag gegessen und sich frischgemacht hatte, auf den Stufen von Goring House und fragte nach Lady Moulsford.

»Die gnädige Frau ist ausgegangen«, sagte der Lakai hochmütig, denn als Mr. Thorpe das Wort Moulsford hinzufügte, wußte er sofort, daß er nicht einer der Unsrigen war, wie der Lakai es nannte. Es nützte nichts, daß ein Auto auf ihn wartete, daß er einen Pelzmantel und Lederhandschuhe trug; er war einfach nicht einer der Unsrigen. Der Lakai, den Kopf zurückgeworfen, sah Mr. Thorpe mit einem ganz ähnlichen Blick an, mit dem zur gleichen Zeit der Schaffner Mr. Pinner ansah.

»Ausgegangen, eh?« sagte Mr. Thorpe. »Wann kommt sie wieder?«

»Das hat die gnädige Frau nicht gesagt«, sagte der Lakai, den Kopf weit zurückgeworfen.

»Sie haben hier eine junge Dame namens Luke. Ist sie zu Hause?«

»Mrs. Luke ist ausgegangen«, sagte der Lakai und begann, die Tür zu schließen.

»Ist irgend jemand zu Hause?« fragte Mr. Thorpe, der allmählich ärgerlich wurde.

»Die Familie ist ausgegangen«, sagte der Lakai. Er wollte gerade die Tür schließen, als Mr. Thorpe ganz nah an ihn herankam und ihn beschimpfte. Und da Mr. Thorpe ein schnelles und hitziges Temperament hatte, beschimpfte er ihn gründlich. Als der Lakai die bekannten Worte hörte, die ihn nicht nur stark an Lord Streatley, sondern auch an die verschiedenen Feldwebel erinnerten, unter denen er im Krieg gedient hatte, denn wie unterschiedlich der Lord und die Feldwebel äußerlich auch sein mochten, so hörten sie sich doch identisch an. Deshalb dachte der Lakai, daß Mr. Thorpe wohl doch ein Freund von Lady Laura sein mußte, so daß er die Tür wieder etwas öffnete. Mr. Thorpe ging weiter, wobei er den Lakaien weiterhin beschimpfte und etwas über Speichellecker sagte, das der Lakai noch nicht kannte, und trat in die Marmorhalle, die Sallys bescheidene Seele zum Erschaudern gebracht hatte.

Der Butler kam heraus. Während der Lakai hochmütig gewesen war, zeigte der Butler Höflichkeit. Er hatte einige der Dinge gehört, die Mr. Thorpe sagte, während er von seinem privaten Wohnzimmer in die Vorhalle lief, die vom Echo wiederhallte, und er hatte keinen Zweifel daran, daß das ein Freund der Familie war.

Lady Laura war zum Lunch nach Hause gekommen, ist aber wieder ausgegangen; Mrs. Luke war mit Lord Charles mit dem Auto unterwegs – wer zum Teufel war *das*, fragte sich Mr. Thorpe –, nach Crippenham, wo sie die Nacht über bleiben würde. Die gnädige Frau hat ein Telegramm vom gnädigen Herrn bekommen, in dem er ihr das mitteilte, und sie selbst würde am nächsten Morgen dorthin fahren.

»Wo ist Crippenham?« fragte Mr. Thorpe.

Der Butler war sehr überrascht. Bis zu dem Augenblick hatte er Mr. Thorpe für einen Freund, wenn auch für einen etwas unregelmäßigen Freund, von Lady Laura gehalten.

»Der Landsitz seiner Durchlaucht in Cambridgeshire«, sagte er, diesmal mit *hauteur*. »Seine Durchlaucht residiert zur Zeit dort.«

»Donnerwetter!« dachte Mr. Thorpe. »Hat sich gleich mit dem Herzog selbst bekannt gemacht, was?« Und seine Zuneigung zu Sally stieg weiter an.

Zu diesem Zeitpunkt begann Mr. Thorpe, der sich so gut betragen hatte, sich weniger gut zu betragen. In dem Augenblick, als der Druck nachließ, das heißt in dem Augenblick, als er nicht mehr litt, wurde er den Leiden der Lukes gegenüber unempfindlich. Anstatt sie ohne Verzug wissen zu lassen, was er herausgefunden hatte, behielt er alles für sich, versteckte sein Geheimnis und ließ einige Stunden verstreichen, bevor er jedem von ihnen ein Telegramm schickte: »Bin ihr dicht auf der Spur.«

Das reicht, dachte Mr. Thorpe, der wieder so unbeschwert wie ein Säugling war und sich schon nicht mehr vorstellen konnte, daß es auf der Welt etwas anderes gab als ebenso unbeschwerte Säuglinge wie ihn selbst – das würde reichen, nicht aufzugeben, ganz und gar reichen, damit es ihnen besser ging. Hätte er ihnen mehr mitgeteilt, so würden sie beide nach Crippenham eilen und die Hausparty des Herzogs stören. Die ganze Sache soll jetzt etwas vor sich hin köcheln, sagte Mr. Thorpe zu sich selbst. Sally sollte genug Zeit mit dem Herzog verbleiben, ohne daß Verwandte hereinstürzten und sie unterbrachen.

Was für ein Mädchen! dachte Mr. Thorpe, wobei er sich auf die Knie schlug – er war in seinem Auto, auf dem Weg in seinen Klub –, was für ein Mädchen! Sie mußte nur die Herzöge treffen, und schon fielen sie ihr zu Füßen. Nicht nur Schönheit zeichnete sie aus, nein, auch Temperament, Wagemut, Initiative, Potential! Die ganze Sorge hat sich gelohnt, bei diesem großartigen *dénouement*. Sicher und geborgen, mehr als je zuvor. Ein großartiges Mädchen, das hatte er gleich erkannt, und wie der Herzog war auch er ihr sofort zu Füßen gefallen. Was für ein Mädchen, dachte Mr. Thorpe, der zu glauben begann, sie würde sich selbst über ein Hindernis wie Jocelyn mit Triumph erheben, konnte alles erreichen, alles Menschenmögliche – es gab nichts, was Sally nicht erreichen konnte. Strahlend rief er Scotland Yard an, und später, nachdem er seinen Nachmittagstee zu sich genommen und eine Partie Bridge gespielt hatte, verschickte er die Telegramme.

Danach fuhr er seelenruhig nach Hause. Die Dinge sollten köcheln. Sie sollten eine Weile sich selbst überlassen werden. Er fuhr seelenruhig nach Hause nach Abergeldie, ohne Mrs. Luke mitzuteilen, daß er wieder da war. Er ging davon aus, daß ihre Gefühle durch sein Telegramm ausreichend beruhigt waren; jetzt sollten die Dinge erst mal köcheln. Er machte einen kleinen Spaziergang in seinem Garten, nahm dann ein heißes Bad, zog sich um, genoß sein Abendessen mit einem viertel Liter *Cordon Rouge* von 1911, und setzte sich danach mit einem großen Seufzer der Erleichterung an seinen Kamin in der Bibliothek.

Er rauchte, und er dachte nach. Das einzige, was er bereute, war der schimpfliche Name, mit dem er Lady Laura Moulsford vor diesem Narren Pinner bezeichnet hatte. Doch während er rauchte und nachdachte, kam es ihm nicht ein einziges Mal in den Sinn, das Verhalten der Familie Moulsford für schändlich zu halten oder gar zu verurteilen. Seltsam, wenn man bedenkt, wie schlecht sich diese Familie verhalten hat – Mr. Thorpe ließ seine Gedanken nur voller Wohlgefallen bei ihnen verweilen.

XV

Am nächsten Morgen war das Wetter in Crippenham sehr gut. London und South Winch lagen im Nebel, doch in Cambridgeshire schien die Sonne. Der Herzog wachte mit einer ungewohnt jugendlichen Ungeduld auf, er wollte schnell aufstehen und nach unten gehen. Er wußte, daß er gar nichts schnell machen konnte, doch das Seltsame war, daß er auch jahrelang kein Bedürfnis mehr verspürt hatte, irgend etwas schnell zu machen, und daß er es plötzlich spürte. Schon allein der Wunsch war angenehm und bemerkenswert.

Nachts hatte er nachgedacht – oder, genauer, Charles' Gedanken, die dieser ihm so insistierend dargelegt hatte, hatten sich gesetzt und ließen sich jetzt schon nicht mehr von seinen eigenen unterscheiden. Er hatte so lange nachgedacht, daß er erst kurz vor fünf eingeschlafen war. Doch dann hatte er sehr tief geschlafen, und als er aufwachte, war sein Zimmer von der Sonne erleuchtet, und er empfand diese seltsam angenehme Ungeduld, aufzustehen und aktiv zu werden.

Als Charles am gestrigen Abend aus dem Garten zurückkam und seinen zauberhaften Gast ins Bett packte, war er sehr verärgert gewesen und hatte den Erklärungen und Vorschlägen seines Sohnes nur störrisch zugehört, und zwar nicht deshalb, weil er nicht interessiert war oder es nicht mochte, wenn man ihm Vorschläge machte, sondern einfach deshalb, weil ihm schien, als würde in dem Moment, in dem das Mädchen das Zimmer verließ, das Licht ausgehen – das Licht und das Feuer. Sie hätte nicht auf Charles hören müssen. Warum sollte sie auf Charles hören? Sie hätte noch ein bißchen bei ihm bleiben können, um ihn durch den Anblick ihrer Schönheit und Jugend zu erwärmen. Sobald sie das Zimmer verlassen hatte, fühlte er sich alt, und er fror. Er war wieder in dem Zustand, in dem er sich befunden hatte, bevor sie gekommen war, zurück im Alter und der Taubheit und, wie störrisch er es auch immer verneinen mochte, in einer Eiseskälte.

Nun, dachte der Herzog, der sehr erstaunt darüber war, was für einen Unterschied es machte, daß sein Gast nicht mehr im Zimmer war, das ist genau das, was König David kurz vor seinem Ende geschehen ist. Diese Passage wurde in der Sonntagsschule zwar nicht vorgelesen, doch durch seine eigenen Bibelstudien, die er als kleiner Junge betrieben hatte, erinnerte er sich noch sehr gut daran, wie König David im Alter mit Kleidern bedeckt wurde, er aber nicht warm wurde, und nur ein junges Mädchen namens Shulamith war in der Lage, ihn durch ihre bloße Anwesenheit zu erwärmen. Der Herzog erwartete gar nicht eine solche Nähe, wie sie zwischen Shulamith und David geherrscht hatte, denn ihm genügte es, Sally einfach anzuschauen, vielleicht, weil er jünger war als David. Während Charles redete, erinnerte er sich an David und war sehr betrübt darüber, daß ein so geringer Wunsch, sie einfach anzusehen, ihm nicht gewährt wurde und daß Charles Sally um zehn Uhr ins Bett geschickt hatte.

Er war also verärgert, und deshalb tat er so, als würde er nichts verstehen und sei sowieso nicht interessiert. Doch er hatte alles sehr gut verstanden, und in der Nacht hatte er einen Entschluß gefaßt. In seinem Alter war es nicht empfehlenswert, lange über einen Entschluß nachzudenken; wenn er diese wunderschöne junge Person beschützen wollte – Charles hatte es helfen genannt, aber bedeutete helfen in Anbetracht der daraus folgenden Verpflichtungen nicht auch beschützen? –, dann mußte er sich beeilen.

Er klingelte eine halbe Stunde vor seiner gewöhnlichen Zeit nach dem Diener. Er wollte aufstehen, wollte zu Sally, sie sehen und ihre duftende, wunderbare Jugend um sich haben. Der bloße Gedanke an Sally ließ ihn glücklicher und wacher werden, als er es die ganzen letzten Jahre gewesen war. Ein Blick auf Sally, eine Minute, die man mit Sally verbrachte, war besser als vierzehn Tage Kur in Crippenham, die aus Ruhe und Diät bestand. Sie war so freundlich und intelligent, wie sie schön war – mit deutlichem Interesse lauschte sie auf jedes Wort, das er sagte, ohne herumzuzappeln oder müde zu werden, wie es den Menschen heutzutage zur Gewohnheit geworden zu sein schien. Mit ihr war es, als säße man in der Sonne, an einem warmen Frühlingsmorgen, überall herrscht Frische, die Blumen blühen, und alles ist voller Hoffnung.

Da der Herzog jetzt diese Quelle neuen Lebens entdeckt hatte, würde er sie natürlich nicht mehr gehen lassen. Im Gegenteil, es war seine feste Absicht, Sally mit aller Stärke und Starrhalsigkeit, die er noch besaß, festzuhalten. Welch ein Glück, daß sie arm und er derjenige war, der ihr helfen konnte. Denn wenn sie ihm all ihr Glück verdankte, dann konnte sie nichts dagegen tun, daß er bei ihr war. Charles hatte gesagt, es wäre neu und wünschenswert, einmal im Leben etwas zu tun, ohne etwas dafür zu bekommen, doch der Herzog zweifelte daran, daß so etwas überhaupt möglich war, wie sehr man es sich auch wünschte. In Sallys Fall war es eindeutig unmöglich. Was immer er tat, was immer er ihr gab, er würde sehr viel mehr zurückbekommen. Denn durch ihre Freundschaft und vielleicht Zuneigung, überhaupt durch ihre Existenz würde sie ihm Leben geben.

»Kommen Sie in den Garten, meine Liebe«, sagte er, nachdem man ihn sicher nach unten gebracht hatte – die Treppe war jedesmal aufs neue ein Abenteuer –, und steckte seine zitternde Hand durch ihren Arm. »Ich möchte Ihr Haar in der Sonne sehen, während ich mit Ihnen spreche.«

Während sie ihn vorsichtig hinausführte, dachte Sally, »Der arme alte Mann«, und sie störte sich an nichts, was er sagte. Ihr Haar, ihre Augen, all das *Oh, du meine Güte, sind Sie schön*, das sie ansonsten über war und fürchtete, störte sie bei diesem Alten nicht. Er war ein armer alter Herr, ein uraltes und praktisch hilfloses Baby, für das sie mütterliche Gefühle hegte. Als er in dem sonnengeschützten Stuhl saß, in den sie ihn gesetzt hatte, ihre Hand nahm, sie mit wässrigen alten Augen ansah und sagte, er würde ihr Crippenham schenken und lediglich zur Bedingung machen, daß er kommen und öfter eine Ruhekur machen dürfte, da lächelte und nickte sie so süß und freundlich, wie sie auch zu allem anderen, was er gesagt hatte, gelächelt und genickt hatte.

In Sallys Ohren erschienen die Worte des Herzogs wie das Stammeln eines Babys, mehr Bedeutung oder mehr Gewicht maß sie ihnen nicht bei. Er wollte ihr Crippenham schenken? Der arme alte Mann. Er wußte schon nicht mehr, was er sagte. Sie ließ ihn gewähren, sie streichelte seinen Arm, und sie wünschte sich von ganzem Herzen, daß Laura sich beeilen und sie zu ihrem Mann bringen würde.

Sally sehnte sich jetzt so sehr nach Jocelyn, als wäre sie leidenschaftlich in ihn verliebt. Er war ihr Mann. Er war der Vater ihres kleinen Babys. Sie gehörte zu ihm. Sie hatte genug von diesen Fleischtöpfen. Sie hatte Heimweh nach den Dingen, die sie kannte – nach den einfachen, schlichten Dingen, nach den Aufgaben, die sie verstand. Freundlich waren diese Perlen der Gesellschaft, ja, sehr freundlich, und sie meinten es gut, aber sie hatte nun genug davon. Es war nicht richtig, zumindest für sie, ein so fettes Leben zu führen. Was hätte ihr Vater gesagt, hätte er sie in der Nacht in Lauras Schlafzimmer gesehen, zwischen dem Haufen silberner Flaschen und Bürsten und Spitzen und Seidenstoffe, und sie selbst in diesem dünnen, fast durchsichtigen Seidennachthemd, worin sie aussah, als sei sie splitternackt? Was hätte er gesagt, hätte er gesehen, daß sie ihr Frühstück oben zu sich nahm, ganz so, als sei sie krank – und was für ein Frühstück! Fleischtöpfe, hätte er gesagt, Fleischtöpfe. Und er hätte gesagt, das wußte Sally sicher, die in ihren Bibelkenntnissen sicher, wenn auch ungenau war, daß sie ihren Mann für einen Haufen Fleischtöpfe verkauft habe.

Das war kein Leben für sie, das war kein Platz für sie, dachte sie, während sie den Kopf gebeugt hielt, die Sonne Wunder in ihrem Haar bewirkte und der Herzog redete. Ungeduldig zeichnete sie mit ihrer Schuhspitze Muster in den Kies. Sie hörte kaum zu. Ihr Ohr war auf die ersten Anzeichen von Laura eingestellt. Sie sehnte sich schmerzlich danach, mit dieser ganzen Zeitverschwendung ein Ende zu machen, sie sehnte sich danach, in ihrem eigenen Zuhause zu sein, endlich ihre Aufgabe zu erfüllen, sich um ihren Mann zu sorgen und alles für ihr Kind vorzubereiten.

»Heute is' Samstag«, träumte sie, wobei ein so verzückter Ausdruck in ihre Augen kam, daß der Herzog, der sie beobachtete, sicher war, daß sein Geschenk sie so überglücklich machte. »Wir könn' Kartoffeln mit Fleisch zu Mittag essn – oder vielleicht 'n bißchen Fisch ...«

Seufzend wachte sie aus diesem angenehmen Traum auf und dachte: »Hätte nie jemand von den' hier treffn solln. Das is' nur, weil ich weggelaufn bin.«

Sie drehte sich entschuldigend dem Herzog zu, den sie für einen Moment vergessen hatte. Außerdem schämte sie sich für ihre undankbaren Gedanken. Der arme alte Mann – immer noch redete er davon, daß er ihr Crippenham schenken wollte. Crippenham? Da könnte man ihr genauso gut den Buckingham-Palast schenken, wenn er schon mal dabei war, der war genauso groß und furchterregend – oder, was fast dasselbe wäre, ein Gefängnis.

Es war wie ein schlechter Traum, daß sie hier festgehalten wurde, daß der Morgen verging und sie nicht in der Lage war, über diesen Abgrund der Taubheit zu ihm zu gelangen. Um elf Uhr war sie ganz blaß vor Unglück, sie konnte es kaum noch länger ertragen. Ob sie ihre guten Manieren mal wieder vergessen und ein weiteres Mal die Fliege machen sollte? Dieses Mal jedoch wäre kein freundlicher Schwiegervater da, der ihr sein Auto leihen würde, dieses Mal müßte sie zu Fuß gehen – den ganzen Weg zu Fuß gehen, und wenn sie ankam, müßte sie Jocelyn ganz auf sich allein gestellt finden. Und der alte Mann hörte nicht auf damit, daß Crippenham ihr gehören würde, und alles, was darin stand . . .

»Er is' nur 'n bißchen wirr«, sagte Sally verzweifelt zu sich selbst. »Sitzt wie so 'ne alte Statue da. Was weiß *er* denn, was 'ne verheiratete Frau zu tun hat?«

»Wo ist Charles?« fragte der Herzog.

Sally schüttelte den Kopf. Sie hatte ihn den ganzen Vormittag noch nicht gesehen.

»Er soll meinen Notar bestellen – keine Zeit zu verlieren«, sagte der Herzog. »Sie sollen das Haus mit allem, was dazugehört, bekommen, meine Liebe, so wie es jetzt ist – Dienerschaft inbegriffen.«

Dienerschaft inbegriffen? Der arme alte Herr. Oje, sie wüßte nicht, was sie mit ihnen anfangen sollte. Sie und Diener? Noch dazu diese hier, die sich nicht mit ihr anfreunden wollten, wie sehr sie es in ihrem Schlafzimmer auch versucht hatte. Sie nannten sie gnädige Frau. Sie eine gnädige Frau? Meine Güte, dachte Sally und schrak vor einer so furchtbaren Vorstellung zurück.

»Es ist eine erbärmliche Hütte«, redete der Herzog weiter, »und Ihrer ganz unwürdig, aber wir können mehr Badezimmer einbauen lassen, und es wird solange ausreichen, bis wir etwas Besseres finden. Charles hat mir erzählt, Sie haben sehr plötzlich geheiratet und haben im Moment nichts, wo Sie wohnen können. Er hat auch gesagt, Sie müssen in der Nähe von Cambridge wohnen, weil Ihr Mann dort studiert. Und er sagte auch noch, und da stimme ich völlig mit ihm überein, meine Liebe, daß Sie nicht in Cambridge selbst sein sollten, sondern an einem etwas zurückgezogeneren Ort – einem Ort, wo man Sie nicht so viel sieht, an einem versteckten Ort, genauer gesagt. Ich glaube, daß Crippenham trotz aller Nachteile diese Anforderungen ausgezeichnet erfüllt. Ich möchte, daß Crippenham Ihnen gehört, meine Liebe. Nehmen Sie es als mein Hochzeitsgeschenk an, und seien Sie glücklich darin, segnen Sie es und verschönern Sie es durch Ihre Anwesenheit.«

Soweit der Herzog.

»Er redet *so* viel«, dachte Sally, die nur hoffte, endlich wegzukommen.

Charles, nach dem der Herzog verlangte, konnte nirgendwo gefunden werden. Das lag daran, daß er in South Winch war. Er war schon bei Sonnenaufgang mit dem Auto losgefahren, und genau in dem Moment, als seinem Vater seine Abwesenheit bewußt wurde und dieser fragte, wo er denn sei, stand er im Wohnzimmer von Almond Tree Cottage, die Augen ungeduldig auf die Tür geheftet, und wartete auf Mrs. Luke.

Er hatte nicht einschlafen können, weil er die ganze Nacht an sie denken mußte. Irgendwie war ihm die Idee gekommen, daß sie, mehr noch als ihr Sohn, unter Sallys Verschwinden leiden würde und Angst hätte. Denn sie würde spüren, daß das Mädchen vor ihr davongelaufen war, dachte Charles, und daß jedes Unglück, das ihr zustieße, auf ihr Konto gehen würde. Zwei Tage und Nächte mußte diese unglückliche Frau die Hölle durchgemacht haben. Was Charles nicht begreifen konnte, war, warum er nicht früher daran gedacht hatte. Sein und Lauras Verhalten war in der Tat unverzeihlich. Das wenigste, was er jetzt tun konnte, dachte er, als er in der Nacht halbwach dalag, war, ohne

Verzögerung nach South Winch zu fahren, Mrs. Luke aus ihrer Pein zu befreien und sie um Verzeihung zu bitten.

Sie war im Garten, als er ankam. Das kleine Hausmädchen starrte auf seine Karte, die er ihr gab, um sich anzumelden, sagte, sie würde ihre Herrin holen, und führte ihn ins Wohzimmer, wo er bei den Büchern, den bunten Kissen, dem Tiepolo und zwei verblühten Tulpen in einer Vase, wo das Wasser fast gänzlich verdunstet war, auf Mrs. Luke wartete. Während er wartete, kämpfte er mit aller Kraft gegen ein Gefühl, das er unter den gegebenen Umständen für äußerst verachtenswert hielt: daß er einen Gnadenbesuch machte, mit heilenden Flügeln kam, daß er eine Art Wohltäter war.

Streng sagte er zu sich selbst, daß er nichts als Scham empfinden sollte, streng versuchte er, seine begeisterte, unangebrachte Selbstzufriedenheit zu unterdrücken. In dieser Geschichte war nichts Gutes über ihn oder Laura zu sagen. Sie beide hatten auf geradezu verbrecherische Weise impulsiv und egoistisch gehandelt. Er wußte es, er akzeptierte es. Dennoch stand er hier, innerlich begeistert, seine Augen auf die Tür geheftet, und er war so aufgeregt, als würde er gleich ein unglaublich großzügiges, unerwartetes Geschenk machen.

Die Tür wurde geöffnet, und Mrs. Luke kam herein. Er war sicher, daß das Mrs. Luke sein mußte, denn niemand sonst konnte so unglücklich aussehen, und seine Begeisterung verschwand vollkommen, während ein Gefühl von Scham und Reue ihn überwältigte.

»Sie ist in Sicherheit«, sagte Charles schnell, der den Ausdruck in ihren Augen auf der Stelle verändern wollte. »Sie ist bei meinem Vater. Sie fährt heute nach Cambridge zu Ihrem Sohn. Sie war die ganze Zeit bei uns . . .«

Er ging zu ihr, nahm ihre Hand und küßte sie.

»Wenn es nicht so lächerlich wäre«, sagte er, sein Gesicht ganz rot vor schmerzlicher Reue, während er ihre Hand hielt und in ihre schweren Augen mit den dunklen Ringen blickte, »dann würde ich gerne vor Ihnen auf die Knie gehen und Sie um Verzeihung bitten.«

Während Charles in South Winch war, war Laura in Cambridge und kümmerte sich um Jocelyn. Ebenso wie Charles war auch ihr das Leid der Lukes zu Bewußtsein gekommen, und wie er war auch sie von dem Gedanken besessen und baß erstaunt darüber, daß sie nicht früher an die Lukes gedacht hatte. Doch aus einem unerklärlichen Grund oder Instinkt lagen ihre Gewissensbisse und Sympathien eher auf Jocelyns Seite als auf der seiner Mutter. Nach einer zweiten schlaflosen Nacht, in der das Bild des unglücklichen jungen Ehemannes sie verfolgte und quälte, fuhr sie deutlich ernüchtert mit dem ersten Zug nach Cambridge und hatte nur den einen Wunsch, ihn aus seinem Elend zu befreien und um Vergebung zu bitten.

Jocelyn saß herum und tat gar nichts, das unberührte Frühstück neben sich auf dem Tisch. Er saß in dem Korbsessel, den alle jungen Männer in Cambridge in ihren Zimmern hatten. Er hatte eine gebeugte Haltung eingenommen, die dünnen Hände lagen so eng um die Knie, daß seine Knöchel weiß hervortraten, die Ohren waren angespannt für das geringste Geräusch auf der Treppe, die Augen hohl durch den Mangel an Schlaf. Er saß da, wie er den Großteil des gestrigen Nachmittags und fast die ganze Nacht dagesessen hatte, nachdem er Mr. Thorpes Telegramm bekommen hatte, saß da und lauschte, und vielleicht zum ersten Mal in seinem Leben tat er etwas Ähnliches wie beten, denn seine

Mutter hatte religiöse Übungen nicht zu einem Bestandteil seiner frühen Erziehung gemacht. Endlich hörte Jocelyn die Schritte einer Frau, die über Austen's Court gingen, die stockten, er war sicher, es war an seiner Ecke, die dann langsam seine Treppe nach oben stiegen und auf der ersten Etage ein weiteres Mal innehielten.

Sein ganzes Blut schien ihm in den Kopf zu steigen und dort zu pochen. Sein Herz klopfte so laut, daß er kaum noch die Schritte hören konnte. Er kämpfte sich aus seinem niedrigen Sessel heraus, stand da und horchte, wobei er versuchte, sich zu beruhigen. Würden sie höher hinauf kommen? Ja – sie kamen höher. Ja – es mußte Sally sein. Sally . . . oh, oh, *Sally!*

Er raste zur Tür, riß sie auf und sah – Laura.

»Es ist schon in Ordnung«, keuchte sie, denn die Treppe war steil und sie war beleibt, »es ist . . . wegen Sally . . . gukken Sie nicht so . . .«, sie hielt inne, um Atem zu holen, »so furchtbar enttäuscht. Sie ist in Sicherheit. Wenn Sie . . . oh, was für eine *Treppe* . . .«, sie drückte ihre Hand auf ihren wogenden Busen, »mit mir kommen, dann . . . bringe ich Sie . . . zu ihr . . .«

Als sie endlich oben angekommen war, stolperte sie an ihm vorbei in sein Zimmer und ließ sich in den Korbsessel fallen, und für ein oder zwei Minuten tat sie nichts anderes als Luftholen.

Doch wie schwierig sie ihn fand. Jocelyn, dessen Reaktionen immer heftig waren, benahm sich ganz anders, als seine Mutter sich in diesem Moment benahm, wo er sich in derselben Situation befand, daß ein Mitglied der Familie Moulsford ihn um Vergebung bat. Anstatt, wie Laura es sich vorgestellt hatte, ihr zu vergeben und hocherfreut zu sein, weil er Sally bald wieder zurückbekommen würde, so daß ihm alles andere egal war, schien es ihm ganz und gar nicht egal zu sein. Statt dessen stritt er mit ihr. Sie, die daran gewöhnt war, daß alles, was sie tat und was vielleicht nicht ganz richtig war, von allen sozialen Klassen außer ihrer eigenen vergeben und übersehen wurde, war erstaunt. Hier war sie, tat etwas, was sie nie zuvor getan hatte, indem sie einen jungen Mann bat, ihr zu vergeben, und er tat es nicht. Im Gegenteil, er schrie sie an. Schrie sie an! Sie, Laura Moulsford. Sie wußte, daß die Armen den Reichen viel vergaben, und hatte diese Praxis mehrfach beklagt, da sie den Fortschritt aufhielt, doch jetzt, wo man das Gegenteil mit ihr praktizierte, gefiel es gar ihr nicht.

»Oh, was für ein entsetzliches Temperament Sie haben!« rief sie schließlich, nachdem ihr Jocelyn, gegen den Kaminsims gelehnt und sie mit vor Unmut funkelnden Augen anstarrend, zehn leidenschaftliche Minuten lang gesagt hatte, was er von ihr hielt. »Jetzt bin ich froh darüber, was ich getan habe, anstatt daß es mir leid tut. Wenigstens hatte Sally zwei Tage lang ihre Ruhe vor Ihnen.«

»Wenn Sie mich jetzt auch noch beschimpfen wollen...«, begann Jocelyn und machte einen schnellen Schritt nach vorn, ganz so, als wolle er die fette, kleine, unglaublich aufdringliche Unbekannte ergreifen und schütteln – es war so typisch für ihn, hätte seine Mutter gesagt, seine Zeit damit zu verschwenden, wütend zu sein, anstatt sofort darauf zu bestehen, daß sie ihn zu Sally brachte.

Doch Laura, die nicht an seine Art gewöhnt war, war erstaunt.

Dann riß er sich zusammen. »Es sind nicht Sie, die ich eigentlich verfluche«, sagte er. »Ich verfluche eigentlich mich.«

»Nun, dagegen habe ich nichts«, sagte Laura lächelnd.

»Ich habe ein furchtbares Temperament«, sagte Jocelyn.

»Das sehe ich«, sagte Laura.

»Denken Sie«, sagte er, trotz all seines Ärgers sanft und verletzlich durch die zwei furchtbaren Tage, und als diese fette Fremde ihn anlächelte, hatte sie etwas sehr Mütterliches an sich, »daß ich es jemals überwinden werde?«

»Vielleicht, wenn Sie es versuchen – ernsthaft versuchen.«

»Aber... Sehen Sie, mir ist es egal, was Sie sagen... was für ein *Recht* hatten Sie, mir meine Frau wegzunehmen?«

»Jetzt fangen Sie schon wieder an.«

»Nehmen mir meine Frau weg, entzweien mich auf ewig von meiner Mutter...«

»Oh, *oh*...«, unterbrach Laura ihn, hielt sich die Ohren zu und beugte ihren Kopf vor dem Sturm.

Es dauerte weitere zehn Minuten, bis sie ihn endlich aus seinem Zimmer geholt und in ein Taxi gesetzt hatte.

»Wir haben zwanzig Minuten verloren«, sagte sie mit einem Blick auf ihre Uhr. »Sie haben zwanzig Küsse verloren, die Sie hätten haben können...«

»Um Himmels willen, quälen Sie mich nicht!« schrie Jocelyn, packte sie am Arm und zog sie ins Taxi.

»Aber was«, fragte Laura, die sich krachend auf dem Sitz niedergelassen hatte und der es nichts ausmachte, daß er sie zog, denn sie wußte, daß sie eigentlich Schlimmeres verdient hatte, »was kann man mit einer Person wie Ihnen anderes tun?«

Und während sie in Richtung Crippenham fuhren, machte sie ihm voller Ernst klar, Sallys wirklicher Fehler sei gewesen, unter ihrem Stand zu heiraten.

»Unter ihrem Stand?« wiederholte Jocelyn und starrte sie an.

»Ist das nicht offensichtlich?« fragte Laura. »Engel sollten nur andere Engel heiraten, anstatt sich in Affären mit völlig gewöhnlichen . . .«

»Nein, ich will verflucht sein, wenn ich gewöhnlich bin«, dachte Jocelyn. »Und wer zum Teufel ist *sie* überhaupt?«

». . . launischen . . .«, fuhr Laura fort.

»Ja, ich bin schrecklich launisch«, gab er zu.

». . . eingebildeten . . .«

»Ich schwöre, daß ich nicht eingebildet bin«, sagte er.

»Tatsächlich?« sagte Laura, drehte sich zu ihm und untersuchte ihn mit ihren leuchtenden, durchdringenden Augen.

Und da sah sie das Auto ihres Vaters, das ihnen schnittig und ruhig wie ein Pfeil entgegenkam.

»Oh, halten Sie an!« rief sie, sprang auf und warf sich mit soviel Wucht gegen das Fenster, wie es nur möglich war. »Da ist mein Vater . . . ja, und Sally. Stop . . . *stop!*« schrie sie und winkte heftig mit den Armen.

Das Schicksal wollte es, daß Jocelyn und Sally mitten auf der Straße kurz hinter Waterbeach wieder miteinander vereint wurden, an der Stelle, wo die Straße zu Lyddiatts Farm abbiegt. Denn des Herzogs Wunsch, seiner entzückenden Freundin zu helfen, und seine Begeisterung waren so groß, daß er tatsächlich seine Regel gebrochen hatte, Crippenham nicht zu verlassen, wenn er erst einmal dort war, bis er wieder abfahren würde. Und so wollte er sie selbst nach Ananias bringen, um sie ihrem Mann zu übergeben und hinterher mit dem Master von Ananias zu Mittag zu essen.

Das war eine ganz unerhörte Sache, dieses Mittagessen, denn dem Herzog mißfiel die Politik des Masters und dem Master mißfiel die des Herzogs. Doch was tat man nicht alles, um die Interessen des jungen Paares zu fördern, und sei es nur, daß man ein paar gute Worte für sie einlegte?

Das alles hatte er am selben Morgen organisiert, bevor er die Treppe herunterkam. Sein verblüffter Diener gab die Nachricht telephonisch durch und empfing die heuchlerische Antwort des Masters, er sei entzückt. Denn abgesehen von der Politik des Herzogs hatte der Master genausowenig Vergnügen an einem tauben Gast wie alle anderen. Und gerade als Sally auf dem Gartenstuhl saß und an die Grenzen ihrer Geduld und Belastbarkeit gelangte und ernsthaft daran dachte, aufzuspringen und sich aus dem Staub zu machen, tauchte das Dienstmädchen auf dem Gartenpfad auf. Als es ganz nahe stand, öffnete es den Mund sehr weit und brüllte heraus, daß das Auto bereit stehe. Der Herzog tätschelte Sally ein letztes Mal voller Wohlwollen und bat sie, ihren Hut zu holen und mit ihm zu ihrem Mann zu fahren.

So kam es, daß sie sich trafen – das Taxi und der Rolls-Royce, Laura und Jocelyn, Sally und der Herzog. Und in Swaffenham Prior, Teil von Waterbeach, wo das krumme Schild den Weg zu Lyddiats Farm weist, erstrahlte eine langweilige, leere Straße an diesem Tag einen Augenblick lang vor Glück.

»Stop! Stop!« schrie Laura und winkte heftig.

»Sally! Oh . . . oh, *Sally*!« schrie Jocelyn, der ebenfalls aufstand und versuchte, hinter Laura zu winken.

Der Chauffeur erkannte Laura und blieb stehen, sobald es ging. Das Taxi kam mit quietschenden Bremsen zum Stehen. Jocelyn sprang aus der einen Tür heraus, Laura aus der anderen, und beide begannen zu rennen.

»Was is'n los«, sagte Sally, die nicht wußte, was geschehen war, drehte sich um und blickte erstaunt auf die beiden rennenden Figuren, die von hinten kamen. »Da is' ja« – sie vergaß einen Augenblick lang, daß der Herzog taub war –, »da is' ja Mr. Luke . . .«

Und eine Sekunde später war Jocelyn schon da, auf dem Trittbrett des Autos, lehnte sich hinein, zog Sally mit beiden Armen zu sich, umarmte sie kräftig und küßte sie, als seien sie die einzigen Menschen auf der Welt.

»Sally . . . oh, mein *Liebling*! Oh, Sally . . . oh, oh, *Sally*!« rief Jocelyn, während er sie abküßte. »Wie konntest du . . . warum . . . o ja . . . ich weiß, ich weiß . . . ich war ein Unmensch . . . aber nie wieder . . . ich schwöre . . .«

»Nein, Mr. Luke, nich'«, brachte Sally heraus, obwohl sie fast erstickt wurde, »schwörn Se nich' . . .«

Sie zog ihren Kopf weg, so daß es ihr gelang, den Anstand zu wahren, und stellte ihn vor.

»Mein Mann«, sagte Sally, während sie über seinen Arm, der um ihren Hals lag, auf den alten Mann neben ihnen schaute. »Der Herzog«, sagte sie, und drehte sich zurück zu Jocelyn, der die Vorstellung gar nicht zur Kenntnis nahm, der sie gar nicht hörte, denn in dem Augenblick, als sie ihr Gesicht – ihr göttliches, göttliches Antlitz! – zu ihm drehte, fing er wieder an, sie zu küssen.

Und Laura, die erst jetzt keuchend ankam, stellte sich auf das Trittbrett auf der anderen Seite des Autos und brüllte ihrem Vater, der immer alles verstand, was sie sagte, ins Ohr: »Das ist Jocelyn Luke, Vater . . . Sallys Mann.«

Und der Herzog sagte: »Das dachte ich mir.«

XVI

Nun, das Ende dieser Geschichte, die eigentlich erst der Anfang von Sally ist, nur eine Einführung, denn man soll nicht denken, daß nichts mehr in ihrem Leben geschah, – das Ende der Geschichte sah so aus, daß sie tat, was man ihr sagte, und nach Crippenham zog. Wäre der Duke jünger als dreiundneunzig gewesen, dann hätte es einen Skandal gegeben.

Doch wenn jemand älter als neunzig ist, dann gibt es kaum noch Skandale. Das Schlimmste, was man über die Lukes sagte, war, daß sie den alten Mann übertölpelt hatten, doch niemand, der Sally sah, glaubte das. Vielmehr begriff jeder, der sie erblickte, das Verhalten des Herzogs augenblicklich, und nach fünf Minuten in ihrer Gesellschaft war jedem glasklar, daß sie nicht in der Lage war, irgend jemanden zu übertölpeln. So jung, so schüchtern, so gehorsam – wie absurd es war, anzunehmen, sie hätte jemals so etwas wie einen Zweck verfolgt. Und ihr Mann war genauso; es war unmöglich, sich vorzustellen, daß dieser stille Gelehrte, der auch so jung war, und fast genau so schüchtern, oder vielleicht auch nur sehr mürrisch – es war unmöglich, sich vorzustellen, daß er etwas im Schilde führte. Ganz im Gegenteil, das, was ihm geschehen war, schien ihm nicht besonders zu gefallen, denn er zeigte keine Anzeichen von Freude oder Dankbarkeit. Doch über Jocelyn dachte niemand lange nach. Er war für die große Welt von wenig Interesse. Er war einfach ein unbekannter junger Mann in Cambridge, jemand, den die Schöne des Herzogs geheiratet hatte.

Sally machte also bezüglich Crippenham das, was man ihr sagte. Sie bekam es geschenkt, und sie nahm es an; oder genauer gesagt, es wurde ihres, denn ihre Einstellung zeichnete sich durch völlige Passivität aus. Doch sie zeigte eine ungeahnt zähe Beharrlichkeit, die sich später auf beunruhigende Weise entwickeln sollte: Sie weigerte sich, irgendwo anders zu wohnen als in dem kleinen Häuschen mit den vier Zimmern in der Ecke des Gartens, das vor vielen Jahren als Spielhaus für Laura und Charles gebaut worden war.

In dieser Sache war sie wie ein Felsen, ein höflicher Felsen, gegen den alle Überredungskünste, wie freundlich und lieblich sie auch angehört wurden, vergeblich ankämpften. Und so stattete der Herzog das kleine Haus mit allen denkbaren Haushaltsgeräten aus, die das Leben erleichtern, die Sally jedoch nie benutzte, da sie in einem festen Glauben an der eigenen Hände Arbeit großgeworden war. Der Herzog ließ zwei Badezimmer einbauen, eines für sie und eines für Jocelyn, und er maß diesen Badezimmern eine solche Bedeutung zu, und er beharrte so vehement darauf, sie einbauen zu lassen, daß Sally nur die Schlußfolgerung ziehen konnte, die Perlen der Gesellschaft mußten sich wohl unglaublich viel waschen. Sie waren wohl wie weiße Grabsteine, dachte Sally insgeheim; innen so sauber wie außen, man könnte wohl von ihnen essen, wenn man müßte, doch offensichtlich war das alles nur Schau und Getue.

Der Herzog, der zunächst sehr bekümmert darüber war, ließ Sally ihren Willen und erklärte es sich damit, indem er sich an Marie-Antoinette erinnerte. Diese hatte ihr Trianon gehabt. Und wie Sally, so hatte auch Marie-Antoinette das Spiel des einfachen, schlichten Lebens gespielt. Er tröstete sich damit, daß er es Klein Trianon nannte. Sally akzeptierte diesen Namen geduldig, obwohl sie zu Jocelyn sagte, daß sie selbst ihn nicht ausgesucht hätte. Jocelyn war so perplex über die seltsame Wendung, die sein Leben genommen hatte, daß Sally feststellte, wie gut man mit ihm plaudern konnte, denn er korrigierte sie nie mehr und erwiderte eigentlich überhaupt nichts auf ihre Bemerkungen. Der Herzog glaubte fest daran, daß dieses entzückende Wesen eines Tages erwachsen und ihres Trianons überdrüssig werden würde. Und dann, wenn sie in ihr Haus ziehen wollte, dann würde sie Versailles fertig vorfinden, ganz anders als das, was es gewesen war.

Und unter dem Vorwand, die Bauarbeiten persönlich überwachen zu müssen, verließ er Crippenham nur noch selten. Wäre er jünger gewesen als dreiundneunzig, so hätte es ganz sicher einen Skandal gegeben . . .

Jocelyn, der nach der wilden Freude und Erleichterung, daß er Sally wiederhatte, zu sich kam und sich als ständigen Gast des Herzogs wiederfand, wußte nicht, ob er erfreut oder verärgert sein sollte. Die Probleme, die sich für sein und Sallys Leben gestellt hatten, waren gelöst, das stimmte, doch er war sich nicht ganz sicher, ob ihm die Probleme nicht lieber waren. Er rieb sich die Augen. Das war einfach phantastisch. Es hatte keinen Bezug zum richtigen Leben, dem Leben, das aus harter Arbeit und ständigem Fortschritt in seiner Klosterzelle in Ananias bestand. Auch die verkehrte Welt verwirrte ihn. Da war der Herzog, der davon überzeugt war, Sally habe unter ihrem Stand geheiratet, und er war so unbeirrbar davon überzeugt, daß Jocelyn enorme Schwierigkeiten hatte, nicht auch selbst daran zu glauben. Er konnte sich dem Eindruck, den der Herzog auf ihn machte, nicht entziehen. Er hatte nie zuvor einen Herzog gekannt, war nie zuvor auch nur in die Nähe eines Herzogs gekommen, und er war beeindruckt. An diesem ersten Nachmittag, als der Rolls-Royce ihn nach Crippenham brachte, verbrachte er die Zeit zwischen Mittagessen und

Nachmittagstee mit dem alten Mann in seiner Bibliothek. Der Herzog hielt ihm eine Standpauke, denn, so sagte er ihm streng, Jocelyn habe die Situation ausgenutzt, habe Sallys Jugend und Unerfahrenheit und die Tatsache, daß sie keine Mutter hatte, ausgenutzt, um sie zu einer Ehe zu überreden, die offensichtlich eine soziale Katastrophe für sie bedeutete. Und selbst wenn Jocelyn dem Herzog von Mr. Pinner hätte erzählen wollen, was er sicherlich nicht wollte, so hätte er es nicht gekonnt, denn es war für ihn unmöglich, die Barriere seiner Taubheit zu überwinden. Der alte Mann hatte dagesessen, mit hängenden Augenbrauen und einer lauten, festen Stimme, und ihn Stunde um Stunde angebellt. Jocelyn hatte dagesessen, jung, hilflos, still, mit schweißgebadeter Stirn, und hörte sich unter anderem eine Beschreibung all der Ehren an, die Sally erfahren hätte, wenn er sie nicht dazu verführt hätte, ihn zu heiraten. Der Herzog war sich der Tatsachen so sicher, und er war so unbeugsam, daß Jocelyn allmählich zu denken begann, es müsse ein Körnchen Wahrheit darin liegen, und mit jeder Minute kam er sich immer mehr wie ein Übeltäter vor. Er fragte sich, ob in den Augen des alten Mannes ein großer Unterschied zwischen ihm und Pinner bestehen würde. Gab es in den Augen überhaupt von irgend jemandem einen Unterschied? Mehr Bildung, das war alles. Doch Familie besaß er, im Sinne, wie der Herzog es verstand, genauso wenig wie Pinner, und wenn Pinner auf eine gute Schule gegangen wäre, wie er es getan hatte, und dann nach Cambridge gegangen wäre – nein, für Pinner wäre es Oxford gewesen –, dann hätte er sicherlich eine genauso gute Figur gemacht, wenn nicht in den Naturwissenschaften, dann in irgend etwas anderem, vielleicht als ein ehrwürdiger Geistlicher.

So saß er da, stumm und schwitzend, und fühlte sich zunehmend schuldig. Selbst wenn er etwas hätte erwidern können, so hätte er es nicht getan, denn der Herzog wirkte besänftigend auf ihn.

Diese Sanftmut hielt jedoch nicht an. Allmählich, nach einer Periode der Verwirrung, wich sie einer Art Verdruß, was sich im weiteren zu der wachsenden Überzeugung entwickelte, daß er nur ein Werkzeug in den Händen anderer war – er, der, hätte man ihn allein gelassen, fast alles hätte erreichen können.

Das gefiel ihm natürlich nicht. Doch wie konnte er es im Augenblick ändern? Sally würde ein Baby bekommen. Sie mußten irgendwo wohnen. Die ganze Sache war wirklich ein Geschenk des Himmels. Doch Sally, die er hatte formen wollen, formte nun ihn. Unbewußt, es hatte nichts mit einer Absicht oder einem Bedürfnis ihrerseits zu tun. Und das, wozu sie ihn formte, dachte Jocelyn, während er jeden Tag zwischen Crippenham und Cambridge hin und her fuhr, zwischen seinem Eheleben und seiner Arbeit, zwischen einer seltsamen Mischung von Gefühlen an dem einen Ende und von klarer Ruhe und Selbstrespekt am anderen, während er mit gerunzelter Stirn über alles nachdachte, was in den wenigen Wochen geschehen war, seit er Sally in sein Leben geholt hatte –, das, wozu sie ihn formte, war ein Werkzeug in den Händen anderer.

Ja. Ganz einfach.

Waren alle Ehemänner Werkzeuge in den Händen anderer?

Wahrscheinlich, dachte Jocelyn.

Auch Mrs. Luke reagierte sanftmütig auf die Moulsfords. Ihre Sanftmut jedoch hielt an. Sie war andauernd beeindruckt. Außerdem konnte sie nichts dagegen tun. Jocelyn hatte sie verlassen, sie hatte ihn für immer verloren, er würde niemals zurückkommen in dieses alte Leben, wo er völlig von ihr abhängig gewesen war. Und wenn er schon gehen mußte, wenn sie ihn verlieren mußte, dann verlor sie ihn an niemanden in der Welt bereitwilliger als an den Herzog von Goring. Denn das war ein wunderbarer, ein erhabener Verlust.

Nachdem Lord Charles, den sie auf wundersame Weise attraktiv fand, sie besucht hatte und sie wieder zu sich kommen konnte, nachdem sie sich ein wenig von dem furchtbaren Elend, das sie durchgemacht hatte, erholt hatte und sich nicht mehr ganz so krank fühlte, da fand sie es leicht, ihre *mauvais quart d'heure* zu verzeihen. Die Moulsfords überschütteten ihren Jungen mit Wohltaten. Sie lösten all seine Probleme. An dem Morgen, als sie so unglücklich gewesen war, war Lord Charles so wunderbar freundlich und mitfühlend gewesen und hatte ihr erzählt, daß der Herzog, sein Vater, dem jungen Paar helfen wollte. »Wissen Sie, mein Sohn hat den diesjährigen Rutherford-Preis gewonnen«, hatte sie gesagt. »Selbstverständlich weiß ich das«, hatte er in seiner charmanten, angeregten Manier geantwortet und hinzugefügt, wie sehr sein Vater sich für die Karriere begabter junger Männer interessierte, besonders in Cambridge, und sie auf jede erdenkliche Weise unterstützte. Wer würde unter solchen Umständen nicht vergeben?

Mrs. Luke vergab ihnen.

Dennoch war es eine Tatsache, daß sie jetzt allein war, und sie konnte sich nicht vorstellen, wie ihr Leben sich ohne Jocelyn gestalten würde. Denn wie konnte man ohne ein Objekt leben, ohne eine *raison d'être*? Wie konnte man leben, wenn man nicht mehr gebraucht wurde?

In diesem Jahr kam der Frühling spät, und er war kalt. Die Tage schleppten sich dahin, wobei einer leerer war als der andere. Kaum boten sie einen Grund, warum man jeden Morgen aufstehen und sich für solche Tage anziehen sollte – erbarmungslose, herzlose, tote Tage. Sie versuchte, sich zu trösten, indem sie sich daran erinnerte, daß sie zumindest nicht mehr geschlagen und erniedrigt war, daß sie South Winch erhobenen Hauptes ins Gesicht sehen konnte, und das stolzer als je zuvor. Doch selbst dieser Trost schien seine Süße verloren zu haben. Früher oder später geschah es allen Müttern, dieser entscheidende Verlust, diese endgültige Trennung, und sicherlich war es keiner von ihnen je auf so großartige Weise geschehen wie ihr. Sie durfte sich nicht beklagen. Sie mußte sehr dankbar sein. Sie *war* sehr dankbar. Wie Toussaint l'Ouverture – schon wieder Wordsworth – hatte sie große Verbündete, sagte sie zu sich selbst, wenn sie an den kühlen Frühlingsabenden nach einem weiteren leeren Tag allein an ihrem Kamin saß. Glücklicherweise waren ihre Verbündeten von anderer Art als die des armen Toussaint, denn wie sehr man Jubel und Qualen und Liebe und den unbesiegbaren Geist des Menschen in der Theorie schätzen mochte, so zog sie persönlich die Moulsfords vor.

Wirklich?

Ein rauher kalter kleiner Zweifel schlich sich ein. Als die Wochen vergingen, wurde der Zweifel noch kälter. Die unsichtbaren Moulsfords; die freundlichen und entzückenden Moulsfords, wenn man sie traf, die man jedoch nie traf; Moulsfords, die fast intime Freunde zu sein schienen; Moulsfords, die sagten, sie würden wiederkommen, und nie kamen; Moulsfords, die gütig waren, doch woanders: Waren diese Moulsfords auf lange Sicht denn mehr als das Thema vorsichtiger und bescheidener Unterhaltungen in South

Winch – South Winch nahm zwar offensichtlich voller Ehrfurcht zur Kenntnis, was Jocelyn geschehen war, war aber seltsamerweise auch deutlich weniger freundlich als früher –, waren sie auf lange Sicht eine so lebenspendende, so zufriedenstellende, so grundsätzliche *Erfüllung* wie Toussaints Jubel und Qualen?

Ah, man brauchte Gefühle, man mußte deutlich fühlen, sehr sensitiv fühlen. Alle, alles, jeder Ärger, jeder Schmerz, jede Sorge, jede Entrüstung, alles, was einen am lebendigen Leibe traf, war besser als diese furchtbare Dumpfheit, diese leere, tödliche, gesetzte, unbewegliche, stillstehende Ruhe . . .

Und eines Abends, nachdem es den ganzen Tag geregnet hatte, nach langen Stunden, die sie am Wohnzimmerfenster gestanden und auf den tropfenden Vorgarten geblickt hatte, wo der Mandelbaum am Tor in der grauen Dämmerung wie ein zarter, halbnackter Geist erzitterte, da drehte sie sich um und ging zu ihrem Schreibtisch. Sie setzte sich und schrieb eine kurze Notiz an Mr. Thorpe, in der sie ihn fragte, ob er nicht nach seinem Abendessen zu einem Schwätzchen vorbeikommen wollte, so daß sie beweisen könnten, daß sie noch immer gute Freunde und Nachbarn waren. Nachdem sie fertig war und mit Margery – ohne Luke – unterschrieben hatte, da läutete sie nach dem kleinen Hausmädchen und bat es, ihren Brief nach Abergeldie zu bringen und die Antwort abzuwarten.

»Denn schließlich«, sagte sie zu sich selbst, als sie wartete, am Feuer stehend und langsam die eine kalte Hand durch die andere erwärmend, »hat er durchaus seine Qualitäten.«

Zu dieser Ausgabe

insel taschenbuch 1674: Elizabeth von Arnim, Sallys Glück. Titel der englischen Originalausgabe: Introduction to Sally. Erstveröffentlichung: London 1926. Die deutsche Übersetzung von Schamma Schahadat erscheint erstmals in der vorliegenden Ausgabe. Umschlagabbildung: Donna Schuster, Girl in a Hammock. Öl auf Leinwand, 1917. Ausschnitt.

Elizabeth von Arnim
im Insel Verlag

Alle meine Hunde. Aus dem Englischen von Karin von Schab. it 1502

Einsamer Sommer. Roman. Aus dem Englischen von Leonore Schwartz. Leinen

Elizabeth auf Rügen. Roman. Aus dem Englischen von Anna Marie von Welck. Leinen

Elizabeth und ihr Garten. Roman. Aus dem Englischen von Adelheid Dormagen. Leinen, it 1293 und Großdruck: it 2338

Liebe. Roman. Aus dem Englischen von Angelika Beck. it 1591

Die Reisegesellschaft. Roman. Aus dem Englischen von Angelika Beck. Leinen

Vater. Roman. Aus dem Englischen von Anna Marie von Welck. it 1544

Verzauberter April. Roman. Aus dem Englischen von Adelheid Dormagen. Leinen; mit Fotos aus dem gleichnamigen Film. it 1538

86/1/5.94

Englische und amerikanische Literatur im insel taschenbuch

Elizabeth von Arnim: Alle meine Hunde. Aus dem Englischen von Karin von Schab. it 1502
– Elizabeth und ihr Garten. Aus dem Englischen von Adelheid Dormagen. it 1293 und Großdruck. it 2338
– Liebe. Roman. Aus dem Englischen von Angelika Beck. it 1591
– Vater. Roman. Aus dem Englischen von Anna Marie von Welck. Neuübersetzung. it 1544
– Verzauberter April. Roman. Aus dem Englischen von Adelheid Dormagen. Mit Fotos aus dem gleichnamigen Film. it 1538
Jane Austen: Die Abtei von Northanger. Aus dem Englischen von Margarete Rauchenberger. Mit Illustrationen von Hugh Thomson. it 931
– Anne Elliot. Aus dem Englischen von Margarete Rauchenberger. Mit Illustrationen von Hugh Thomson. it 1062
– Emma. Aus dem Englischen von Charlotte Gräfin von Klinckowstroem. Mit Illustrationen von Hugh Thomson. it 511
– Lady Susan. Ein Roman in Briefen. Aus dem Englischen von Angelika Beck. Mit zwei Romanfragmenten: Die Watsons. Sanditon. Aus dem Englischen von Elizabeth Gilbert. it 1192
– Lady Susan. Ein Roman in Briefen. Aus dem Englischen von Angelika Beck. Großdruck. it 2331
– Mansfield Park. Aus dem Englischen von Angelika Beck. Mit Illustrationen von Hugh Thomson. it 1503
– Stolz und Vorurteil. Aus dem Englischen von Margarete Rauchenberger. Mit Illustrationen von Hugh Thomson und mit einem Essay von Norbert Kohl. it 787
Francis Bacon: Essays. Herausgegeben und mit einem Nachwort versehen von Helmut Winter. it 1514
Harriet Beecher-Stowe: Onkel Toms Hütte. In der Bearbeitung einer alten Übersetzung. Herausgegeben und mit einem Nachwort versehen von Wieland Herzfelde. Mit 27 Holzschnitten von George Cru-iksh-ank aus der englischen Ausgabe von 1852. it 272
Ambrose Bierce: Aus dem Wörterbuch des Teufels. Auswahl, Übersetzung und Nachwort von Dieter E. Zimmer. it 440
– Mein Lieblingsmord. Erzählungen. Mit einem Nachwort von Edouard Roditi. Aus dem Amerikanischen von Gisela Günther. it 39
– Das Spukhaus und andere Gespenstergeschichten. Deutsch von Gisela Günther, Anneliese Strauß und K. B. Leder. it 1411
Anne Brontë: Agnes Grey. Aus dem Englischen von Elisabeth von Arx. it 1093

153/1/11.93

Englische und amerikanische Literatur
im insel taschenbuch

Anne Brontë: Die Herrin von Wildfell Hall. Roman. Aus dem Englischen von Angelika Beck. it 1547

Charlotte Brontë: Erzählungen aus Angria. Aus dem Englischen von Michael Walter und Jörg Drews. it 1285

– Jane Eyre. Eine Autobiographie. Aus dem Englischen von Helmut Kossodo. Mit einem Essay und einer Bibliographie herausgegeben von Norbert Kohl. it 813

– Der Professor. Aus dem Englischen von Gottfried Röckelein. it 1354

– Shirley. Aus dem Englischen von Johannes Reiher und Horst Wolf. it 1145

– Über die Liebe. Herausgegeben von Elsemarie Maletzke. Übertragen von Eva Groepler und Hans J. Schütz. it 1249

– Villette. Roman. Aus dem Englischen von Christiane Agricola. it 1447

Emily Brontë: Die Sturmhöhe. Aus dem Englischen von Grete Rambach. it 141

Edward George Bulwer-Lytton: Die letzten Tage von Pompeji. Aus dem Englischen von Friedrich Notter. it 801

Lewis Carroll: Alice hinter den Spiegeln. Mit einundfünfzig Illustrationen von John Tenniel. Übersetzt von Christian Enzensberger. it 97

– Alice im Wunderland. Mit zweiundvierzig Illustrationen von John Tenniel. Übersetzt und mit einem Nachwort von Christian Enzensberger. it 42

– Briefe an kleine Mädchen. Aus dem Englischen übersetzt und herausgegeben von Klaus Reichert. Mit Fotografien des Autors. it 1554

– Geschichten mit Knoten. Eine Sammlung mathematischer Rätsel. Herausgegeben und übersetzt von Walter E. Richartz. Mit Illustrationen von Arthur B. Frost. it 302

Geoffrey Chaucer: Die Canterbury-Erzählungen. Vollständige Ausgabe. Aus dem Englischen übertragen und herausgegeben von Martin Lehnert. Mit Illustrationen von Edward Burne-Jones. it 1006

Gilbert Keith Chesterton: Alle Pater-Brown-Geschichten. 2 Bände in Kassette. it 1263/1149

– Pater-Brown- Geschichten. 24 Detektivgeschichten. Mit einem Nachwort von Norbert Miller. it 1149

– Die schönsten Pater-Brown-Geschichten. Großdruck. it 2332

Daniel Defoe: Glück und Unglück der berühmten Moll Flanders, die, im Zuchthaus Newgate geboren, nach vollendeter Kindheit noch sechzig wertvolle Jahre durchlebte, zwölf Jahre Dirne war, fünfmal heiratete, darunter ihren Bruder, zwölf Jahre lang stahl, acht Jahre deportierte Verbrecherin in Virginien war, schließlich reich wurde,

153/2/11.93

Englische und amerikanische Literatur im insel taschenbuch

ehrbar lebte und reuig verstarb. Beschrieben nach ihren eigenen Erinnerungen. Deutsch von Martha Erler. Mit Illustrationen von William Hogarth und einem Essay von Norbert Kohl. it 707

– Robinson Crusoe. Mit Illustrationen von Ludwig Richter. In der Übersetzung von Hannelore Novak. it 41

Charles Dickens: Bleak House. Aus dem Englischen von Richard Zoozmann. Mit Illustrationen von Phiz. it 1110

– David Copperfield. Mit Illustrationen von Phiz. it 468

– Detektivgeschichten. Aus dem Englischen von Franz Franzius. it 821

– Eine Geschichte aus zwei Städten. Mit Illustrationen von Phiz. it 1033

– Große Erwartungen. Aus dem Englischen von Margit Meyer. Mit Illustrationen von F. W. Pailthorpe. it 667

– Harte Zeiten. Aus dem Englischen von Paul Heichen. Mit Illustrationen von F. Walker und Maurice Greiffenhagen. it 955

– Nikolaus Nickleby. Mit Illustrationen von Phiz. it 1304

– Oliver Twist. Aus dem Englischen von Reinhard Kilbel. Mit einem Nachwort von Rudolf Marx und 24 Illustrationen von George Cruikshank. it 242

– Die Pickwickier. Mit Illustrationen von Robert Seymour, Robert William Buss und Phiz. it 896

– Der Raritätenladen. Aus dem Englischen von Leo Feld. Mit Holzschnitten von George Cattermole, H. K. Browne, George Cruikshank und Daniel Maclise. it 716

– Weihnachtserzählungen. Mit Illustrationen von Leech, Stanfiels, Stone u.a. it 358

Charles A. Eastman: Indianergeschichten aus alter Zeit. Deutsch von Elisabeth Friederichs. Mit einem Nachwort herausgegeben von Dietrich Leube. Illustrationen und Anmerkungen von Frederick Weygold. it 861

Henry Fielding: Tom Jones. Die Geschichte eines Findelkindes. 2 Bde. Mit Illustrationen von Gravelot und Moreau le jeune. Herausgegeben und mit einem Nachwort von Norbert Kohl. it 504

Ben Hecht: Tausendundein Nachmittage in New York. Aus dem Amerikanischen von Helga Herborth. Mit Illustrationen von George Grosz. it 1323

Rudyard Kipling: Mit der Nachtpost. Unheimliche Geschichten. Aus dem Englischen von Friedrich Polakovics. it 1368

– Unheimliche Geschichten. Aus dem Englischen von Friedrich Polakovics. it 1286

D.H. Lawrence: Erotische Geschichten. Aus dem Englischen von Heide Steiner. it 1385

153/3/11.93

Englische und amerikanische Literatur
im insel taschenbuch

Matthew Gregory Lewis: Der Mönch. Aus dem Englischen von Friedrich Polakovics. Mit einem Essay und einer Bibliographie von Norbert Kohl. it 907

Jane Lidderdale / Mary Nicholson: Liebe Miss Weaver. Ein Leben für Joyce. Aus dem Englischen von Angela Praesent und Anneliese Strauss. it 1436

Lord Byron. Ein Lesebuch mit Texten, Bildern und Dokumenten. Herausgegeben von Gert Ueding. it 1051

Katherine Mansfield: Der Mann ohne Temperament und andere Erzählungen. Aus dem Englischen von Heide Steiner. Großdruck. it 2325

– Seligkeit und andere Erzählungen. Aus dem Englischen von Heide Steiner. it 1334

Charles Robert Maturin: Melmoth der Wanderer. Roman. Aus dem Englischen von Friedrich Polakovics. Mit einem Nachwort von Dieter Sturm. it 1279

Herman Melville: Israel Potter. Seine fünfzig Jahre im Exil. Aus dem Amerikanischen von Uwe Johnson. it 1315

– Moby Dick. 2 Bde. Aus dem Amerikanischen von Alice und Hans Seiffert. Mit Zeichnungen von Rockwell Kent und einem Nachwort von Rudolf Sühnel. it 233

Samuel Pepys: Das geheime Tagebuch. Herausgegeben von Anselm Schlösser und übertragen von Jutta Schlösser. Mit Abbildungen. it 637

Sylvia Plath: Das Bett-Buch. Aus dem Englischen von Eva Demski. Mit farbigen Illustrationen von Rotraud Susanne Berner. it 1474

Edgar Allan Poe: Der Bericht des A. Gordon Pym. Erzählungen. Übertragen von Barbara Cramer-Nauhaus, Erika Gröger und Heide Steiner. it 1449

– Der entwendete Brief und andere Erzählungen. Ausgewählt von Franz-Heinrich Hackel. Aus dem Amerikanischen von Werner Beyer u.a. Mit Holzschnitten von Fritz Eichenberg. Großdruck. it 2309

– Das Geheimnis der Marie Rogêt und andere Erzählungen. Aus dem Amerikanischen von Werner Beyer, Felix Friedrich und anderen. it 783

– Grube und Pendel. Und andere Erzählungen. Mit einem Nachwort von Franz Rottensteiner und Illustrationen von Harry Clarke. Aus dem Amerikanischen von Günther Steinig. ›Grube und Pendel‹ wurde von Elisabeth Seidel übersetzt. it 362

– Die Maske des roten Todes und andere Erzählungen. Aus dem Amerikanischen von Heide Steiner. it 1530

153/4/11.93

Englische und amerikanische Literatur im insel taschenbuch

Edgar Allan Poe: Die Morde in der Rue Morgue und andere Erzählungen. Aus dem Amerikanischen von Barbara Cramer-Nauhaus. it 1529
– Sämtliche Erzählungen. Vier Bände in Kassette. Herausgegeben von Günter Gensch.
– Das Tagebuch des Julius Rodman und andere Erzählungen. Aus dem Amerikanischen von Erika Gröger, Ruprecht Willnow und Andrea Sachs. it 1531
– Der Teufel im Glockenturm und andere Erzählungen. Aus dem Amerikanischen von Barbara Cramer-Nauhaus. it 1528
– Der Untergang des Hauses Usher. Meistererzählungen. Aus dem Amerikanischen von Barbara Cramer-Nauhaus, Erika Gröger und Heide Steiner. it 1373

Reynolds Price: Ein ganzer Mann. Roman. Aus dem Amerikanischen von Maria Carlsson. it 1378

Walter Scott: Ivanhoe. Roman. Deutsch von Leonhard Tafel. Textrevision und Nachwort von Paul Ernst. it 751

Charles Sealsfield: Das Kajütenbuch oder Nationale Charakteristiken. Herausgegeben von Alexander Ritter. it 1163

William Shakespeare: Hamlet. Prinz von Dänemark. Aus dem Englischen von August Wilhelm von Schlegel. Durchgesehen von Levin L. Schücking. Mit Illustrationen von Eugène Delacroix. Herausgegeben und mit einem Essay versehen von Norbert Kohl. it 364
– Richard III. Aus dem Englischen von Thomas Brasch. it 1109
– Romeo und Julia. Deutsch von Thomas Brasch. it 1383
– Die Tragödie des Macbeth. Aus dem Englischen von Thomas Brasch. it 1440
– Was ihr wollt. Aus dem Englischen von Thomas Brasch. it 1205
– Wie es euch gefällt. Übersetzt und bearbeitet von Thomas Brasch. it 1509

Mary W. Shelley: Frankenstein oder Der moderne Prometheus. Mit einem Essay von Norbert Kohl. it 1030

Muriel Spark: Mary Shelley. Eine Biographie. Deutsch von Angelika Beck. Mit zahlreichen Abbildungen. it 1258

Laurence Sterne: Leben und Meinungen von Tristram Shandy Gentleman. In der Übersetzung von Adolf Friedrich Seubert. Durchgesehen und revidiert von Hans J. Schütz. Mit einem Essay und einer Bibliographie von Norbert Kohl. Illustrationen von George Cruikshank. it 621

Robert Louis Stevenson: Die Schatzinsel. Aus dem Englischen von Karl Lerbs. Mit Illustrationen von Georges Roux. it 65

153/5/11.93

Englische und amerikanische Literatur im insel taschenbuch

Bram Stoker: Dracula. Aus dem Englischen von Karl Bruno Leder. it 1086

– Im Haus de Grafen Dracula. Erzählungen. Aus dem Englischen von Burkhart Kroeber, Michael Krüger, Norbert Miller, Friedrich Polakovics und Wilfried Sczepan. it 1522

Jonathan Swift: Gullivers Reisen. Mit Illustrationen von Grandville und einem Vorwort von Hermann Hesse. Aus dem Englischen übersetzt von Franz Kottenkamp. Vervollständigt und bearbeitet von Roland Arnold. it 58

William Makepeace Thackeray: Jahrmarkt der Eitelkeit. Ein Roman ohne Held. 2 Bde. Mit Illustrationen von Thackeray. Herausgegeben und mit einem Nachwort von Norbert Kohl. Dem deutschen Text wurde eine Übertragung aus dem Nachlaß von H. Röhl zugrunde gelegt. it 485

Mark Twain: Gesammelte Werke in 10 Bänden. Ausgewählt und zusammengestellt von Norbert Kohl. it 831-840

Band 2: Tom Sawyers Abenteuer. Bearbeitet von Karl Heinz Berger. Mit Illustrationen von True W. Williams. it 832

Band 4: Bummel durch Europa. Deutsch von Gustav Adolf Himmel. Mit Illustrationen der Erstausgabe von W. Fr. Brown, True W. Williams, B. Day u.a. it 834

Band 6: Leben auf dem Mississippi. Deutsch von Helene Ritzerfeld. Mit Illustrationen von Klaus Ensikat. it 836

Band 7: Huckleberry Finns Abenteuer. Deutsch von Barbara Cramer-Nauhaus. Mit Illustrationen von Edward W. Kemble. it 837

Band 8: Ein Yankee am Hofe des Königs Artus. Deutsch von Maja Ueberle. Mit Illustrationen der Erstausgabe von Daniel C. Beard. it 838

– Der gestohlene weiße Elefant und andere Erzählungen. Ausgewählt von Franz-Heinrich Hackel und Norbert Kohl. Mit zahlreichen Abbildungen. Großdruck. it 2308

Oscar Wilde: Gesammelte Werke in zehn Bänden. Herausgegeben von Norbert Kohl. it 582

Band 1: Das Bildnis des Dorian Gray
Band 2: Märchen und Erzählungen
Band 3: Theaterstücke I
Band 4: Theaterstücke II
Band 5: Gedichte
Band 6: Essays I

153/6/11.93

Englische und amerikanische Literatur im insel taschenbuch

Oscar Wilde: Gesammelte Werke in zehn Bänden. Herausgegeben von Norbert Kohl. it 582
Band 7: Essays II
Band 8: Briefe I
Band 9: Briefe II
Band 10: Briefe III
– Aphorismen. Herausgegeben von Frank Thissen. it 1020
– Das Bildnis des Dorian Gray. Deutsch von Hedwig Lachmann und Gustav Landauer. Mit einem Essay, einer Auswahlbibliographie und einer Zeittafel herausgegeben von Norbert Kohl. it 843
– Die Erzählungen und Märchen. Mit Illustrationen von Heinrich Vogeler. Aus dem Englischen übersetzt von Felix Paul Greve und Franz Blei. it 5
– Gedichte. Herausgegeben von Norbert Kohl. it 1455
– Das Gespenst von Canterville. Erzählung. Mit Illustrationen von Oski. Aus dem Englischen von Franz Blei. it 344
– Der glückliche Prinz und andere Märchen. Aus dem Englischen von Franz Blei. Mit Illustrationen von Michael Schroeder und einem Nachwort von Norbert Kohl. it 1256
– Lord Arthur Saviles Verbrechen und andere Geschichten. Mit Illustrationen von Michael Schroeder. Aus dem Englischen von Christine Hoeppner. it 1151
– Salome. Dramen, Schriften, Aphorismen und ›Die Ballade vom Zuchthaus zu Reading‹. Mit Illustrationen von Marcus Behmer. it 107

153/7/11.93

Französische Literatur im insel taschenbuch

Alain: Sich beobachten heißt sich verändern. Betrachtungen. Auswahl, Übersetzung und Nachwort von Franz Josef Krebs. Neuübersetzung. it 1559

Honoré de Balzac: Eugénie Grandet. Aus dem Französischen von Gisela Etzel. Herausgegeben von Eberhard Wesemann. it 1127

– Die Frau von dreißig Jahren. Aus dem Französischen übertragen von Werner Blochwitz. it 460

– Glanz und Elend der Kurtisanen. Aus dem Französischen von Felix Paul Greve. it 1232

– Tolldreiste Geschichten. Aus dem Französischen von Benno Rüttenauer. Mit Illustrationen von Gustave Doré. it 911

– Vater Goriot. Aus dem Französischen von Franz Hessel. Herausgegeben von Erika Wesemann. it 1167

Charles Baudelaire: Die Blumen des Bösen. Übertragen von Carlo Schmid. it 120

Pierre Augustin Caron de Beaumarchais: Die Figaro-Trilogie. Der Barbier von Sevilla oder Die nutzlose Vorsicht. Der tolle Tag oder Figaros Hochzeit. Die Schuld der Mutter oder Ein zweiter Tartuffe. Deutsch von Gerda Scheffel. Nachwort von Norbert Miller. Mit zeitgenössischen Illustrationen. it 228

Jacques Cazotte: Der verliebte Teufel. Aus dem Französischen von Franz Kaltenbeck. it 2337

George Clémenceau: Claude Monet. Betrachtungen und Erinnerungen eines Freundes. Mit farbigen Abbildungen und einem Nachwort von Gottfried Boehm. it 1152

Alphonse Daudet: Briefe aus meiner Mühle. Aus dem Französischen von Alice Seiffert. it 446

– Tartarin von Tarascon. Die wunderbaren Abenteuer des Tartarin von Tarascon. Mit 45 Zeichnungen von Emil Preetorius. it 84

Denis Diderot: Die Nonne. Mit einem Nachwort von Robert Mauzi, die Übersetzung des Nachworts besorgte Margaret Carroux. it 31

– Die Verräter. Herausgegeben von Horst Günther. Aus dem Französischen von Friedrich Ludwig Wilhelm Meyer. Mit zeitgenössischen Illustrationen. it 1379

Alexandre Dumas père: Die drei Musketiere. Aus dem Französischen von Herbert Bräuning. it 1131

– Der Graf von Monte Christo. 2 Bde. Bearbeitung einer alten Übersetzung von Meinhard Hasenbein. Mit Illustrationen von Pavel Brom und Dagmar Bromova. it 266

Alexandre Dumas fils: Die Kameliendame. Aus dem Französischen von Walter Hoyer. Mit Illustrationen von Paul Gavarni. it 546

152/1/11.93

Französische Literatur im insel taschenbuch

Marguerite Duras: Der Vize-Konsul. Roman. Deutsch von W. M. Guggenheimer. Großdruck. it 2312

Dominique Fernandez: Süditalienische Reise. Aus dem Französischen von Julia Kirchner. Mit farbigen Fotografien von Martin Thomas. it 1076

Gustave Flaubert: Bouvard und Pécuchet. Aus dem Französischen übersetzt von Georg Goyert. Mit Illustrationen von András Karakas. Mit einem Vorwort von Victor Brombert und einem Nachwort von Uwe Japp. it 373

– Drei Erzählungen. Trois contes. Übersetzt und herausgegeben von Cora van Kleffens und André Stoll. it 571

– Lehrjahre des Gefühls. Geschichte eines jungen Mannes. Übertragen von Paul Wiegler. Mit einem Essay und einer Bibliographie von Erich Köhler. it 276

– Madame Bovary. Revidierte Übersetzung aus dem Französischen von Arthur Schurig. it 167

– Reise in den Orient. Ägypten. Nubien. Palästina. Syrien. Libanon. Aus dem Französischen von Reinhold Werner und André Stoll. Mit Photographien von Maxime Du Camp, einem Register und einem Nachwort. Herausgegeben von André Stoll. it 619

– Salammbô. Herausgegeben und mit einem Nachwort versehen von Monika Bosse und André Stoll. Aus dem Französischen übersetzt von Georg Brustgi. it 342

– Ein schlichtes Herz und andere Erzählungen. Aus dem Französischen von Cora van Kleffens und André Stoll. Großdruck. it 2314

– Wörterbuch der Gemeinplätze. Die Albumblätter der Marquise. Katalog der schicken Ideen. Aus dem Französischen von Monika Petzenhauser. Mit einem Vorwort von J. Rudolfo Wilcock. it 1303

Edmond und Jules de Goncourt: Tagebücher. Aufzeichnungen aus den Jahren 1851-1870. Nach der ersten Gesamtausgabe der Académie Goncourt ausgewählt, übertragen und herausgegeben von Justus Franz Wittkop. it 692

Choderlos de Laclos: Schlimme Liebschaften. Mit 14 Kupferstichen. Übertragen und eingeleitet von Heinrich Mann. it 12

Jean de La Fontaine: Die schönsten Fabeln. Aus dem Französischen von Thomas Keck. Mit farbigen Illustrationen von Rolf Köhler und einem Nachwort von Jürgen von Stackelberg. it 1451

Gaston Leroux: Die blutbefleckte Puppe. Aus dem Französischen von Annegret Sellier. it 1567

Guy de Maupassant: Bel-Ami. Aus dem Französischen von Josef Halperin. Mit zeitgenössischen Illustrationen. it 280

152/2/11.93

Französische Literatur
im insel taschenbuch

Guy de Maupassant: Die Brüder. Novelle. Deutsch von Ernst Weiß. Mit Illustrationen von Géo Dupuis. it 712

Prosper Mérimée: Carmen. Mit Zeichnungen von Pablo Picasso. Aus dem Französischen übersetzt von Franz Schnabel. it 361

Honoré-Gabriel Mirabeau: Der gelüftete Vorhang oder Lauras Erziehung. Aus dem Französischen von Eva Moldenhauer. Nachbemerkung von Norbert Miller. it 32

Molière: Der eingebildete Kranke. Aus dem Französischen von Johanna Walser und Martin Walser. it 1014

– Der Menschenfeind. Nach dem Französischen des Molière von Hans Magnus Enzensberger. it 401

Michel de Montaigne: Essais. Herausgegeben und mit einem Nachwort versehen von Ralph- Rainer Wuthenow. Revidierte Fassung der Übertragung von Johann Joachim Bode. it 220

– Tagebuch einer Reise durch Italien. Aus dem Französischen von Otto Flake. it 1074

Blaise Pascal: Größe und Elend des Menschen. Aus den »Pensées«. Auswahl, Übersetzung und Nachwort von Wilhelm Weischedel. it 441

– Über die Religion und über einige andere Gegenstände. Aus dem Französischen übertragen und mit einem Nachwort herausgegeben von Ewald Wasmuth. it 1008

Marthe Princesse Bibesco: Begegnung mit Marcel Proust. Aus dem Französischen von Eva Rechel-Mertens. it 1349

Renate Wiggershaus: Marcel Proust. Leben und Werk in Texten und Bildern. it 1348

François Rabelais: Gargantua und Pantagruel. Mit Illustrationen von Gustave Doré. Herausgegeben von Horst und Edith Heintze. Erläutert von Horst Heintze und Rolf Müller. 2 Bände. Übersetzung auf Grund der maßgebenden französischen Ausgabe, unter Benutzung der deutschen Fassung von Ferdinand Adolf Gelbcke. it 77

Arthur Rimbaud: Sämtliche Werke. Französisch und deutsch. Übertragen von Sigmar Löffler und Dieter Tauchmann. Mit Erläuterungen zum Werk und einer Chronologie zum Leben Arthur Rimbauds, neu durchgesehen von Thomas Keck. it 1398

Jean-Jacques Rousseau: Bekenntnisse. Aus dem Französischen von Ernst Hardt. Mit einer Einführung von Werner Krauss. it 823

Marquis de Sade: Justine oder Die Leiden der Tugend. Mit einem Essay von Albert Camus. Aus dem Französischen von Raoul Haller. it 1257

– Verbrechen der Liebe. Heroische und tragische Novellen. Aus dem Französischen von Christian Barth. it 1448

152/3/11.93

Französische Literatur
im insel taschenbuch

George Sand: Geschichte meines Lebens. Aus ihrem autobiographischen Werk ausgewählt und mit einer Einleitung versehen von Renate Wiggershaus. it 313

– Indiana. Aus dem Französischen von A. Seubert. Mit einem Essay von Annegret Stopczyk. it 711

– Lélia. Aus dem Französischen von Anna Wheill. Mit einem Essay von Nike Wagner. it 737

– Lucrezia Floriani. Roman. Aus dem Französischen von Anna Wheill. it 858

– Das Teufelsmoor. Aus dem Französischen von Helene und Herbert Kühn. Mit Illustrationen von Tony Johannot. it 943

Eugène Scribe: Die erste Liebe oder Erinnerungen an die Kindheit. Aus dem Französischen von Reinhard Palm. Mit einem Essay von Sören Kierkegaard. it 1396

Misia Sert: Pariser Erinnerungen. Aus dem Französischen von Hedwig Andertann. Mit einem Bildteil. it 1180

Madame de Sévigné: Briefe. Herausgegeben und übersetzt von Theodora von der Mühl. Mit zeitgenössischen Kupferstichen. it 395

Anne Germaine Madame de Staël: Über Deutschland. Vollständige und neu durchgesehene Fassung der deutschen Erstausgabe von 1814 in der Gemeinschaftsübersetzung von Friedrich Buchholz, Samuel Heinrich Catel und Julius Eduard Hitzig. Herausgegeben und mit einem Nachwort versehen von Monika Bosse. Mit einem Register, Anmerkungen und einer Bilddokumentation. it 623

Stendhal: Die Kartause von Parma. Vollständige Ausgabe. Aus dem Französischen von Arthur Schurig. it 1222

– Lucien Leuwen. Aus dem Französischen übersetzt und mit einem Nachwort versehen von Otto von Taube. it 758

– Rot und Schwarz. Vollständige Ausgabe. Aus dem Französischen von Arthur Schurig. Mit einem Nachwort von Uwe Japp. it 1210

– Über die Liebe. Vollständige Ausgabe. Aus dem Französischen und mit einer Einführung von Walter Hoyer. it 124

Paul Verlaine: Poetische Werke. Französisch und deutsch. Übertragen von Sigmar Löffler. it 1556

François Villon: Sämtliche Dichtungen. Zweisprachige Ausgabe. Aus dem Französischen von Walther Küchler. it 1039

Voltaire: Candide oder der Optimismus. Mit Zeichnungen von Paul Klee. it 11

– Sämtliche Romane und Erzählungen. Mit einer Einleitung von Victor Klemperer und Stichen von Moreau le jeune. Aus dem Französischen übersetzt von Ilse Lehmann. it 209

152/4/11.93